人间逍遥客

李佩甫 迟子建 余华 等著

北京文学月刊社 主编

北京联合出版公司
Beijing United Publishing Co.,Ltd.

前　言

70年的文学风景

2020年9月，是《北京文学》创刊70周年大庆。

70年，是历史的一瞬，却是一本杂志漫长的历程。70年，一路风雨，一路坎坷，一代代编辑家高扬文学理想，不辞劳苦，风雨兼程，长年累月在《北京文学》默默耕耘，一批批作品在此问世，一茬茬作家在此成长，一代代读者执着关注、倾情阅读……

70年来，《北京文学》始终是新中国文学百花园里不可或缺的重要苗圃和亮丽风景。因此，为《北京文学》70年历程撷取一处处风景、一丛丛花卉，便自然而然地成为我们为创刊70周年庆典献礼的重要计划和自觉行动。然而在这漫长的70年里，所发表的作品数以万计，时代跨度大，作家人数多，内容浩如烟海，风格多种多样，作品选择难度很大。

为了尽可能客观、准确、全面反映《北京文学》创刊70周年不同时期作品的风貌，从2019年下半年开始，《北京文学》编辑部就组织全体编辑反复策划研讨，对70年以来在《北京文学》发表过的作品反复讨论、遴选，同时向不同时期曾经在《北京文学》担任过编辑部负责人的一些前辈征求意见和建议，还与本丛书的出版合作方北京华景时代文化传媒有限公司一起，从读者和市场的角度出发，沟通协商，共同研究，最终确定《北京文学》

70周年经典作品系列丛书出版篇目，包括中篇小说卷2册、短篇小说卷1册、报告文学卷1册、散文卷2册，总共4卷6册。

中篇小说卷收集了邓友梅、徐小斌、余华、刘恒、刘震云、李佩甫、毕淑敏、谈歌、迟子建、蒋韵、叶广芩、李唯共12位作家的12部中篇小说。

短篇小说卷收集了浩然、张洁、方之、王蒙、王安忆、汪曾祺、陈建功、林斤澜、曹乃谦、刘庆邦、铁凝、韩少功共12位作家的12篇短篇小说。

报告文学卷由于文体本身有时效性的局限，仅精选了刘国强、陈廷一、李忠效、陈新、叶多多、党益民共6位作家的6部报告文学作品。这6部作品，聚焦改革开放以来举世瞩目的中国梦想、中国故事、中国人物，呈现艰苦奋斗、无私奉献、奋勇争先、开拓创新的时代特征和民族精神，特别是彰显感天动地的爱国情怀，值得我们弘扬与铭记。

散文卷，由于文体本身篇幅相对短小，收集作品数量相对较多，达到33篇，分上、下两册。这33篇作品，作者阵容强大，既有史铁生、汪曾祺、贾平凹、梁衡、池莉、周大新、王安忆、毕飞宇、蒋韵、蒋子龙、梁晓声、陈世旭、余华、肖复兴等众多名家，又不乏朱鸿、江子、蒋殊、陈启文、杨献平、陆春祥、詹谷丰、陈奕纯等散文新锐作家，33篇作品题材广泛、内容丰富、风格多样，可谓篇篇精彩，美不胜收。

可以说，这套丛书所收集的作品都是不同时期广受各界读者关注、阅读和传诵的经典名篇，从不同角度反映了《北京文学》70年走过的风雨历程，展现了70年来的作品精华和不同时期的刊物风貌，也基本上代表了70年来《北京文学》作品的最高水平。

尽管如此，由于《北京文学》70年来刊发的作品众多，时间跨度大，更由于资料、篇幅及我们的编辑视野所限，本次编辑的丛书仍无法囊括70年来的所有精华，肯定会有遗珠之憾。在此，恳请广大作家、读者及编辑前辈予以理解和谅解，同时我们也诚恳期待各界朋友的批评指正。

70年的《北京文学》，承载着我们的共同理想，凝聚着我们共同的心血、智慧与汗水，也镌刻着我们共同的记忆与足迹。值得欣慰的是，所有这一切，都已经构成新中国文学发展史重要的组成部分，成为新中国文学发展史上一道亮丽的风景。

借此机会，我们谨向70年来所有为《北京文学》付出过心血和汗水的文学界前辈致敬，向广大作家和读者朋友致敬！

北京文学月刊社

2020年4月

目录

现实一种

余华

一

那天早晨和别的早晨没有两样，那天早晨正下着小雨。因为这雨断断续续下了一个多星期，所以在山岗和山峰兄弟俩的印象中，晴天十分遥远，仿佛远在他们的童年里。

天刚亮的时候，他们就听到母亲在抱怨什么骨头发霉了。母亲的抱怨声就像那雨一样滴滴答答。那时候他们还躺在床上，他们听着母亲向厨房走去的脚步声。

她折断了几根筷子，对两个儿媳妇说："我夜里常常听到身体里有这种筷子被折断的声音。"两个媳妇没有回答，她们正在做早饭。她继续说："我知道那是骨头正在一根一根断了。"

兄弟俩是这时候起床的，他们从各自的卧室里走出来，都在嘴里嘟哝了一句："讨厌。"像是在讨厌不停的雨，同时又是母亲雨一样的抱怨。

现在他们像往常一样围坐在一起吃早饭了，早饭由米粥和油条组成。

老太太常年吃素，所以在桌旁放着一小碟咸菜，咸菜是她自己腌制的。她现在不再抱怨骨头发霉，她开始说："我胃里好像在长出青苔来。"

于是兄弟俩便想起蚯蚓爬过的那种青苔，生长在井沿和破旧的墙角，那种有些发光的绿色。他们的妻子似乎没有听到母亲的话，因为她们脸上的神色像泥土一样。

山岗四岁的儿子皮皮没和大人同桌，他坐在一把塑料小凳上，他在那里吃早饭，他没吃油条，母亲在他的米粥里放了白糖。

刚才他爬到祖母身旁，偷吃一点咸菜。因此祖母此刻还在眼泪汪汪，她喋喋不休地说着："你今后吃的东西多着呢，我已经没有多少日子可以吃了。"因此他被父亲一把拖回到塑料小凳上。所以他此刻心里十分不满。他用匙子敲打着碗边，嘴里叫着："太少了，吃不完。"

他反复叫着，声音越来越响亮，可大人们没有理睬他，于是他就决定哭一下。而这时候他的堂弟嘹亮地哭了起来，堂弟正被婶婶抱在怀中。他看到婶婶把堂弟抱到一边去换尿布了。于是他就走去站在旁边。堂弟哭得很激动，随着身体的扭动，那叫小便的玩意儿一颤一颤的。他很得意地对婶婶说："他是男的。"但是婶婶没有理睬他，换毕尿布后她又坐到刚才的位置上去了。他站在原处没有动。这时候堂弟不再哭了，堂弟正用两个玻璃球一样的眼睛看着他。他有点沮丧地走开了。他没有回到塑料小凳上，而是走到窗前。他太矮，于是就仰起头来看着窗玻璃，屋外的雨水打在玻璃上，像蚯蚓一样扭动着滑了下来。

这时早饭已经结束。山岗看着妻子用抹布擦着桌子。山峰则看着妻子抱着孩子走进了卧室，门没有关上，不一会儿妻子又走了出来，妻子走出来以后走进了厨房。山峰便转回头来，看着嫂嫂擦着桌子的手，那手背上有几条静脉时隐时现。山峰看了一会儿才抬起头来，他望着窗玻璃上纵横交叉的水珠对山岗说："这雨好像下了一百年了。"

山岗说："好像是有这么久了。"

他们的母亲又在喋喋不休了。她正坐在自己房中，所以她的声音很轻微。母亲开始咳嗽了，她咳嗽的声音很夸张。接着是吐痰的声音。那声音很有弹性。他们知道她是将痰吐在手心里，她现在开始观察痰里是否有血迹了。他们可以想象这时的情景。

不久以后他们的妻子从各自的卧室走了出来，手里都拿着两把雨伞。到了去上班的时候了。兄弟俩这时才站起来，接过雨伞后四个人一起走了出去，他们将一起走出那条胡同。然后兄弟俩往西走，他们的妻子则往东走去。兄弟俩人走在一起，像是互不相识一样。他们默默无语一直走到那所中学的门口，然后山峰拐弯走上了桥，而山岗继续往前走。他们的妻子走在一起的时间十分短，她们总是一走出胡同就会碰到各自的同事，于是便各自迎上去说几句话后和同事一起走了。

他们走后很久，皮皮依然站在原处，他在听着雨声。现在他已经听出了四种雨滴声，雨滴在屋顶上的声音让他感到是父亲用食指在敲打他的脑袋；而滴在树叶上时仿佛跳跃了几下。另两种声音来自屋前水泥地和屋后的池塘，和滴进池塘时清脆的声响相比，来自水泥地的声音显然沉闷了。

于是孩子站了起来，他从桌子底下钻过去，然后一步一步走到祖母的卧室门口，门半掩着，祖母如死去一般坐在床沿上，孩子说："现在正下着四场雨。"祖母听后打了一个响亮的嗝。孩子便嗅到一股臭味。近来祖母打出来的嗝越来越臭了。所以他立刻离开，他开始走向堂弟。

堂弟躺在摇篮里，眼睛望着天花板，脸上笑眯眯。孩子就对堂弟说："现在正下着四场雨。"

堂弟显然听到了声音，两条小腿便活跃起来，眼睛也开始东张西望。可是没有找到他。他就用手去摸摸堂弟的脸，那脸像棉花一样松软。他禁不住使劲拧了一下，于是堂弟"哇"的一声灿烂地哭了起来。

这哭声使他感到莫名的喜悦，他朝堂弟惊喜地看了一会儿，随后对准堂弟的脸打去一个耳光。他看到父亲经常这样揍母亲。挨了一记耳光后堂弟突然窒息了起来，嘴巴无声地张了好一会儿，接着一种像是暴风将玻璃窗打开似的声音冲击而出。这声音嘹亮悦耳，使孩子异常激动。然而不久之后这哭声便跌落下去，因此他又给了他一个耳光。堂弟为了自卫而乱抓的手在他手背上留下了两道血痕，他一点也没觉察。他只是感到这一次耳光下去那哭声并没窒息，不过是响亮一点的继续，远没有刚才那么动人。所以他使足劲又打去一个，可是情况依然如此，那哭声无非是拖得长一点而已。于是他就放弃了这种办法，他伸手去卡堂弟的喉管，堂弟的双手便在他手背上乱抓起来。当他松开时，那如愿以偿的哭声又响了起来。他就这样不断去卡堂弟的喉管又不断松开，他一次次地享受着那爆破似的哭声。后来当他再松开手时，堂弟已经没有那种充满激情的哭声了，只不过是张着嘴一颤一颤地吐气。于是他开始感到索然无味，便走开了。

他重新站在窗下，这时窗玻璃上已经没有水珠在流动，只有杂乱交错的水迹，像是一条条路。孩子开始想象汽车在上面奔驰和相撞的情景。随后他发现有几片树叶在玻璃上摇晃，接着又看到有无数金色的小光亮在玻璃上闪烁，这使他惊讶无比。于是他立刻推开窗户，他想让那几片树叶到里面来摇晃，让那些小光亮跳跃进来，围住他翩翩起舞。那光亮果然一涌而进，但不是雨点那样一滴一滴，而是一片，他发现天晴了，阳光此刻贴在他身上。刚才那几片树叶现在清晰可见，屋外的榆树正在伸过来，树叶绿得晶亮，正慢慢地往下滴着水珠，每滴一颗树叶都要轻微地颤抖一下，这优美的颤抖使孩子笑了起来。

然后孩子又出现在堂弟的摇篮旁，他告诉他："太阳出来了。"堂弟此刻已经忘了刚才的一切，笑眯眯地看着他。他说："你想去看太阳吗？"堂弟这时蹬起了两条腿，嘴里"哎哎"地叫了起来。他又说："可是你会走路吗？"堂弟这时停止了喊叫，开始用两只玻璃球一样的眼睛看着他，同时两条胳膊伸出来像是要他抱。"我知道了，你是要我抱你。"他说着用力将他从摇篮里抱了出来，像抱那只塑料小凳一样抱着他。他感到自己是抱着一大块肉。堂弟这时又"哎哎"地叫起来。"你很高兴，对吗？"他说。随后他有点费力地走到了屋外。

那时候远处一户人家正响着鞭炮声，而隔壁院子里正在生煤球炉子，一股浓烟越过围墙滚滚而来。堂弟一看到浓烟高兴得哇哇大叫，他对太阳不感兴趣。他也没对太阳感兴趣，因为此刻有几只麻雀从屋顶上斜了下来，逗留在树枝上，那几根树枝随着它们喳喳的叫声而上下起伏。

然而孩子感到越来越沉重了，他感到这沉重来自手中抱着的东西，所以他就松开了手。他听到那东西掉下去时同时发出两种声音，一种沉闷一种清脆，随后什么声音也没有了。现在他感到轻松自在，他看到几只麻雀在树枝间跳来跳去，因为树枝的抖动，那些树叶像扇子似的一扇一扇。他那么站了一会儿后感到口渴，所以他就转身往屋里走去。

他没有一下子就找到水，在卧室桌上有一只玻璃杯放着，可是里面没有水。于是他又走进了厨房，厨房的桌上放着两只搪瓷杯子，盖着盖。他没法知道里面是否有水，因为他够不着。所以他重新走出去，将塑料小凳搬进来。在抱起塑料小凳时他蓦然想起他的堂弟，他记得自己刚才抱着他走到屋外，现在却只有他一人了。他觉得奇怪，但他没往下细想。他爬到小凳上去，将两只杯子拖过来时感到它们都有些沉，两只杯子都有水，因此他都喝了几口。随后他又惦记起刚才那几只麻雀，便走了出去。而屋外榆树上已经没有鸟在跳跃，鸟已经飞走了。他看到水泥地开始泛出了白色，随即看到了堂弟。他的堂弟正舒展四肢仰躺在地上。他走到近旁蹲下去推推他，堂弟没有动，接着他看到堂弟头部的水泥地上有一小摊血。他俯下身去查看，发现血是从脑袋里流出来，流在地上像一朵花似的在慢吞吞开放着。而后他看到有几只蚂蚁从四周快速爬了过来，爬到血上就不再动弹。只有一只蚂蚁绕过血而爬到了他的头发上，沿着几根被血凝固的头发一直爬进了堂弟脑袋，从那往外流血的地方爬了进去。他这时才站起来，茫然地朝四周望望，然后走回屋中。

他看到祖母的门依旧半掩着，就走过去。祖母还是坐在床上。他就告诉她："弟弟睡着了。"祖母转过头来看了看他，他发现她正眼泪汪汪，他感到没意思，就走到厨房里，在那把小凳上坐了下来。他这时才感到右手有些疼痛，右手被抓破了。他想了很久才回忆起是在摇篮旁被堂弟抓破的，接着又回忆起自己怎样抱着堂弟走到屋外，后来他怎样松手。因为回忆太累，所以他就不再往下想。他把头往墙上一靠，马上就睡着了。

很久以后，她才站起来，于是她又听到体内有筷子被折断一样的声音。声音从她松弛的皮肤里冲出来后变得异常轻微，尽管她有些耳聋，可还是清晰地听到了。因此这时她又眼泪汪汪起来，她觉得自己活不久了，因为每天都有骨头在折断。她觉得自己不久以后不仅没法站和没法坐，就是躺着也不行了。那时候她体内已经没有完整的骨骼，却是一堆长短形状粗细都不一样的碎骨头不负责任地挤在一起。那时候她脚上的骨头也许会从腹部顶出来，而手臂上的骨头可能会插进长满青苔的胃。

她走出了卧室，此后她没再听到那种响声，可她依旧忧心忡忡。此刻从那敞开的门窗涌进来的阳光使她两眼昏花，她看到的是一片闪烁的东西，她不知道那是什么，便走到了门口。阳光照在她身上，使她看到双手黄得可怕。接着她看到一团黄黄的东西躺在前面。她仍然不知道那是什么，于是她就跨出门，慢吞吞地走到近旁，她还没认出这一团东西就是她孙儿时，她已经看到了那一摊血。她吓了一跳，赶紧走回自己的卧室。

二

孩子的母亲是提前下班回家的。她在一家童车厂当会计。在快要下班的前一刻，她无端地担心起孩子会出事。因此她坐不住了，她对同事说一声要回去看儿子。这种担心在路上越发强烈。当她打开院子的门时，这种担心得到了证实。

她看到儿子躺在阳光下，和他的影子躺在一起。一旦担心成为现实，她便恍惚起来。她在门口站了一会儿，她似乎看到儿子头部的地上有一摊血迹。血迹在阳光下显得不太真实，于是那躺着的儿子也仿佛是假的。随后她才走了过去，走到近旁她试探性地叫了几声儿子的名字，儿子没有反应。这时她似乎略有些放心，仿佛躺着的并不是她的儿子。她挺起身子，抬头看了看天空，她感到天空太灿烂，使她头晕目眩。然后她很费力地朝屋中走去，走入屋中她觉得阴沉觉得有些冷。卧室的门敞开着，她走进去。她在柜前站住，拉开抽屉往里面寻找什么，抽屉里堆满羊毛衫。她在里面翻了一阵，没有她要找的东西。她又拉开柜门，里面挂着她和丈夫山峰的大衣，也没有她要找的东西。她又去拉开写字台的全部抽屉，但她只是看一眼就走开了。她在一把椅子上坐了下来，眼睛开始在屋内搜查起来。她的目光从刚才的柜子上晃过，又从圆桌的玻璃上滑下，斜到那只三人沙发里；接着目光又从沙发里跳出来到了房上。然后她才看到摇篮。这时她猛然一惊，立刻跳起来。摇篮里空空荡荡，没有她的儿子。于是她蓦然想起躺在屋外的孩子，她疯一般地冲到屋外，可是来到儿子身旁她又不知所措了。但是她想起了山峰，便转身走出去。

她在胡同里拼命地走着，她似乎感到有人从对面走来向她打招呼。但她没有搭理，她横冲直撞地往胡同口走去。可走到胡同口她又站住。一条大街横在眼前，她不知该朝哪个方向走，她急得直喘气。

山峰这时候出现了，山峰正和一个什么人说着话朝她走来。于是她才知道该往那个方向去。当她断定山峰已经看到她时，她终于响亮地哭了起来。不一会儿她感到山峰抓住了她的手臂，她听到丈夫问："出了什么事？"她张了张嘴却没有声音。她听到丈夫又问："到底出了什么事？"可她依旧张着嘴说不出话来。"是不是孩子出事了？"丈夫此刻开始咆哮了。这时她才费力地点了点头。山峰便扔开她往家中跑去。她也转身往回走。她感到四周有很多人，还有很多声音。她走得很慢，不一会儿她看到丈夫抱着儿子跑了过来，从她身边一擦而过。于是重新转回身去。她想走得快一点好赶上丈夫，她知道丈夫一定是去医院了。可她怎么也走不快。现在她不再哭了。她走到胡同口时又不知该往何处去，就问一个走来的人，那人用手向西一指，她才想起医院在什么地方。她在人行道上慢吞吞地往西走去，她感到自己的身体像一片树叶一样被风吹得摇摇晃晃。她一直走到那家百货商店时，才恢复了一些感觉。她知道医院已经不远了，而这时她却看到丈夫抱着儿子走来了。山峰脸上僵硬的神色使她明白了一切，所以她又号啕大哭了。山峰走到她跟前，咬牙切齿地说："回家去哭。"她不敢再哭，她抓住山峰的衣服，跟着他往回走去。

山岗回家的时候，他的妻子已在厨房里了。他走进自己的卧室，在沙发里坐了下来，他感到无所事事，他在等着吃午饭。皮皮是在这时出现在他眼前的。皮皮因为母亲走进厨房而醒了，醒来以后他感到全身发冷，他便对母亲说了。正在忙午饭的母亲就打发他去穿衣服。于是他就哆哆嗦嗦地出现在父亲的跟前。他的模样使山岗有些不耐烦。

山岗问："你这是干什么？"

"我冷。"皮皮回答。

山岗不再搭理，他将目光从儿子身上移开，望着窗玻璃。他发现窗户没有打开，就走过去打开了窗户。

"我冷。"皮皮又说。

山岗没有去理睬儿子，他站在窗口，阳光晒在他身上使他感到很舒服。

这时山峰抱着孩子走了进来，他妻子跟在后面。他们的神色使山岗感到出了什么事。兄弟俩看了一眼，谁也没有说话。山岗听着他们迟缓的脚步跨入屋中，然后一声响亮的关门。这一声使山岗坚定了刚才的想法。

皮皮此刻又说了："我冷。"

山岗走出了卧室，他在餐桌旁坐了下来。这时妻子正从厨房里将饭菜端了出来，皮皮已经坐在了那把塑料小凳上。他听到山峰在自己房间里吼叫的声音。他和妻子互相望了一眼。妻子也坐下来。她问山岗："要不要去叫他们一声？"

山岗回答："不用。"

老太太这时走了出来，手里拿着一碟咸菜。她从来不用他们叫，总会准时地出现在餐桌旁。

山峰屋中除了吼叫的声音外，增加了另外一种声音。山岗知道那是什么声音。他嘴里咀嚼着。眼睛却通过敞开的门窗望到外面去了。不一会儿他听到母亲在一旁抱怨，他便转过脸来，看到母亲正愁眉苦脸望着那一碗米饭，他听到她在说："我看到血了。"他重新将头转过去，继续看着屋外的阳光。

山峰抱着孩子走入自己的房间，把孩子放入摇篮以后，用脚狠命一蹬关上了卧室的门，然后看着已经坐在床沿上的妻子说："你现在可以哭了。"

他妻子却神情恍惚地望着他，仿佛没有听到他的话。那双睁着的眼睛似乎已经死去，但她的坐姿很挺拔。

山峰又说："你可以哭了。"

可她只是将眼睛移动了一下。

山峰往前走了一步，问："你为什么不哭？"

她这时才动弹了一下，抬起头疲倦地望着山峰的头发。

山峰继续说："哭吧，我现在想听你哭。"

两颗眼泪于是从她那空洞的眼睛里滴了出来，迟缓而下。

"很好。"山峰说，"最好再来点声音。"

但她只是无声地流泪。

这时山峰终于爆发了，他一把揪住妻子的头发吼道："为什么不哭得响亮一点？"

她的眼泪骤然而止，她害怕地望着丈夫。

"告诉我，是谁把他抱出去的？"山峰再一次吼叫起来。

她茫然地摇摇头。

"难道是孩子自己走出去的？"

她这次没有摇头，但也没点头。

"你什么都不知道，是吗？"山峰不再吼叫，而是咬牙切齿地问。

她想了很久才点点头。

“这么说你回家时孩子已经躺在那里了？”

她又点点头。

“所以你就跑出来找我？”

她的眼泪这时又淌了下来。

山峰咆哮了：“你当时为什么不把他抱到医院去，你是成心让他死去。”

她慌乱地摇起了头，她看着丈夫的拳头挥了起来，瞬间之后脸上挨了重重一拳。她倒在了床上。

山峰俯身抓住她的头发把她提起来，接着又往她脸上揍去一拳。这一拳将她打在地上，但她仍然无声无息。

山峰把她再拉起来，她被拉起来后双手护住了脸。可山峰却是对准她的乳房揍去，这一拳使她感到天昏地暗，她窒息般地呜咽了一声后倒了下去。

当山峰再次拉起她的时候感到特别沉重，她的身体就像掉入水中一样直往下沉。于是山峰就屈起膝盖顶住她的腹部，让她贴在墙上，然后抓住她的头发狠命地往墙上撞了三下。山峰吼道：“为什么死的不是你？”吼毕才松开手，她的身体便贴着墙壁滑了下去。

随后山峰打开房门走到了外间。那时候山岗已经吃完了午饭，但他仍坐在那里。他的妻子正将碗筷收去，留下的两双是给山峰他们的。山岗看到山峰杀气腾腾地走了出来，走到母亲身旁。

此刻母亲仍端坐在那里喋喋不休地抱怨着她看到血了。那一碗米饭纹丝未动。

山峰问母亲：“是谁把我儿子抱出去的？”

母亲抬起头来看看儿子，愁眉苦脸地说：“我看到血了。”

“我问你。”山峰叫道，“是谁把我儿子抱出去的？”

母亲仍然没对儿子的问话感兴趣，但她希望儿子对她看到血感兴趣，她希望儿子来关心一下她的胃口。所以她再次说："我看到血了。"

然而山峰却抓住了母亲的肩膀摇了起来："是谁？"

坐在一旁的山岗这时开口了，他平静地说："别这样。"

山峰放开了母亲的肩膀，他转身朝山岗吼道："我儿子死啦！"

山岗听后心里一怔，于是他就不再说什么。

山峰重新转回身去问母亲："是谁？"

这时母亲眼泪汪汪地嘟哝起来："你把我的骨头都摇断了。"她对山岗说："你来听听，我身体里全是骨头断的声音。"

山岗点点头，说："我听到了。"但他坐着没动。

山峰几乎是最后一次吼叫了："是谁把我儿子抱出去的？"

此时坐在塑料小凳上的皮皮用比山峰还要响亮的声音回答："我抱的。"当山峰第一次这样问母亲时，皮皮没去关心。后来山峰的神态吸引了他，他有些费力地听着山峰的吼叫，刚一听懂他就迫不及待地叫了起来，然后他非常得意地望望父亲。

于是山峰立刻放开母亲，他朝皮皮走去。他凶猛的模样使山岗站了起来。

皮皮依旧坐在小凳上，他感到山峰那双血红的眼睛很有趣。

山峰在山岗面前站住，他叫道："你让开。"

山岗十分平静地说："他还是孩子。"

"我不管。"

"但是我要管。"山岗回答，声音仍然很平静。

于是山峰对准山岗的脸狠击一拳，山岗只是歪了一下头却没有倒下。

"别这样。"山岗说。

"你让开。"山峰再次吼道。

"他还是孩子。"山岗又说。

"我不管，我要他偿命。"山峰说完又朝山岗打去一拳，山岗仍是歪一下头。

这情景使老太太惊愕不已，她连声叫着："吓死我了。"然而却坐着未动。因为山峰的拳头离她还有距离。此时山岗的妻子从厨房里跑了出来，她朝山岗叫道："这是怎么了？"

山岗对她说："把孩子带走。"

可是皮皮却不愿离开，他正兴致勃勃地欣赏着山峰的拳头。父亲没有倒下使他兴高采烈。因此当母亲将他一把拖起来时，他不禁愤怒地大哭了。

这时山峰转身去打皮皮，山岗伸手挡住了他的拳头，随即又抓住山峰的胳膊，不让他挨近皮皮。

山峰就提起膝盖朝山岗腹部顶去，这一下使山岗疼弯了腰，他不由呻吟了几下。但他仍抓住山峰的胳膊，直到看着妻子把孩子带入卧室关上门后，才松开手。然后挪几步坐在了凳子上。

山峰朝那扇门狠命地踢了起来，同时吼着："把他交出来。"

山岗看着山峰疯狂地踢门，同时听着妻子在里面叫他的名字，还有孩子的哭声。他坐着没有动。他感到身旁的母亲正站起来离开，母亲嘟嘟哝哝像是嘴里塞着棉花。

山峰狠命地踢了一阵后才收住脚，接着他又朝门看了很久，然后才转过身来。他朝山岗看了一眼，走过去也在凳子上坐下，他的眼睛继续望着那扇门，目光像是钉在那上面。山岗坐在那里一直看着他。

后来，山岗感到山峰的呼吸声平静下来了，于是他站起身，朝卧室的门走去。他感到山峰的目光将自己的身体穿透了。他在门上敲了几下，说："是我，开门吧。"同时听着山峰是否站了起来，山峰坐在那里没有声息。他放心了，继续敲门。

门战战兢兢地打开了，他看到妻子不安的脸。他对她轻轻说："没事了。"但她还是迅速地将门关上。

她仰起头看着他，说："他把你打成这样。"

山岗轻轻一笑，他说："过几天就没事了。"

说着山岗走到泪汪汪的儿子身旁，用手摸他的脑袋，对他说："别哭。"接着他走到衣柜的镜子旁，他看到一个脸部肿胀的陌生人。他回头问妻子："这人是我吗？"

妻子没有回答，妻子正怔怔地望着他。

他对她说："把所有的存折都拿出来。"

她迟疑了一下后就照他的话去办了。

他继续逗留在镜子旁。他发现额头完整无损，下巴也是原来的，而其余的都已经背叛他了。

这时妻子将存折递了过去，他接过来后问："多少钱？"

"三千元。"她回答。

"就这么多？"他怀疑地问。

"可我们总该留一点。"她申辩道。

"全部拿出来。"他坚定地说。

她只得将另外两千元递过去。山岗拿着存折走到了外间。

此刻山峰仍然坐在原处，山岗打开门走出来时，山峰的目光便离开了门而盯在了山岗的腹部。现在山岗向他走来，目光就开始缩短。山岗在他面前站住，目光就上升到了山岗的胸膛。他看到山岗的手正在伸过来，手中捏着十多张存折。

"这里是五千元。"山岗说，"这事就这样结束吧。"

"不行。"山峰斩钉截铁地回答，他的嗓音沙哑了。

"我所有的钱都在这里了。"山岗又说。

"你滚开。"山峰说。因为山岗的胸膛挡住了他的视线，他没法看到那扇门。

山岗在他身旁默默地站了很久，他一直看着山峰的脸，他看到那脸上有一种傻乎乎的神色。然后他才转过身，重新走回卧室。他把存折放在妻子手中。

“他不要？”她惊讶地问。

他没有回答，而是走到儿子身旁，用手拍拍他的脑袋说：“跟我来。”

孩子看了看母亲后就站了起来，他问父亲：“到哪里去？”

这时她明白了，她拦住山岗，她说：“不能这样，他会打死他的。”

山岗用手推开她，另一只手拉着儿子往外走去。他听到她在后面说：“我求你了。”

山岗走到了山峰面前，他把儿子推上去说：“把他交给你吧。”

山峰抬起头来看了一下皮皮和山岗，他似乎想站起来，可身体只是动了一下。然后他的目光转了个弯，看到屋外院子里去了。于是他看到了那一摊血。血在阳光下显得有些耀眼。他发现那一摊血在发出光亮，像阳光一样的光亮。

皮皮站在那里显然兴味索然，他仰起头来看看父亲，父亲脸上没有表情，和山峰一样。于是他就东张西望，他看到母亲不知什么时候起也站在他身后了。

山峰这时候站了起来，他对山岗说：“我要他把那摊血舔干净。”

“以后呢？”山岗问。

山峰犹豫了一下才说：“以后就算了。”

“好吧。”山岗点点头。

这时孩子的母亲对山峰说：“让我舔吧，他还不懂事。”

山峰没有搭理，他拉着孩子往外走。于是她也跟了出去。山岗迟疑了一下走回了卧室，但他走到卧室的窗前。

山岗看到妻子一走近那摊血迹就俯下身去舔了，妻子的模样十分贪婪。山岗看到山峰朝妻子的臀部蹬去一脚，妻子摔向一旁然后跪起来拼命地呕吐了，她喉咙里发出了那种令人毛骨悚然的声音。接着他看到山峰把皮皮的头按了下去，皮皮便趴在了地上。他听到山峰用一种近似妻子呕吐的声音说：“舔。”

皮皮趴在那里，望着这摊在阳光下亮晶晶的血，使他想起某一种鲜艳的果浆。他伸出舌头试探地舔了一下，于是一种崭新的滋味油然而生。接下去他就放心去舔了，他感到水泥地上的血很粗糙，不一会儿舌头发麻了。随后舌尖上出现了几丝流动的血，这血使他觉得更可口。但他不知道那是自己的血。

山岗这时看到弟媳伤痕累累地出现了，她嘴里叫着“咬死你”扑向了皮皮。与此同时山峰飞起一脚踢进了皮皮的胯里。皮皮的身体腾空而起，随即脑袋朝下撞在了水泥地上，发出一声沉重的声响。他看到儿子挣扎了几下后就舒展四肢瘫痪似的不再动了。

三

那时候老太太听到“咕咚”一声，这声音使她大吃一惊。声音是从腹部钻出来的。仿佛已经憋了很久总算散发出来，声音里充满了怨气。她马上断定那是肠子在腐烂，而且这种腐烂似乎已经由来已久。紧接着她接连听到了两声“咕咚”，这次她听得更为清楚，她觉得这是冒出气泡来的声音。由此看来，肠子已经彻底腐烂了。她想象不出腐烂以后的颜色，但她却能揣摩出它们的形态，是很稠的液体在里面蠕动时冒出的气泡。接下去她甚至嗅到了腐烂的那种气息，这种气息正是从她口中溢出。不久之后她感到整个房间已经充满了这种腐烂气息，仿佛连房屋也在腐烂了。所以她才知道为什么不想吃东西。

她试着站起来，于是马上感到腹内的腐烂物往下沉去，她感到往大腿里沉了。她觉得吃东西实在是一桩危险的事情，因为她的腹腔不是一个无底洞。有朝一日将身体里全部的空隙填满以后，那么她的身体就会胀破。那时候她会像一颗炸弹似的爆炸了。她的皮肉被炸到墙壁上以后就像标语一样贴在上面，而她的已经断得差不多了的骨头则像一堆乱柴堆在地上。

她的脑袋可以想象如皮球一样在地上滚了起来，滚到墙角后就搁在那里不再动了。

所以她又眼泪汪汪了，她感到眼泪里也在散发着腐烂气息，而眼泪从脸颊上滚下去时，也比往常重得多。她朝门口走去时感到身体重得像沙袋。这时她看到山岗抱着皮皮走进来，山岗抱着皮皮就像抱着玩具，山岗没有走到她面前，他转弯进了自己的卧室。在山岗转弯的一瞬间，她看到了皮皮脑袋上的血迹。这是她这一天里第二次看到血迹，这次血迹没有上次那么明亮，这次血迹很阴沉。她现在感到自己要呕吐了。

山岗看着儿子像一块布一样飞起来，然后迅速地摔在了地上。接下去他什么也看不到了，他只觉得眼前杂草丛生，除此以外还有一口绿得发亮的井。

那时候山岗的妻子已经抬起头来了。她没看到儿子被山峰一脚踢起的情景，但是那一刻里她那痉挛的胃一下子舒展了。而她抬起头来所看到的，正是儿子挣扎后四肢舒展开来，像她的胃一样，这情景使她迷惑不解，她望着儿子发怔。儿子头部的血这时候慢慢流出来了，那血看去像红墨水。

然后她失声大叫一声："山岗。"同时转回身去，对着站在窗前的丈夫又叫了一声。可山岗一动不动，他眯着眼睛仿佛已经睡去。于是她重新转回身，对站在那里也一动不动的山峰说："我丈夫吓傻了。"然后她又对儿子说："你父亲吓傻了。"接着她自言自语："我该怎么办呢？"

杂草和井是在这时消失的，刚才的情景复又出现，山岗再一次看到儿子如一块布飘起来和掉下去。然后他看到妻子正站在那里望着自己，他心想："干吗这样望着我？"他看到山峰在东张西望，看到他后就若无其事地走来了，他那伤痕累累的妻子跟在后面。儿子没有爬起来，还躺在地上。他觉得应该去看一下儿子，于是他就走了出去。

山峰往屋中走去时，感到妻子跟在后面的脚步声让他心烦意乱，所以他就回头对她说："别跟着我！"然后他在门口和山岗相遇，他看到山岗向他微笑了一下，山岗的微笑捉摸不透。山岗从他身旁擦过，像是一股风闪过。他发现妻子还在身后，于是他就吼叫起来：“别跟着我！”

山岗一直走到妻子面前，妻子怔怔地对他说：“你吓傻了。”

他摇摇头说：“没有。”然后他走到儿子身旁。他俯下身去，发现儿子的头部正在流血，他就用手指按住伤口，可是血依旧在流，从他手指上淌过，他摇摇头，心想没办法了。接着他伸开手掌挨近儿子的嘴，感觉到一点微微的气息，但是这气息正在减弱下去。不久之后就没了。他就移开手去找儿子的脉搏，没有找到。这时他看到有几只蚂蚁正朝这里爬来。他对蚂蚁不感兴趣。所以他站起，对妻子说：“已经死了。”

妻子听后点点头，她说：“我知道了。”随后她问：“怎么办呢？”

“把他葬了吧。”山岗说。

妻子望望还站在屋门口的山峰，对山岗说：“就这样？”

“还有什么？”山岗问。他感到山峰正望着自己，便朝山峰望去，但这时山峰已经转身走进去了。于是山岗像是想起来什么似的反身走到儿子身旁，把儿子抱了起来。他感到儿子很沉，然后他朝屋内走去。

他走进门后看到母亲从卧室走出来，他听到母亲说了一句什么话，但这时他已走入自己的卧室。他把儿子放在床上，又拉过来一条毯子盖上去。然后他转身对走进来的妻子说：“你看，他睡着了。”

妻子这时又问：“就这样算了？”

他莫名其妙地望着她，仿佛没明白妻子的话。

“你被吓傻了。”妻子说。

“没有。”他说。

“你是胆小鬼。”妻子又说。

“不是。”他继续争辩。

“那么你就出去。”

“上哪儿去？”

“去找山峰算账。”妻子咬牙切齿地说。

他微微笑了起来，走到妻子身旁，拍拍她的肩膀说：“你别生气。”

妻子则是冷冷一笑，她说：“我没生气，我只是要你去找他。”

这时山峰出现在门口，山峰说：“不用找了。”他手里拿着两把菜刀。他对山岗说：“现在轮到我们了。”说着将一把菜刀递了过去。

山岗没去接，他只是望着山峰的脸，他感到山峰的脸色异常苍白。他就说：“你脸色太差了。”

“别说废话。”山峰说。

山岗看到妻子走上去接过了菜刀，然后又看到妻子把菜刀递过来。他就将双手插入裤袋，他说：“我不需要。”

“你是胆小鬼。”妻子说。

“我不是。”

“那你就拿住菜刀。”

“我不需要。”

妻子朝他的脸看了很久，接着点点头表示知道了。她将菜刀送回山峰手中。“你听着。”她对他说，“我宁愿你死去，也不愿看你这样活着。”

他摇摇头，表示无可奈何。他又对山峰说：“你的脸色太差了。”

山峰不再站下去，而是转身走进了厨房。从厨房里出来时他手里已没有菜刀。他朝站在墙角惊恐万分的妻子说：“我们吃饭吧。”然后走到桌旁坐了下来。他妻子也走了过去。

山峰坐下来后没有立刻吃饭，他的眼睛仍然看着山岗。他看到山岗右手伸进口袋里摸着什么，那模样像是在找钥匙。然后山岗转身朝外面走去了。于是他开始吃饭。他将饭菜送入嘴中咀嚼时感到如同咀嚼泥土，而坐在身旁的妻子还在微微颤抖。所以他非常恼火，他说：“抖什么？”说毕将那口饭咽了下去。然后他扭头对纹丝不动的妻子说：“干吗不吃？”

“我不想吃。”妻子回答。

“不吃你就走开。”他越发恼火了。同时他又往嘴中送了一口饭。他听到妻子站起来走进了卧室，然后在一把椅子上坐了下来，是靠近墙角的一把椅子，于是他又咀嚼起来，这次使他感到恶心。但他还是将这口饭咽了下去。

他不再吃了，他已经吃得气喘吁吁了，额头的汗水也往下淌。他用手擦去汗珠，感到汗珠像冰粒。这时他看到山岗的妻子从卧室里走了出来。她在门口阴森森地站了一会儿后，朝他走来了。她走来时的模样使他感到像是飘出来的。她一直飘到他对面，然后又飘下去坐在了凳子上。接着用一种像身体一样飘动的目光看着他，这目光使他感到不堪忍受，于是他就对她说：“你滚开。”

她将胳膊肘搁在桌上，双手托住下巴仔细地将他观瞧。

“你给我滚开！”他吼了起来。

可是她却像是凝固一般没有动。

于是他便将桌上所有的碗都摔在了地上，然后又站起来抓住凳子往地上狠狠摔去。

待这一阵杂响过去后，她轻轻说：“你为何不一脚踢死我？”

这使他暴跳如雷了。他走到她跟前，举起拳头对她叫道：“你想找死！”

山岗这时候回来了。他带了一大包东西回来，后面还跟着一条黄色的小狗。

看到山岗走了进来，山峰便收回拳头，他对山岗说：“你让她滚开。”

山岗将东西放在了桌上，然后走到妻子身旁对她说：“你回卧室去吧。”

她抬起头来，很奇怪地问：“你为什么不揍他一拳？”

山岗将她扶起来，说：“你应该去休息了。”

她开始朝卧室走去，走到门口她又站住了脚，回头对山岗说：“你起码也得揍他一拳。”

山岗没有说话，他将桌上的东西打了开来，是一包肉骨头。这时他又听到妻子在说："你应该揍他一拳。"随后，他感到妻子已经进屋去了。

此刻山峰在另一只凳子上坐了下来，他往地上指了指，对山岗说："你收拾一下。"

山岗点点头，说："等一下吧。"

"我要你马上就收拾。"山峰怒气冲冲地说。

于是山岗就走进厨房，拿出簸箕和扫帚将地上的碎碗片收拾干净，又将散架了的凳子也从地上捡起。一起拿到院子里。当他走进来时，山峰指着那条此刻正在屋中转悠的狗问山岗："哪儿来的？"

"在街上碰上的。它一直跟着我，就跟到这里来了。"山岗回答。

"把它赶出去。"山峰说。

"好吧。"山岗说着走到那条小狗近旁，俯下身把小狗招呼过来，一把抱起它后山岗就走入了卧室。他出来时随手将门关紧，然后问山峰："还有什么事吗？"

山峰没理睬他，也不再坐在那里，他站起来走入了自己的卧室。

那时妻子仍然坐在墙角，她的目光在摇篮里。她儿子仰躺在里面，无声无息像是睡去一样。她的眼睛看在儿子的腹部，她感到儿子的腹部正在一起一伏，所以她觉得儿子正在呼吸。这时她听到了丈夫的脚步声。于是她就抬起了头。不知为何她的身体也站了起来。

"你站起来干什么？"山峰说着也往摇篮里看了一眼，儿子舒展四肢的形象让他感到有些张牙舞爪。因此他有些恶心，便往床上躺了下去。

这时他妻子又坐了下去，山峰感到很疲倦，他躺在床上将目光投到窗外。他觉得窗外的景色乱七八糟，同时又什么都没有。所以他就将目光收回，在屋内瞟来瞟去。于是他发现妻子还坐在墙角，仿佛已经坐了多年。这使他感到厌烦，他便坐起来说："你干吗总坐在那里？"

她吃惊地望着他，似乎不知道他刚才在说些什么。

他又说："你别坐在那里。"

她立刻站了起来，而站起来以后该怎么办，她却没法知道。

于是他恼火了，他朝她吼道："你他妈的别坐在那里。"

她马上离开墙角，走到另一端的衣架旁。那里也有一把椅子，但她不敢坐下去。她小心翼翼地看着丈夫，丈夫没朝她看。这时山峰已经躺下了，而且似乎还闭上了眼睛。她犹豫了一下，才十分谨慎地坐了下去。可这时山峰又开口了，山峰说："你别看着我。"

她立刻将目光移开，她的目光在屋内颤抖不已，因为她担心稍不留心目光就会滑到床上去。后来她将目光固定在大衣柜的镜子上。因为角度关系，那镜子此刻看去像一条亮闪闪的光芒。她不敢去看摇篮，她怕目光会跳跃一下进入床里。可是随即她又听到了那个怒气冲冲的声音："别看着我。"

她霍地站起，这次她不再迟疑或者犹豫。因为她看到了那扇门，于是她就从那里走了出去。她来到外间时，看到山岗走进他们卧室的背影。那背影很结实，可只在门口一闪就消失了。她四下望了望，然后朝院子里走去。院子里的阳光使她头晕目眩。她觉得自己快站不住了，便在门前的石阶上坐下去。然后看起了那两摊血迹。她发现血迹在阳光下显得特别鲜艳，而且仿佛还在流动。

山岗没有洗那些肉骨头，他将它们放入了锅子以后，也不放作料就拿进厨房，往里面加了一点水后便放在煤气灶上烧起来。随后他从厨房走出来，走进了自己的卧室。

妻子正坐在床沿，坐在他儿子身旁，但她没看着儿子。她的目光和山峰刚才一样也在窗外。窗外有树叶，她的目光在某一片树叶上。

他走到床前，儿子的头朝右侧去，创口隐约可见。儿子已经不流血了，枕巾上只有一小摊血迹，那血迹像是印在上面的某种图案。他那么看了一会儿后，走过去把儿子的头摇向左侧，这样创口便隐蔽起来，那图案也隐蔽了起来，图案使他感到有些可惜。

那条小狗从床底下钻出来，跑到他脚上，玩弄起了他的裤管。他这时眼睛也看到窗外去，看着一片树叶，但不是妻子望着的那片树叶。“你为什么不揍他一拳？”他听到妻子这样说。妻子的声音像树叶一样在他近旁摇晃。

“我只要你揍他一拳。”她又说。

四

老太太将门锁上以后，就小心翼翼地重新爬到床上去。她将棉被压在枕头下面，这样她躺下去时上身就抬了起来。她这样做是为了提防腹内腐烂的肠子侵犯到胸口。她决定不再吃东西了，因为这样做实在太危险。她很明白自己体内已经没有多少空隙了。为了不使那腐烂的肠子像水一样在她体内涌来涌去，她躺下以后就不再动弹。现在她感到一点声音都没有，她对此很满意。她不再忧心忡忡，相反她因为自己的高明而很得意。她一直看着屋顶上的光线，从上午到傍晚，她看着光线如何扩张和如何收缩。现在对她来说只有光线还活着，别的全都死了。

翌日清晨，山峰从睡梦中醒来时感到头疼难忍，这疼痛使他觉得脑袋都要裂开了。所以他就坐起来，坐起来后疼痛似乎减轻了一些，但脑袋仍处在涨裂的危险中，他没法大意。于是他就下了床，走到五斗柜旁，从最上面的抽屉里找出一根白色的布条，然后绑在了脑袋上，他觉得安全多了。因此他就开始穿衣服。

穿衣服的时候，他看到了袖管上的黑纱。他便想起昨天下午山岗拿着黑纱走进门来。那时他还躺在床上。尽管头疼难忍，但他还是记得山岗很亲切地替他戴上了黑纱。他还记得自己当时怒气冲冲地向山岗吼叫，至于吼叫的内容他此刻已经忘了。再后来，山岗出去借了一辆劳动车，劳动车就停在院门外面。山岗抱着皮皮走出去他没看到，他只看到山岗走进来将他儿子从摇篮里抱了出去。他是在那个时候跟出去的。然后他就跟着劳动车走了，他记得嫂嫂和妻子也跟着劳动车走了。那时候他刚刚感到头疼。他记得自己一路骂骂咧咧，但骂的都是阳光，那阳光都快使他站不住了。他在那条路上走了过去，又走了回来。路上似乎碰到很多熟人，但他一个都没有认真认出来。他们奇怪地围了上来，他们的说话声让他感到是一群麻雀在喳喳叫唤。他看到山岗在回答他们的问话。山岗那时候好像若无其事，但山岗那时候又很严肃。他们回来时已是傍晚了。那时候那两个孩子已经放进两只骨灰盒里了。他记得他很远就看到那个高耸入云的烟囱。然后走了很久，走过了一座桥，又走入了一个很大的院子，院子里满是青松翠柏。那时候刚好有一大群人哭哭啼啼走出来，他们哭哭啼啼走出来使他感到恶心。然后他站在一个大厅里了，大厅里只有他们四个人。因为只有四个人，那厅所以特别大，大得有点像广场。他在那里站了很久后，才听到一种非常熟悉的音乐，这音乐使他非常想睡觉。音乐过去之后他又不想睡了，这时山岗转过身来脸对着他，山岗说了几句话，他听懂了山岗的话，山岗是在说那两个孩子的事，他听到山岗在说"由于两桩不幸的事故"。他心里觉得很滑稽。很久以后，那时候天色已经黑下来了，他才回到现在的位置上。他在床上躺了下来，闭上眼睛以后觉得有很多蜜蜂飞到脑袋里来嗡嗡乱叫，而且整整叫了一个晚上。直到刚才醒来时才算消失，可他感到头痛难忍了。

现在他已经穿好了衣服，他正站到地上去时，看到山岗走了进来，于是他就重新坐在床上。他看到山岗亲切地朝自己微笑，山岗拖过来一把椅子也坐下，山岗和他挨得很近。

山岗起床以后先是走到厨房里。那时候两个女人已在里面忙早饭了。她们像往常一样默不作声，仿佛什么也没发生，或者说发生的一切已经十分遥远，远得已经走出了她们的记忆。山岗走进厨房是要揭开那锅盖，揭开以后他看到昨天的肉骨头已经烧烟了，一股香味洋溢而出。然后山岗满意地走出了厨房，那条小狗一直跟着他。昨天锅子里挣扎出来的香味使它叫个不停，它的叫声使山岗心里很踏实。现在它紧随在山岗后面，这又使山岗很放心。

山岗从厨房里出来以后就在餐桌旁坐了下来，他把狗放在膝盖上，对它说："待会儿就得请你帮忙了。"然后他眯起眼睛看着窗外，他在想是不是先让山峰吃了早饭。那条小狗在山岗腿上很安静。他那么想了一阵以后决定不让山峰吃早饭了。"早饭有什么意思。"他在心里对自己说。于是他就站起来，把狗放在地上，朝山峰的卧室走去，那条狗又跟在了后面。

山峰卧室的门虚掩着，山岗就推门而入，狗也跟了进去。他看到山峰神色疲倦地站在床前，头上绑着一根白布条。山峰看到他进来后就一屁股坐在了床上，那身体像是掉下去似的。山岗就拉过去一把椅子也坐下。在刚才推门而入的一瞬间，山岗就预感到接下去所有的一切都会非常顺利。那时他心里这样想。"山峰完全垮了。"

他对山峰说："我把儿子交给你了，现在你拿谁来还？"

山峰怔怔地望了他很久，然后皱起眉头问："你的意思是？"

"很简单。"山岗说，"把你妻子交给我。"

山峰这时想到自己儿子已死了，又想到皮皮也死了。他感到这两次死中间有某种东西。这种东西是什么他实在难以弄清，他实在太疲倦了。但是他知道这种东西联系着两个孩子的死去。

所以山峰说："可是我儿子也死了。"

"那是另一桩事。"山岗果断地说。

山峰糊涂了。他觉得儿子的死似乎是属于另一桩事，似乎是与皮皮的死无关。而皮皮，他想起来了，是他一脚踢死的。可他为何要这样做？这又使他一时无法弄清。他不愿再这样想下去，这样想下去只会使他更加头晕目眩。他觉得山岗刚才说过一句什么话，他便问："你刚才说什么？"

"把你妻子交给我。"山岗回答。

山峰疲倦地将头靠在床栏上，他问："你怎样处置她？"

"我想把她绑在那棵树下。"山岗用手指了指窗外那棵树，"就绑一小时。"

山峰扭回头去看了一下，他感到树叶在阳光里闪闪发亮，使他受不了。

他立刻扭回头来，又问山岗："以后呢？"

"没有以后了。"山岗说。

山峰说："好吧。"他想点点头，可没力气。接着他又补充道："还是绑我吧。"

山岗轻轻一笑，他知道结果会是这样。他问山峰："是不是先吃了早饭？"

"不想吃。"山峰说。

"那么就抓紧时间。"山岗说着站了起来。山峰也跟着站起来，他站起来时感到身体沉重得像是里面灌满了泥沙。他对山岗说："我觉得自己快要死了。"山岗回过头来说："你说得很有道理。"

俩人走出房间后，山岗就走进了自己的卧室，他出来时手里拿着两根麻绳，他递给山峰，同时问："你觉得合适吗？"

山峰接过来后觉得麻绳很重，他就说："好像太重了。"

"绑在你身上就不会重了。"山岗说。

"也许是吧。"现在山峰能够点点头了。

然后两人走到了院子里，院子里的阳光太灿烂，山峰觉得天旋地转。他对山岗说："我站不住了。"

山岗朝前面那棵树一指说："你就坐到树荫下面去。"

"可是我觉得太远。"山峰说。

"很近。才两三米远。"山岗说着扶住山峰，将他扶到树荫下。然后将山峰的身体往下一压，山峰便倒了下去。山峰倒下去以后身体刚好靠在树干上。

"现在舒服多了。"他说。

"等一下你会更舒服。"

"是吗？"山峰吃力地仰起脑袋看着山岗。

"等一下你会哈哈乱笑。"山岗说。

山峰疲倦地笑了笑，他说："就让我坐着吧。"

"当然可以。"山岗回答。

接着山峰感到一根麻绳从他胸口绕了过去，然后是紧紧地将他贴在树上，他觉得呼吸都困难起来，他说："太紧了。"

"你马上就会习惯的。"山岗说着将他上身捆绑完毕。

山峰觉得自己被什么包了起来。他对山岗说："我好像穿了很多衣服。"

这时山岗已经进屋了。不一会儿他拿着一块木板和那只锅子出来，又来到了山峰身旁，那条小狗也跟了出来，在山峰身旁绕来绕去。

山峰对他说："你摸摸我的额头。"

山岗便伸手摸了一下。

"很烫吧？"山峰问。

"是的。"山岗回答，"有四十度。"

"肯定有。"山峰吃力地表示同意。

这时山岗蹲下身去，将木板垫在山峰双腿下面，然后用另一根麻绳将木板和山峰的腿一起绑了起来。

"你在干什么？"山峰问。

"给你按摩。"山岗回答。

山峰就说："你应该在太阳穴上按摩。"

"可以。"此刻山岗已将他的双腿捆结实了，便站起来用两个拇指在山峰太阳穴上按摩了几下，他问："怎么样？"

"舒服多了，再来几下吧。"

山岗就往前站了站，接下去他开始认认真真替山峰按摩了。

山峰感到山岗的拇指在他太阳穴上有趣地扭动着，他觉得很愉快，这时他看到前面水泥地上有两摊红红的什么东西。他问山岗："那是什么？"

山岗回答："是皮皮的血迹。"

"那另一摊呢？"他似乎想起来其中一摊血迹不是皮皮的。

"也是皮皮的。"山岗说。

他觉得自己也许弄错了，所以他不再说话。过了一会儿他又说："山岗，你知道吗？"

"知道什么？"

"其实昨天我很害怕，踢死皮皮以后我就很害怕了。"

"你不会害怕的。"山岗说。

"不。"山峰摇摇头，"我很害怕，最害怕的时候是递给你菜刀。"

山岗停止了按摩，用手亲切地拍拍他的脸说："你不会害怕的。"

山峰听后微微笑了起来，他说："你不肯相信我。"

这时山岗已经蹲下身去脱山峰的袜子。

"你在干什么？"山峰问他。

"替你脱袜子。"山岗回答。

"干吗要脱袜子？"

这次山岗没有回答。他将山峰的袜子脱掉后，就揭开锅盖，往山峰脚底心上涂烧烂了的肉骨头了。那条小狗此刻闻到香味马上跑了过来。

"你在涂些什么？"山峰又问。

"清凉油。"山岗说。

"又错了。"山峰笑笑说，"你应该涂在太阳穴上。"

"好吧。"山岗用手将小狗推开，然后伸进锅子里抓了两把像扔烂泥似的扔在山峰两侧的太阳穴上。接着又盖上了锅盖。山峰的脸便花里胡哨了。

"你现在像个花花公子。"山岗说。

山峰感到什么东西正缓慢地在脸上流淌。"好像不是清凉油。"他说，接着他伸伸腿，可是和木板绑在一起的腿没法弯曲。他就说："我实在太累了。"

"你睡一下吧。"山岗说，"现在是七点半，到八点半我就放开你。"

这时候那两个女人几乎同时出现在门口。山岗看到她们怔怔地站着。接着他听到一声令人毛骨悚然的嗷叫，他看到弟媳扑了上来，他的衣服被扯住了。他听到她在喊叫："你要干什么？"于是他就说："与你无关。"

她愣了一下，接着又叫道："你放开他。"

山岗轻轻一笑，他说："那你得先放开我。"当她松开手以后，他就用力一推，将她推到一旁摔倒在地了。然后山岗朝妻子看去，妻子仍然站在那里，他就朝她笑了笑，于是他看到妻子也朝自己笑了笑。当他扭回头来时，那条小狗已向山峰的脚走去了。

山峰看到妻子从屋内扑了出来，他看到她身上像是装满电灯似的闪闪发亮，同时又像一条船似的摇摇晃晃。他似乎听到她在喊叫些什么，然后又看到山岗用手将她推倒在地。妻子摔倒时的模样很滑稽。接着他觉得脖子有些酸就微微扭回头来，于是他又看到刚才见过的那两摊血了。他看到两摊血相隔不远，都在阳光下闪闪烁烁，它们中间几滴血从各自的地方跑了出来，跑到一起了。这时候想起来了，他想起来另一摊血不是皮皮的，是他儿子的。他还想起来是皮皮将他儿子摔死的。于是他为何踢死皮皮的答案也找到了。他发现山岗是在欺骗他，所以他就对山岗叫了起来："你放开我！"可是山岗没有声音，他就再叫："你放开我！"

然而这时一股奇异的感觉从脚底慢慢升起，又往上面爬了过来，越爬越快，不一会儿就爬到胸口了。他第三次喊叫还没出来，他就由不得自己将脑袋一缩，然后拼命地笑了起来。他要缩回腿，可腿没法弯曲，于是他只得将双腿上下摆动。身体尽管乱扭起来可一点也没有动。他的脑袋此刻摇得令人眼花缭乱。山峰的笑声像是两张铝片刮出来一样。

山岗这时的神色令人愉快，他对山峰说："你可真高兴呵。"随后他回头对妻子说："高兴得都有点让我妒忌了。"妻子没有望着他，她的眼睛正望着那条小狗，小狗贪婪地用舌头舔着山峰赤裸的脚底。他发现妻子的神色和狗一样贪婪。接着他又去看看弟媳，弟媳还坐在地上，她已经被山峰古怪的笑声弄糊涂了。她呆呆地望着狂笑的山峰，她因为莫名其妙都有点神志不清了。

现在山峰已经没有力气摆动双腿和摇晃脑袋了，他所有的力气都用在了脖子上，他脖子拉直了哈哈乱笑。狗舔脚底的奇痒使他笑得连呼吸的空隙都快没有了。

山岗一直亲切地看着他，现在山岗这样问他："什么事这么高兴？"

山峰回答他的是笑声，现在山峰的笑声里出现了打嗝。所以那笑声像一口一口从嘴中抖出来似的，每抖一口他都微微吸进一点氧气。那打嗝的声音有点像在操场里发出的哨子声，节奏鲜明嘹亮。

山岗于是又对站在门口的妻子说："这么高兴的人我从来没有见过。"而他妻子依然贪婪地看着小狗。他继续说："他高兴得连呼吸都不需要了。"然后他俯下身去问山峰："什么事这么高兴？"此刻的笑声不再节奏鲜明，开始杂乱无章了。他就挺起身对弟媳说："他不肯告诉我。"山峰的妻子仍坐在地上，她脸上的神色让人感到她在远处。

这时候那条小狗儿缩回了舌头，它躬起身体抖了几下。然后似乎是心安理得地坐了下来。它的眼睛一会儿望望那双脚，一会儿望望山岗。

山岗看到山峰的脑袋耷拉了下去，但山峰仍在呼吸。山岗便说："现在可以告诉我了，什么事这么高兴？"可是山峰没有反应，他在挣扎着呼吸，他似乎奄奄一息了。于是山岗又走到那只锅子旁，揭开盖子往里抓了一把，又涂在了山峰的脚底。那条狗立刻扑了上去继续舔了。

山峰这次不再哈哈大笑，他耷拉着脑袋"呜呜"地笑着，那声音像是深更半夜刮进胡同里来的风声。声音越拉越长，都快没有间隙了。然而不久之后山峰的脑袋突然昂起，那笑声像是爆炸似的疯狂地响了起来。这笑声持续了近一分钟，随后戛然而止，山峰的脑袋猛然摔了下去，摔在胸前像是挂在了那里。而那条狗则依然满足地舔着他的脚底。

山岗走上前，伸手托住山峰的下巴，他感到山峰的脑袋特别沉重。他将那脑袋托起来，看到了一张扭曲的脸。他那么看了一会儿才松开手，于是山峰的脑袋跌落下去，又挂在了胸前。山岗看了看表，才过去四十分钟。于是他转过身，朝屋内走去。他在屋门口站住了脚，他听到妻子这样问他：“死了吗？”

“死了。”他答。

进屋后他在餐桌旁坐了下来。早餐像仪仗队似的在桌上迎候他，依旧由米粥和油条组成。这时妻子也走了进来。妻子一直看着他，但妻子没在他旁边坐下，也没说什么。她脸上的神色让人觉得什么都没有发生。她走进了卧室。

山岗通过敞开的门，望着坐在地上死去的山峰。山峰的模样像是在打瞌睡。此刻有一条黑黑的影子向山峰爬去，不一会儿弟媳出现在了他的视线中。他看到她在山峰旁边站了很久，然后才俯下身去。他想她是在和山峰说话。过了一会儿他看到她直起身体，随后像不知所措似的东张西望。后来她的目光从门口进来了，一直来到他脸上。她那么看了一会儿后朝他走来。她一直走到他身旁，她皱着眉头看着他，似乎是在看着一件叫她烦恼的事。而后她才说：“你把我丈夫杀了。”

山岗感到她的声音和山峰的笑声一样刺耳，他没有回答。

“你把我丈夫杀害了。”她又说。

“没有。”山岗这次回答了。

“你杀害了我的丈夫。”她咬牙切齿地说道。

“没有，”山岗说，“我只是把他绑上，并没有杀他。”

“是你！”她突然神经质地大叫一声。

山岗继续说：“不是我，是那条狗。”

“我要去告你。”她开始流泪了。

“你那是诬告。”山岗说，“而且诬告有罪。”说完他轻轻一笑。

她似乎有些不知所措，她迷惑地望着山岗。很久后她才轻轻说：“我要去告你。”然后她转身朝门外走去。

山岗看着她一步一步走出去。她在山峰旁边站了一会儿，然后她抬起手去擦眼睛。山岗心想："她现在哭得像样一点了。"接着她就走出了院门。

山岗的妻子这时从卧室走了出来。她手里提着一个塞得鼓鼓的黑包。她将黑包放在桌上，对山岗说："你的换洗衣服和所有的现钱都放在里面了。"

山岗似乎不明白她的意思，他望着她有些发怔。

因此她又说："你该逃走了。"

山岗这才点点头。接着他又看了看手表，八点半还差一分钟。于是他就说："再坐一分钟吧。"说完他继续望着坐在树下的山峰，山峰的模样仍然像是在打瞌睡。同时他感到妻子在他对面坐了下来。

他站起来时没有看表，他只是觉得差不多过去了一分钟。他走到了院子里。那时候那条小狗已将山峰的脚底舔干净了，它正在舔着山峰的太阳穴。山岗走到近旁用脚轻轻踢开小狗，随后蹲下去解开绑在山峰腿上的绳子，接着又解开了绑在他身上的绳子。此后他站起来往外走去。没走几步他听到身后有一声沉重的声响，他回头看到山峰的身体已经倒在了地上。于是他就走回去将山峰扶起来，仍然把他靠在树上。然后他才走出院门。

他走在那条胡同里。胡同里十分阴沉，像是要下雨了。可他抬起头来看到了灿烂的阳光。他觉得很奇怪。他一直往前走，他感到身旁有人在走来走去，那些人像是转得很慢的电扇叶子一样，在他身旁一闪一闪。

在走到那家渔行时，他站住了脚。里面有几个人在抽烟聊天。他对他们说："这腥味真受不了。"可是他们谁也没有理睬他，所以他又说了一遍。这次里面有人开口了，那人说："那你还站着干什么？"他听后依旧站着不走开。于是他们都笑了起来。他皱皱眉，又说："这腥味真受不了。"说完还是站了一会儿。然后他感到有些无聊，便继续往前走了。

来到胡同口他开始犹豫不决，他没法决定往哪个方向走。那条大街就躺在眼前，街上乱七八糟。他看到人和自行车以及汽车手扶拖拉机还有手推车挤在一起像是买电影票一样乱哄哄。后来他看到一个鞋匠坐在一根电线杆下面在修鞋，于是他就走了过去。他默默地看了一阵后，就抬起自己脚上的皮鞋问鞋匠那皮质如何。鞋匠只是瞟了一眼就回答："一般。"这个回答显然没使他满意，所以他就告诉鞋匠那可是牛皮。可是鞋匠却告诉他那不是牛皮，不过是打光了的猪皮。这话使他大失所望，因此他便走开了。

他现在正往西走去。他走在人行道上，他对街上的自行车汽车什么的感到害怕。就是走在人行道上他也是小心翼翼，免得被人撞倒在地，像山峰一样再也爬不起来。走了没多久，他走到了一所厕所旁，这时候他想小便了，便走了过去。里面有几个人站在小便池旁正痛痛快快地撒尿，他也挤了过去，将那玩意儿揪出来对准小便池。他那么站了很久，可他听到的都是别人小便的声音，他不知为何居然尿不出来。他两旁的人在不停地更换着，可他还那么站着。随后他才发现了什么，他对自己说："原来我不是来撒尿的。"然后他就走了出去，依然走在人行道上。但他忘了将那玩意儿放进去，所以那玩意儿露在外面，随着他走路的节奏正一颤一颤，十分得意。他一直那么走着。起先居然没人发现。后来他走到影剧院旁时，才被几个迎面走来的年轻人看到了。他看到前面走来的几个年轻人突然像虾一样弯下了腰，接着又像山峰一样哈哈乱笑起来。他从他们中间走过去后，听到他们用一种断断续续又十分滑稽的声音在喊："快来看。"但他没在意，他继续往前走。然而他随即发现所有的人都在顷刻之间变了模样，都前仰后合或者东倒西歪了。一些女人像是遇上强盗一样避得远远的。他心里觉得很滑稽，于是就笑了起来。

他一直那么走着，后来他在一幢尚未竣工的建筑物前站住了脚，他朝这幢建筑物打量了好一阵，接着就走了进去。他感到里面很潮湿，但他很满意这个地方。里面有很多房间，都还没有装门。他挨个将这些房间审视一遍，随后决定走入其中一间。那是比较阴暗的一间。他走进去后就找了个角落坐了下来。他将身体靠在墙上，此刻他觉得可以心安理得地休息一下，因为他实在太疲倦。所以他闭上眼睛后马上就睡着了。

三小时以后他被人推醒，他看到几个武警站在他面前，其中一个人对他说：“请你把那东西放进去。”

五

一个月以后，山岗被押上了一辆卡车，一伙荷枪的武警像是保护似的站在他周围。他看到四周的人像麻雀一样会集过来，他们仰起脑袋看着他。而他则低下头去看他们，他感到他们的脸是画出来似的。这时前面那辆警车发出了西北风一样的呼叫后往前开了，可卡车只是放屁似的响了几声竟然不动了。那时候山岗心里已经明白。自从他在那幢建筑里被人叫醒后，他就在等着这一刻来到。现在终于来了。于是他就转过脸去对一个武警说：“班长，请手脚干净点。”

那武警的眼睛看着前方，没去搭理山岗。因此山岗将脸转向另一边，对另一个武警说：“班长，求你一枪结束我吧。”这个武警也一样无动于衷。

山岗看到很多自行车像水一样往前面流去了。这时候卡车抖动了几下，然后他感到风呼呼地刮在他的两只耳朵上，而前面密集的自行车井然有序地闪向两旁。路旁伸出来的树叶有几次像巴掌一样打在他脸上。不久之后那一块杂草丛生的绿地出现在了他的视线中，他知道自己马上就要站到这块绿地的中央。和绿地同时出现的是那杂草丛生一般的人群，他还看到一辆救护车，救护车停在绿地附近。公路两旁已经挤满自行车了，自行车在那里东倒西歪。他感到救护车为他而来。他觉得他们也许是一枪把他打个半死之后，再用救护车送他去医院救活他。这样想着的时候，卡车又抖动了一下，他的胸肋狠狠地撞在车栏上，但他居然不疼。随后他感到有人把他拉了过去，于是他就转过身来。他看到几个武警跳下了卡车，他也被推着跳了下去。他跳下去跪在了地上，随后又被拖起。他感到自己被簇拥着朝前走去，他觉得自己被五花大绑的上身正在失去知觉。而他的双腿却莫名其妙地在摆动。他似乎看到很多东西，又似乎眼前什么也没有。在他朝前走去时，他开始神情恍惚起来。不一会儿他被几只手抓住，他没法往前再走，于是他就站在那里。

他站在那里似乎有些莫名其妙。脚下长长的杂草伸进了他的裤管，于是他有了痒的感觉。他便低下头去看了看，可是他什么都没有看到。他只得把头重新抬起来，脸上出现了滑稽的笑容。慢慢地他开始听到嘈杂的人声，这声音使他发现四周像茅草一样遍地的人群。于是他如梦初醒般重又知道了自己的处境。他知道不一会儿就要脑袋开花了。

现在他想起来了，想起先前他常来这里。几乎每一次枪毙犯人他都挤在前排观瞧。可是站在那个位置上倒是第一次，所以现在的处境使他感到十分新奇。他用眼睛寻找他以前常站的位置，但是他竟然找不到了。而这时候他又突然想小便，他就对身旁的武警说："班长，我要尿尿了。"

"可以。"武警回答。

"请你替我把那东西拿出来。"他又说。

"就尿在裤子里吧。"武警说。

他感到四周的人在嬉皮笑脸，他不知道他们为何高兴成这样。他微微劈开双腿，开始愁眉苦脸起来。

过了一会儿武警问："好了没有？"

"尿不出来。"他痛苦地说。

"那就算了。"武警说。

他点点头表示同意。接着他开始朝远处眺望。他的目光从矮个的头发上飘了过去，又从高个的耳沿上滑过，然后他看到了那条像静脉一样的柏油公路。这时他感到腿弯里被人蹬了一腿，他双腿一软跪在了地上。他没法看到那条静脉颜色的公路了。

一个武警在他身后举起了自动步枪，举起以后开始瞄准。接着"砰"地响了一声。

山岗的身体随着这一枪竟然翻了个筋斗，然后他惊恐万分地站起来，他朝四周的人问："我死了没有？"

没有人回答他，所有的人都在哈哈大笑，那笑声像雷阵雨一样向他倾泻而来。于是他就惊慌失措哇哇大哭起来，因为他不知道自己是死是活。他的耳朵被打掉了，血正畅流而出。他又问："我死了没有？"

这次有人回答他了，说："你还没死。"

山岗又惊又喜，他拼命地叫道："快送我去医院。"随后他感到腿弯里又挨了一脚，他又跪在了地上。他还没明白过来，第二枪又出现了。

第二枪打进了山岗的后脑勺，这次山岗没翻筋斗，而是脑袋沉重地撞在了地上，脑袋将他的屁股高高支起。他仍然没有死，他的屁股像是受寒似的抖个不停。

那武警上前走了一步，将枪口贴在山岗的脑袋上，打出了第三枪。像是有人往山岗腹部踢了一脚，山岗一翻身仰躺在地了。他被绑着的双手压在下面，他的双腿则曲了起来，随后一松也躺在了地上。

六

这天早晨山岗的妻子看到一个人走了进来，这人只有半个脑袋。那时刚刚进入黎明。她记得自己将门锁得很好，可他进来时却让她感到门是敞开的。尽管他只有半个脑袋，但她还是一眼认出他就是山岗。

"我被释放了。"山岗说。

他的声音嗡嗡的，于是她就问："你感冒了？"

"也许是吧。"他回答。

她想起抽屉里有速效感冒胶囊，她就问他是否需要。

他摇摇头，说他没有感冒。他身体很好，只是半个脑袋不知去向。

她问他那半个脑袋是不是让一颗子弹打掉的。

他回答说记不起来了。然后他就在一把椅子里坐了下来，坐下后他说饿了，要她给一点零钱买早点吃。她就拿了半斤粮票和一元钱给他。他接过钱以后便站起来走了。他走出去时没有随手关门，于是她就去关门，可发现门关得很严实。她并没有感到惊奇，她脱掉衣服上床去睡觉了。

那个时候胡同里响起了单纯的脚步声，是一个人在往胡同口走去。她是在这个时候醒过来的，这时候黎明刚刚来临，她看到房间里正在明亮起来。四周很静，因此她清楚地听着那声似乎是从她梦里走出去的脚步声。她觉得这脚步声似乎是从她梦里走出去的，然后又走出了这所房子，现在快要走出胡同了。

她开始穿衣服，脚步声是她穿好衣服时消失的。于是她走到窗前，拉开窗帘后阳光便涌现进来，阳光这时候还是鲜红的。不久以后就会变成肝炎那种黄色。她叠好被子后就坐在梳妆台前，她看着镜中自己的脸，她感到索然无味。因此她站起身走出了卧室。在外间她看到山峰的妻子已在那里吃早饭了。于是她就走进厨房准备自己的早饭。她点燃煤气灶后，就站在一旁刷牙洗脸。

五分钟以后，她端着自己的早饭走了出来，在弟媳对面坐下，然后默不作声地吃了起来。那时候弟媳却站起身走入厨房，她吃完了。她听到弟媳在厨房里洗碗时发出很响的声音。不一会儿弟媳就走出来了，走进了卧室。然后又从卧室里走出，锁上门以后她就往外走了。

她继续吃着早饭，吃得很艰难，她一点胃口也没有。她眼睛便望到窗外那棵树上，那棵树此刻看去像是塑料制成的。她一直看着。后来她想起了什么，她将目光收回来在屋内打量起来。她想起已有很多日子没见到婆婆了。她的目光停留在婆婆卧室的门上。但是不久之后她就将目光移开，继续又看门外那棵树。

在山峰死去的第六天早晨，老太太也溘然长逝。那天早晨她醒来时感到一种异样的兴奋。她甚至能够感到那种兴奋如何在她体内流动。而同时她又感到自己的身体正在局部地死去。她明显地觉得脚指头是最先死去的，然后是整双脚，接着又伸延到腿上。她感到脚的死去像冰雪一样无声无息。死亡在她腹部逗留了片刻，以后就像潮水一样涌过了腰际，涌过腰际后死亡就肆无忌惮地漫延开来。这时她感到双手离她远去了，脑袋仿佛正被一条小狗一口一口咬去。最后只剩下心脏了，可死亡已经包围了心脏，像是无数蚂蚁似的从四周爬向心脏。她觉得心脏有些痒滋滋的。这时她睁开的眼睛看到有无数光芒透过窗帘向她奔涌过来。她不禁微微一笑，于是这笑容像是相片一样固定了下来。

山峰的妻子显然知道这天早晨发生一些什么。所以她很早就起床了。现在她已经走出了胡同，她走在大街上。这时候阳光开始黄起来了。她很明白自己该去什么地方。她朝天宁寺走去，因为在天宁寺的旁边就是拘留所。这天早晨山岗将被人从里面押出来。

她在街上走着的时候，就听到有人在议论山岗。而且很多人显然和她一样往那里走去。这镇上已有一年多时间没枪毙人了，今天这日子便显得与众不同。

一个月以来，她常去法院询问山岗的案子，她自称是山岗的妻子，（尽管一个月前她作为原告的身份是山峰的妻子，但是谁也没有注意到这一点。）直到前天他们才告诉她今天这种结果。她很满意，她告诉他们，她愿将山岗的尸体献给国家。法院的人听了这话并不兴高采烈，但他们表示接受。她知道医生们会兴高采烈的。她在街上走着的时候，脑子里已经开始想象着医生们如何瓜分山岗，因此她的嘴角始终挂着微笑。

七

在这间即将拆除的房屋中央，一只一千瓦的电灯悬挂着。此刻灯亮着，光芒辉煌四射。电灯下面是两张乒乓桌，已经破旧。乒乓桌下面是泥地。几个来自上海和杭州的医生此时站在门口聊天，他们在等着那辆救护车来到。

那时候他们就有事可干了。

现在他们显得悠闲自在。在不远处有一口池塘，池塘水面上漂着水草，而池塘四周则杨柳环绕。池塘旁边是一片金黄灿烂的菜花地。在这种地方聊天自然悠闲自在。

救护车此刻在那条泥路上驰来了，车子后面扬起了如帐篷一般的灰尘。救护车一直驰到医生们身旁才停住。于是医生们就转过脸去看了看。车后门打开后，一个人跳了下来，那人跳下来后立刻转身从车内拖出了两条腿，接着身体也出现了。另一个人抓住山岗的两条胳膊也跳下了车。这两人像是提着麻袋一样提着山岗进屋了。

医生们则继续站在门口聊天，他们仿佛对山岗不感兴趣，他们感兴趣的是刚才的话题，刚才的话题是有关物价。进去的两个人这时走了出来。这两人常去镇上医院卖血。现在他们还不能走，他们还有事要干。待会儿他们还要挖个坑把山岗扔进去埋掉。那时的山岗由一些脂肪和肌肉以及头发牙齿这一类医生不要的东西组成。所以他们走到池塘旁坐了下来。他们对今天的差事很满意，因为不久之后他们就会从某一个人手中接过钱来，然后放入自己的口袋。

医生们又在门口站了一会儿，然后才一个一个走了进去，走到各自带来的大包旁。他们开始换衣服了，换上手术服，戴上手术帽和口罩，最后戴上了手术手套。接着开始整理各自的手术器械。

山岗此刻仰躺在乒乓桌上，他的衣服已被刚才那两个人剥去。他赤裸裸的身体在一千瓦的灯光下像是涂上了油彩，闪闪烁烁。

首先准备完毕的一个男医生走了过去，他没带手术器械，他是来取山岗的骨骼的，他要等别人将山岗的皮剥去，将山岗的身体掏空后，才上去取骨骼。所以他走过去时显得漫不经心。他打量了一下山岗，然后伸手去捏捏山岗的胳膊和小腿，接着转回身对同行们说："他很结实。"

来自上海的那个三十来岁的女医生穿着高跟鞋第二个朝山岗走去。因为下面的泥地凹凸不平，她走过去时臀部扭得有些夸张。她走到山岗的右侧。她没有捏他的胳膊，而是用手摸了摸山岗胸膛的皮肤，她转过头对那男医生说：“不错。”

然后她拿起解剖刀，从山岗颈下的胸骨上凹一刀切进去，然后往下切一直切到腹下。这一刀切得笔直，使得站在一旁的男医生赞叹不已。于是她就说：“我在中学学几何时从不用尺画线。”那长长的切口像是瓜一样裂了开来，里面的脂肪便炫耀出了金黄的色彩，脂肪里均匀地分布着小红点。接着，她拿起像宝剑一样的尸体解剖刀从切口插入皮下，用力地上下游离起来。不一会儿山岗胸腹的皮肤已经脱离了身体，像是一块布一样盖在上面。她又拿起解剖刀去取山岗两条胳膊的皮了。她从肩峰下刀一直切到手背。随后去切腿，从腹下髂前上棘向下切到脚背。切完后再用尸体解剖刀插入切口上下游离。游离完毕她休息了片刻。然后对身旁的男医生说：“请把他翻过来。”那男医生便将山岗翻了个身。于是她又在山岗的背上划了一条直线，再用尸体解剖刀游离。此刻山岗的形象好似从头到脚披着几块布条一样。她放下尸体解剖刀，拿起解剖刀切断皮肤的联结，于是山岗的皮肤被她像捡破烂似的一块一块捡了起来。背面的皮肤取下后，又将山岗重新翻过来，不一会儿山岗正面的皮肤也荡然无存。

失去了皮肤的包围，那些金黄的脂肪便松散开来。首先是像棉花一样微微鼓起，接着开始流动了，像是泥浆一样四散开去。于是医生们仿佛看到了刚才在门口所见的阳光下的菜花地。

女医生抱着山岗的皮肤走到乒乓桌的一角，将皮一张一张摊开刮了起来，她用尸体解剖刀像是刷衣服似的刮着皮肤上的脂肪组织。发出的声音如同车轮陷在沙子里无可奈何的叫唤。

几天以后，山岗的皮肤便覆盖在一个大面积烧伤的患者身上，可是才过三天就液化坏死。于是山岗的皮肤就被扔进了污物桶，后又被倒入那家医院的厕所。

这时站在一旁的几个医生全上去了。没在右边挤上位置的两个人走到了左侧，可在左侧够不到，于是这俩人就爬到乒乓桌上去，蹲在桌上瓜分山岗。那个胸外科医生在山岗胸筋交间处两边切断软骨，将左右胸膛打开，于是肺便暴露出来。而在腹部的医生只是刮除了脂肪组织和切除肌肉后，他们需要的胃、肝、肾脏便历历在目了。眼科医生此刻已经取出了山岗一只眼球。口腔科医生用手术剪刀将山岗的脸和嘴剪得稀烂后，上额骨和下额骨全部出现。但是他发现上额骨被一颗子弹打坏了。这使他沮丧不已，他便嘟哝了一句："为什么不把眼睛打坏？"子弹只要稍稍偏上，上额骨就会安然无恙，但是眼睛要倒霉了。正在取山岗第二只眼球的医生听了这话不禁微微一笑，他告诉口腔科医生那执刑的武警也许是某一个眼科医生的儿子。他此刻显得非常得意。当他取出第二只眼球离开时，看到口腔科医生正用手术锯子卖力地锯着下颌骨，于是他就对他说："木匠，再见了。"眼科医生第一个离开，他要在当天下午赶回杭州，并在当天晚上给一个患者进行角膜移植。这时那女医生也将皮肤刮净了，她把皮肤像衣服一样叠起来后，也离开了。

胸外科医生已将肺取出来了，接下去他非常舒畅地切断了山岗的肺动脉和肺静脉，又切断了心脏主动脉，以及所有从心脏里出来的血管和神经。他切着的时候感到十分痛快。因为给活人动手术时他得小心翼翼避开它们，给活人动手术他感到压抑。现在他大手大脚地干，干得兴高采烈。他对身旁的医生说："我觉得自己是在挥霍。"这话使旁边的医生感到妙不可言。

那个泌尿科医生因为没挤上位置所以在旁边转悠，他的口罩有个"尿"字。尿医生看着他们在乒乓桌上穷折腾，不禁忧心忡忡起来，他一遍一遍地告诫在山岗腹部折腾的医生，他说："你们可别把我的睾丸搞坏了。"

山岗的胸膛首先被掏空了，接着腹腔也被掏空了。一年之后在某地某一个人体知识展览上，山岗的胃和肝以及肺分别浸在福尔马林中供人观赏。他的心脏和肾脏都被作了移植。心脏移植没有成功，那患者死在手术台上。肾脏移植却极为成功，患者已经活了一年多了，看样子还能再凑合着活下去。但是患者却牢骚满腹，他抱怨移植肾脏太贵，因为他已经花了三万元钱了。

现在屋子里只剩下三个医生了。尿医生发现他的睾丸完好无损后，就心安理得地将睾丸切除下来。口腔医生还在锯下颌骨，但他也已经胜利在望。那个取骨骼的医生则仍在一旁转悠，于是尿医生就提醒他："你可以开始了。"但他却说："不急。"

口腔科医生和泌尿科医生是同时出去的，他们手里各自拿着下颌骨和睾丸。他们接下去要干的也一样都是移植。口腔科医生将把一个活人的下颌骨锯下来，再把山岗的下颌骨装进去。对这种移植他具有绝对的信心。山岗身上最得意的应该是睾丸了。尿医生将他的睾丸移植在一个因车祸而睾丸被碾碎的年轻人身上。不久之后年轻人居然结婚了，而且他妻子立刻就怀孕，十个月后生下一个十分壮实的儿子。这一点山峰的妻子万万没有想到，因为是她成全了山岗，山岗后继有人了。

他等到他们拿着下颌骨和睾丸出去后，他才开始动手。他先从山岗的脚下手，从那里开始一点一点切除在骨骼上的肌肉与筋膜组织。他将切除物整齐地堆在一旁。他的工作是缓慢的，但他有足够的耐心去对付。当他的工作发展到大腿时，他捏捏山岗腿上粗鲁的肌肉对山岗说："尽管你很结实，但我把你的骨骼放在我们教研室时，你就会显得弱不禁风。"

原载《北京文学》1988年第1期

余华的残酷与准确
——重读《现实一种》

陈晓明

余华的《现实一种》发表于《北京文学》1988年第1期。在此之前，余华已发表过《十八岁出门远行》，得到时任《北京文学》副主编李陀先生的高度评价，也因此引起文坛的关注。那篇小说好像还入选过中学课本，产生了广泛的影响。

《现实一种》应该说是余华向文学作品如何描写现实这个难题所展开的强劲挑战。它和传统现实主义构成了一种对话。传统现实主义要反映社会历史的本质规律，要抓住现实生活的本质，但是那种本质在很大程度上是被社会的意识形态所规定的。比如伤痕文学，一定要把"'十年动乱'是'四人帮'造成的灾害，老干部和知识分子对党是无限忠诚的"这种历史本质写出来。改革文学要塑造一些改革英雄，写出锐意进取的先行者精神。像《乔厂长上任记》《新星》这些作品，都表现了这些内容。总之，在对现实生活的表现中，是有强大的社会意识贯穿其中的。也就是说，对社会历史、生活现实都有一种规定，文学作品是朝着这种规定去建立叙事，去刻画人物，去把握生活的要义的。到了1988年左右，文学与社会的主导意识形态之间产生了一定距离。王蒙那时写过一篇文章叫《文学：失却轰动效应以后》(《文艺报》1988年1月30日，署名"阳雨")，实际上，"文学失去轰动效应"，也就是文学不再从意识形态的热点出发去展开叙事，也不再回应意识形态的热点了。一些作家回到主体自身，去寻找自己感受世界的方式和方法。

在这种历史变化中，中国文学又进一步受到世界文学的深刻影响。尤其是欧美文学的影响。在改革开放的历史进程中，此前苏俄文学的影响已逐渐被欧美文学所替换，特别是被现代主义文学替换。当时像卡夫卡对中国作家产生了不小的刺激：小说竟然还可以这样写，作家还能够这样来理解现实！卡夫卡的《变形记》《乡村医生》《饥饿艺术家》等，都不吝笔墨去描写生活的残酷、荒诞，他把这些作为生活的本质，作为事物的真相。这一点对中国作家的影响刺激尤其大。莫言和余华都曾经谈过《乡村医生》，莫言曾说，乡村医生在风雪夜接到出诊要求，他没有马。但他到院子里去，却看到马棚里有三匹高大的马，他套上马就出诊了。究竟这马是怎么跑出来的？完全没有由来的。《乡村医生》对残酷性的表现，则让余华感到吃惊。卡夫卡描写乡村医生提着马灯，去看病人大腿上烂的一个碗口大的伤口。卡夫卡写得惊人的详细。过去，这都是非常丑陋、恐怖的东西，也是龌龊的东西，但卡夫卡却把它当作生活的一个极其重要的方面，花费这么多的笔墨去表现它。这种写法和观念对中国作家的影响是很大的。

回到余华的《现实一种》，小说讲的是孩子之间发生的故事，却波及了整个家庭，摧毁掉了整个家庭。4岁的皮皮是山岗的儿子，看见只有几个月大的堂弟，也就是山峰的儿子，睡在小床上。皮皮觉得他好玩，听见他哭，就等大人都走出去之后，打了小孩一记耳光。小孩发出响亮的哭声，这哭声既让皮皮喜悦，又让他恼怒，所以他又去掐这个孩子，孩子又哭得更加响亮。皮皮非常生气，他把孩子抱起来，无意中孩子掉到了地上，被摔死了。大人回来发现了，山峰和他的妻子都发了疯一样。山岗想给5000块钱赔偿了结这个事，但是山峰不答应，他要皮皮去舔地上的小孩摔死流出的血。山岗和他妻子说他们去舔，但山峰不同意，他就一定要让皮皮去舔，皮皮就去舔了。结果山峰飞起一脚，把皮皮踢死了。这下山岗和妻子也发疯了一样。随后他们就互相报复，他们报复的方法也很独特。山岗把山峰绑起来，在他的脚心涂上煮烂了的肉骨头，让小狗来舔，狗舔脚底的奇痒让山峰大笑不停，直至死去。这一招确实很毒辣，山岗想因此逃脱惩罚。结果山峰的妻子控告山岗，他还是被枪毙了。他的枪毙过程，余华也写得十分细致，开始打了一枪没有死，然后又补了一枪。但是余华还不甘心，最后还写山岗被山峰的妻子捐给医院做人体解剖，大卸八块，器官都被肢解了。

可以看到，这是由一个小孩的失误引起的悲剧，它对家庭伦理进行了极端的挑战。孩子之间的不懂事，犯下了错误，兄弟之间就要残忍杀死对方才能够解气。在这里，兄弟也是血亲，但孩子是自己的直接血亲——即使在血亲中还会有这样的一个区分，这其实是挺惊人的。我们或许看到过不少小说写兄弟之间反目的故事，但多年之后再来看《现实一种》，还是会惊讶于余华怎么会看到人的这种局限性和复杂性。兄弟的血缘竟远远比不上父子血缘，这已经让人吃惊了，比不上，或许也可以理解。但比不上就一定要杀死兄弟来解气，这就令人惊惧了。山峰肯定知道，踢死皮皮对山岗来说是一个致命的打击。但他在儿子死去的悲痛里，一定要杀死皮皮才解气。那山岗也只有去复仇。小说也呈现了仇恨上升的通道，山岗和山峰的妻子都是在起推波助澜的作用，都在火上浇油，要把仇恨放大到最大的死亡地步才罢休。山峰的妻子最后让医生肢解了山岗，她才解气。

在这篇小说里，整个家庭伦理完全被复仇所摧毁。过去的复仇是为家族而复仇，在这里则是家族内部的复仇。通常的复仇是杀父之仇，但这是杀子之仇。山岗山峰兄弟自相残杀，实际上这样一个复仇也是杀掉了自己的父亲。因为他们两个都是他们的父亲的儿子，这应该是他们父亲最不愿意看到的境况。他们的母亲却是一个昏庸老朽，对发生的家庭悲剧几乎没有多少知觉。她只关心自己的垂死状态，觉得自己的五脏六腑在腐烂。家庭伦理被余华彻底撕毁了，人都陷入疯狂，理性处于停滞、麻木状态。西方有俄狄浦斯情结，杀父娶母的原型。《现实一种》似乎演绎了中国古典戏剧中的杀子母题。不知道余华有没有受过江浙地区的地方戏曲的影响。福建闽南的地方戏里边就有一部戏剧，可能是从江浙带过来的，演的叫《杀子报》，讲的就是父亲失误把儿子杀死了的恐怖故事。香港城市大学的吴耀宗教授曾经写过一篇文章分析郭沫若早期的小说，发现郭的小说有不少写到杀子故事，吴将其与小说现代性联系起来分析，颇有启发性（《郭沫若的杀子意识与小说现代性》，《郭沫若学刊》2011年第1期）。《现实一种》写的是互相杀死对方的儿子，可以说是杀子故事的略微变形，其实也加入了某种现代性体验。余华把生活中最不应该发生的事，用最令人恐惧的细节直接呈现了出来，而且写得那么淋漓尽致、惨不忍睹，这是《现实一种》这篇小说的重要特点，也是余华的小说的一个基本风格特征。

《现实一种》的另一重要特征，我将其概括为“冷酷的准确”。余华对死亡过程的细致表现，例如皮皮摔死他的堂弟，皮皮被山峰踢死，山岗把山峰捆起来让他被狗舔死，山岗被枪毙、肢解的过程，都是非常冷酷的。在余华的《一九八六年》中，也有这种残酷，写的是一个历史教师在自己身上一刀刀地割下去的详细过程，这应该算是余华开始写这种残酷性的滥觞了。后来余华还有一篇小说《古典爱情》，也写了肢解人的过程，那篇小说可以看成是对《还魂记》的戏仿，但结局要凄惨很多。《现实一种》是余华将这种残酷性表现到了极限的作品。在此之前的作品中，《四月三日事件》《十八岁出门远行》就还没有这么极端。《现实一种》把这些冷酷的内容放在一个家庭伦理崩溃的语境当中来写，是在残酷之上又加上了残酷，也是冷酷到了极致。

余华的小说能做到那么简洁和准确，就是因为冷酷。他不要那些多余的东西，只抓住本质，就能够把生活中最惊惧的那种事实解释出来。我记得1988年的冬天，余华有一天单独跑去我住的望京西八间房那个地方，他倒车倒了很久才到那里。他到了之后就和我讨论一个问题：什么是真实？他跟我说，他刚才穿过马路，他觉得那么多人在他眼前走来走去的，并不真实。只有在马路中央有一个人被车撞死了，那样肯定让他惊恐，会给他留下震惊印象的，那一瞬间他才感觉到生命的存在是真实的。然后他回过头来，指着我的窗户对面的阳台说，我看那个阳台就不真实，很苍白。但如果阳台上跳下来一个少女，那将会留在我的记忆中永久难以抹去。他感觉，生命经验要和一种震惊联系在一起，和他的心灵冲击联系在一起。

他这种想法是很冷酷的，但我能够理解。我说你坐到我对面，我就能感觉到你，这是一般人感觉的真实。作为一个作家，应该用笔去写出那种让你触动最大的真实，这是可以理解的。《了不起的盖茨比》的作者菲茨杰拉德曾说过一句话，大意就是，如果不是让你撕心裂肺的东西，你去写它干什么？从这一点看，确实有一些作家是这样看待文学真实问题的。我不能说所有的作家都必须如此，也不能说这就是文学的真谛。你可以写平常，写得很平静朴素。但有的作家就是要去写那种最冲击他的心灵的经验，他觉得那是最真实的。余华就把握住了这一类"真实"，下狠手去写，下手比较狠的话，就会简洁、精确。

批评家张清华曾经说，余华是一个做减法的作家，我觉得这一点把握得非常准确。做过减法之后，余华的语言、感觉都磨得锋利，他就是在刀锋上行走了。余华写过一篇谈麦克尤恩的文章，说麦克尤恩是"在刀锋上行走的作家"。他极为赞赏麦克尤恩的那种简洁冷峻的叙述方式，我们也可以说余华就是中国的麦克尤恩。这样下来，余华的小说大部分都比较薄，不用写那么厚。中国许多作家都要写很厚，仿佛不写那么厚就不踏实，觉得小说没有分量，但余华是敢于写薄的。你看他的《活着》《许三观卖血记》《在细雨中呼喊》都挺短的，但都特别有力量。

通过《现实一种》，我们还可以看到余华语言描写的特点，他的语言其实表现了对外部世界的不信任。他总是觉得语言和外部现实是有距离的，语言是很难去表现对象世界的，他要在一种有距离的状态下，十分顽强地去接近最本质的真实。他要把他觉得最重要的感觉、最重要的瞬间、最重要的结果都写出来。像小说中皮皮抱着小堂弟掉到地上，山峰一脚踢飞了皮皮，山岗绑起山峰等等。他觉得其他都是没用的，其他的都不能表现对象世界的那种真实。能够克服距离的就是那种一针见血、一刀见血的语言。

可以说，对于“文学怎么描写现实”“小说怎么表现真实”这类问题，余华在1988年通过《现实一种》做出了激进的回应，也可以说他做了一个极端的实验。这篇作品直到今天读来还很有力度，令人感到余华文字的那种刀刀见血的力道，以及背后透出来的那种残酷和令人绝望窒息的现实感。

伏羲伏羲

刘 恒

话说民国三十三年寒露和霜降之间的某个逢双的阴历白昼，在阴阳先生摇头晃脑的策划之下成了洪水峪小地主杨金山的娶亲吉日。早晨天气很好，不到五十岁的杨金山骑着自家的青骡子，他的亲侄儿杨天青骑着一头借来的小草驴，两人一前一后双双踏上了去史家营接亲的崎岖山道。太阳已经高过岭脊，雾蒙蒙像个让南瓜汤泡碎了的鸡蛋黄。杨金山在骡子腰上晃来晃去，脑袋上的礼帽像个掀翻了而倒扣着的灯碗。十六岁的杨天青秃头刮得白而又白，在秋日肃冷的早风中闪着天真而健康、喜悦而生动的光芒。他们和他们胯下的牲口在山顶消失之后，疲软的太阳也随即消失，阴云四溢，风里流窜出阴沉的潮味儿。挨到晌午终于下起了雨。起初像老人的尿，不久便如线如注，山谷内外沙沙沙响得连声了。等着喝喜酒的人纷纷跳着脚回家，剩几个耐性大的聚在屋檐下抽烟袋，酸溜溜地预言着新娘子的长相。都说史家营王麻子的二闺女长得奇俊，又是谁都不曾见过，便七嘴八舌连荤带素地把她描成一棵水汪汪的嫩芽，叹息这生灵要由杨金山来糟蹋了。倒不是觉着他不配，而是认为他的福气未免太大了些。没有三十亩山地的家当，别说二十岁的雏儿，就是脱了毛的母羊也未必看得上那条瘦弱虚空的汉子。杨金山不是本事很大的男人，阳气颇衰微的。他和前妻在一条土炕上滚了差不多足有三十来年，却没有任何造就，此乃最好的证据。日本人替他清了这笔账。他们头一次来洪水峪扫荡那天，金山的前妻恰好在落马岭的芝麻地里锄草，隔着老宽老宽的一条山谷，哪个瞎了眼的鬼子一枪就把这个汗淋淋的不会养孩子的女人毙掉了。人家把她当成了老八团神出鬼没的游击兵。抗日战争最吃紧那几年，小地主杨金山朝思暮想的是造一个孩子，为造一个孩子而找一个合适的同谋。他对年轻女人产生了异乎寻常的兴趣。尽管他的最终目的是顺利地制造一个健康的后代，然而眼下假如没有瘟头瘟脑的侄子在跟前碍眼，他深感自己会从被雨淋湿的骡子背上腾空而起，像只老鹰似的向那个骑着毛驴的女人扫过去，扑过去，压过去，了结一种浓厚的趣味。

女人唤作王菊豆，双十的年纪，生着杨树般颀长的身材和一团小蘑菇似的粉脸。她用两条直溜溜的长腿卡着那头活泼的小草驴，稳重地沿着下行的山道移动。红袄闪耀，像一堆阴雨浇不灭的火，淋了雨的发髻黑油油地放光，又像一大块烧乏了的乌炭。

"天青，看摔了你婶儿！"

天青两脚泥巴，闪闪跌跌地走在毛驴和骡子之间，用枯树枝懒洋洋地却又不停顿地去拂扫那头驴子的后部。他不是嫌牲口走得慢，而是在忍受一种深刻且神秘的无聊。他每扫一下，草驴就默契地甩动尾巴，无意识地将排泄器官露给他欣赏。他神情木讷得很，似乎沉浸于某种困难的研究，被众多细节诱惑了。

"天青，到头里牵住缰绳。"

山道呈现了一个坡度，杨金山看到前边的驴蹄子在打滑，有些不放心。侄子漫不经心的样子也让他恼火。做叔叔的竟然不知道，十六岁的后生大抵也是饱含了某种趣味的。

天青依照吩咐绕近驴脑袋，一手扯住牛皮短缰，一手拽住粗麻笼头，手指肚触到了热乎乎软乎乎湿乎乎的牲口下巴。不由得回脸看了看，雨丝后面的脸蛋子让他吃了一惊。在史家营看到的那片如云如霞的胭脂全坏了，花搭搭的雨迹纵流横淌，像一颗纹路美观的落了秧的熟南瓜。天青忽而想到，应该用一块干干的清洁的白布把这个南瓜包起来，最好是把它揣到怀里。天青忽而又感到空虚，他牵着毛驴在泥道盘桓，觉得自己正一丝一丝地化成漫天雨雾中的一股凉气。秋雨破坏了他叔叔的喜事，也把他无忧无虑的心境破坏了。

“到石堂子避避雨不？雨大了。”

“湿也湿了，走吧。”

“天青，把我的衫子给你婶儿披上。”

“不啦！湿也湿了……”

婶子的声音很细微，但叔叔却不再有新的言语和动作了，天青没有回头，耳朵里只有吧唧吧唧的声音，是牲口的八只硬蹄和自己的两只脚在泥水里活动。驴唇把一些暖气喷到他手背上，痒痒的却是光光的脑壳和后脖颈，似乎是女人嘴里的气在吹他。

后来，雨就大得不行了。离石板茬三里地的谷口有一间石堂子，像扩张的蛤蟆嘴一样对着泥泞的小路。叔叔骂骂咧咧地从骡鞍鞒上跳下来，又捧油罐子似的把女人抱到地上。婶子钻进了蛤蟆嘴，叔叔也挤进去了，天青凑到跟前，发觉里面已没有多大余地。叔叔和婶子的眼睛表达着完全相反的意思，天青就闹不明白自己到底该不该进去。叔叔的目光更确凿，天青便知道自己是进不去的了。

“你到林子里找地界儿避避，拴牢牲口，小心让秋雷惊了狗日的。”

天青走了几步，叔叔又追上来扔给他一条羊肚子汗巾，把沉甸甸的礼帽也移到他头上。石堂子里黑洞洞的，然而天青分明感到婶子的眼睛射出了许多温暖，使他感动，也使他更加委屈。他在几十丈开外的椴木林子里拴上牲口，靠着树干蹲了一会儿，然后犹犹豫豫地钻到断崖下面的草凹子里去了。

雨在植物和土地上打出冷凄凄的声音，又夹杂了一些火辣辣热爆爆的响动。草丛后面的天青完全着了迷，恍惚发现了神奇的景象，死呆呆地惊住了。婶子似乎尖叫了一声。他以为婶子似乎是愉快地要么就是愤怒地尖锐咆哮了一声。天青把秃脑袋探到雨里，拼命地摆布两只湿漉漉的耳朵，结果他什么都听不到了，只体味了大雨凉冰冰的急骤的运动。蛤蟆嘴那边没有声息，但是老天爷显然正在协助叔叔静悄悄地完成某种事项。秋天的淫雨拖延了喜事，却又使它在实质问题上提前了。当三人两畜重新踏上山道，十六岁的杨天青已经不需要任何证据。婶子的腰肢不胜娇懒，红袄的肩背上染了石堂子里的干土末子，胭脂的一部分也涂到叔叔的额上及腮上去了，连耳郭都挂了一块淡淡的猩红。叔叔叭叭地吐着痰水，咳嗽着，在鞍鞒上东张西望，样子十分的满足。婶子埋着眼，脸蛋子粉得依旧，像是快活，也像是不快活，周身笼罩着清凌凌的仙气。真正难过的是天青，不晓得饥冷的壮身坯此时完全疲乏，明明在牵着驴走，却感到腿上背上脑壳上有牲口蹄子不住践踏，执意要把他跺到烂泥里去。由女人压着的那头驴，倒似乎有着比他更好一些的处境，他便毫无来由地尽情地骂它。

“狗日的，你瞎了不成！”

“畜生！懒得你！”

他梗着脖子，像个发了脾气的泥猴儿，惹得叔叔在后边哧哧地笑起来。

“天青，时辰咋着也耽误啦，不急。”

“侄子，累了就歇歇……”

听到婶子的声音他几乎要哭，立即安静了，很羞怯地垂着头，走得比牲口还稳重。做叔叔的的确不知道，侄子心里的那些趣味是很脆弱的。天青自己也不知道，背后那张粉嘟嘟的嫩脸使他到底想了些什么。前晌他跟着叔叔欢天喜地地进了史家营王麻子的宅院，出来的时候却揣了一脑袋古怪的念头。他惊讶未来的婶子竟有那么小小的一张薄嘴，又惊讶她的身材，细细长长的像一棵好树。随后他的感觉就平淡了，隐伏起来了。路上，那头小草驴意外地给了他大量的新鲜感，绵绵而至的秋雨又使他感到莫名其妙的忧伤。叔叔的言谈举止变得越来越愚蠢。天青嘟嘟囔囔骂那头驴骂得有些累的时候，突然醒悟到他是在骂他的叔叔。他不理会叔叔哧哧的笑声，但他疑心婶子听出了什么，她的暗示通过那头驴传达到他扯着缰绳的手上，他的回答是赶紧闭嘴。他之所以想哭是他自以为和那年轻女人之间有着一种默契，她每看他一眼，都让他觉得是在青玉米地里锄草，棒子叶在割他的胸脯子，又痒又痛。他不看她，但知道她脸上的胭脂像血一样。他想拿舌头去舔它们，他想舔它们的时候觉得衣服里爬着一条蛇，围着他的身子绕来绕去，使他刺痒得浑身乱颤。他表面上是牵驴引路，却在心窝里向一张俊俏柔嫩的脸蛋子伸出了肉滚滚的年轻舌头。他终于明白了自己想干什么，明白之后反而一举陷入了更大的糊涂。他再次咒骂那头毛驴，便是很明确地骂着自己，骂着使他烦恼的一切了。

因为路不好走，因为避雨，也因为避雨时发生了重要的事件，杨金山一行返回洪水峪时，村落已经埋入黄昏。雨后的村巷里竖着些稀稀落落的身影，黑蓝的山冈上一些鸟在活泼地啼叫，谷底的山溪暴涨，轰轰隆隆地向低处倾泻，声音响得老远。

亲族里帮忙的妇人将备好的食物端出来，贺喜的人聚在炕上、地上、院子中，坐着蹲着站着往嘴里塞了些冰凉的物件儿，不久便散去了。二道婚没有多大仪式，也没有洞房可闹。新娘子很喜人，不能趁乱摸一摸委实可惜，但老规矩是不能破的。洪水峪的秋日一向晴朗，而今落下这么大的雨水，可见这门亲事不遂老天爷的心意。人们只在肚子里掂量这一层，没有哪个嘴来点透它。事后，一些多事的人编派新娘子，说她人生得俊，但是没有吃相。依据是她吞粉条时的样子像吃面，嘴片片弄出了太大的响动，很蠢。他们不知道她饿了，也不知道这对得意扬扬的杨金山来说几乎算不了什么。女人做事很泼脱，只有他才明白，因为她肥硕的身子也是泼脱得比麻袋似的前妻强得远。他只担心这对手会淘空了自己。

想入非非的杨天青却是乏顿了，钻进小厢房便鼾声如雷，竟忘了半夜起来给叔叔那头青骡子填喂草料。饥饿的牲口在槽头上愤愤地磨牙，声音盖过了大北屋持续到后半夜的零乱喘息和男主人的湿润的咳嗽声。

民国三十三年寒露和霜降之间那个落雨的秋日，一头小草驴为洪水峪驮来了一位美貌的年轻妇人。不论从哪方面来说这都是个值得纪念的日子。日本人正在周围的山地全面退却；老八团派出的工作队渗透过来开展减租减息；小地主杨金山因为用三十亩山地里的二十亩换来一个小娘儿们，从而摆脱了负担，开始全心全意奋不顾身地制造他的后代。至于杨天青嘛，这日子意味了他的觉醒。他仓促地持久地维护了自己的情欲。他爱上了他的婶子。依照文明的说法，他是一见钟情的了。尽管他的念头掺了不少下作，然而他的表现并没有跌到一般情人的标准以下去。

那些瓜葛都是十六岁以后的事了。

杨天青没有父母兄弟。曾经有过，后来没有了。十一岁那年夏天，父亲杨金河在玉石沟南坡上掏了个地窝子。领着全家在荒草梁子上烧地造田。一日傍晚，父亲指使天青到村里找金山叔叔借口粮，因为突降暴雨他便在叔叔家宿了一夜。第二天背了五升玉米早早地赶回玉石沟，发觉整个南坡已经变了模样。几十亩大小的一坡树木连同刚刚开出的几垄新地全都滑跌了，几乎填平了山谷，地窝子和睡在里面的亲人自然也都埋了进去。死的活的再不能晤面，万恶的鼓龙包只一夜便使他成了孤儿，连一颗牙一块碗片都不给他找到。他试着找过的，然而泥石流凝固得像岩石一样坚硬，只徒然地磨烂了一双小手。

叔叔杨金山收养了他。有心把侄子当儿子对待，无奈小崽子就是不认爹，只认叔，始终不大亲近。叔叔把田产割一角，父亲也不至于到玉石沟烧荒，父母兄长也就不至于丧掉性命。他是怨着叔叔的。杨金山脑筋活络，索性将侄子做了长工，吃穿都好，交派的也多是细活儿，骨子里却隔得分明而透彻。

金山不指望天青，他就不信自己遗不下一块血亲骨肉。只要能有个儿子，倾家荡产也干，把王麻子的二闺女生吞了也干！小娘儿们算个什么东西？她是他的地，任他犁任他种；她是他的牲口，就像他的青骡子，可以随着心意骑她抽她使唤她！她还是供他吃的肉饼，什么时候饥馋了就什么时候抓过来，香甜地或者凶狠地咬上一口。花二十亩地的大价换个嫩人，他得足够地充分地使用她。他一次又一次把她掀翻在炕席上，就确信自己是在讨债。讨债的人来不得多少情面，挂一脸杀气便是了。和别的男人女人差不多，他给了她许多凶暴的夜晚，又比别人少些冷静和温存，连侄子都看出那女人正在迅速枯萎。大半年干下来，看不到未来的儿子有什么动静，女人的肚皮平得像鼓，有弹性却没有货色。杨金山弄得真是累了，紧要关头老是咳得上不来气，气不足便里里外外落个软软软，很有些悲哀。身子明明显露不行，动得反而更勤奋，似乎要把被窝里的自己和别人一块儿毁掉。他在女人眼里就成了野兽，自己倒并不觉得，以为狠得出邪也是分内的事，于己于她都是必需的。必需的事项不止一件，炕上不饶人，田地里更是不饶人，娘儿们是家里另一个只吃饭不领钱的长工，地位并不在天青以上。伏天扎在棒子地里锄草，汗气呼啦的小婶子让杨天青不断地生出复杂情绪，既有纯洁的无形的关怀，也有同病相怜的悲悯。除了这些，便是那健康的肢体所引发的无穷尽的潜在的放肆了。只要叔叔的眼睛不在，天青的眼睛就能得到有限的自由，使他有胆量有机会把视线抛到婶子的腰上腿上和别的生动处，深深浅浅上上下下地反复纠缠。这田野是天宽地阔而没有先生的私塾，天青自习着人生的学问，将最有底蕴最有趣味的书来天天捧阅。那女人迟钝些，不曾料想侄子竟有所企图，自己的每一页正被个小后生哗哗地掀开来。天青最初爱读的，恐怕是从后面看过去的她的撅着屁股锄地的样子。如果她知道这秘密，怕要收缩起来，不会那么欣然翘然了。

“婶子，你歇歇，我多拉几锄就有啦！”

婶子笑悠悠歇下来，能让天青感到极大满足，锄片子顿时拉得生风。他喜欢给婶子表演，让她看看他有多么强壮、多么仁义。免不了给一番夸奖，也免不了递汗巾和水罐给他，天青就被快乐托得飘起来，觉得苦乏的日月真好，婶子真好，自己真好，连叔叔也是好的了。杨金山活该倒霉，眼看侄子一天比一天勤快，白天做活勇猛，夜里不用招呼就爬起来喂骡子，他竟不加考究地逢人便夸："这孩子晓得事理了，出息了！"确实晓得事理了，但是天青把玩的事理要丰厚活泼些，不像他叔叔考虑得那么简约。天青得到快乐，得到更多的却是忧愁。读书读得生厌，他便迫切地需要行动了，身坯里涌出杂乱的号召，却不给一丝明确的指示，他简直不知道该怎样处置自己的手脚。炎热的夏夜里把自己赤条条地往破苇席子上一摔，翻来覆去地烙饼，手指头不免舞些鬼使神差的勾当。一夜复一夜，不论醒着还是睡着，天青脑袋里乱纷纷的全是破碎的梦，美梦。梦里难言的景象每覆灭一次，他的悲哀就加一层，仿佛在与向往的人和事作永久的诀别。他不相信自己能够确切地完成那件事。在白日梦里做得如醉如痴若癫若狂，在真日子真地界儿里却根本做不到，他甚至不敢用调皮的目光看她一眼。她终日笼罩着仙气，一举手一投足都引来他几乎没有理由的敬仰。她耳后发丝里那块蜘蛛似的黑痣，让他崇拜了足有半年，以后他又看上了她扭头看东西或说话的样子。不是具体器官，而是一种笼统的神态让他喜欢得不行。每当她由于各种因素扭过头来，那条扭曲的脖子和一高一低的肩膀就让他心灵抖动，想甜蜜地哼哼一下，就像接受温存的抚摸似的。外人没有发现杨天青吃饭睡觉走路干活儿的模样与以往有什么区别，每天从村巷村口过路，总是那几个晒阳儿的老人评价他。今天说胖了，明天又说瘦了且高了，他们似乎把握着小后生的许多体态变迁，然而即使饱经沧桑的人也没发现这个忠厚仁义的年轻人已经走火入魔。只有杨天青明白，自己眼看就要完蛋了。

正在降临的是又一个初秋，天青依照叔叔的吩咐给厢房的火炕整理烟道，不畅通的地方太多，索性把整个炕面和烟囱底部全给刨开了。山墙原本就和烟囱垒在一起，烟膛子一塌，很结实的墙竟也牵连着露出拳头大的一个白洞，透亮了。天青起初没有发现它的意义，他专心致志地清扫堵塞了烟道的柴草灰，直至那个露洞的另一边传来惊心动魄的声音。不知聆听了几秒，他的脸腾一下飞出了红霞，腿肚子抽筋似的抖起来。不知又过了几秒，一个重要的决断迅速完成。他像猫一样从坑洼不平的炕道爬到山墙跟前去，又像贼一样把苍白的面孔贴近可供瞭望的神秘洞穴。反应过于敏捷，动作也太露骨，这些都令人羞愧，然而杨天青完全陷入了恬不知耻的状态，只想切切实实地张望一下而已。这个望一眼的欲望已经把他折磨得太久，也把他折磨得太残酷了。他弓在炕角，没有呼吸，没有动作，好像在积聚力量随时准备子弹出膛似的射过墙洞，一下子击中目标。

那种声音又持续了片刻，但杨天青什么也没看到。角度有问题。山墙外面是猪圈，也是一家人排泄的场所，人或站或蹲的部位在圈门附近。那个新生的小洞恰好嵌在死角上，只能看到猪圈的一部分，只有猪而没有人的那一部分。天青却不肯离开，头皮和额头因为调整姿势而交替摩擦废烟道的石头内壁，满面星星块块地涂了柴草灰，像一头野性即将发作的恶魔。喷溅的声音还是终止了。接着是肢体伸展和摆弄衣服的声音，再接着是跨越圈门和在院子的石板地上踏踏走路的声音。它没有任何犹豫地响到灶间里去，静了一会儿，又没有任何负担地愉快地朝小厢房响过来了。女人迈进门槛，在屋顶底下炕道上边看到的是个类似山神庙里的泥胎似的东西。天青用直挺挺的脊背抵着那面墙，一条腿压在屁股下面，另一条腿像半截枯树干搭在炕土上边，是个非常仓促也非常可疑的姿态。女人的欣赏不深入，只浅浅地笑了笑。

“咋弄个包公相哩！不会干轻些？”

“婶子……麻地的活儿净了吧？”

“麻棵子生得粗，不好割，还立着小半坡哩！你叔晌午不回来，让我把饭送过去……缸里没水，你歇口气挑一担咋着？”

“我挑……”

“歇歇就去吧。”

“我去。”

“到水泉把脸擦洗擦洗，看脏的！”

“……我洗。”

天青嘴巴子应得利索，就是不能动弹。僵硬的身子已经松弛下来，可墙壁上似乎仍有一只手死揪着他不放。女人疑惑地看看他，以为累煞了，又递出一个微笑便走出去。天青软绵绵地下了炕，没忘记摸一块垒石把那个不要脸的洞洞塞住。担起水桶往水泉慢慢走，老觉得婶子蜜一样的笑里有那个鬼洞洞的原因，羞惭得心都要从嘴里蹦出来了。不久便释然，深感那是个天知地知的秘密，用不着责怪的。等着听到水泉潺潺的流动声，他早把惊恐忘到脑后，并且极迅捷地想着另一种水的音响了。

山泉从岩石缝儿里渗出来，积成磨盘大的水池，又从四周溢出去，亮闪闪地注入谷底的溪流。天青舀满了水桶，然后把整个脑袋扎进透明的泉眼。水很凉，激得头皮和五官一块儿疼痛起来。他像儿马一样嗖地昂起下巴，嗷嗷地吼了几声，听凭脸上的水珠沿着脖子往下淌，打湿他的衣襟和衣领。他撩起袖子擦脸，看见了婶子给他打的补丁，平时不在意，而今却以为那旧布就是花朵，密匝匝的针脚便是奇异的花边儿了。

那天后晌，天青使炕道通畅之后没有来得及干别的。山墙和烟囱的修复推迟到第二天。麻地里有不少活儿需要扫尾，沤麻的池子也没有掏好，金山夫妇一大早便离了院子，剩天青一个人愁眉苦脸地搅泥巴砌墙。不是没干过泥瓦活儿，可这道墙似乎特别难砌。石头跟石头不接缝，泥也稀溜溜的粘不住，瓦刀哆哆嗦嗦地竟险些砍了手背。杨天青止不住心猿意马，可是好歹把该垒的都垒起来了，在工程的细节上还体现了自己的创造。他在猪圈那一边的外墙上钉了五个枣木楔子，把屋檐下乱摆的锈犁、破筐、烂篓统统用绳子系了挂在那儿，透出一种说不上来的合适和整洁。叔叔见了这个发明，不仅不挑剔，反而很愉快地看着吊在半空的破烂，对天青言道：“你咋日弄的哩！不赖！多砸几个桩桩，把狗日碍眼的玩意儿全吊上去晒着。”

天青显得过于腼腆，经不住夸奖似的。杨金山和王菊豆都没弄懂，侄子那是做贼心虚，地地道道的做贼心虚。他们让他骗了。他在第一回合就让他的对手吃了败仗。

三天后的一天凌晨，杨天青借助黎明前的昏暗和积蓄已久的胆量，把炕里角靠山墙竖着的粮食口袋往左挪了半尺，把另一条一模一样的粮食口袋往右挪了半尺。他手持瓦刀把一块马马虎虎的墙皮磕了下来。他摸到了像瓶塞子一样的可以活动的石头，形状很熟悉，但他没有立即拔它。这个沉甸甸的阴谋使他不能不谨慎从事，况且那种渴望也让他害怕。公鸡正准备第三遍啼叫，婶子尚未起身，圈棚里有那头猪的鼾声。时间尚早，做不做揪心事，还不是来不及细想。天青的思索仍旧没有得到明确的结论，他一边诅咒自己，一边把那块瓶塞子或小抽屉似的石头拔了下来，小股秋风挟着猪圈味道直扑上他的面孔。他什么也不看，倦懒地钻回被窝，捧着脑袋继续思考。他不担心角度问题，那是细心测量过的。他也不担心败露，内孔有粮食口袋掩着，外孔隐藏在装烂棉花的破筐后面，视线的通道是筐壁上的残洞，在外人眼里绝不会察出破绽的。他不担心这些外在的琐事。他疑虑的是自身。如此下作是否对不住美丽的婶子？看一看果真会舒服吗，更不舒服了怎么办？喜欢一个人是否应该只看她的脸而不要冒犯她别的地方？婶子让他看不够想不够到底是怎么回事，莫非前世生了缘分？天青不停地问自己，也为自己找着理由。他的自问远不到清晰的程度，他伏在小厢房光滑的炕席上思绪纷纭，像在脑子里煮着一锅烂粥。他想象老天爷，想象山神，但它们并不打算救他，只有婶子在脑海里亲切地向他招手。

杨天青一直合不上眼，听天由命地瞧着正在退去的夜。黑色蓝起来，蓝得不稳固，顷刻之间就淡了白了，一切都清清楚楚地重新回到眼里。

北屋的门轴响了几声，没有咳嗽，因而肯定不是叔叔，杨天青箭上弦刀出鞘似的紧张起来。她走到院子里了，打开鸡窝了，走进灶间了，把柴火扔地上了，她朝猪圈这边走过来了，她的腿碰响圈门的木栅栏终于跨到站到蹲到那个奇妙的老地方来了！

杨天青呼吸不畅，觉得自己正在死，灵魂已从脚心逃了出去。他披着一角被子，紧紧偎着粮食口袋，把一只瞪得发麻的眼睛哆哆嗦嗦地向透亮的洞穴逼近。目光穿透山墙和墙外挂着的破筐头，劈开早晨淡淡的薄雾，闪电般地照亮了一个陌生新奇而又无比鲜艳的世界。拥有这世界的无意中敞开了自己，让初涉而稚嫩的惊诧于它的高低和它的黑白，且让他为一些形状和颜色而深深迷醉。它不该是这个样子。它理应是这个样子。因为它不可能有比这更适宜的样子。天青终于读到了最隐秘最细致的一页，震惊得眼花缭乱。紧张中得到一些满足，却留下更多的不懂，不懂蔓延开来，使他对自己膨胀的身体也不大理解了。

天青的感觉是饮了一缸烈酒，薄脸皮紫了足有十天。他见人耷拉脑袋，不爱说话，出门进门像飘着一条影子。做活比往日更狠，也更有耐性。金山两口子拾掇一天秋菜的工夫，他一个人去落马岭刨净了小一亩的山药，还把干秧子全数背到猪圈沤了冬肥。金山往清水镇运秋粮换钱，徒手赶一匹骡子。天青背一架粮食跟着他。骡子前晌到，天青晌午刚过也到了，肩上的分量一上秤，比骡子驮的少不上一寸秤杆。叔叔在摊子上买大饼喂他，这不言不语的侄子吞起来就没了斤两，胃口壮得让人不放心。长辈似乎刚刚发觉，眼前的后生至少高出他半头，眨眼间生成一条大汉了。可喜的是性子越来越温厚平和，只是常常愣呆呆地看山看云，心事仿佛很沉重。金山也不去探讨，以为这孩子有些愚木，于做活无碍便无须理会了。他不知道这侄子讨了他多大的牺牲，他当然更不知道在小厢房徐徐展开的那个阴谋，和他最珍贵的一份财产所处的微妙而危险的处境。他实实在在地大意了。

因为劳累，天青睡眠的声音很大，咬牙、打鼾、甩胳膊、吧嗒嘴唇。然而这并没有妨碍他不时地选择一个恰当的机会来重温赏心悦目的旧课。体态轻盈的王菊豆无意地配合了他，而且似乎准备无限期地配合下去。就像村中老人们屡屡到山神庙烧香磕头一样，天青找到了最令他神往的膜拜仪式。他侵入了一个崭新的天地，灵魂也随之升华。他的悟性来自视觉，由饥渴而至放肆，由放肆而至虔诚，最终知道了喜欢一个人不仅是喜欢她裹了布衣的表象，而且要喜欢到丝丝缕缕，包括每一块皮和每一根毛发。天青对婶子的喜欢不知不觉间已经达到格外纯粹的地步，无可挽回，也不可救药了。他正在逐步地忽略叔叔的存在。

杨金山照旧在女人身上磨他的工夫，一如既往地做着关于儿孙的老梦。王菊豆则疲乏了，为自己也为男人悲哀，好在日出日落无比仓促，使她没有多少机会闲散和叹息，她把身心全部交给了维持家业和生命的各项活动，极本分的。

那是些平静的日子。日本人已经败了，山外或许添了许多热闹，洪水峪却没有大的事件。老八团由北山梁翻过来猛虎一样往南岭开拔，路经村子连个短歇都不留，气昂昂地走了过去。民兵队招呼各家备水备干粮伺候大军，杨金山只让天青拎去一桶烧开的泉水，女人想烙几张饼却让喝住了。

“显你家富足？咋就没个心肺！”

他立在道边看那强壮的队伍，看得无趣了，就拦住一个喝水的兵，想问问。

“日本人踏实了？”

“踏实了！”

“真走了不成？”

“滚他娘的蛋啦！”

“……哪个来？”

“啥？”

“问哪个来哩！”

“眼下不是来了。”

八路的下巴上淌着水，晃着大枪蹿出去了。这兵也就是天青的年纪，眉眼生得怪扎实。前妻如果有本领，生一东西给他，总该有这么大了。可惜她竟是个废物。真有这么威猛的儿子，他绝不会送他去吃军粮。终归是没有，什么也没有。想到这一层金山那颗心就酸麻了。扭过脑袋看到菊豆在摸索一个女兵的袖子，肠子里的邪火嗖的一下便燎上了头顶。看她一脸贱气，不确确凿凿也是个废物吗？

“给我回家！饭煳到锅上老子宰你！”

菊豆刷一下白了脸，哆嗦着离开了。女兵或许认为她是儿媳妇，是女儿，然而都不像。一边的蛮横和另一边的驯顺完全昭示了一种关系，那是乡野亘古难变的牢固组合，任何力量都无法摇撼它的。

天青扎在人堆里，用充血的眼睛盯着他的叔叔。婶子屈辱的背影伤了他的心，连老八团新奇的枪炮也无意端详了。

“咱们看谁宰了谁吧！”

他在心里把这个怒吼扔给他的叔叔。她是他的神。看哪个敢碰她！十七岁的杨天青顶着一颗亮晃晃的秃头，准备一跃而起了。

“天青，有啥看头儿？家去喂喂骡子，先到老乔家把借的簸箩讨回来。娘的，别人的家什咋就使不够，不开眼的东西们……”

天青听到叔叔的吩咐，不知怎么就软了下来，刚刚挺起的劲道一下子就泄了。他乖乖地绕进了村巷，去完成家长的指示，模糊地想着那张受惊受辱的俏脸，胸口有些疼痛，眼底也悠悠地涌起了大股的潮气。

他仍旧是个孩子，里里外外都是。

平静的局面一直维持到土地改革。世上不乏因祸得福的人，小地主杨金山却是因妻得福。卖掉二十亩好地换来一场二婚，最初多少也心疼，做梦也没想到此举使他失去了做地主的资格。婚后在女人身上贪心了些，为了迟迟不来的儿子付出了太多的力气，家业不仅没成长反而生了败相，这又使他连富农的成分都攀不上去了，小地主摇身一变成了上中农，这福气能说不是女人换来的吗？远在史家营的老丈人却倒了血霉。杨金山付的一大包银洋让王麻子悉数购置了田产，没舍得吃没舍得喝，拘谨的家道眼看着一天天殷实起来了，万不料眨眼间就成了罪孽累累的恶人。史家营传来些吓人的消息，说是分地那天老地主王麻子昏了头，抡着一根镐把儿奋起保卫他新生的产业，结局是让人吊小鸡子似的拴到一棵核桃树上，大扁担拍得暴响，把一条老腿砸得摸不着成段的骨头，有出气没进气地翻开了白眼儿。事情说大了，但王麻子让一伙贫农揍断了腿却是真的。王菊豆过不几天悄悄赶回去探望了一次，白发苍苍的老爹已经有缓，而且似乎终于醒过味儿来了，把上中农杨金山骂了个狗血喷头不亦乐乎！

“狗日的！我霸了谁？他才是恶霸哩！他霸了我的亲闺女……你他娘害苦了我啦！”

王菊豆肿着眼窝回到洪水峪，让细心的村里人一连几夜听到哀切切的哭声，听得最愁闷的自然是小厢房里那个多情的家伙。金山劝了头一夜，第二夜已经不耐烦，再一夜便狼嚎似的叫骂起来了。

“嚎不够！你爹死了我给他发丧，有你哭够的时辰！不中用的东西……你有脸哭？”

天青伏在炕沿上，把暴虐的咒骂接过来，一句一句地塞到嘴里咬碎了吞咽。他不明白叔叔何以生那么大的怒火，然而话里藏的一些意思总算嚼出了味道。他帮不了她的忙。他诧异那么美丽的身子竟然不能孕育，更诧异叔叔压迫了那美好的全部却仍旧欺侮她、呵斥她。到底是怎么回事呢？

传来一些撕扯的声音。啪的一响，像是嘴巴。听婶子低低的呻吟，是嘴巴无疑了。天青猫似的一骨碌从炕上爬了起来。又静些了。叔叔不言不语的似乎在固执地做什么莽事。

“他叔，可怜我！你就让我歇过这几天吧，我哭得腔子里没东西啦……”

“闭嘴……我剁掉你！”

“他叔……”

“随你！随你！杨家我金山这一脉迟早断在你手里，你个害人的精怪呀！早知道我那二十亩地就喂了狗，换驴换羊也强过你！”

“……他叔！”

“狗日的，你存心让我家断子绝孙不成？我土埋脖子了，还怕毁不了你！……亲亲哎，你给我上心些吧……”

一阵乱七八糟的响动过后，婶子悄无声息，叔叔却一边咳嗽，一边压着粗重的嗓门儿，竟抽抽搭搭万分伤感地哭起来了。天青蹲在厢房门口，以为自己的耳朵出了毛病。

静了。睡了。大北屋像一座坟，夜色是无边的坟场，星星是茂密的鬼火。天青钻进被子，觉得是躺入了棺材，四周散发着腐烂的气息。是猪圈的脏味儿正灌进来。他想到墙上那个别别扭扭的破洞，也有哭的念头了。继而想到隔壁那头猪睡得是那么平稳大度，就把涌到喉头的哀声咽回了肚子。他咬着牙，要给自己争口气似的。睡梦中的景象暗淡了，早晨醒来，他的话比往日更少些，看人看东西的目光露出凶狠的颜色。长辈和同辈在村巷里遇到他，得不到多少问候和亲近，都说这后生让他亲叔使唤呆了，像金山一样成了不合群不入套的怪人。有眼光细致的出来提醒，说他从小心事就多，灵巧劲儿跟全家一块儿葬在玉石沟里了。这是个不敢随便招惹的坯子。然而老人们觉得孩子委实可怜，金山待他应当公道些，不该丢下活儿让他死做。像牲口一样累他，多壮的人也要木讷了。他们不知道，做活的时候天青最愉快，常人承受不住的劳顿能够使他忘掉一些事，恨和梦想也随之淡些。有人填喂草料，做一头像青骡子一样的牲灵也是不错的。天青是金山家的牲口，他自己明白。王麻子的女儿是金山家的另一匹牲口，他同样明白。他愉快而冷静地做活的时候，把这些明白按在心里，等待那个暂时还看不见的爆发的日子。骡子能踢死人，桑峪不是有个给大户放马的光棍儿被踢死了吗？老八团一个号兵不是让缴获的东洋马踢伤，最后死在去南岭的路上了吗？这并不是多么困难的事情。

漫长的冬日里，天青赶着叔叔的宝贝骡子去清水镇拉脚。不是第一年做这个生意，熟门熟道，叔叔已经不担心骡子会有什么闪失。叔叔端着一碗薯干酒，一边喝一边数给他几个小钱儿，看着他怎样费劲儿地把它们塞进腰里。金山苍老了，眼神儿却依旧精明。放走了天青，宅院会冷落，但是这对他长久而无效的努力可能要好些。他到黄塔李大仙那里给自己也给女人抓了药，还没吃已感到身子里骚扰着旺盛的阳气，可以放心地收拾那盘热腾腾的火炕和那个冷冰冰的娘儿们了，白昼也将失去忌讳。他催促天青快快上路。

婶子担着水桶送他到村巷里，不知怎么就伸手在侄子的棉袄上捏了一把。天青靠着那匹青骡，目光晕晕乎乎地停在女人小巧的嘴巴上，似乎怕它张开而露出细碎的嫩牙。他是想摸她一摸的，这个从未实现过的愿望每一次分别都来强烈地袭击他，他不知该怎么做。如果她知道几年里他怎样熟透了她的身体，还会给他老母似的关怀吗？她又捏了他袄袖子一把，村巷里没人，天青的两条腿哆嗦起来，狠狠地扭着缰绳。

“太薄啦！来年让你叔叔多花几个钱，我给你厚扎扎絮一件……这衣裳怕要冻着你哩！”

“我结实，冻一下就冻一下。”

“揽不到活儿早些回来，外头生人生脸，咋也不如家里。”

“……记下了。”

“挣了钱多花几个在吃上，你叔叔他人贪，你带回一驮子钱来也喜不了他。吃饱了身子要紧……记清了？”

“清了。水泉有冰，婶子你担水离待着，看跌了筋骨……我走啦。”

“走吧。遇上恶人长个心眼儿，别让他瞒哄了。别惦着你叔，家里有我哩……”

“记下了，我记下了。”

天青眼里的火苗让婶子低了头。这小火苗见过多次，哪一次也没有燃起来，像一根太潮的木炭。烧不出旺火，彼此间就永远看不出各自胸怀里藏的是什么东西。他给她的是侄子的憨厚，从她那儿得来婶子的贤惠，而这些都凑不成他想要的那份炽热。匆匆上路的天青，心里装着的除了凄凉，还是凄凉。青骡子愉快地在前头走起来，他把鞭子搭在肩上，像是被骡子拖拽着离开了冬天的洪水峪，冻硬的山道也缠绵得似乎没有尽头了。

天青给铁匠铺驮煤，给粮栈运谷子，也给迎亲的外乡人送喜箱喜被喜衣服。最好的生意是配合新政府的干部调动，那些山外人骑牲口到偏僻的地方任职，从骡子上爬下来的时候往往塞了太多的钱，使他惊惶而不好意思，好在一五一十还数得清楚。白天拖着两只冻脚陪骡子走山道，晚上在大车店的炕上喂虱子，容不得多少奇想，然而那张脸和那条身子却是每天都要看到，并且反复揣摩的。冷冽的寒风里，她的肉身为他开一朵大丽花出来，让他恍然嗅到春天的甜味儿。

天青在腊月的雪地里忙碌，他的叔叔却命中注定地陷入了一种疯狂。是从哪一晚开始的呢？人们最初以为是狼的声音，越听越像，再一听又不是了。太阳出来，有人看见菊豆青了一只眼，肿得像个生南瓜蛋蛋，去水泉担水时一走一跛，不是脚坏了便是腿坏了。静了没几夜，狼羔子一样的惨叫又从金山家的大北屋张扬到村子的上空，人们就不忍心再听下去了。

妇委会一个娘儿们委员在村巷里拦住金山，往他铁青的脸上喷开了唾沫。

“菊豆咋了你啦？你杀她不成！”

“我的娘儿们，要杀要剐随我！”

“啥社会了？糟辱娘儿们斗争你！”

“好歹日不着你……”

“狠的你！揪出来尿泡臊的看看，你还是个人，你鬼金山还算个人？”

老娘儿们嘴快，可赶不上金山舌头毒。他眯着小眼儿，一嘴黄牙不怀好意地龇开来，咝咝地吐出辣气。

“美他娘的胎！你男人咋收拾你来？头发毛让汉子扯着满街拖死狗，是哪个？先把你男人撂躺下再来拾掇我，你听清了？”

“……你个鬼呀！”

妇委会的娘儿们落荒而逃。村里的头面人物也来呵斥他，他佯装一副哭相，要紧的关节就不软不硬地甩几句，多有理的嘴也让他冷不防给噎住了。他的理由反倒占了上风。

“你孙子抱上了，扯啥清闲？你家娘儿们裤裆利索，不是我的。妥妥捣鼓你的去！我断子绝孙不碍你们的事，不中用的娘儿们给了你，看你能咋着？”

“你揍她能揍一个出来不成？”

“看看吧，揍出个活的，我给她做猫做狗，揍不出活的，图个乐子！我亏不亏？老子一辈子白活亏不亏！”

“打坏了，村里有法子治你！”

“崩了我才好！我活够啦……”

话说到这个地步，金山竟能弹几滴眼泪下来，别人也就无话，觉得不可妄猜他的心地，无子无后到底是大悲哀，可恶中便有了可怜与可恕了。

腊月将尽时节，杨金山张罗杀猪的家什。好篓子好筐都盛了别的物件，他就想到山墙上吊的那个烂筐，以为装个猪头和一团下水是足够的。他举着锄把子将它挑了下来，无意中见了那个洞。他不认为那是个有卑鄙意味和侵略意味的洞穴，一块墙石歪歪扭扭塞着它，看上去不过是一块剥落的墙皮罢了。它剥落的部位是那么奇巧，竟没有引起他的疑虑，可见人的警觉多么有限，而人的提心吊胆和战战兢兢是多么没有必要的。大约是那块墙石塞得有点儿慌乱有点儿歪斜的缘故，金山不想让它掉下来，于是多此一举地跳上厢房的土炕，要把它摆弄得顺眼一些。每年都和天青抬着秋粮爬到这个地方，他不曾注意墙角落有什么缺陷。天青怎样费尽心机地掩护了它，又如何数百次成功地利用了它，是与他完全无关的谜。他在前台，天青在幕后演了些什么，向来不知道，似乎也没有知道那些古怪事情的眼力。他心平气和地拔掉了抽屉似的石头，把眼睛凑过去，不由得大吃一惊。不是有所醒悟，而是在蚀空了墙灰的石头缝儿里发现了一堆嫩红的小老鼠，崽子们扎堆的蛆一样，让他看了肉麻。他伸手把它们拨拉到猪圈里去了。气急败坏的样子让人疑心他在嫉妒老鼠子孙的兴旺。如果此时王菊豆恰好在猪圈里蹲着，可能会启发他的智力，给他一个明白。但是墙外没有人也没有声音，他就认定了那洞无非是一个洞，不是人为而是老鼠制造的。离烟囱近，离粮食也近，的确是个不愁饥寒的好去处，老鼠的行为和金山的判断就这么天衣无缝地契合在一起了。他毁了它们的好梦，到底胜了它们一筹，输掉的是什么，他和老鼠有着一样的无知和茫然。

腊月二十八，在外拉脚的杨天青返回了洪水峪。溪流上肿着宽厚的白冰，骡子踏上去砰砰地打滑脚，他小心地把它牵过去，没走几步就发觉水泉那边有双眼睛在看着他。他松开缰绳，绕着结冰的石头台阶慢慢向她走去。她把花布罩衫扔到水泉的冰洞里，两只紫胖的僵手在胯上腰上搓来搓去。她抖出了一线微笑，下牙露出黑晃晃的豁口，少了一颗，不止一颗，她的笑已失去往日整齐的模样。他站住了，又在她白白的额上见到一块青伤，在她粉粉的腮上盯出一块鼓出来的紫肿。他眼神儿零乱起来，知道他不在的日子家里出了大事，那个哀笑把底细透给了他。

“天青……咋不捎个信儿就回来了？”

“都是西水那边的生意，见不着熟脸。婶子，你这是咋啦？”

“初五回史家营，洗洗衣裳，脏了半冬，看娘家人笑话我……你先家去吧。”

“你的脸咋啦？”

“没啥怜惜，自家不长眼，担水叫冰滑跌了，我洗净了就回去……你叔他杀猪哩！”

“说妥了来年杀么，咋又急了？”

“杀了好。日子咋过也是个过……”

“你的牙磕崩了？”

“我把它吃到肚儿里啦。”

婶子想笑笑，却突然红了眼圈，两汪泪冻得颤颤的不肯掉下来。天青找不到话，跨过去要帮助把冷水里泡的衣服拎上来，让婶子拦住了。两只手碰了婶子冻红的胳膊儿，鼻腔里不知怎么就泛起了酸楚，心也疼得缩紧，目光死死地留在那些伤上。

“看你瘦的，这一下有肉吃啦！听听，那猪哭它的命哩。”

婶子说着便低了头，大颗的眼泪终于冰粒子似的砸进了泉水。那头猪高一声低一声地号丧，天青迈进宅院，发觉它已经在小炕桌上躺好，除了开开合合的长嘴，绳索完全地固定了它。它用最后的力气给自己唱着暴烈的挽歌，叔叔站在它脑袋旁边，在袄袖子上得意扬扬地慢悠悠地蹭着那把刀，让它唱得尽意些，长久些。叔叔整个人在天青眼里显出了十二分的毒辣和野蛮。他敲掉了婶子的牙，伤了那张俏脸，还不够，还泄不掉杀气。他急等着见血的样子，让天青看了恶心得慌。

天青拴好骡子，别的不干，先把钱递过去。叔叔将一沓花花绿绿的纸币抓在掌上，没做什么表情。

“多少？”

“你数吧，就这些。”

“歇歇脚，尽早帮我拾掇了它。”

“这猪没起膘哩。”

“人也要膘不是，让它养养咱吧！”

“杀了可惜。”

“你不吃咋的？达摩庄来人说西水那边有劫道的，没撞上吧……那骡子咋看着瘦了？”

天青不声不响地走进了小厢房。都瘦了。人瘦猪瘦骡子瘦，叔叔的老脸长刀似的，瘦得近乎走形。鬼知道他都累了些什么，暖暖的冬炕竟蹲不起膘来。

“你干啥去啦？赶集了不成？一件烂衣裳就刷不够！瓦盆藏裆里了？快找！等着盛血哩。整日哭咧咧的，我拿镐把子抡你！还不快些，你抬脸看看日头。”

叔叔这是跟婶子说话吗？天青蹲在厢房地上，脖子上的大筋一勃一勃地弹起来。他在外奔走的时辰，家里确乎出了事了，婶子身腰如旧，可见还为那件老事，但叔叔的口气里有往日不曾流露过的厌恶，似乎那女人是个必须切齿痛恨的仇敌，要随时准备给予殴打。

叔叔在吆喝，用刀面啪啪地拍打那头阉猪的肚子，逗得它更高亢地啸叫。尖刀不理会这个虚张声势，在空中划了美丽的圆弧，笔直地沿着脖腔刺了进去。猪哽咽了一下，留出片刻停顿。天青按牢晃动的猪头，无意中抬眼，看到婶子散了架似的弯下腰身，竟瘫坐在北屋的门槛上了。快刀嗖一下抽出了血浆，在瓦盆上呼啦啦溅出了黑红的扇面似的瀑布，门槛上那张脸映照了生动的血色，显出死一样的苍白。猪发出奇大的惨叫，不久便衰微，旋即转入一种乐天知命的安详。叔叔傲然地觉得那红水淌得有失汹涌，复又挺刀直进，扎进了湿淋淋的血口子，在心的位置上横翻竖搅，把拳头和小臂浇满了滴滴答答的红粒子和红条子。叔叔还笑，扬着亮晶晶的额头招呼女人来给他抹汗，抹净了又吩咐将薯干酒斟一盅端给他喝。女人软得持不稳八钱酒，哆哆嗦嗦地把酒喂到他胡须上，相就的工夫，又喂到下巴上去了。叔叔居然不恼，摊着两只吓人的血爪子哧哧地笑起来。暴虐的杀害使他尝到十足的快乐，目光里胀满了陶醉，看猪看人几乎不存什么区别。天青的后脖颈触到了嗖嗖的冷气，眼中的婶子也抖得更加分明，好像头发上缠了一只手在不快不慢地摇她，筛她。

猪头齐轧轧地割下来了，天青端着它，看看它的眼，脱离了肉身，眼却开着，嘴也开着，舌头上淌出了一些粉红的气泡，给他的手指涂了更多的黏腻。他让火燎了似的把它扔进了破筐，这个盛器让他盯了很久。他恍惚领略了腾腾杀气中的一个原因，不敢肯定，就牢牢地监视那把刀的走向，在猪的尸体上摆出更凶的样子给叔叔看，险些将一条猪腿活活地扯下来。他殷勤地配合了叔叔的杀伐，又示威似的将前裆的两只蹄脚咔吧一下劈裂，惊得掌刀人连连唏嘘赞叹。

“小子，有劲道！”

“天青，让让！看刀闪了你……”

天青不肯罢手，甩了小棉袄，揽绳索一样抽出了一团大肠，水灵灵青鼓鼓地绕了粗臭的一臂。举止虽然残忍，悬着的那颗心却悄悄降下，晓得叔叔的逞威不是对着自己来的。然而婶子身上依旧缠着一只手，固执地摇她，筛她，使她不能翩翩地行路。似乎她的筋骨和魂灵已经跟随那头畜生一并给人杀掉了。

红红白白的肉朵子在屋檐的铁钩子上冻了起来，溅了血的宅院再度清冷。除夕晚上，肉吃到嘴里来了，天青用舌头把软嘟嘟的白膘子卷到肚子里去，仔细地端详守着炕桌的另外两个人。婶子吃得很小心，缓缓地以牙齿切割，半天不曾咽一下，叔叔的嘴发出连贯的吐噜吐噜的声音，像吮面条一样将大块的肥肉吞下去，他饮酒时嘴唇的动静活似转着一根干燥的门轴，吱吱呀呀响得十分古怪。眼看吃得差不多了，叔叔竟然摇头晃脑地哼哼起来，没完没了地重复着一个意思。

“我那亲娘哎！”

婶子挪他的酒杯，他很清醒地一把夺了过去，潮湿的小眼睛一眨不眨地盯着屋檩。

“我那念儿疼儿的娘哎……”

晕乎乎的似乎要唱，只是找不到一个确定的调子，便用两只干枯的大手啪啪地拍击大腿和膝盖。

“我那打了儿骂了儿蹬了腿儿的老娘哎……睁眼看看你的绝户儿子吧……娘哎！”

除夕的灯影里面，飘荡着烧不透的煤油味儿和啪啪地拍打大腿的声音。天青吃不下去了；肚子里的东西急着要翻上来。

半夜时分，睡在厢房里的天青猛然听到一声尖号。不像人，可也不像狼，他扣在枕头上紧张地分辨。等新的一声号叫传来，他终于判定那声嘶力竭的是他婶子，惨号后面扩展着的是他叔叔无声无息的绝望，和一种非人的残酷的暴力。

天青摸出厢房，光着两只大脚潜到大北屋的窗户底下。他像惯于夜伏的猛兽似的蹲在黑暗里，两眼霍霍地放光。他记得斧子就在台阶附近，剁猪蹄时用过的，悄悄摸了一遍却没有。还要摸索，光脚适时地踩到了镰刀柄，冒汗的大手哆哆嗦嗦地抓紧了它。

“他叔……你要拧死我啦……”

“祖奶奶！你舒坦了吧？我日你祖宗十八代，这一回你可舒坦了吧！”

“……我不活哩！”

“便宜！你个掐不死咬不烂的货！叫……你叫……还叫不？我整不软你我就不是个人！我日你……”

不知施了什么手段，女人的半声尖叫让个软软的东西塞住，化成唔唔吭吭的混沌。炕沿上又发出咚咚的撞击，似乎在揪着一颗脑袋游戏似的磕着了。叔叔得趣地大喘，在炕席上不停地翻来覆去，就像不停地掀着一条装满了粮食的破麻袋。

见识浅薄的杨天青脚掌冰凉，不知如何是好。当他确信听到了笤帚疙瘩或烧火棍在肉上的抽打声，满腔怒火再也无法按捺，发疯地抡圆了粗壮的胳膊，把整个身子都带得蹦跳张狂起来。镰刀削掉了悬在屋檐上的一块冻肉，又闪电似的舞出耀眼的白光，狠狠地锛进了北屋的榆木立柱。屋里霎时安静，打的声音和挨打的声音都不响了。

“……谁？”

天青不答，脚下石板地的冰凉已经穿透了他的身子，心和脑袋一律变得僵硬。

“谁？”

“……我。”

“天青吗？”

“……是我。”

“骡子喂了？”

“喂了。”

天青挪着光脚，眼珠儿机警地转动起来。

“婶子病了吗？”

“没啥……心口疼，想是吃差了。”

“别是急症吧？我到黄塔请人来看看好不哩？小心耽误了。”

“不着忙……这阵儿踏实了。”

“我去睡啦？”

“……睡吧。才是啥东西响来？吓煞。”

“黑灯瞎火的，谁知啥哩！”

天青回到厢房，怎么也睡不稳，在炕席上盘着两条腿想心事。没有扳下那柄镰刀，是想让施虐的人仔细看看它，让他明白到底是榆木桩子硬还是自己的脑壳硬，再向女人下狠手时也好掂量着些。往深处思谋思谋，又觉得这个警告不太牢靠。他担心超出侄子的身份，给叔叔找到把柄，更担心女人有所提防，将他视为心术不轨的歹货。后半夜，忧心忡忡的杨天青再次溜出去，从房柱上撤下了镰刀，把削到地上的那块猪肉也抛向屋后邻家的旧房基里去了。他先前的愤怒已经无影无踪，甚至希望宁静的大北屋再生出惊人的响动来。什么也没有。只有两个人一促一缓一壮一细的睡声吹在灰白的窗纸和窗棂上，在窗外人的心里勾出无可名状的欲火和空虚。

那年洪水峪成立了互助组。那年发生了许许多多的事件。大年初一的凌晨，杨金山的侄子杨天青在小厢房烧得不热的火炕上辗转反侧，在思想里拥抱一个近在咫尺的女人，直至曙色微明。

雄壮的太阳缓慢地热腾腾地升了起来。

上中农杨金山五十五岁的时候跨进了一生最悲哀的岁月。终于不行了。疯了似的折腾自己炕上的人，全是因为对这个不行有了一天比一天强烈的预感。往地里背百把斤的一篓肥喘得赛过风箱，镐头举不过十几下就腰麻腿酥，都是成人后不曾遇到过的难堪事。无法忍受的大难堪是在被子底下，完满的配合已经做不到，忽一日就连勉强的交接也撑不住了。他乞灵于花样翻新的袭击，试图以淋漓的殴打找回失掉的希望和愉快，它们却更迅速地离他而去，只给他留下一些欲哭欲死的怪念头。随便拧紧哪块白肉，或者抬脚将她自北墙踢至南墙，他觉着那是打着自己。女人挨杀似的抽搐着叫唤，便是替他向不公平的日月鸣冤了。寻死觅活的女人转嫁了他的绝望，他喜欢揍她，专捡她料不到的地方和料不到的时机揍她。她眼神飘忽战战兢兢地在他眼前走过，使他体味到自己的强壮，短时间忘掉那种种的不堪和不行。女人已经不是女人，没有器官也没有韵味，只是干巴巴的一团骨肉，是他下拳脚的地方。他待那匹骡子反倒好些。他待天青也不赖，厚道的侄子日出而作日落而息，比骡子更让他省心。许多把柄滑过去，一向不理会年轻的后生是个什么威胁，更不知道那双眼如何在女人身上狂奔疾走。如果他后脑勺上生了眼睛，或许会看清侄子那张木呆呆的脸面，上边写满了要杀掉他的意思。谁在谁的掌心里攥着，两个男人里至少有一个还在糊涂。事情外边的女人，则是长久地糊涂着了。

春天一个日子，一家三人在地里间苗，山梁上悠悠地荡着暖风，扫得人身心困倦。菊豆中途回家做饭去了，叔侄俩一前一后蹲在棒子地里，很细致地做活，使零乱的青苗群渐渐地疏朗整洁起来。叔叔不耐做，不到晌午就歪到地边的草地上，昂着下巴晒开了老阳儿。天青蹲在田里不肯歇，叔叔就隔远地跟他说话，一边说一边用痰水去淹草坡上乱爬的蚂蚁。

“天青，桑峪那个大脚娘儿们见过没？”

“见过，姓张吧？”

“张家的老寡妇……她是媒婆子。”

“知道。”

“我前天里在老乔家见她唻。”

“噢。”

“她扯天扒地要给你说一个。”

“……谁？”

“没吐口就把她回绝啦。”

“嗯。”

“我养你这些年，叔的难处你心里怕亮堂着哩！做谁的儿随你，做哪家的姑爷随你。好歹是我兄弟的种。家里日子紧巴，日后宽畅了，你想咋办就咋办……你说哩？”

“说不来……没想过。”

“踏实干一年，看明年村里肯不肯给咱家分户。你自己单过遂心些……我给你钱办事，多了少了的别怪你叔。你叔白活一世，留什么也没用场，早晚都是你的哩。”

“我另立户自己挣，你的留给婶子吧。”

“给她不顶给了畜生！我前脚走她后脚就得招一个来。我金山的血脉断就断自己手里，断她手上我咽不下这口气！狗日的咋还不送饭来……把他娘的狗腿当柴火烧了不成？”

金山爬起来瞭望蛇一样绕在山冈上的小路，白白的道上没有人，只印着稀落落的树影。晌午过了，日头有些歪，影子也悄悄地倾斜。菊豆的青袄终于从岭后闪上了空荡荡的石路，张皇地向田野滑过来了。金山呼一下弹起身子，见了猎物一样向来人扑过去，把她截在远远的一个山洼里。天青没有跟上，紧张地站到高处，想看得清楚些。听不到叔叔在吼什么，婶子一味地后退，已经退到草地上去了。天青看到装吃食的小篮子在坡上滚，接着看到婶子在坡上滚，叔叔跳大神儿似的追着踢着。叔叔咆哮了片刻，在婶子背上踹了最后一脚，便匆忙地窜回道路，一股黑风似的往村里卷去。婶子低头坐在草里，长久地抚着脊背，又踉跄地去寻找滚跌了的小篮子。天青把狂乱的心跳压稳，要把看到的这些都忘掉。等女人将吃食送到地边，在背后哀哀地隐泣抹泪的时候，他正装模作样地伏在半尺来长的苗丛里，仔细地清除争肥争地的废苗子和长势迅猛的杂草。他只给她一个沉默而无言的脊梁，半天不肯转身。女人泪眼蒙胧地看着他。

“天青……吃了再干……”

“你先吃。”

“……我不吃啦！”

女人猛烈地抽搭起来。天青停了手，看着脚下的地，还是迟迟不肯回脸。

“你咋了，婶子？”

“天青……我把话先撂给你，你叔他迟早杀了我！日子没的过了，你见啥听啥给史家营捎个信儿。别拦他！让老东西杀了我吧……我不指望活哩……”

“我叔他脾气赖。”

“他可是个人？你叔他可是个人？我屈呀！天青，我受他的你也受他的不成？亲侄儿哎，你跟婶子交代交代，我在你们杨家可怎么活？我迟早给他打死，我受不下啦……”

婶子噎了气，哭得十分艰难。天青抱着脑袋，找不到妥帖的话说，想做的事只有一件，就是跑过去把不幸的女人揽到胸口，让她滔滔地哭个顺畅。头一次听到她悲切地倾诉，竟有这么多话给他，使他明白女人离他不远，伸手便能抓到，也使他更恐惧地游移于侄子的本分，不知道后面等他的是些什么。

眼前的黄土点点滴滴地湿润起来，已经更没有法子去看她。背上热辣辣地燃着一堆火，想必是她红肿的眼在看着他了。

“天青……趁热吃吧。”

“就吃。我去一下……回来就吃。”

他佯装解手，匆忙地翻过棒子地前面的山包，找棵桦树靠着蹲下来，眼里憋的水唰唰地泻到脸上和衣服上。他撞那棵树，咬一块桦树皮含在嘴里，把奔涌的悲声完全地堵回肚子里去，一点儿也不给她听到。他深深地触到了一种奇大的悲惨，是她的，也是他的。

金山不见踪影。他打女人的借口原本是因为送饭迟误，女人告诉他骡子卧在槽里不起身，也不吃东西，他的借口就换了一个，只是打得更充分也更凌厉些。女人伤了腰，间苗时用着半跪半趴的姿势，天青没有表达什么，殷勤的只有那张笨嘴，“歇歇吧歇歇吧”地劝阻，声音倒比往日更添些冰冷。这冰冷首先给自己来感觉，不这样就挡不住自己，因为整整一个后晌都在酝酿要不要把不听劝的女人拦腰抱起来，抱到棒子地外面去。决心下了一百次，毁灭了一百次，只徒然地磨着冰冷的嘴唇。女人在他的声音里得到安慰，不在乎那些刻意的冷淡，因为他潮湿的眼睛及里面不褪的红色已经在热着她的心，并且暗暗地品味着了。

骡子果然得了急症，金山在它腹皮上按到很大一个软包，疑是绞肠痧。等不及娘儿们和侄子下地回来，就闭了院门，将摇摇摆摆不肯走路的牲口牵离了村子。晚饭时辰，老乔家来人传金山留的话，说是到达摩庄请人医治，治不好就去桑峪，一时回不来的，叮嘱趁着天好早些把苗子间出来，园子里的菜早晚留意些，小心让哪家的猪崽子拱吃了，等等。来人又哧哧地笑了，告诉菊豆和天青，金山走时满脑袋流汗，摸牲口肚子当口像是有泪掉下来了。宝贝要死了，金山怕也活不成。菊豆听到这个玩笑只咧了咧嘴角，天青什么反应也没有，闷闷地喝着玉米粥。叔叔今晚不回来了。院子里只有他和婶子了。他的全部思想都停留在这个从来没有遇到的事情上。局面来得太突然，不能肯定往日是否渴念过，有些怕。撂下碗筷，见女人出来进去走得很轻捷，怕得便更狠，暗知在无数的夜晚里，自己早就无数次地把这种机会设计操演过了。

“踏实睡，用不着三更侍弄歪骡子啦！”

“婶子，喊我起炕……赶早把菜地浇浇，我睡得贪。”

“踏实睡你的，你啥时候睡过整觉？他不在了你还怕啥？”

“起早浇了吧，看他回来找话说……我是累惯了的，干一事少一事。”

“你就是个木头？”

婶子拾掇了鸡窝，站在院子的月光里，脸上融着灰灰的一团，天青辨不出那上面松了捆绑的浅笑和柔情，是不是有他要找的意思。她嗔怪他是个木头，是怨他呢，还是唤他呢？她要唤他完成一件事情吗？婶子嘱他早早歇息，便轻巧地移回北屋去了，闭紧的门给天青丢下一个庄重。他踅到厢房，把木头甩上炕席，指肚儿摸来摸去，要剜掉这木头上的羞惭和胆怯，让它如他所愿的那样活泼起来。北屋油灯灭了，他屋里那盏灯一直就没点。不知躺了多久，想着如何站到北屋台阶上，又想如何对付那两扇黑门。步骤很完全，然而每想到走进门去，思绪就纷乱颤抖不止，阴谋和勇气也随之一塌糊涂了。他拉住夹被把自己紧紧捂了起来，连脑袋也一并捂住，终于退缩了，没下炕，没进院子，没上台阶，什么动作也没有。木头和苇席棉被长成了一体，沉沉地入了梦，不再忧愁梦外的一切。有心去梦里演习他的计划，然而悠悠的就是不见花朵似的那片身子，倒恍惚看到一个不相干的人，搂着一匹骡子哀哀地哭泣，踢他踹他也不走，拎了斧子砍他，胳膊却举不起来，满世界轰轰地响着流泪的声音和吧嗒着嘴唇舔泪吃泪的声音。

天青醒了，手在被子里寻找丢失的斧头，找不着，哭泣的声音却依旧持续着。窗外有人，他霎时惊住，看清了与梦里不同的情况。刚刚撩开被角，抽泣便迅速消失，北屋的门轴远远地低低地叫了一声。月光很白，铺了青石板的院子像一池水。天青在窗户上趴了半天，仰身倒回枕头，疑心自己是迷了梦了。却又不信。耳朵是真切的，心也是真切的。却还是不信。事情无论如何不会这个样子。是他想这么做，做不成，因而恍惚了。梦见看见听见了那么多，全是因为脑袋有些发癫。人癫了什么都能看到，叔叔有一回不是看到爷爷了吗？爷爷在圈里拉了一摊东西，去灶间掀掀锅盖，又给骡子抓了一把黑豆，就走了。叔叔亲眼见来着，只是没敢跟爷爷说话。自己刚才找了半天斧头，在窗户上见了婶子，全是招了癫的缘故，跟叔叔没两样的。天青安慰了自己，却一夜不曾睡稳，早早地爬起来，看着晨光里直挺挺的顶门棍发呆，顶它是防兽防风，一向如此，现在却使他生了气恼，怪自己昨晚为什么不留个疏漏。再想想，又看出这气恼没有道理，便拖着困乏的身子到园子里浇菜去了。北屋闭着门，婶子还睡着。他怕看到她，却未想她是不是也怕。如果两个人相互怕起来，这宽敞的院子就没法子待了，直到把水引进菜地，稍稍清醒的杨天青才动了这个念头。不等他叹气，婶子清凌凌的声音已经从村巷里鸟叫似的悠出来，在招呼他归家吃饭了。往日也这么叫，却从来没有如此悠扬。天青愉快地抬起头，在溪流对面的山冈上见到了起伏的绿色，又在绿色上面看到了一幕干干净净的蓝色的天空。他也想叫一叫了，觉得悠扬的叫会使他生出两扇翅膀，舒展地飞到山谷的早风里去。

这是春天里无比晴朗的一个日子。太阳很好，风也很好，小溪流在很好的风和阳光里汩汩地奔波欢腾，给弯曲的山沟绕上了一条清亮的白光，给洪水峪奏出了不停顿的美妙声音。在同一片温暖的阳光下，杨金山的侄子杨天青和杨金山的妻子王菊豆迈进了落马岭附近青苗茁壮的棒子地，而杨金山本人则牵着病入膏肓的爱骡在由达摩庄至桑峪的山间小道上艰难跋涉。人人都怀了希望，希望人人不同。杨金山的思想已经被牲口占据，对亲人布置的陷阱视而不见。即将失掉贞洁的女人则无所畏惧，暂时忘记了沉重的不幸和悲哀，把近乎淫荡的快笑抛在山花初绽的山冈上。年轻后生伴随着暗自思恋了多年的妇人，在阳光一样明媚的笑声中解除了最后的禁锢，奔向他朝思暮想的神奇境界。

事情从这一天的晌午开始，断断续续地持续到黄昏骤降，随后便依照通常的节奏进入了一个长达几十年的不可思议的漫长过程。那个暖洋洋的晌午是个竖纪念碑的时刻，也是个挖掘坟墓的时候。他们把该做的一切都做了一遍，从而晕眩了。

事情没有明确的起因。只是空前愉快地干了一前晌农活儿，彼此说了许多话，当然都是不太相干的话。然后面对面坐在草坡上咀嚼从家里带的干粮，从同一个葫芦模样的器具里斟水喝，用的是同一个瓷碗。腌萝卜粗粗的也只一根，两个人各咬了一边，留着不同的牙印儿。不久便咬乱了，你嘴里有了我的，我嘴里也含了你的，传递了几次女人竟叼住别人的那一边长久地吮起盐味儿来了。饭吃得越来越没有滋味，滋味已经渗到了别的地方。天青鼓着两只眼睛，近乎呆傻地盯住几株刚刚被踏倒的小草，看它们如何顽固地重新躬起了身子，看它们碧绿的伤口如何缓慢地溢出了黏稠的浆液。当它们挺立如初的时候，他立即伸出大脚再一次踏盖过去，脚心里几乎生了疼痛的感觉，似乎有一把绣花针在轻轻地刺上来。

女人的腮里滚着食物，风吹细了她的眼，阳光在她丰润的皮上跳动，她的红唇上装饰了几颗食物的残渣，墨发周围有一只不知疲倦的昆虫在飞舞盘旋。

天青的喉咙里无端地涌出大量唾液，像陈年的薯干酒一样燎着他的舌根。

“婶子……”

“啥？”

“昨黑间害梦害煞哩。”

“梦爹来梦娘来？”

“梦……梦着婶子哭。”

“我哭？咋着哭？”

女人把红红的笑脸转给他，隐了许多意味，他却不看，只端详那张脸下的几个部分，目光起伏错落。女人的见识毕竟老成，况且昂亢的水准并不在他以下，又自恃握了操纵的力量，便清清楚楚地包抄起来。

“天青，你怕了吧？”

“……怕啥？”

“你也是五尺高的汉子！”

“我……我怕啥？”

“不怕咋把个窝儿捂得严严的哩？”

“风大，不挡风挡狼不是。”

“你看婶子像只狼不？”

“婶子……”

“妥妥看看你苦命的婶子，我像狼不？”

天青的懦弱似乎激怒了女人，活像刀子一样甩过来割他，脸上却不失笑。然而这笑容的甜意分明是淡了，流布的是渐渐浓起来的自怨自艾和天青一时不能通晓的哀悯。天青低头无话，证实了昨夜非梦，脑袋反而更加沉重，径直地扎到胸口上了。憋闷惊惶之中感到头发茬上降下一片东西，风吹而不落，轻摇而不走，终于明白这柔软的南瓜叶似的一块温暖是女人的手掌。他闭着眼，用牙把浑身的哆嗦咬住，咬不住的就任凭它们被那个掌心吸了去，哆嗦却还有，不停地沿着手脚向外施放。

“婶子……叔叔他……”

“别提他！让老东西死去！”

“婶子，放羊的在坡上……”

“羊群翻到阴坡去了。”

“……你干啥？”

“你说，婶子像狼不？”

“婶子别要笑我……”

“天青，你嘴瞒了人眼可瞒不了哩！”

“停窗根哭的是你？”

“是我！你叔让我死，我不死！老天有眼，让它看我咋活着！天青，我是喜哩……想让你伴我喜兴哩……活活咒那个老不死的！你叔他毁我半世啦！”

那手求援似的抓住他的头发，太短拢不住，就滑下来揪住了他的衣领，脖子上的大筋勒得转眼粗壮圆滚，勃勃地涌着青血。

“天青，你疼我！”

“轻些，看打了水罐……”

“你心里装得下我不？任你拿哩！”

“婶子……我裂啦！我心尖尖裂啦……婶子哎，你要笑我不成？”

“要吃你！怕你就走。”

却不让走，也不欲走。然后就无话。一颗蓬松的头抵到怀里，把他生了硬须的下巴顶得高高翘起来。蛇似的两条软臂在脖根上胳膊上胡乱缠绕。最终选定了一个姿态，紧箍着他的腰脊不放了。天青的眼睛已经没有用处，只感觉到有个香软的东西在啄他，脸上洒了点点湿润。呼气的嘴便不再摆脱，紧促地火辣辣地搜寻过去，与正在找他的嘴撞个正着，不顾气闷和牙痛，狠狠地长久地做了一个吕字。太阳在他眼里猛烈地摇晃起来。手和身子闪电般地接受了一种指引，跳成了忙碌的舞蹈。仰下来见的是金子铸的天空，万条光束穿透了硬和软的一切。俯过去见的是漫山青草，水一样载着所有冷的和热的起伏漂游。不相干的因了快速的触击达成牢固的衔接，就像山脉和天空因为相压相就而融汇出无边的一体。显得惊慌失措同时更显得有条不紊的杨天青头一次感到了自己呼吸的困难，天塌下来埋住了他，他刚刚领略到一丝绝望便掉进了前所未见的佳境，袭击了他的是类似快活而超越了快活的雷霆与风暴。他大吃了一惊，身心随之痉挛。

眼里悬着的是颗正在爆炸的太阳，颜色发黑，像个埋在火烬里的烧焦了的山药蛋，像一张晾在屋檐上的刚刚剥下来不久的母猪的毛皮。一切都是黑的了。

此时，五十里山路以外的桑峪情况良好。妖医梁大头只一眼便诊准了病骡子的症结，正操起半尺长的一把白刀子，在骡子的腹皮上晃来晃去，要选定一个剜捅的位置。劳顿的杨金山不忍目睹，悄悄溜到主人家的门外，靠着院墙歇息瞭望。杂七杂八地想到许多事，大都与骡子的过去和未来有关。

人世沧桑，最忠厚牢靠的伴儿竟是个畜生，让他委实不解。活着的人里没有哪个让他如此牵挂，时时念想的只有远在地府的爹娘和未曾降世的儿孙。纠缠阴间的事情不是担心爹娘是否在那边受苦，而是神秘于自己的将来。在幻象中安排儿孙的生活，图的是这个不可知的将来。让他忧心忡忡百思难解的，是爹娘交下来的自己这条生命将怎样不断代地旺盛地传递下去。他疑心前世有孽，所以天神要指派不生养的女人来惩治他，一个不够，竟有两个，先先后后地来促他灰心，使他活得不能畅意。他对骡子的种种关切，或许就是感知了相似的命运，所以要在苦命的牲灵身上将一种深刻的体恤来加倍地扩展和烙印了。

悲痛的杨金山沐浴着春天的阳光，淡然地想到家，更淡然地想到妻子和侄子。他想到她和他的时候似乎是在想着庭院中的两件摆设，因此他绝不能料想重重的山岭背后正在深化的一个进程，也绝不能料想在属于他的田野里如何爆发了一项冲突。那是和间苗或铲草完全无关的事件，却更为劳累。侄子强健过人的肌体在他反复耕耘的田垄里伸进了犁铧，并且比他有效百倍地狂放地播着种子了。

杨金山听到了骡子疼痛的啸叫。刀子划破皮肤的声音像撕碎了窗户纸一样，吱啦吱啦地勾出了他的眼泪。

遥远的杨天青也在叫着的，于灿烂的升腾中，似乎有更大的痛苦，嗓音也因之更为高亢。像一个暴虐地杀人或者绝望地被杀的角色，他动用了不曾动用的男人的伟力，以巨大的叫声做了搏战的号角。

“婶子！婶子……”

这是起始的不伦不类的语句。

“菊豆！我那亲亲的菊豆……”

中途就渐渐地入了港。

“我那亲亲的小母鸽子哎！！”

收束的巅峰上终于有了确切的认识和表白。

太阳在山坡上流水，金色的棒子地里两只大蟒绕成了交错的一团，又徐徐地滑进了草丛，鸣叫着，扑棱着，颠倒着，更似两只白色丰满的大鸟，以不懈的挣扎作起飞的预备，要展翅刺上云端。

"我那亲亲的小母鸽子哎！"

那一年女人二十六，杨天青是幸福的二十二岁。以后的年月里，在一系列精密选择的时间和地点，在充满幸福与罪恶的阴谋中，杨天青根据他牢固不变的想象力无数次地重申了这句宣言，女人便也无数次地毫无厌倦地承接了这个吼叫和呻吟，并衷心地为之陶醉。

两人遵循的朝拜仪式中，它是不变的禅语，凝结了具体的本质性的信仰，又沾染了原始的诗意，因此便被他和她永恒地诉说和聆听着了。

洪水峪的生活有了新模样。互助组形成燎原之势，顽固的单干者们已经土崩瓦解。小满时令，乡里来人组织了识字班，召集青壮年和妇女参加扫盲突击。一旦黄昏降临，村口老核桃树下面便齐聚了几十条粗细不同的嗓子，肃声地念着人、口、手，以及马、牛、羊、天、地、水。

杨金山不入互助组，以劳力的数量和质量而论，他认为自己非常强大，因而不能容忍外人来分享。他也不让年轻的妻子和侄子介入识字班，在核桃树底下饱受蚊虫叮咬而又念经似的嗡嗡不休，在他看来是万分可笑的蠢举。他认为自家的生活中有许多迫切的事情急等着做，断不能悠闲懒散。

究竟做些什么，却又常常无数而无绪。家里另外两个人不时受到相互矛盾的指派，水缸明明满着，却严令去担水，刚刚遛过骡子回来，又催促把它牵到山上去再放。两个人负着沉重的隐私，不由得挂出低声下气的外表，内里却分明地感知老东西在日复一日恍惚，并且不可逆转地糊涂着了，骡子大病一次，主人也跟着失掉灵性，这或许就是造化的精心布置，要使年轻的他和她更大胆地放荡，更没有顾忌地来彼此偷窃。纵情的举动便额外地添加了信心，在天地不知的暗处增强了速决的频率，所言所做真个是无不销魂而呜呼了！

糊涂着的杨金山也奇怪于女人的变化。每逢自己莫名其妙地狠毒起来，仍旧可以招致畏惧的颤抖，却再也听不到那种令人快意的母狼一样的尖叫声。女人的白牙咬破红唇，任凭他在光滑的皮肤上制造出一块又一块青紫的瘀斑，任凭他砍伐树木似的将那柔软的躯体弯来折去，表现了一种誓死忍耐的决绝。他最为诧异的是女人不仅忍辱含垢，而且前所未见地显示了主动的顺从和殷勤，她渴望完成的欲望是那么迫切，几乎使他疑心这是对他的无能的一种巨大羞辱。白日里下地，见她屡次丢开锄头惊惶地隐入灌木丛，窃以为那是跑肚或尿慌，万不曾料想她是怎样伏在僻静处频繁地呕着又喜又悲的涩水。歇息时只见虎背熊腰的侄子在密林深处游来荡去，以为是寻找蘑菇或山雀蛋，却不见那双大手如何秘密地攥着几颗酸溜溜的野杏，更不见它们以怎样的传递方式塞进女人焦渴的嘴巴。妻子和侄子在规矩地做活，茂密的庄稼预兆着满意的收成。被阴谋暗暗侵蚀的杨金山竟然没有一丝挑剔，只对身旁两具不知疲倦而精力旺盛的身子抱了许多不明不白的嫉妒。自家的手脚似乎越来越迟钝，也想抖擞，然而五尺长的大锄杆子再也拉不出风来了。他的悲哀就不能不局限在这个无知的地步，听凭一颗茁壮的种子在他的田野里孕育生长，于后知后觉中预备着为他人做个受骗的父亲。这甜蜜爽人的角色便只能沉在一个永远不醒的老梦里了。

杨金山得知女人怀胎是在三个月以后。当他再度野性发作而狂扇她的嘴巴时，突然发觉她没有伸手拦挡，却蹊跷地紧紧地护着肚子。他扯开那双手，目光游移起来，女人禁不住端详和抚摸，摊开两臂涔涔地落了泪。追问之后，他险些一脑袋栽下炕去，喷出了一声奇大的响亮的怪笑。随后便捧住那丘白白的肚子无声而猛烈地哭泣，皱巴巴的脸鬼一样胡乱扭动，整个身子都抽搐摇摆起来了。

“狗日的，你咋不早说！”

厢房里的杨天青给那声怪笑惊得睁大了两只眼，紧张地准备与一场迟早会降临的危机抗争。听到了一连串啪啪的清脆的声音，好半天才判断出那是狂喜的人在忘乎所以地打着自己的嘴巴，他稍稍地松了一口气。

“老天爷开了眼啦！”

“菊豆，我待你亏了心哩！”

“亲爹哎，你儿得了天助有救啦……”

癫乱的声音响了小半夜，不久便也宁静而安顿了。三颗心在不同的腔子里搏动，各自想着异样的心事。天青的思想是确凿的，那是他的而不是别人的儿子，他从女人那里得知了那个人的窘状，况且长年无子的历史也确切地作了证明。但是那种喜极而泣的声音震撼了他，使他头一次辨清了自己的罪孽，知道欺诳的不只是叔叔，在一个绝顶紧要的地方他辱没了自己的爹娘。他做了万人唾骂当剐当诛的见不得人的恶事了！日后该怎么活，成了解不开的难题，像不可攀的山冈一样在他眼前陡然高耸起来，他孤独地做了一只走投无路的野兽。长夜难眠，他咬着炕席的苇子片排泄苦闷，一时竟感到那咔咔磨着的是两排尖利的狼牙，刹那间便无所畏惧了。

杨金山欣喜若狂，第二天就摆出了两样的态度。他早早地招呼天青起身，在必做的活儿里添入一项揭火煮饭。玉米粥煮好，天青又被命令去张罗鸡食、猪食，然后是空着肚子劈柴、担水、饮牲口。做着这一切的时候，杨金山站在北屋台阶上袖手四顾，瘦脸恬淡，像个财产上一夜之间便暴发的人，沉醉在对周围事物的有效支配中。王菊豆一动不动地盘腿坐着，遵循丈夫固执而古怪的意愿，她必须每时每刻对肚子里的另一个人负起保护的责任，因而也就必须暂时放弃行动的自由。透过窗户上破裂的挡风纸，她看到侄子驯服地做着往日由她来做的种种劳务，笨手笨脚而又卖劲儿的样子使她大为伤感。杨金山亲手端来早饭和腌香椿，见女人眼里有泪。以为是让自己感动的，于是他也感动起来，鼻子竟有些酸楚。在香椿叶上点了几滴芝麻油，觉得不够又点了几滴，舌头吧唧吧唧地舔着油瓶子，似乎在品尝自己心胸的博大。

“多吃！”

菊豆窘迫地埋头在碗里。

“别乱动！伤了胎……看老子不宰你！力气活儿叫天青干，你得养养骨血。”

温情飘荡，凶残的男人居然在女人的肩膀上搁了一只手，一只不是用来施放暴力而是用来真心抚慰的大手。女人的几颗泪哆嗦着溅进粥碗。他很满足，暗暗发誓要把更大的关怀补偿给她。然而他对近在眼前的微妙现象没有一点儿意识，女人突然降热泪，是因为她白如骨片的耳朵在院子里一群母鸡的啄食声和两只猪崽子囫囵吞咽的哼哼声里捕捉着另一种音响，无可奈何的忙碌喘息透露了日后的情景，也把丈夫的用意揭开了。她因为日益胀大的肚子而获得的赦免，会在那个年轻茁壮的男人身上转为更沉重的压迫，掉到受不下的更不堪的处境里去。她和他的命紧紧地系在别人手里，肚子里多一个生灵，反倒系得越发紧束了。她已经没了办法，那个人或许也没了办法，院子里踏踏踏的脚步声响得只是一团昏乱和不知所措，全不见春天草地上的愉快和勇猛，像是要伸着脖子来等人处置了。

菊豆不再下地。金山的心思也不在庄稼上，手忙脚乱的像丢了魂，不时地撇着老腿在村巷里转悠。绝处逢生的喜悦使他更加糊涂，只想迫切地向遇到的每一个人公布他的壮举。以奔六十去的不老之身使一个女人坐了胎，几十年的奋斗终于有了结果，在他看来无论如何也是一件值得炫耀的事情。听到消息的人像是为他高兴，当然那高兴并不在他们得知自家的女人有喜以上，甚至不比得知自家的母畜有孕之后所表示的欢快更多。人有男女，畜有公母，生养是天经地义的事，没什么大惊小怪的。他们只是觉得金山可怜，因为他费事似乎太多了一些。金山得到许多不浓不淡的家常话，渐渐明白别人并不曾看中他的无上的光荣，未免太不把这个大事当作大喜事，于是心头略感不快。但是他仍旧挂了笑脸走路，脚底板一掀一掀地想多流露些类似年轻人的弹力，也想把那分得意和满足留给自我来欣赏。

在八月的田野里侍弄庄稼，杨金山每每不能坚持到日落。与魂不守舍的叔叔相比，侄子反倒更为镇静和从容。引水浇玉米，叔叔到渠头张罗半天，居然昏头昏脑地把水改到别人家的地里，天青只是一笑，再悄悄地把水引回来。这呆事轮到他做下，叔叔怕要跳脚，近来叔叔是越来越频繁地对着他跳脚了。等孩子出世，叔叔会把更大的威风逞给他，他不在乎这些，他从叔叔的行为里得到许多勇气，负疚的心情日益漠然。他不怕这个人，无情支配他的这个人常常让他觉得可笑。他很踏实，因为他总在想着女人肚子里的那个孩子，以及制造这个孩子时那些无意的激动人心的最初步骤。他为自己的能力惊讶，也为不可想象的女人的能力惊讶，亲叔叔以主人的身份呵斥他的时候几乎引不起他的愤怒，他的后盾是巨大的快活和巨大的信心。只在肯做，他什么都做得来，包括在实质上做一个人的丈夫，做另一个不可知的人的父亲。他觉得自己是在讨还民国三十三年那个落雨的秋天被人欠下的债务。她是他的。他的！他对那个名义上的父亲只有轻蔑，他也在替她轻蔑着那个人。

杨天青独自承担了三个人的劳动，落马岭夏秋之交的田野里洒满了他的汗水。杨金山的土地上见不到杨金山，洪水峪的善良人便哀叹那个呆侄子的忠厚和寂寞。

“天青，我家去看看。你把靠崖根的几梯棒子拾掇拾掇，晚饭不急，干妥了再回来。”

干妥了往往是在前夜，山岭上悬着密麻麻的星花，白灿灿地罩着归家的小道和他疲倦不堪的身子。走进宅院他就不是自己了，好像睡够了刚刚爬起来，叮叮当当地捅灶热饭，吃粥时把嘴皮吮得一阵脆响。他是想告诉让油灯映在大北屋窗纸上的那个人影，他一切都好，她不必把头垂得那么低，也不必那么僵硬。他还是她想要的那个他，结实着哩！那人影每一晃动都使他更快地丢掉疲倦，同时又让他更深地陷到另一种疲倦里去。在厢房里疲倦着，懊丧自己竟忘了那么多，只剩下许多甜蜜的碎片，因肿胀和破裂而悄悄融化，浸出模糊的陌生的一堆。他想实在地触一触她了。猛然想到孩子，热辣的念头便暗自消失，化成满腔的温柔和肃穆，使他复又记起了自己的责任。那是需要耐性的长久事业。

王菊豆的肚子吹气似的大了起来。家里没有人的时候，偶尔无聊，也敢踱到村巷里晒晒老阳儿。腰身过于饱满，有乡亲遇见便常常凑上来问到生养的年月，她笑而寡言，吞吞吐吐地说不清楚。

“怕是腊月吧？”

问得紧了，她反而去求教问的人，无知的样子让一些善生的娘儿们觉得可笑。她回答金山的时候也是这句话，金山也无知，因而把这个犹犹豫豫的说法看得很严肃。他扳着手指头回想造孽的日子，恍然记起一次半次的成功，如何成功却模糊了。女人就红着脸提醒他，那一次怎样，另一次又怎样，不是那一次便是另一次了。金山于是频频点头，仿佛确有那么一次，然而究竟是哪一次又是怎样的一次，仍旧是无从印证的模糊。次数太多，行与不行的界限也不大确定，他就不再计较。总算喂鼓了女人的肚子，别的可以一概抹杀，况且他不是一贯强悍的嘛！鬼迷心窍的杨金山想到女人的顺从，真以为自己确有点石成金的本领了。他已经计算着新的成功，有一便该有二，种一次是完全不够的，不够的！他忽略了女人眼色里的慌张，不晓得女人在求助于他的糊涂，只以为那是怀想他对她的种种侮弄而浮出来的娇羞。他感到慰藉。他喜欢她战战兢兢的样子。女人的胆怯让他加倍地尝到了为夫为父的喜悦。他要让咒他无后的人看看，堂堂正正的杨金山就要做那个小崽子的父亲了。

第二年正月十六日，坐落在洪水峪村南的杨金山的宅院一片繁忙，产妇凄厉的叫声自半夜响到黎明。大北屋的油灯陡然熄灭，接生婆累得昏头昏脑地踉跄到台阶上，向脸色苍白的杨金山郑重宣告：一把大酒壶，一个带把儿的大酒壶！边说边把一个带血的手指直挺挺地伸出来，以它来象征降世者与另一类有别的最显著最紧要的标志。不用比画金山也明白了，嘹亮的哭声把底细全部告诉了他。他的儿子很强壮，他的儿子对一切很满意，他的儿子在呼叫父亲，那哭声孝得不能再孝了。

“狗日的！我那儿哎！”

杨金山一头撞进了大北屋，猛兽似的向母子俩扑了过去，在炕沿上跌翻了身子。

守在院子里的乡亲不胜唏嘘。

杨天青不在家，初五就赶着骡子到西水一带驮脚去了。似乎要避开那件事，在外周游了近一月。归来是在十几天之后，在村外遇到老乔家的二小子，说菊豆生了一个男孩儿，名字已经定了，唤作杨天白。按族里的旧名谱起的，天白恰好对着天青，是他的弟弟。二小子又要笑，说再揍一个出来，怕要叫作天黑，天黑的名儿还真没见过。

“快去看看吧，你弟弟胖着哩！”

“我婶子……咋样了？”

“淌了半缸血，你叔把她当佛供着，忘了当初咋着治弄她来，你快去看看吧。”

天青呼了一口气，却拉不开腿，呆呆地站了片刻。他把骡子牵到山上，在一面草坡上躺下来。一蓬枯萎的野蒿子拂着他的脸，头顶上的白云在冷风里匆忙地赶路，树林里此起彼伏地响着嗖嗖的冰凉的声音。

那人是他弟弟。这层意思竟没有想过。他既然唤作天白，那么他天青必得做他的堂兄弟，这是杨姓的名谱里早已排定了的。他想不到这一层，是因为他一直企图做他的父亲，他确乎是个父亲。然而事情已经明确，对儿子他只能以兄弟相称，直至永远。他也将无尽无休地做那个女人的侄子，永远无法改变。遥想落马岭野地里的一幕，两条命透彻骨髓的联合，却原来都是无益的徒劳，只是一时的凑趣了。他无法容忍。这不公平。太不公平。他不能理解那个小畜生凭什么要被叫作杨天白。陈年的名谱是祖宗里的混蛋灌多了薯干酒之后说的昏话，他不能答应事情落到这个地步，自己这条命说什么也不能让他们这般戏弄，他得吼天叫地把自己的东西要回来、偷回来、夺回来！他不怕杀了谁。他不怕。杀谁却不知道。或许就该杀了自己？该杀吗？

杨天青跨进院子的时候，又成了以往的那个人，恭顺而委琐。先在槽头上围着牲口安顿了一阵儿，然后把揣热的钱塞到叔叔贪婪的巴掌里。钱是厚厚的一沓，叔叔喜笑颜开，把他上上下下地打量，他就憨蠢地低了头，仿佛对自己的能干很不好意思。

“骡子劲道差些了吧？”

“不差。”

“天天喂的啥？”

“黑豆。叔让喂黑豆，不敢买麸子，怕瘪害了它不是……”

“喂得不赖，有膘！”

天青眼看着别处，耳朵却搜寻北屋里的动静，听到窸窸窣窣的声音。女人竟然怯得不敢招呼他一声吗？

“……婶子生了？”

“生了。”

“生的啥？”

“儿子。”

“胖不？”

“猪崽子！”

“……挺结实？”

“像个碌碡。”

“……”

天青舔着嘴唇，等着，叔叔打个呵欠，似乎不理会他的意思，也不准备把他请到坐着月子的北屋里去。侄子犹如外人。

“你歇吧。院子里抬胳膊抬脚轻些个，看惊了小崽子，他睡不实。”

“婶子好不？”

“奶水足着哩，吃不清！”

“有奶就踏实了。”

“可不……你担水去？不歇歇？”

“这缸……空了。”

“要担就担去吧。”

天青在水泉结了冰的石条子上蹲了半天。溪流对岸有人赶着羊群走过，见他渴坏了似的咔咔地嚼着冰凌，像吃干粮一样。他东倒西歪地担起两桶水，似乎喝多了酒，又像扮演着一出山梆子戏，幽幽地唱着什么。他不停地以袄袖子刮脸，不知是对付冷汗还是对付风催的寒泪。

惊蛰那天后晌，杨金山去村西办事。杨天青攀上柴垛，隔墙看着叔叔的背影逶迤远去，随后跳下来斗胆奔向北屋，撩开了厚重肮脏的棉布门帘子。菊豆捧着一只乳，正给没出满月的天白喂奶。两个人没有话，先是彼此痴迷地看着，然后就把目光合成一股，共同投到襁褓里小小的面孔上。天白吃力地含着奶头，两颗黑亮的眸子却忽东忽西的极是灵活，天青的大手不由得捏向了他。

“轻些，冤家！”

“把我想死！”

“像你不？”

“我啥样儿？”

“看他便知了……”

天青嘻嘻地笑起来，女人把脸弯到天青的胸襟嗅来嗅去，在腋窝旁稳稳地靠住，天青的爪子就移上女人的奶包找不见路似的仓皇地乱走，女人便也嘻嘻地呜咽起来。突然静了嘴，一块儿听着窗外。窗外也静着，只有懒散的母鸡在咕咕地觅食。

“走吧，他回来可了不得！”

“回不来，怕才到哩！”

“撞上就毁啦！”

“撞上罢了，我怕？”

“他可不拿斧子砍翻了你……”

“砍去！三个够他砍一气的。”

“人后充啥牛胆子，你个鬼呀！”

“算啦……这次拉倒！”

天青把手紧催了几下，由女人的腹窝里恋恋地拔出来。天白已经松了小口，粉红的舌尖顶在唇间缝隙里，鼻管一扩一扩地香甜地睡去了。女人敞着白胸，从炕沿上端起一只碗，很苦闷地自揉自握，把盛开的奶花射进去，溅到天青手上的几朵让他埋头舔吃了。

“留奶袋子里怕啥？”

“胀煞哩！”

“真就吃不清？”

“吃不清。”

天青着了魔，下巴耷拉下来，死盯着葫芦把儿似的吱吱喷水的奶尖儿。让女人清清楚楚地看见了一股孩子气。

“傻啦！想吃？”

“我……”

“想吃……你吃去。”

“不疼？”

“我那冤家哎！”

天青哈着碗似的大嘴扣了过去，将热绵绵的肉坟团团包住，甜腥的浓汁渗进喉咙之后，他就觉着自己真是这女人的宠物，而女人则是他的仙了。他在白日梦里琢磨着将她吞掉。

杨金山回到院子，见天青正坐在篓子上哼小曲儿，手里绕着骡子的麻绳笼头，往上面编纳一朵破布剪出的花饰。他默默地从侄子身旁走过去，始终没闹明白那是哪里弄来的高兴。都说侄子呆，看来确是呆了，然而那呆的后面似乎有什么东西让人不放心。刚才拒了媒婆提的婚事，礼钱索得太狠，就是倒贴钱，他一时也舍不得丢开这条过人的劳力。侄子若知道了这些，还会唱小曲儿给自己听吗？如果明知道了还要唱，高兴里便有恶意了。睡他的屋吃他的粮，厚道的侄子不像是抵触什么，怕是真高兴着哩！碗沉炕暖不高兴才有怪。杨金山释然了。

谷雨前夕杨天白过了百日。第二天杨金山独自去史家营为老丈人送喜酒，日头偏西了仍不见回来，那头骡子却在晚饭时辰踏踏地闯进了门道。鞍韂光溜溜的，槽里添了料豆，畜生竟不吃。以为叔叔给人拦在巷子里说话，等久了却还是不露，村头村尾均不见影子。

"路上跌了？"

"骑了一辈子牲口，他会跌？"

"不跌咋不回来？"

"回来不回来由他……"

"我去南岭崖道上看看？"

"等吧。"

菊豆向天青交换了一个眼色，天青却不懂，扒净饭碗就出去，在老乔家借了一个马灯架子，逆着山道奔回南岭之夜。

走着走着才略微有些懂，唰地冒了冷汗。回头看看村子，那座屋宇淹在黑风之中，似乎有两只秀眼在突突地放光，把一块黑割成阴沉的碎末儿。不敢想了。

在南岭一个阴风阵阵的道弯儿里，杨天青踩到了一颗头。虽说拎着马灯，静静摊开着的仍旧像是黑长的顽石。踩了也没有声息，就把灯光移上那张脸，腿上的肉绷紧，似乎有心再踏上一脚。路旁的草丛后边有崖，把这块软石头掀下去，不碎也能成饼，心事或许竟能就此了结。然而爹娘在冷冷地看着他了。这天白的父亲最终是把天白的另一个父亲狠狠地撂到了背上，鬼挪尸似的挟着一星鬼火，踟蹰地走在漫山的阴森里。

起初以为杨金山是醉了酒，因为全身上下无伤无血，扔到北屋炕上，开着的嘴巴微微地吐着辣气。一夜无话，菊豆悚然时掐天白的腚壮胆，哭声不能再大了，金山的表情却无比安详，睡得如僵若死。厢房里的杨天青睡得也不错，吭吭唷唷地扯着响鼾，因懊丧而赌气似的。天明以后杨金山不睁眼也不醒，两个醒过来的这才觉得情况不妙。请来族里的老人，擂胸打背扭胳膊，把死人颠翻了三遭，喷了无数冷水，好歹折腾出一丝活气。先睁开一只眼，随后动了一只手，却不说话，歪嘴馋狗似的拖出了一条长涎，伴着零乱的呜呜声。菊豆皱着青眉远远地看他，不知是悲是喜。天青却有些忍不住，外人刚刚走净，他就倚在门框上哧哧地呆笑起来。那人想动难动，欲说难说，怪模样委实滑稽。天青咧着嘴快活，心里没有不幸，女人更是没有，然而可恶的天白竟哀声哀气地大放悲声，让女人一奶头儿噎住了他。

“他咋了？”

“说的呢，咋了？”

两个人踱到灶间里，都问却都不答，天青把女人挤到角落的秫秸堆上，嘴和手仓促地逗出几个手段，直至听到软软的笑声。

“晌午烙面饼！”

再吐话时，男人就用了主子的口气。北屋里那一个分明已经废掉，是人是畜难说了。

以后人们知道了原委，精明过人的杨金山是中了风，与骡子和酒都没有关系，由黄塔请来的乡医也说，这是瘫症，无药可治的。料理好了可以不死，若有硬朗的前缘助着，或许还能下炕走走，说出一句半句整话，然而人确是不中用了，不论做什么用。抓了十几剂汤药，吃了果然不行，便只好单一吃饭吃水，上下两个穴总算通畅，进出无碍，苦恼的是和天白做了一类，香的臭的稀的干的都需要女人来伺候，彻底地告别了往日的威风。上中农杨金山苦度一世，图的是做个人上人，最不济也求做个不弯腰的汉子，到头来却不知栽到哪一路恶鬼手里，扔了全数资格。像日本人打响了三八枪，前妻一嘴泥啃倒在芝麻地里，他也或坐或卧在炕角那块苇席上，被打透了似的一点儿一点儿硬下去，眼看着完蛋了。

六天之后的一个午夜，一条黑影顺理成章地游进了厢房，炕席嚓嚓地低吟了两个时辰。月光里闹着几多嘈杂和纷繁，犹如大群的野蝗在夜色中飞跃滑动，山冈也在摇撼中劳累了，疲乏地连连乱抖。

“我那亲亲的小母鸽子哎！”

一支响箭嗖地划过山风，射入茫茫大气，在暗蓝微黑的背景上布出了星星白火。远天里凝着一声不绝的长叹，零乱呼吸便小到无，化作无边的静了。

大祸悬头的杨金山迟钝了足有三旬，一天早晨突然说清了半句话。菊豆正托着胯骨为他刮屎，听他呜呜地乱卷舌头便不耐烦，手下得很重，听懂了才吓一跳。

“……皮疼！”

菊豆疑是听差了，索性再重些，玉米秸擦着瘦黑的腚窝子，像搓着一块墙皮。

“……刮烂我！”

音调似是似非的不准，却让她不由得轻了手，脸上闪了道根深蒂固的畏缩。事后告诉天青，就比肩凑到跟前，东问西问地问了些，那块老舌头却又一嘴肥膘似的囫囵起来，发问的人便放了心。老东西确实不值得一惧了，乐事已然无可阻挡。

杨金山顿悟他的悲剧，是在数夜春风狂度之后，在一个简短清醒的后夜。睁眼时见到一席月光，儿子安卧于炕的另一端，像漂着半段椽木。席面余下的部分空空荡荡，不知丰肥的女人哪儿去了。目光缓缓地搜尽炕里炕外的阴黑处所，确认了她的不在，脑筋搅拌着，搅拌得渐渐加速，终于断了弦似的在头皮里炸了嗡的一声巨响。

四更时厢房的门轴浅浅起动，像是一句猫歌。苦熬苦候的杨金山再也无法容忍这一打击，好坏手脚一齐乱扒，决意要爬起来，竖着站到地上。灼热的人影闪进房，在炕沿高低处见到一个头朝下的人，正蠕动着挣脱倒挂在枕头下的那只瘫脚。吧嗒一声，居然脱离了，四肢全部地伏了地。热着的人影儿顿时冷却，颤巍巍地侥幸地移过去扶他。算计准确的杨金山趁她俯腰之机一掌攀住了她的散发，用这只尚存余力的好手传递他的愤怒，他快马收缰似的狂勒起来。女人扑倒在地，头颅被引着撞向炕沿，一时惊傻了，竟软软地无从反抗。不知谁的脚抵开炕膛火口上的挡石，红光四射，映出了一粗一嫩两只变形的花脸。

“……宰你！”

“他叔……”

“……宰！”

“你疯啦！”

“……杀鬼……杀！”

“你杀吧！杀吧。”

“……骚……狗……”

以下的一长串审问听不清了，菊豆咬着牙不叫，恍然听到头发根嘣嘣的断裂声。金山得不到答复，就扭着手里的脑袋往通红的火口上捅，终于挑醒了女人的意志。搏斗以男人的失败告停，降服他原来用不着多大的力气，他的野蛮不过是一层虚妄。

“你瘫了！还想欺我？做梦吧！”

菊豆爬上炕席，抚着针扎似的头皮盘腿坐下来，想到无数受虐的夜晚，看着让她推翻在衣柜旁气急败坏的男人，她想哭。

“摸摸裤裆里剩下啥？屎！”

“我把事情做下了，明说给你。”

“拍拍你那良心，你杀了我多少回？短命的怕早几年就给你整死哩！天爷照料咱了，给了一个天青。你妥妥听准，那人是天青！老不死的你恼吧……”

杨金山趴在那儿不动，像倾听发自地腹里的声音，唰唰地冷着一串寒战。地上炕上的就这么对峙了一夜，菊豆无心料理他，管自入睡。杨金山度过了人生最为旷达最具悟性的光辉时刻，不幸的是未能坚守，做出了不知深浅的举动。菊豆清晨醒来，嗅到一股燎猪毛的呛味儿，抬头便看到那张锅巴似的烤焦了的黑脸，和那脸上失去眉毛却仍旧不停眨动的一双朽目。焦的只是表层，命还在。看破红尘的杨金山确实企图把脑袋当木炭塞进火口，然而不知为什么在最后关头突然改变了主意。杨天青抬他上炕时他一声不吭，枕头挤破了燎泡也不曾吟一下，直到四周无人时，他才脸贴墙嘴啃席哗哗地淌出了混浊的老泪。世界对他来说是万分险恶了。

杨金山把宝箱钥匙交给女人，又付了一大笔药钱。烧伤治愈后，洪水峪便多了一条活鬼。探视他的乡亲都说，那人是不能看了。又说他的命为何如此硬朗，两碗粥一顿竟不够喝哩！天青把烧伤解释成自跌自误，人们都信，然而人们都以为金山家的宅院罩着谜，解不开的。不论何时去人，总能见到杨金山望着火炕另一端的儿子，表情神秘。老看老看，眼都舍不得眨，这不够不休的馋相不是很怪吗？

杨金山病中爱子，是村中老人的一段糊涂话。丧父的愚侄为叔叔克尽孝道，是挂在他们嘴边的另一种糊涂。他们不放心的只有那个俏娘儿们，但一时也找不到理由。他们无意间结了同盟悄悄监视，却始终找不到把柄。才华暗淡的人们无法领会欲海出征的景象，自然也无法想见茁壮的桅樯如何撑阔了一领白帆，飞一样在日月里奔驰。

时令过了大暑，蚊虫因为炎热而更加活跃。那天神态安稳的杨金山没有吃晚饭，像往日一样专注地看着天白。菊豆见他不动筷子，以为是热蒸的，就倒了一碗凉水，跟那碗小米饭一起摆在他枕头边儿上。她是越来越傲慢了，天才黑就抚得天白睡牢，也不看金山是否醒着，腰条款摆目空一切地离了北屋。杨金山感到了由厢房辐射而来的意气风发的热烈气氛，他看着天白，不动声色。

两个水手操作在航线上，驾驭着星光灿烂的夏夜，未曾提防暗暗拱出来的礁石和由远天滚滚而来的狂风骤雨。土炕和屋顶尚未倾斜，他们在颠覆地努力中突然听到了一个被掐断的哭声和一声紧紧压抑着的咆哮。杨天青腾腰下炕，挺着光溜溜的身子冲了出去。女人徒然地罩着亵衣，因恐惧而更加酥软，跨了没几步就蹲在门槛上了。

杨金山以一只有力的大手攥着天白，小崽子猪腿粗细的软脖儿充实了他的掌心，他快意地咧着鬼一样的大嘴，调动着全身的力量。他要消灭他。他是用拐棍把子钩住襁褓开始第一步的，他的最终目的是掐死这个饱含欺骗的谬种，否则死不瞑目。

他险些做成了这件事。

杨天青粉碎了他的报复。这个侄子以同样的方式和同样的果决掐住了他。金山在窒息中松了手，然而窒息并没有离开他。他无动于衷地静候末日降临，在突然闪出的油灯的微火中发现了另一个男人的裸体，吊在他脑袋边不远处的雄大器官居然保持了惊人的挺拔，直令他万念俱灰只想速死。

“天杀的！毁了他吧！”

杨金山听到了女人的声音。想到她偷获和领略的那番新局面，当是自己从不曾给过的，这声音竟让他听出了合理。或许娶了她真就是一个错误，违了天意，如村中老者反复指点的那样。老天爷却选中了他的侄子，人世确乎难料，死在侄子的手里可见也是前生注定的了。杨金山呼吸困难，不由自主地很舒畅地撒了一泡尿，觉得自己正从潮湿的炕席上浮起来。

“愣啥？毁了老不死的！”

“闭灯！”

那铁环一样的杀手竟松开了。杨金山听到了天白的哭叫，一会儿便缓下来，似乎吮到了奶水。以为自己很下力了，却还是不行，金山颇感羞愧。换了那双手准妥，然而真换来了，自己就不会在个骚娘儿们跟前临了如此的惨状。他想到从自己身上失去的遥远的雄壮岁月，仍求速速一死。

天青又伸出一只手，搁在他脑袋旁边。

“活够了吧？”

金山不答，等着。

“我不绝你的日子。你还能吃饭，妥妥喘你的气，我伺候你，听清了？”

金山不信，仍等着。

“再毁我儿子一指头，咱们就看！”

那只手抽了回去，女人低低地叹了一声。炕沿儿前两个人影儿贴着，又分开来。

“活够了告诉我，好办！菊豆，领孩子睡，怕他不成？……算啦，容我日后想想……愁死我！”

叽叽喳喳地商讨了一番，天青驼着光身子独自出去了。女人抱着孩子唉声叹气地坐了一夜，金山却睡得很好。第二天，杨天青背着杨金山从村巷里穿过，人们问他干什么去，天青憨笑不答，金山则眯着眼像睡着了一样。来到小溪流一块大石头后面，天青放下瘫子，先脱自己的衣服，跳到水塘里试着泡泡，又爬上来脱金山的衣服，金山呜呜地挣扎起来。

“怕淹死？由不得你！”

天青把瘦鸡似的叔叔抱进了水塘，浸了浸，就让他坐在里面了。水淹到金山的脖子，他惊惶地眨着黏垢重重的小眼儿，抱住了侄子的一条腿。天青怪声怪气地笑着，把从货点儿为菊豆买的肥皂反复看看，也给金山看看，然后就磨花砖似的在叔叔肮脏的头发上快活地搓了起来。头一次用这玩意儿，两个人都为那白白的蓬松的泡沫惊讶，搓至金山肋骨的时候，放了心的老东西居然痒得频频躲闪，而且暗自嘻笑了。天青把荡涤干净的叔叔摊到大石头的平面，让夏日前晌的温暖光线去照射他，自己则泡到水里，攥着肥皂仔细研究。洪水峪众乡亲看到了一幅无比和谐充满人性的动人景象，天青的憨厚和仁义几乎可以竖碑了。

金山看出侄子要伺候他是真的，而公然地侵害他也是真的。他挡不住侄子跟娘儿们造孽，却无法拒绝使生命得以维持的种种伺候。他能做的只有不看天白，随时随地让目光避开那个谬种。这是一个仅次于死亡的痛苦问题，既然老命尚需苟且，那么对此视而不见也就不是无法忍受的了。他发现原来自己也和别人一样，怕死，尤怕横死。让他死掉对别人来说是件轻而易举的事。他为自己不得不这么活着而万分羞愧，但是他不想死，的确不想。他在幻觉中屡次看到自己像往日那样威风地站了起来，等盼到那一天，好瞧的事可就多啦！他现在不能死，绝不能。他远在地府的祖宗和爹娘给了他最充足的声援，他们饶不了天青那个败类，阴间已没有兔崽子容身的位置。油锅怕是正在点燃，阎罗们已唱起来了。

得胜的杨金山就这么时时地陷进一种陶醉，半夜偷淫而去的菊豆几乎引不起他的哀伤和愤懑，他从旁计算着他们积累的罪恶，为那最后的惩罚而开心。

杨金山的武器只剩下地狱的油锅了。他在梦想中把妻子和侄子炸成了焦脆可口的麻花儿，每天每夜不停地咀嚼这胜利的果实。感觉良好，他已经咬碎了他们。他们完了。他们惨叫起来了。

“我那亲亲的小母鸽子哎！”

他们果然就跌进了与死无异的深渊。却又一次次地活过来，不知是谁拯救了他们。于是重整旌旗，准备奔赴来日里更为浩荡的飘摇。他们已经彻底地视死如归了。

丰姿绰约的王菊豆首先领悟了巨大的危机。错了三日不来红，先是一悦，而后大惧，粉脸唰地失了血色。厢房里愁云密布，忧郁的杨天青也没了办法。那红姗姗来迟，毕竟来了，然而授者和受者平添了许多胆怯，一举一动都带着懊恼和猜疑，事情竟然做不下去。这可如何是好哩！

十月无战事。

秋天，王菊豆蒙着花手巾风摆杨柳似的出了村庄，逢人便说去乡里赶集，却悄悄地赴了十几里之外的双清庵。焚了八炷香，给一个泥胎磕了无数的头。暗暗地跟了一个老尼姑走到大殿的后山墙，扑通一声就跪了下来。尼姑问明道理，幽幽一乐，说她刚才拜错了偶像。尼姑说明了招胎与拒胎的不同，领她到一个偏殿，让她跪在一个巫婆般笑着的泥塑脚下，自己也合掌闭目，苍蝇似的嗡嗡起来。最后给取了一包药，吩咐必得用的时候才能看，如何用，却是到一个僻静的地方才肯细说，菊豆未听先红脸，听后就紫了。那药不是吃的。

"咋着续哩？"

"男人给你续。"

"续散了咋办？"

"有一口水行了……"

细细道来，菊豆仍是似懂非懂。离了双清庵，走在秋风流爽的山道上才逐渐理出头绪，顿悟那不过是个类似葱秆子挑了豆酱来吃的办法，让尼姑说得玄虚了。

一试大痛。

二试剧痛。

王菊豆便又去赶集了。恭敬地找到老尼姑，加倍地付了香钱，轻声轻气地说那仙药像是不行。尼姑辩解了几句，然后上上下下十分轻蔑地打量着她。

"才用一次就受不下了？"

"辣煞了！剜肉比这好些个，受不下了。男人疼得咬我哩……"

"你可疼？"

"疼煞！"

"不疼你俩可有够？"

尼姑盯着她的俏脸，像是要跳过来咬她几嘴。菊豆自知冒犯，就不再言语，尼姑又塞给一包药，不好不接，便揣下了。

“你说养了六个孩儿，是真的？”

“真个的。”

“图乐子没个够，还得添嘴！”

“男人图哩……”

“你不图？”

“我……”

“用药十番，保你厌了！”

“我用。”

晚间，两人凑在厢房的油灯底下仔细剖析检验那些药面儿，欲用不忍用，却又不能不用。天青再次疼得大抖，叼住了女人的肩膀，女人也疼，咬牙忍住了。

愤怒的杨天青把药包扬到地上，恍惚嗅到了辣椒面子的呛味儿。狗尼姑想必是在香灰里掺了那物件儿，他和菊豆让个老窟窿给作践了。两个人用清水泡了身子，彼此抚慰了痛苦处，有冤难申，终夜无眠。

杨天青却再也摆不脱老尼姑给的生动启发。他想到了肥皂，想到了蒿子叶，最后他还想到了司空见惯的物质：醋。

他犹豫不决地策划着全新的举动。

洪水峪仿照邻村的榜样，成立初级社了。动员的干部找到杨金山，老东西歪在炕上装聋作哑，死也不肯交出那十亩地。干部们找到天青，让他拿主意。他只是笑，嘿嘿地摊着两只大手，像是很呆钝的样子。

“有粮吃咋都行！”

干部们刚觉着有门儿，他却呆呆地补几句，笑得更纯朴了。

“我叔死性，搞急火了怕他弯了命不是！他好赖有口气，地我替他种着，他蹬了腿儿我就让婶子把地交出来。我光棍儿一个迟早是社里的人，你们丢了我我还没地儿讨饭哩！”

“你婶子娘家是地主，你叔不交地是听她叨咕啥了吧？”

“婶子爹是地主，婶子不是。她念政府的好哩，乡里拨的棉花不是也有她二两吗？听叔唠叨那娘儿们喜得泪麻麻的，她念咱政府的仁义哩。”

“你叔死了，你动员她交地？”

“我动员！”

“还有骡子。”

“也交，让咱咋着咱咋着。”

“你叔啥时候有个死哩，瘫了瘫了看着倒比往日硬朗，这老东西命不赖……你捺个手印儿吧，日后别反悔！”

“不悔，说的吧！”

杨金山成了名正言顺的单干户。这是洪水峪早年诸多不可思议的事件中很平常的一件。有些不可思议的怪事则埋伏在暗地里，以隐晦的方式悄悄运行。

杨天白闪闪跌跌地走起路来了。杨天白吱吱呀呀地说起话来了。他学舌先学了一个娘，后学了一个爹。他盲目地把爹声呼给见到的每一个男人，甚至呼给那匹骡子。最终还是叶落归根地呼给了杨金山。白发苍苍一脸伤痕的老者是他父亲，他早早地确立了这个认识，从此爹声不绝于耳。他费劲地学会了称呼天青的方法，嗓膛太软，唤哥时犹如叫饿，他一定忘不掉被唤作哥哥的那个人永远无法改变的忧郁表情。

杨天白的大头大脸酷肖天青，然而洪水峪没有人破译这个重要的遗传密码。人们不记得杨天青儿时的脸相，况且杨天白又从他母亲那里继承了过多的俊秀。

这是一个优秀的后代。不仅优于杨金山，也优于杨天青。他的眼珠儿比他们灵活。他的下巴咬得很紧，还不惯于在思索时耷拉下来，因而他尚未具备鲜明的种族特征。他无忧无虑地大哭小笑的时候，他的前辈正在经受平凡的苦难，而他的生身父母则为人世中一个小小的具体难题苦思冥想，束手无策。

杨天青在一块肥皂上下了手。它可以去油污，可以辣得眼疼，自然也可以杀死精水。终归无效，不是也比老尼姑的辣椒面儿好得多得多嘛！

杨天青用镰刀切割，得到一小碗蚕豆大的颗粒，黄蜡蜡恰似熟透的野榛子。鼻子闻闻不放心，又用舌头舔舔，还是不放心。厢房之夜不再浪漫，两个人光着身子迟迟不肯行动，装了肥皂粒儿的小碗摆在四条腿之间，在油灯忽明忽暗的照耀下像是一件非凡的圣器，正在酝酿难以预料的魔法。

菊豆在碗里加了两口水。天青伸出哆哆嗦嗦的手指挟了一块，在碗沿上小心研磨。活像筷子挟不住山雀蛋，光滑的小东西频频溜掉，天青极有耐心地捕捞，又以极大的耐心磨出了白而透明的层层泡沫儿。他仰天长叹了一声，深感自己的精力已经耗完，对以后的任何步骤都没有兴趣了。女人徐徐打开自己，表情悲怆，一副听天由命的样子。

那一次足足塞了三颗。

事后杨天青一连数日愁眉不展，回味那些奇怪的滑，他便立即想到老八团的大兵，想到他们咣咣地往枪膛里顶子弹的样子。他填的是肥皂块儿。他觉得生龙活虎的自己成了器物，饱满光洁如花似玉的菊豆也成了器物。他很烦恼，不明白好端端的一件事怎么闹成了这副鬼模样。

青春岁月受到遏制，难以蓬勃，变得格外陌生和无趣了。肥皂用得很节省，因为几乎不用。不用并不意味着色胆包天，而是因为他们以无比顽强的意志抗拒着同样无比顽强的诱惑。依旧秘密同房，无拘束的却只有用以吃饭的口舌与用来操锄种田的手指。相拥落泪的时候，天青为了寻找乐观，便讲述山墙上那个早年的秘密洞穴，深得要领地描绘一种排泄的姿态，甚至诉及了排泄物的一以贯之的颜色。以为她会笑的，她却畏寒似的缩起来，咬住他的一块肉强忍号啕。

“冤家！”

“亲亲！”

“咱俩死吧！”

“你活我死！”

“你死我就不活！”

“亲亲！”

以被子蒙严了头，雌雄大恸。

厢房里也有冷静的策划和残酷的讨论。女人说到忘情处舌尖儿乱点，像一条白硕的毒虫。

“我百日里剁豆腐，咒死他！”

“死了也无用。”

“你说咋办哩？”

“咋办也无用。”

“敞开儿生养，让人嚼去！”

“只嚼嚼也罢了……”

“就做了坏分子，咋着？”

“……死倒强些！”

“冤家哎！带我们母子逃生了吧。”

“何地落腿哩！”

“去口外给蒙人放羊。”

“说的吧！地给哪个？丢了地不如丢口命，那年闹饥荒口外饿过来多少人？看了麻哩！”

“日子眼看不是人过的啦！我今生要不妥妥跟了你，我哪日就扎了泉眼子！”

“昏话！你容个空儿，让我……”

“不指望啦！”

“你就愁死我，愁死我你可省心！”

“恼我？你个鬼呀！”

非夫妻的争嘴，火候倒熟过夫妻。杨天青至少有一瞬感到了女人的可恶与拖累，好在从不曾认为女人多余。假若感到女人多余，他自己便也是多余的了。

孤独的杨金山越活越有韧性。小孽种杨天白在村巷里能够四下乱窜的时候，老东西也学会走几步了。不是严格的走，而是坐在一个倒扣的篓子上，凭着好手好脚的支撑歪斜着往前挪动。要想置身于村巷北墙那片喜人的阳光之下，他得费掉两个时辰。他喜欢这个工作。天白当着巷子里的过路人唤他爹爹，围着他的篓子绕膝玩耍，都让他满意。这不是他的儿子，可也不会是别人的儿子，至少一时不会。消沉的侄子和妻子越来越无精打采，他们想入天堂却入了阎罗的重围，它们是帮助金山的，他和她已经惶惶不可终日。杨金山在老阳儿里眯着眼，确实看到小鬼儿们做了他的前锋，不由得一阵快活，快活得昏昏欲睡。天白稚气的爹声传来，加入了他的报复，两个深辱家门的人已经不能不败给他了。他是洪水峪爹中之一，天青不是。过去以为天青夺了他，而今才悟透是他夺了天青。他死也不会给了！他深知了自己的强大，和另外两个人的衰微。收工时辰，由地里累回来的侄子木然地背他回家，老东西俨然是位彻底的胜利者。打击他胜利者情绪的事情不多，但是他的确无法忍受菊豆后半夜从厢房带回来的肥皂味儿。做事便做事，居然要洗净了自己！害得他妒火如焚。

几年间用了多少肥皂，天青已记不住了。图节省颗粒削得越来越碎，使钱的地方又越来越多，忽一日便舍不得再买。为了自己也莫名其妙的名誉，他怀着玉碎的决心给女人灌了几勺五分钱一瓶的杏树汁儿似的水醋。不辣，也不滑，比尼姑和自己的前一个发明均好些。夜的回合已经压得格外稀少，厢房里大抵只有一人独睡。醋却是不时地谨慎地用着的。下地时天青觉得痒，看看却已泛白，而女人终于糜烂了。千真万确，阎罗正在无情地围剿他们。他们已经招架不住。菊豆佯装心口疼，疼得昏在村巷里，招来众人围着。天青佯装匆匆赶来，以骡子负了她惶惶而去。拐过玉石沟的山弯儿，菊豆直起软腰，见天青在悄悄地咬牙。两人一块奔了邻乡的卫生院，如赴屠场。

医生问得紧，菊豆险些说出一个醋字。誓死不招供，就招来许多审判。杨天青在诊室外听到有人说他的菊豆白净似雪的躯体太愚昧、太肮脏，就想蹦进去掐死那个胡言乱语的狗大夫。菊豆给人全面深入地洗了洗，端着一瓶药水梦游似的走了出来。天青背地里捉住她的手，想着他对她的磨难，想着生死与共却非人非鬼的未来岁月，就想抱了她的身子，永永远远地去保卫她，不惜以命相殉。

政府的巡回医疗队开到村子里来了。黄昏时男女老少聚在核桃树周围，看女护士捏着根小彩棒在腮里乱捅，捅得两唇之间白沫儿飞扬。作过刷牙示范，又掏出一柄小剪刀，嚓嚓地切着白指甲，那指甲小得竟如一片鱼鳞，让乡野汉子看得如醉如痴。之后另一位女大夫开讲，村干部们神秘莫测地驱走全体男人和孩子，留下一群老少不等的妇女。天青恍然看到，被汽灯照亮的那张中堂大小的画儿，绘的是半个屁股，红红的不知给谁切开了。

夜半王菊豆在被筒里掰着手指头为他转述。他也着了迷，伸出两只手加加去去地扳弄起来。别的女人或许不上心，她可是在意的，未听漏一个字。他们接受和探讨的是洪水峪古来未见的邪说。那是一种逃避卵子的方法。

同炕共枕的事业并未因此而美好。所谓安全期对他们来说始终是充满恐惧的危险日子。侥幸没有怀孕，只能说是天助。

“我那亲亲的小母鸽子哎！”

登峰造极的呻吟已经远不如往日纯粹，让机械性的计算和逃避败坏了。日后如火如荼的避孕大战波及当代的洪水峪，忠诚的党的工作者们愤怒于众人的反抗，然而他们绝对想不到岁月埋没了一位无师自通的勇士。他的顽强和智慧无与伦比。

疲乏的杨天青不足三十岁便苍老了。

杨天白上学前一年的阴历六月初八，史家营鬼迷心窍的老地主王麻子服了砒霜，到地狱张罗变天的事去了。洪水峪这边有人找王菊豆训示，说她爹那是要复辟，你若想接着复辟将是同样的下场，若不想复辟呢，自有贫下中农监督着你，不会不让你活的。天青也被唤来，吩咐他不要沾婶子娘家的事，沾多了说不清，仔细伺候叔叔便罢了。王菊豆事隔多日之后才去史家营奔丧，天青送她到南岭。娘家那边老爹的坟头早已没了热气，有泪不敢多流的老娘悄悄塞给她一个鼻烟壶，叮咛万不可给人看到，过南岭时甩到涧里就踏实了。那壶及壶里的毒药是王麻子早年去城里办货时置办的，起初说是喂那些到村里扫荡的日本人，又说八路催粮催紧了也喂，最后又扬言要毒杀抢了他产业的贫协首领。他用威胁笼罩了他嫉恨的几乎所有的人。结果倒是他自己先忍不住，馋嘴猫似的匆匆忙忙地服下了。他可能终于明白，配吃这玩意儿的只有自己。王菊豆返回洪水峪的时候面孔苍凉六神无主，像一片霜打的菜叶儿，直让人担心她是否也吞吃了什么东西。杨金山躺在炕上呜呜地向她招手，想打听点儿事，她默默地拧给他一个背。她对老东西已无话可讲，一眼也不想看他了。

子时光景，王菊豆小心翼翼地摸进厢房露风的破门，像吹入了一股鬼气。杨天青划火时差点碰翻了灯盏，腾出半个枕头给女人，她却不解衣也不躺下，呆呆地望着灯芯儿。天青有些怕了，伸手扯她时，见她掌心里攥着一个烫花的瓷壶。

“拿的啥？”

“还能有啥哩。”

“你这是咋了呢？”

“不咋着，闭了灯吧。”

“亮着去，心里不踏实。”

“你可有啥不踏实。”

“……你面相不对付。”

女人不理会，挪近灯光，在窗台的青砖上磕那个小壶的瓷口儿，一撮麦子粉似的盐末儿似的亮东西撒了出来。天青就怕得不行了。

“菊豆！你想开些……”

“狠狠心，在南岭我就服了它！”

“昏话！好端端找死哩！”

“死了清爽。”

“你舍了我，可舍得下天白？”

“就狠心舍了你们，我可少遭八代的罪哩，我受不了啦！老东西不死不活，我终又跟不了你，天白一日大过一日，我就活活地不敢看人！我怕是活得够啦……”

天青夺掉鼻烟壶，封了口塞入枕底，为女人松带宽衣拂泪，调集浑身解数把她梳拢得款款软将下来，自己也悠然长叹了一声。

“啥鬼日子也过来了，日后也能挨下去。劫数不到，就吃了也无用。有咱们三个吃他的那一天，等着吧！”

“不是我吃，必是他吃。”

“哪个？”

“还有哪个！”

“吃死了他，都别活！”

“天青，我们领着天白逃了吧！去口外我当骡子当马伺候你，今生今世我亏不了你们父子两个，我给你当骡子当马呀……天青，你就听我一句，领我们逃了吧！”

“碗大一个天，窜到哪儿是个咋？”

“你就不开眼！冤家哎……”

杨天青拢不住她，小母鸽子展开黑压压的翅膀，已飞成了一只苍鹰。

王菊豆踅回北屋，在黎明前暗蓝色的纯净的天光中看到天白赤着膀子坐在炕沿上，两条不到七足岁的瘦腿耷拉着，阴沉沉的目光却像个阅尽沧桑的老人。她哆嗦了一下，站不稳了。炕角瘫子躺的地方发出一声准备充分的冷笑，含混不清而又刻毒无比。她涌着血的腔子里堵了冰块儿，一点儿一点儿地僵住了。儿子无言地钻进被筒，将小枕头拉离一尺。她以母亲的柔手在余下的夜色里不停地抚摸他，一直摸到太阳阴森森地升上来，手里的冰悄悄融化。早雾里有杨金山的屎尿气息嘲弄地弥散着，雄鸡正在引吭高歌。

山外的风横扫穷乡僻壤，洪水峪也要兴高采烈地公社化了。邻乡传到谣言，称一头犍牛只折二十块的价，若是一头小驴儿呢，简直就得白送。杨天青就担心那匹衰老的骡子。他踱到叔叔的炕头，简短地交代了人世的变迁和时局的发展，想看看老东西有什么反应，平时见他能吃能睡，以为瘫子活得如旧，细端详才发觉这棵老树已朽得不行了。这么大的事变，财产眼看要归公，老东西却不恼不急，只是淡淡地晃着两颗黄色的眼珠，在丑疤累累的脸上凝了一个轻松而持久的微笑。这笑容麻木不仁却意味深长，让天青从骨头缝里发冷。他诧异这不中用的废人竟如此耐活，就这么不肯死，便疑心天意是否含了阴险的报复，要拖累着他，累至无穷。菊豆的心思或许真有几分道理，活得确实太乏了，迟早壮人也得成了瘫子，不知羞耻地在裤裆里屙出屎尿，在众人眼下栽下万世的难堪。人怎么能这么活，他不明白。他想杀了这个拖累吗？他真想杀了这个拖累让自己好好地喘几口气吗？上苍沉默不语。杨天青呼吸急促地颤抖起来，又在亲叔面前做了大孝的贤侄。

“落马岭的地怕是保不住哩！”

凝固的微笑分明在四处游动。

“骡子也得充公，驮脚挣钱是不行了。”

微笑痉挛着聚拢，在脸上扭成个疙瘩。

“我把它牵出去卖了，得几个算几个。你看行不哩。叔……”

微笑挂了声音，白刃似的向他胸口掏了过来。天青木然地立着，心口窝哗哗地喷出了血浆，手脚随之软软地松弛，撑不硬了。他听清了粘在老舌头上的那个咒骂，世上不会有第二个人能懂，他不听只看那毒蛇芯子般的舌条便也确切地懂得了。

“……败……家的……杂……种，天……杀了……你，你你……”

那只挥鞭似的枯手在浓烈的屎尿气味中舞着圆圈，像一面讨伐的旗帜。空气中弥漫着微笑的碎片，爆炸般的腥臊气浪令人窒息。杨天青趺趺撞撞地逃了出去。远至西水为老骡子与人讨价还价的时候，惨不忍睹的微笑始终在周围的山岭和溪谷徜徉徘徊，近乎愉悦地抛出了不祥的恶兆，随风漫天飞舞。

洪水峪的上中农杨金山领略了出类拔萃的独特人生之后，在山区秋日一个平凡的黄昏之前，悄然地干净利索地死掉了。那天晌午他喝了两碗粥，自我感觉甚佳，便拖着篓子往村巷的太阳地儿里挪腾。他终于背抵北墙坐稳时，太阳已斜了一大块。杨金山靠在那儿便不动了，像是浴了太多的小风和阳光，沉醉于一种梦境的美好。天白一边喊爹一边舞着柳树枝在他身边跑过，老乔家的娘儿们打个招呼也过去了，谁家的鸡咕咕地恋着他的老山鞋，啄食落在上面的粥痂和痰迹。菊豆自园子里拾掇了秋菜回来，摊着两只脏手扫了他一眼。但见他面含浅笑陶醉地注视着落日的姹色霞光，亮晶晶的瞳仁像两粒珠子。她先去灶间捅了火口，在瓦盆的陈水里洗了手脸，然后才擦着前襟双眉轻皱地走过来背他。只随意地碰了一下，他便大幅度地倾斜，不等拦扶，已经塌了山墙似的轰然倒地。仍在含笑注视着，因了角度和位置的变换他现在注视的是一摊碧绿新鲜的鸡屎，另一摊鸡屎被他的脑袋和耳朵砸在脸皮和青石板之间了。

村巷里抖出了一声干枯的号叫。这声音多年不闻，已使老少男女感到陌生。他们惊奇地循声而来，看到了躺在窄巷的两个人，一动一静，有声或无声，里面的一个分明是丢了命了！另一个披头散发地乱滚，打了自己打死的，又啪啪地拍地拍墙，啃死人身上的衣服，撕扯搭在脸上的乱发，喉咙里的鸣叫滔滔不绝，搅烂了洪水峪夕阳淡淡的黄昏。犹如往日沉没在丈夫的残暴里，她又在经受超凡的殴打，叫得声声凄凉，惨绝人寰。然而那丈夫明明是笑着，况且已睡死在神秘的笑里面，永远地归西了。她竟舍不下这个累人而无用的瘫子吗？她竟不嫉恨这个狠辣的男人吗？她保不准真就是个难得的软娘儿们哩！不是小心伺候着，老东西死不了这么体面，早成了席上的一块烂肉。这娘儿们到底不赖，贤仁至此。真难为她这场好哭。死鬼扣在地上还笑，想必是乐着自己的福气了。洪水峪数他睡的娘儿们最俏嫩，就死了也不枉为人一世。身后剩这么一朵花，不知给谁采了去，老棍子下了坟地也静不下心哩！看看这哭有多俊，诱煞了。看客们终于将她拽了起来，几只有力的爪子托了她的屁股和后背，径直抬入宅院。抬另一位时便如抬了一口待剥的死羊，听任那脑袋在石阶和门槛上磕碰，一路叮哐地响到北屋潮湿的炕席上去了。

“狗日的！轻些！”

人丛后面跳出一个愤怒的声音，笨手笨脚的狗日的们果然就轻了些，乡亲们闪开身子，哆嗦着两片小嘴唇的杨天白就亮了相。看样子还想吼什么，稚气十足的嗓门却哑了。他娘哭得死去活来的时候，他扎在人堆里不肯往前走，受了惊吓似的使劲往后顿屁股，谁拉他也不动弹。此时为了可怜的爹爹终于骂起来了，却依然没有眼泪。他走上前来拨开炕边的成年人，在父亲的脖子底下塞了一个枕头。那脸是歪着的，他认真地把它扳正，让它冲着房柁，手一松那脸却又朝着墙了。来回校正了三四次，金山的脑袋似乎装了弹簧，怎么摆弄也无效。杨天白捧着老父白发苍苍万分固执的头颅，哇一声哭了起来，唐突得很，把屋里屋外的人吓了一跳。十来个鼻子都酸了。哭晕的菊豆本想缓缓胸闷，此时索性并入了与小儿的重唱。人们取下门板，以条凳和篓子垫着，在北屋门口为金山支起了灵台，又在灯盏里添了煤油，三五根火柴划过，长明灯便悠悠地亮起来了。

怀揣二百块骡子钱的杨天青跨进宅门，看见灵台和灵台上摆着的那颗头。叔叔脑袋朝外躺在门板上，肩膀旁边搁着黄泉引路的灯火。全明白了，不用看也明白，因为远在村口的老核桃树底下他就听到了送灵的歌声，儿子尖嫩的嗓音挣脱了菊豆有气无力的嘶叫，在山谷的暮气中来回流窜，像一枚悠扬的哨子。

他面孔痴呆地穿过人群，一边东张西望一边解肩上的包袱。哭声奇怪地戛然而止，炕上的菊豆和炕下的天白似乎受了莫大的干扰，困惑地看着来人的举动。杨天青从包袱里掏出了铅笔盒、橡皮、尺子、练习本，数了数交给天白。又掏出了一顶毡帽和一包糖果。还要掏，忽然想起了什么，把包袱皮卷紧推给了女人。里面是钱和一条花格子头巾。菊豆擤了一把鼻涕，把包裹塞到了屁股底下。最后杨天青没头苍蝇似的在屋中走动起来。这个像是无家可归的吓傻了的年轻汉子，让围观者里的老少娘儿们好一阵难过。

杨天青好半天才明白了应该先干什么事，他下定决心挨近死人，摸了摸瘫掉的那条腿，又摸了摸同一边的脚腕儿，死人的热量大得惊人，燎得他手心滚烫。他的目光怕挨揍似的哆嗦到上边儿，盯住了叔叔生命犹存的笑脸。微开的眼缝里射出了一束弹丸，扑一下贴住了他。他哈着大嘴蹲下了。

有人拉他胳膊，他就顺势站起来。拿了毡帽在死人头上比试了一番，扣上了。取了糖果摊在屋外台阶上，招呼人丛里的孩子过来。没有人动，他便再次抱着脑袋蹲下了。不哭，然而不休地嘟囔。让人听了害怕。

"尝尝吧，都尝尝吧。"

"苹果香的琉璃球，甜煞哩！"

"大家伙儿拈一颗尝尝吧。"

"尝尝吧，你们……"

他的鼻子有响动，渐渐地生了节奏，无助而无望地抽泣着了。人们劝慰，劝得夜色渐浓，咽声断绝，便恋恋难舍地散去，把院子留给了惨淡的明月，射出一地青白。

婶侄两个守灵，那儿子睡到厢房去了。院门紧闭，男人和女人的四只眼无碍地互视，发动了激烈的交流。另一位正在黄泉暗道上赶路，已经顾不上监督人世的纠葛。这边的一切都与他毫不相干了。

"你做下了？"

“说的啥鬼话！”

“做啥瞒着我？”

“你鬼迷了心啦！我可做了啥？”

“你瞒我是轻我，我做强过你，你个妇道人家不怕日后雷击了？”

“魔怔！你叔他整寿去的哩，他福大，我倒省了心了！你看他个好脸，可是吃了的……你就冤了我吧，我苦命人好赖是善不得了。”

“戏够了，做了便做了，怕我顶不下来毁了你不是？两人的事嘛，逞啥硬哩！”

“咋就不信！千把刀万把刀剐你个迷了窍儿的呆子！”

“我乱了心，踏实不下哩。”

“灯灭了……不点上？”

杨天青到死人身旁把灯点燃，用取灯棒拨了拨油绳，栗子大的火头噼噼啪啪地溅出黄色的煤油花儿，在夜风里一闪就败了。

他倒吸了一口冷气。

厢房台阶上坐着一个人，浴着月影显得强壮而阴险，却是沉默的天白，小小的身板一堵墙似的大在了秋风低诉的夜里。这院子有什么东西胀得装不下，要崩裂了。

父子俩彼此远远地望着。兄弟俩远远地望着彼此。目光渐渐凝结，又渐渐消散。在深层把握底细的那一个已经有些撑不住，夸张地咳嗽起来。

“风冷！弟，睡去吧……”

“有哥照看你爹哩，睡去吧！”

“明儿个入殓，你瞌睡了咋着？”

“不睡不让你打幡哩……”

小人儿缩着膀子隐回去了，天青打着激灵看看杨金山的死笑，伸手在他合不拢的眼皮上拂了一下，还不闭就着劲狠撸，不再注意结果，逃似的躲到炕沿坐下来，吧嗒吧嗒地嘬开了旱烟叶儿。

真乏了。乏得像是没有力气活了。有福气的是谁？是活的是死的？已想不大清楚，也不懂该怎么想了。

"小瓷壶哩？扔了吗？"

"扔啦？见不了人的罪物扔啦！"

他不明白女人哪儿弄来这么旺的火气。见女人取出那个壶，脚板的血便呼呼地涌到了脖子，牙齿咯咯地咬起来。

"还留着？掂量日后喂了我吧！事情都是我坏下的，我活得尽够了……"

"天青，你存心让我吃了不成？"

"吃吧！吃吧！我也吃，都吃！"

小瓷壶挟带着女人的冤屈击中灵台，在门板上迅猛地撞了一个滚儿，咣啷啷弹落屋角。杨天青无心争执，冷静之后拾起它进了猪圈，掘地三尺，以猪的粪尿深深地埋葬了它。天色将明，女人又哀声哀气地演唱起来，为死人尽职尽责地奏响了送行的挽歌，洪水峪在出殡的热闹日子里早早地醒过来了。

大彻大悟充满人生智慧的死者以藐视和怜悯的微笑看着这一切，黄泉坦途浩荡，十万阎罗齐聚欢腾，天地轮回，阴阳人世，洞察一切的杨金山精神抖擞，急欲重返人间，要向辜负了他的无情日月发动报复性的神圣大战。然而他的躯壳灵巧地钻进了一口棺材，叫十几枚生锈的大钉子咣咣地楔住了。

杨金山给人埋掉不久，他的儿子上了小学。他在地底下刚刚寂寞够一年，他的儿子已是升入二年级的优等生。天白与堂兄不睦，常见天青涎着脸与他说话，他小嘴儿吧吧地抢白一气，掉头便走，剩天青竖着愣神儿卖呆。天白对娘孝敬，但菊豆似乎常年不大快活。那院子里所有人都不怎么快活。天青端给人看的是一张沉思劳顿的脸，丝丝缕缕的除了愁纹还是愁纹。三十大几的汉子，年华正旺，不该这么老相的。然而光棍儿就难说了。光棍儿不愁谁愁？愁的就是无从发落的光溜儿棍子哩！

杨金山死后，天青主动与菊豆母子分了户，各挣各的工分，各领各的粮，但是饭还在一个锅里做，盛到碗里天青就端到厢房或巷子里去吃。他知道眼下菊豆是个寡妇，那寡妇有五个谨慎，他这光棍儿便须有十个小心垫着。错半个念头，日子就毁了，人也就毁了，再不能垒起来。天打五雷轰的事情已经做下，两条孤命需格外小心。为了天白也得小心！

然而这确乎是人能够过的日子吗？

杨天青深感自己正在成为名副其实的光棍儿。宽宽的火炕越来越宽得多余，他的儿子每时每刻都监视着他，也监视着她，使他们难温旧梦。每当他下决心利用某个时机或某个场所的时候，他的儿子总是适时地面无表情地出现在他的面前，儿子本人不来，也要派冷酷的眼睛来，如高悬的明镜闪耀在空气里。天青在四面八方看到儿子的眼，儿子以另一个父亲的名义严峻地认真地围剿着他，让他五内俱焚心灰意冷。他有一次想掐死这个小崽子，却十次百次地想掐死自己淹死自己吊死自己！女人的腰已经胖起来，失去了往日的苗条，但她仍是他眼里的引火棒，随时都会燃尽了他。他想到自己烧成一堆火，让女人来取暖，也让他来舔她的每一寸皮。她是他唯一的仙，他不向任何别的丑娘儿们俏娘儿们取笑，他器重她的全身并且热爱她每一根毫毛，甚至她腿根里冬日积存的污垢。没有谁可以阻挡他，拦住他去路的只有他的儿子。这是他的种，他的种正在长成大树，把游着飞云的五彩蓝天遮盖起来了。

饥荒年过后，菊豆有了新嗜好。每一季都要回一次娘家。一去半个月，回来的时候便容光焕发。她走后三天，天青去南岭打柴或剜草药，隔三天又去，隔三天再去，直到他婶子由史家营翩然回来。王菊豆在娘家遵循同样的时间表，她也去南岭，干相同的闲活儿。老不死的地主婆常常叹息女儿的薄命和勤快。

在史家营和洪水峪中腰的南岭獾子崖下，远离山道和人烟的草丛后面隐着一穴浅洞，两炕大小，人站不直，需弯着进去。

粮食吃不饱，路也远，两个人赶来聚首往往办不成什么事，没有力气。办不成事也来，因这里是他们夫妻的家。

天青燃上一堆火，脱下袄来让女人给他拿虱子，自己则翻在草堆上，看女人镶在洞口的剪影。他大口地叹气，难得如此自在，却更大声地叹气。女人过来拂拂他的额头，在腮上嘬一下，又忙忙碌碌地去光亮处杀虱子，指甲盖挤得啪啪脆响。巨大的幸福就压了下来，胀满了一个洞，使他几乎不能喘气。

“昨儿个天白又得个奖状。”

“可有上次那个大？”

天青认真地想了想。

“一样的纸，黄底儿，花边儿。”

“奖的啥？”

“算术得个第一，写文儿得个第二。”

“又粗心写差了字不是？”

“谁知道哩。问他，兔羔子不理我！”

“就不能去大队问问教员？”

“说的吧！是我的儿？问疑了……问疑了……不理我也随他！这小崽子……”

天青的鼻子幽幽地酸上来，再说不下去。菊豆为他披了袄，与他在草堆里紧拥着，叹气，远远近近地聊些无关的话。天青说你多好一个人，我这一世亏了你了。菊豆说你多仁义一条汉子，是我这不争气的娘儿们亏了你了。说着说着就泣不成声，像两个丢了娘的婴儿。

温暖的季节，难免分而又合地翻山越岭，赶到獾子崖的家穴里做成一星半点旧事。知道有限，知道不可免，也明白所失与所得是什么，就从容了，不大看重那稍纵即逝的快活。这是方法的一种，为了彼此抚慰各自的灵魂。有时就局促起来，因赤裸相视而难堪，仿佛对活到这个地步感到很不好意思。恰如做了山中兽林中鸟，处境相类，却没有那份自由。伴着他们始终有个窘字，还有一个便是那绵绵不绝的愁了。

“我那亲亲的小母鸽子哎！”

这声音给闷在洞穴里，犹如从潮湿的岩壁上渗出了山的叹息，带了别一个世界的味道。两个相叠的倦人就拆了下来，游着迷茫的眼。

“种不下吧？”

“日子对，种不下。”

“总不做囊子也干了。”

“迟早要干了的。”

枯萎的语调像是在谈论地里的庄稼。确是干涸了。天青的脖子与腿上的筋藤条一样伏着，触上去就觉得那是长出肉外的束束软骨，很韧也很滑。菊豆两包新坟似的胸浅了，像永远也填不满的装谷子用的小口袋。钻出洞去，突临的天光便照亮女人的轮廓，晶莹着的只有黑发里的白发，不知何时竟多了起来。天青把自己的柴拨给她一半，看她吃力地背走，那肘上的方补丁和屁股上的圆补丁勾得他要下泪。他急促地跟几步，停下来，再跟两步，就站着不能动了。

“菊豆，别走闪了呀！”

“菊豆，你看着走……”

柴压得女人转不了身，一只手无力地向他摇。他无言了，它还在摇，一直摇到不见。天青愣在荒凉的山冈上，不知自己该往哪里走。山道弯曲，在他眼里已不是路。他脚下的路越走越窄，窄得眼看就要消失了。

山地闹四清四不清的年月，史家营王麻子的遗孀以适当的高龄幸福地辞别了人世，也拆掉了她女儿暗地架设的爱情桥梁。失去回娘家的借口，两个穴居人就把舒适的山洞重新还给了黄狐和野獾子。它们对这里的喜爱和需要绝不在他们俩之上。它们更适合四处漂泊，漫山流窜。荒野毕竟是它们的。它们讨厌在这儿或在那儿嗅出的人的味道。它们希望山风把这种可怜巴巴的味道吹向九霄云外，吹到它再也回不来的地方去。

那年王菊豆得了腰疼症，不能下地挣分了。偶尔上工，爬到炕上两天起不来。小学毕业的杨天白放弃了上初中的准备，休学之后便拎着锄杆子做了社员。田野里多了一个勤快人，都说杨金山下的好种，能文能武的真是不赖，寡妇人头老来有望了。

光棍儿杨天青踩住了一块云。路已没了。他等着哪天云开雾散便一头栽下去，或许竟能没着没落地飞起来，了结了一生的残梦。

山村洪水峪陷入了生动的岁月。乡亲们认字与不认字的共同识别了一件新事物。认字的捷足先登挥起如椽大笔，不认字的也到大队部往家里张罗不要钱的粉的绿的或白的纸张。乡风淳厚的人们突然地屈服于偷袭同类的诱惑，准备各自八面出击，打一场让日本人头疼过的更加神出鬼没的山地游击战。

第一张大字报说的是大队长某年某月因某事打了某人六个嘴巴。道歉是道过了，但是应该赔得更实在。这张纸的尾巴上豁然写道：把钱交出来，我要治牙疼！

另一张大字报表的是某人故意放养家里的瘟猪，把半个村子的猪都连累得死掉了。纸上签名的是十八家的户主。看样子有心要使某人倾家荡产。

新一张大字报击中了脾气随和的大队书记。称他捏过某媳妇的某个器官。啥器官却不讲。只道某媳妇没上吊也没说出来是怕着他。现在不怕了，她要斗争他，看他再捏不捏！

斗争！斗争！这是最后的斗争哩！

就乱了。就一塌糊涂而有趣了。

终于在一张纸上读到了菊豆。书法是半熟的柳体，署名的却是二傻子田锅。傻子记不清年月，代笔的有良心而没有杜撰。情景却渲染了。下边的人没有看清，压在上面的确是菊豆无疑，地点在南岭山道旁的灌木丛，田锅起初以为是狍子或黄狐哩！厚道仁义的老乡亲们感到诧异，但是不敢看这张纸。只有一群起哄的赖子挡住田锅，让他讲。傻子惊惶地吧嗒着嘴唇，不知如何讲起。有人递给他一支烟卷儿。

“她咋压着来？”

“像在水泉捣衣裳不？”

田锅抽着烟平静了，弯腰做伏地状，见众人大笑便皱着眉头直起来，怕人抢去似的在烟棒上使劲儿嘬嘴。

他一起一伏地像认真做着一件事。有烟抽他肯一天到晚这么做下去。杨姓族里的见到这一幕，都灰溜溜地绕开了。准备回家为别人炮制更硬的炸弹。傻子也跳出来了。这个世界已不成个世界了。毁了狗日的吧！

杨天白读到这张纸以前先读到了一些人古怪的表情和更为古怪的窃笑。读懂之后又看见了人堆里表演的田锅。他扭头钻进了大队部旁边的木工房，出来的时候手里掂着一把寒光闪闪的斧子。他一点儿也不张牙舞爪，英俊的脸甚至显得过于平静，像进山伐木一样溜溜逛逛地朝那堆愉快的笑声凑过去。无声的信号使人群唰一下散开，傻子惊讶地闪过冲脑门刮来的凉风，顿时聪明了。他紧紧捏着半个烟蒂，毫无目的地狂奔起来。怒火熊熊的杨天白终于爆发了，像子弹一样紧紧追着他，雪耻的斧头像奔腾的马脑袋，令人恐怖地一纵一纵地朝前猛窜。傻子向遥远的南岭失声大叫。

“饶命呀！杀了呀！”

“我压着我来！”

“我屁股压着我肚子来！杀了呀……”

二傻子田锅由梯地的坡头滚了下去，像野羊一样哗哗地蹚过了溪水，一头扎进了幽深的老林子，枯树枝嘎巴嘎巴地响了很久。

杨天白把斧子扔回木工房就回家了。

“好样的，天白！”

“你爹是上中农，咱怕谁？”

同道的族里人与他搭腔，他理也不理。脸是少见的阴沉，似乎已崩溃于强烈的打击。回到宅院，见母亲在灶间做饭，猪圈里是起粪的堂兄，他就不知道该做什么好了。想静下来装下镐把儿，怎么也装不对付，索性抡起来砸烂了窗沿下的咸菜缸，还撒不了气，就把镐头和镐把儿扔到院墙外面的地里去了。

三个人之间两天无语，哑着。

田锅的老实爹拎了半斤桃酥给菊豆赔不是，吭吭地讲不出什么，就骂儿子，骂顺了舌头，便夸天白的孝敬，夸菊豆的贞洁，夸天青那侄子的厚道，最后连死人也夸了。说杨金山真是顶精明有福气的庄户把式呀！

“这鸡子吃得肥哩！”

来不及夸圈里的猪，他就给菊豆请出去了，走出半里地还在点头哈腰，似乎儿子得罪了山山岭岭，他就必须给草草木木赔上一万个不是加两万个小心。

人人都活得有些不行了。

二傻子田锅傻得更加不堪，终于做出了开天辟地的事，让洪水峪全村为之羞愧。他把菜缸里夹咸萝卜用的六道木筷子伸到了不该伸的难以想象的地方，在直肠上过于陶醉地穿了一个洞。腹膜感染差点儿弄死他，由县医院回来半年才恢复了活气，并且似乎比过去机灵了不少。他不懂羞惭，因而老是甜蜜地笑着。下贱人逗他辱他，他还是笑着，很幸福。

“哥这儿有根筷子，田锅你用不哩？”

“我用你娘那窟窿……”

笑得就更甜蜜而聪明了，仿佛万物为他所用，想用什么就能用到什么。世界对他是仁慈的。以后人们听说，他爱上队里那头三岁的漂亮的小草驴儿了。

杨天青在洪水峪平淡的骚乱中度过了四十岁生日。他修大寨田时卖呆力让垒石砸伤了脚，躺在厢房的土炕上养伤，回想了一生中诸多难忘的往事。他心平气和，原谅了一切从而也原谅了自己。人世是公平的，老天爷照料了他，让他得到了能够得到的一切。他没有什么抱怨的了。

菊豆过来给他敷药，见他目光呆呆地盯着熏黑的屋顶，就心有灵犀地红了眼圈。

“天白指鸡骂狗的，不听就罢了。”

“我儿是好儿子，听他骂也舒心哩！”

“哪天我把事情说给他。”

“那是要他的命，随他吧。”

“苦了你……”

天青抓住她的手，愣愣地往怀里拉，两人就拥合了。儿子的眼悠悠地悬在了一处，天青狠心地不看不想，以嘴抚平她眼窝的深沟。冷得久惯了，菊豆有些惊惶。天青颤巍巍地往低处扳她，终于促她跳了起来。

“几年冷也冷了，看毁了咱俩！”

“天白轧地哩，回不来。”

“他半腰闯回来的时候少？”

“闯回来就说给他。菊豆哎，咱俩都老啦，老得不行啦……我那菊豆！”

“做就捡个时辰……”

风韵犹存的王菊豆从厢房里撤出来，做饭洗衣时通红着脸，感到了多日不见的快活，像是复归了往昔的岁月。自己的男人忘不掉自己，她骄傲地踏实了。

冬季一个日子，在大寨田里给梯地垒墙的杨天白打短歇时没有喝队里烧的热豆汤，借口回家寻块干粮就匆匆地走开了。路上他一直想着母亲近来的脸色，及堂兄可疑的宁静，刚踏入村巷便吹起了哨子，大口吐痰，让鞋底在青石板上磕得重些。

院子无人。屋里无人。圈里灶间里没有，柴垛秫秸垛后边也没有。天白的头发嗖嗖地竖了起来，像老鼠一样乱停乱窜。他从案板上操起一把菜刀，撩开北屋的炕席，又撩开厢房的炕席，寻找必须砍杀的东西。他心里万分冷静，如果堂兄果真做下了，又让他抓住了，他就剁了他！像切瓜一样剁了他。

他想杀了母亲！

他想起北屋后山墙的菜窖，脑袋咣咣地裂起来。窖口捂着盖子，不像有人。捂得这么严紧，不可能有人。去年芦花鸡就让他误封在里面，被烂菜的霉气熏死了。想到死鸡，他提刀的手有些打软。挪开木盖子他看到了扶梯，看到了几束萝卜和一团浓浓的黑。他回去以刀换了把手电，下决心钻了进去。

只迈了三节梯格他就靠在那儿不动了。昏黄的光柱照射着土豆堆，和土豆堆旁的几条麻袋。娘和堂兄并着头，丑恶地缩着身子像是承着天大的冤屈和愤怒，要给人世一个黑暗的放纵的反抗。两人已不省人事，但醒着的听到了合二为一的光滑的呼吸声。

杨天白以悲愤的心情做了一件从未做过的事情，他为他四十四岁的母亲穿上了裤子。把她背到北屋的炕上以后，他已经不准备去背另一个了。

他闭紧了院门，考虑要不要把窖口堵上。想了想终于没有做，懒得做，因为浑身上下没有一点儿力气。他苦笑着傻了似的看着菜刀的亮刃儿，想用脖子好好地在上面试一下。

纯净的空气使王菊豆睁了眼，又闭上了。意识尚未清醒，嘴唇喃喃地要说什么，几个让天白不忍听的字眼儿便随着口涎一块儿流了出来。

“天青，我憋闷呀……要死啦……”

母亲求助的手在席子上抓来抓去，钩起了残破的苇片，咔咔的像是喉骨断裂的声音。天白看得愣了神儿。母亲发丝上沾了菜窖的蛛网，像一朵凋谢的白花儿。

他打湿了毛巾，为母亲拂去脸上的尘土，擦得很仔细。那只手还在枕头旁边抓来抓去，像挠着一颗心，要挠得它滴出鲜淋淋的血来。

“天青，我那苦命的冤家哎……”

“闭嘴吧！娘！……你闭嘴吧！”

杨天白再也支撑不住，跳起来朝菜窖跑去。杨天青给撂到厢房的破苇席上，嘴巴仍旧死鱼似的张着半圆，里面似乎含着不及吐出的千言万语或一句半句的呻吟，又像叼着不解的惊讶。他惊讶为什么在他寻找生命欢乐的关键时刻，总是受到不公正的突然袭击和捉弄。他想用菜窖的木头盖子把自己和女人隔离于上面阳光明媚的世界，却没有想到压迫他的力量无孔不入，一氧化碳的浊气把持续的羞辱和报复推到了极点。他无法理解。他因为无法理解而发出丑陋的无声的惊呼。直到杨天白往他头上泼了两瓢泉水，又用最刻毒的语言诅咒他的时候，他的大嘴才缓慢合拢，咬紧了。

“王八蛋！”

他听到了儿子的声音。滚到膝盖和胳膊肘下面的山药蛋已经消失，而裤腰带分明系得很紧，在不熟悉的地方结了不熟悉的疙瘩，他的神志便再度模糊，永远不打算睁眼了。他失去了观察任何物体和情景的欲望，温暖的菊豆在心窝里伴着他，他已经别无所求。

杨天白没有上工。他自己凑合着做了晚饭，只给自己和母亲盛上。母亲吃不下，也羞于吃，却指了指厢房。天白不搭理，她又胆怯地哀求地朝那边指了指。天白死勾勾地盯着她，盯得她浑身打冷战。

“顾了你自己吧！这家有我没他！”

黑洞洞的小厢房里鸦雀无声。

第二天收工回来，杨天白看到堂兄那畜生离开灶间，手里颤巍巍地端着一碗粥。他冷笑着从旁边走过。恶毒地啐了一口唾沫，摔摔打打地丢着农具。那畜生就不敢动了。

“天白，活儿累不？”

“累死牲口累不死人！”

“我脚伤好了，明儿个上工……”

“哪个拦着你！”

“弟，你哥……”

“狗日的有脸填嘴！心肠哩！”

杨天青把粥碗搁回灶间，古怪地笑着，迷迷瞪瞪地走到猪圈，打个愣儿又走向鸡窝，终于大吃一惊似的仓皇地逃进了厢房，咕咚一声，像是绊倒了顶门杠。安静了。片刻之后是女人几乎听不见的啜泣，像几只饿鼠在暗处里磨牙。冤家脸上的苦笑和儿子脸上的快意深深地杀着她了。却大羞而无言。

杨天白不肯退让，局面终于闹到不分食就不过的地步。杨天青分到了一口水缸和一口小号铁锅，外加两只破碗和一些别的器具，过起了独立门户的日子。他盘了一口泥灶，火旺却倒烟，在村巷老远的地方就能听到他连续不断的咳嗽声，那种死去活来的味道让人听了怪难受。人们不知道这条光棍儿安安稳稳的日子里发生了什么事。他处世那么仁义，不像是与亲戚闹纠纷的人。分食也好，光棍子图的不就是无牵无挂的自在日月吗？但是人们又看到这体魄健壮的汉子与往日不大相同，神情木然，地里的活儿做得很不利索，打歇时不论旁人如何谈笑，总躲个静地界儿远远地看山，找一件总也找不着的景致。便说，这可怜的光棍儿显然是熬坏了，不行了。

那干净的寡妇也有些蹊跷。村巷里总也见不到她，碾子和园子里也少见。逢了妇女的会或大队里演电影，别想找到她，一概是不去，借口腰疼和心疼。心口疼是娘儿们常落的疾患，但人们却叨咕，说这俏寡妇像是也守得乏了，不行了。族里沾亲的妇人去拜望她，发现她脸皮子变薄，蒙了一层又一层褪不掉的害羞，听话接话时溜溜儿地躲旁人的眼。许多乡亲忆起了二傻子编的那张纸，其中几个精明的想得更为深入，再看女人和女人的侄子时便用了异样的眼光，值得研究的东西不由得丰富起来。人们背地里多了一件事，饮食和睡眠也就有些滋味，不再乏乏得打不起精神来了。

四个月之后，王菊豆神不知鬼不觉地去了史家营附近的四马台，在亲妹子家一住不回，过起了寄人篱下的日子。护送了她的杨天白返村时像尊凶神，逼退了一切猜疑、询问、安抚的目光。不足十八岁的后生走路鼻子眼儿朝天，把谁也不放在眼里。人们就叹息小崽子的草莽，说是比老金山的怪性子更不招人待见，整日杀声杀气的迟早有哪条软命得断在他的手心，临了毁了老金山的血脉。

光棍儿杨天青一天比一天恍惚了。

天白在园子里摘花椒，让树上的刺碰了手，血流得不多却不止。在一边割韭菜的天青睡着了似的走过去，捉住天白的手要看看。天白措手不及，堂兄的力气又奇大，就恼了。

“你干啥！”

“我给你治，看这血粒子……”

他慈祥地笑着，捂小兔一样攥着天白的伤指，竟探嘴嘬了起来。天白恼羞成怒，使猛力甩他，把他甩得跪到了菜畦上。杨天青仍旧不肯松开，苍白的面孔猛烈哆嗦，看着吓人。

“我是你爹！天白……”

天白愣住了，一阵恶心。

“老子是你亲爹！儿子哎！”

“狗日的你疯啦！你疯啦！”

天白不能摆脱，终于恼怒地踹了一脚，把杨天青当胸踏翻在绿油油的韭菜地里。他走到园子边缘突然站住了，像听清了什么，像念起了什么，回头看看躺在那里的人。轻轻抽搐的那个人从来没有像现在这样令他恐惧，他害怕了。

“你真是疯了……”

他向水泉走了几步，然后飞跑起来，在溪边的柳树棵子里像狂风一样奔驰，一直刮到远离村庄的密林深处。躺在园子里的那个却无比安详，他抚着疼痛的胸口窝子，感到茂密的韭菜毛从两边摸着他僵硬的脸皮，一边是女人的手，另一边是儿子的手。他看见了儿子哭婴一般的白白胖胖的脸蛋儿，看见了女人落雪山丘似的美丽绝伦的乳房，蓝天上的白云盛开了，天边的花束勃然怒放，淹没了他的眼睛。

又过了四个多月，另一个值得纪念的日子终于降临了。清晨，大队的有线喇叭招呼各家派一个成人到队部开会，传达领袖指示。天白早早地离了院子，没有注意厢房的动静。邻家的汉子进院讨烟叶子抽，见北屋空着，就推开了厢房的门。炕上没有天青，烟笸箩搁在枕头旁边，他乐呵呵地装满了一口袋，又卷了一泡才向外走。这时他无意中看看北墙，好像有什么东西不对付，走到门外又回头扫了一眼。烟口袋哗地散到地上，他哆嗦了半天，终于大叫起来，磕磕绊绊地冲进了村巷。天白明明在老乔家门口跟人聊天儿，他却视若无睹，疯了似的朝干部家跑去。

“不好啦！不好啦！”

“出了人命啦……”

“光棍儿扎了缸眼子啦！”

洪水峪上空轻雾缭绕，林子里有鸟的叫声，太阳正爬起来，让雾遮掩得暗淡无光。凄厉的呼喊被这个寂寞的早晨吸了去，也被沉睡的山峰吸了去，显得有些夸张而不太真实。喊他娘的啥哩？庄户人揉着蒙眬的睡眼，三三两两地走出农家小院，打着呵欠。喊他娘的啥哩！这狗日的天光很不赖么，露水多大，庄稼足足的是饱了。

干部们赶到了天白的前头。小队长看明白情景就乍开了两条胳膊，堵在厢房门口像发表演说或煽动起义一样大喊大叫，显得非常激动，非常胸有成竹。

“报告大队！报告大队！”

“报告公社！我们要报告公社！”

“不能坏了现场，干部们站出来……”

“退出去！妇女都退出去！”

终于醒悟的人们已经野蜂似的围了过来，院里院外的人头黑蛆一样扎成了团儿。

杨天青对此无动于衷。他赤着身子，在腰眼子打了一个大折扣，很优美地扎在北墙根摆的那口水缸里。水从缸沿溢到地皮，湿了黑乎乎的一片，这一片便是他投到缸里的上半个身子的重量了。昨晚上人们不明白他为什么见星星了还急着担水，一个人有那么多水要吃吗？现在他们已经明白。

杨天青对着人们的是尖尖的赤裸的屁股和两条青筋暴突的粗腿，像是留给人世或乡亲们的问候。那块破抹布似的东西和那条腌萝卜似的东西悬垂于应在的部位，显示了浪漫而又郑重的色彩。壮年人惊讶于那个屁股的白，几乎疑心平时不大注意的自己的这个东西或许也能如此干净。青年和少年则夹紧了裤裆，慌乱地想到自己和迟早要与自己有关的一些美好的麻烦。妇女们不曾看到，让未谙世事的小儿报信儿，儿子跑回来腆着小鸡子拿手长长短短地一比，就羞红了脸，还儿子一个清脆的嘴巴。

杨天白傻了。他破例地被邀进厢房，却找不到能待的地方。他以热烈而又冷淡的目光注视姿态神奇的死人，最后大胆地盯住了那微微敞开的胯部。他目不斜视，似乎已对那团美丽而又丑陋的物质着了迷。他研究它的属性，怕冷一样大抖了几下，仿佛已经有所得，已经辨出了自己十八年前走过的狭窄道路，以及曾经给他以养育的原始而神秘的住宅。他拨开人群走出去，搬了根杏木桩，起先坐在上面，后来就没头没脑地抡着一把斧子劈起了它，劈出了整齐划一的干燥的杏木段子，就这么劈到人群走散。公社的干部大摇大摆地走进院子时，杨天白已是汗泪如雨，痛不欲生。

几个儿童在山坡上叽叽喳喳地前进。

“天青伯好大一个本儿本儿！”

“咱长成了都有好大的活儿哩！”

“本儿本儿哎！天青伯的本儿本儿哎！”

他们抽几根谷穗子，持在手里像旗帜一样挥舞，欢呼着冲上了鲜花点点的山冈。

一九六八年九月七日，洪水峪的大光棍儿和爱情英雄杨天青与世长辞，无畏而莫名其妙地慷慨就义了。他以身殉私的行为给山村带来一些不必要的骚动，但是乡亲们毕竟处于见多识广的幸福岁月，注意力很快就分散，不再纠缠糊涂的自杀者。他死因非常明确，熬光棍儿熬灰了心，寻那么个怪法子可以理解。但是同姓的老辈子人怜惜他，称他是口渴，喝水时犯了炸心病，死得很舒坦的。又称他要么就是在水里见了什么，想进去会一会，不料进去就出不来了，或者是会上了想见的东西，不想出来了。他会的是什么，人们不太明白，不易猜就不猜它了。他死前几个月总在傍黑时蹲到南岭的小高坡上抽烟，远远地向南边看，想必思谋的是同一个东西了。最后给他在水缸里捞到，是他的福。死得还算不软。

王菊豆没有回来参与侄子的丧事，因为几乎就在得到凶信儿的同时，她早产了一个精瘦的男性婴儿。这很能说明问题的消息是将近半年之后由四马台传过来的，洪水峪乡亲听到它恍然大悟，继而大怒，继而大快，继而大悲，继而……就什么也没有了。王菊豆在妹子家终于住不下去，领着名叫小二的东西回了自己的家乡，众人冷淡的同时又关切地迎接了她。仍旧参照了族里的老名谱，摆来摆去甩不脱一个天字，老辈子做主，把二小子唤了天黄。以天字论，说明杨天青受尽磨难而得到的仍旧是个弟弟，跟天白一样。但人们只知道这小个儿的是天青的种，却不知道那光棍儿多么有福，还留着一个种。眼看着大的小的长成了一个模子，却一致认定那大的是老金山的后，和小的是完全不同的传人。

话说民国三十三年秋天——那个落雨的秋天的日子已经死掉四十多年了。事到如今，远近闻名的俏寡妇已经苍老得不成个样子。她的闻名一是因为美貌过人，一是因为她给叔侄俩各孕了一个儿子，为两条血脉付了牺牲且忍受了极大的耻辱。每逢清明时节，她就去杨家坟地在两个辨不清谁是谁的土堆中间坐下，掏出干干净净的手帕，抑扬顿挫地放开苍凉的喉管，为她伺候过的两个男人高歌一曲，那悲哀的调子是洪水峪所能听到的最动人的音乐。

“我那苦命的汉子哎……”

坟堆静静的，不知睡在里面的人感觉如何。谁是那苦命的汉子呢？两个人为女人和儿子的所有权打得怎样了呢？是杨金山踏翻了杨天青，还是杨天青掐住了杨金山呢？看老寡妇哭的伤心样儿，莫非已打得不可开交了吗？这是文化不够的洪水峪人时时担心的严重问题。在他们看来，有仇的人早晚会大打出手，而寂寞黄泉自古便是头破血流的世界了。

杨天白和杨天黄活得比父亲们强。天白娶妻后性子柔了不少，只是不肯听人提他的爸爸。他自己也做了爸爸，他很疼儿子。天黄认真读书，竟读进了县城师范。眼界比较开，又时时激愤于自己来历不明或来历太明的身世，活得努力但总散着些玩世不恭的味道。脸俊似娘，体壮如爹，很适合做一种俘虏。分配到桑峪小学教语文，弄大了一个肚子；调到西水教数学，又喂大了一个肚子；最后调至齐家庄，还是多情，眼见一位女教员的肚子鬼使神差地大起来。人们就认定他是一个淫棍。不过这一次虽然仍旧刮了胎，但他已经安静，看样子有心守着这唯一的肚子永永远远地周旋下去了。洪水峪有人在县街上见过他俩，小娘儿们果然俊白，她拖着天黄的胳膊像拖着一件吸引力十足的战利品。令纯朴乡亲不乐意的是小娘儿们的牛仔裤，让人用过的臀熟坏了似的胀得滚圆，像一匹每时每刻都在发情每时每刻都准备踢谁一蹄子的小母马儿！天黄那不争气的小崽子逢了天煞星，算是完蛋了。他就不肯像他爹那么认真。他爹？那是一条多么仁义多么厚道多么懂规矩的汉子呀！

那汉子活到眼下怕要伤心得不行。他的小母鸽子已不是鸽子，也不是鹰，而是一只脱了毛的老母鸡了。老母鸡没有什么不好。老母鸡在照料她的雏和雏的雏儿。母鸡终归是母鸡。母鸡永远有着公鸡不可替代也不可比拟的优点。天青那光棍可以安息了。

夏日来临，在他为叔叔净过身的透明的水塘里，经常聚满了时时在纪念他的扑澡的半大孩子。他们从水里爬出来，让阳光尽情照耀赤裸的身子，照耀他们茁壮成长的下体。晒得热了，就下意识地攀比起来。有早熟的便傲岸地在大石头上踱步，一颠一颠像敲着一把结实的小榔头儿。一旦受到膀胱的催促，便情绪激昂地站到石边。白花花的尿绳就拉出了阳光的七彩，击中小溪对岸的野花，惊散了嬉戏翻飞的蝴蝶。这种莫大的荣耀使成功者愉快。

比较软弱的失败者不屈地鼓起了嘴。他们望着天空，寻找他们的救星和伟大的男性之神。他们恢复了无畏的必胜的意志。

“你赛过天青伯的本儿本儿，就服你！”

“他是大人。”

“你爹要赛过天青伯的本儿本儿，就服你！”

“他死了！早死了！”

“你赛过死人的本儿本儿，就服了你！”

“算啦，咱不跟鬼比。”

孩子们就不响了，就惭愧地把自己遮掩起来。他们没有见过活着的天青，也没有见过死时的天青，但是他们知道一个不朽的传奇。那传奇的内容有时会打乱他们年幼的梦境，使他们自己跟着冲动或悲哀起来。大苦大难的光棍儿杨天青，一个寂寞的人，分明是洪水峪史册上永生的角色了。

无关语录三则

（代跋兼对一个名词的考证）

它是源泉，流布欢乐与痛苦。它繁衍人类，它使人类为之困惑。在原始与现实的不朽根基上，它巍然撑起了一角。即便在它摇摇欲坠的时刻，人类仍旧无法怀疑它无处不在的有效性及其永恒的力度。

——［波］胡梭巴道夫斯基院士《人类的支柱》

是年秋，余往西山察御碑雕凿事。……闻双清庵居左岭幽林，遂绕往观之。途半，偶见秋野有奇谷生。其穗若大，寸八短长，横径寸二。行者皆叹曰：“硕哉！”有老妪荷锄当田立，余问之曰：“此谷何以壮？”不答。曰：“何以名之？”妪曰：“本儿本儿谷。”复问之曰：“本儿本儿何也？”老妪哂笑若癫，以锄引余脐下，指轿夫胯隙，皆顿省其邪，惊之。取壮穗一，详察，果硕之焉！夜思京华，废寝掌灯持穗以观之，幡然有思。本者，人之本也。又本者，通根，意及男根也！以本儿本儿命之阳具者奇，命之以谷禾者大奇。食色并托一物，此幽思发乎者谓之佳才，可乎？至曙，出村西行。金风摇秋，田亩谷浪不绝，兆万本儿本儿瑟瑟声动，欲撼山岳矣！忽一念：以本儿本儿命阳具者为圣贤，以本儿本儿命此谷者乃天下第一大淫人也！掷穗足下，磊然踏之以行，不复思居京美妻群妾另官宦利禄又饮食男女尔哉！羞惑以志之。

——［清］嘉庆丙辰举人吴友吾《西山笔记·卷五》

欧陆北部山地的岩石上，有原始部落民的绘画，其中的武士以三条腿走路，挺两柄利器作战。这种惊人的性的攻击性，冲破后发的宗教（包括哲学）的遏制与调和，终于导致了西方现代的性崩溃。梦想以三条腿走路的种族，在成功的劫掠之后正为寻找新的平衡而苦恼。这是有趣的事实。

同样有趣的是东方的性的退缩意识。横行的儒家理论在温文尔雅的外表下，潜伏着深度的身心萎缩，几乎可以被看作是阳痿患者的产物。古支那医用的男性裸塑，其性特征无非是比肚脐略微突出一些的东西而已。明代的突进以闹剧开始，经历了恶少般的天真和放纵，王朝随之覆灭，古国一蹶不振。这导致了几乎是神经质的新的全面退缩，却并没有妨碍支那人成为善于生育的种族。这个事实已经不仅仅是有趣了。

——［日］新口侃一郎博士《种族的尴尬》

原载《北京文学》1988年第3期

刘恒与新写实

王　干

现在想起来，我对于“新写实”的思考很可能是源自《伏羲伏羲》带给我的触动。1988年初春时节，我在农展馆南里10号6楼上第一次读到刘恒的《伏羲伏羲》的时候，我的文学神经被深深触动了一下，写实小说还有如此的感染力和穿透力，让我对写实小说刮目相看了。

这之前，我对写实小说是有些偏见的，认为它过时了，是机械的反映论，缺少更多的文学审美内涵。作为在20世纪80年代成长起来的文学青年，我是深受那个时代的审美主潮影响的人，我周围的朋友也是重审美轻写实、重形式轻故事的一帮人，苏童、叶兆言等一拨文学发小谈论小说也是以先锋探索为主要趣味。而这一次读到刘恒的《伏羲伏羲》，却得到了先锋探索小说般给予的冲击，甚至超过。我四处向人推荐这篇小说，《文艺报》的同事问：“刘恒也写先锋派？”我说：“不是先锋派，比先锋派更有味道。”

《北京文学》很重视这篇小说，5月初，在北京文联召开了《伏羲伏羲》的研讨会，研讨会由林斤澜和陈世崇主持，李陀当时也是副主编，看得出来，老林、李陀和老陈对这篇小说很欣赏。刘恒当时是《北京文学》的编辑，《北京文学》发自己的编辑的作品，并且为之开研讨会，是一种胸怀，也是一种气度，当然更是一种眼光。也没有人去指责他们“肥水不流外人田”，那时的文学风气，正！

我是与会人员中最年轻的，属于初生牛犊，大胆说了对这部小说的看法，好像提出了“零度写作”的话题。零度写作其实是罗兰·巴特对新小说派的一种概括，被我“挪用”到刘恒的写作上。会上对这个话题，展开了讨论，也引发了对现实主义的生命力和创新的讨论。李陀当时对“意象小说”特别感兴趣，但《伏羲伏羲》好像跑出了意象小说的范畴，因为意象小说大多是非写实的，而《伏羲伏羲》在写作叙事形态上是完整的写实笔法，属于对现实主义和先锋派的双重挑战。李陀鼓励我将这些观点写出来，在《北京文学》上发表。后来的《近期小说的后现实主义倾向》(《北京文学》1989年第6期）便是这次会议约稿的结果。

刘恒之前有个短篇叫《狗日的粮食》，在文坛引起一片轰动。而《伏羲伏羲》这部小说在“食”之后又写了“色”，中国古人说：“食色，性也”。《伏羲伏羲》某种程度上有《狗日的粮食》续编的意思，但涉及的历史深度和人性的深度，有超越《狗日的粮食》的趋势。《伏羲伏羲》今天读来仍然让人觉得有惊世骇俗的勇气。小说写的是洪水峪小地主杨金山因为没有后代，这个老男人娶了年轻的媳妇王菊豆，王菊豆年方二十，是生命力最旺盛的时节，按理说，生育孩子是最佳的时节，但由于杨金山性无能，对王菊豆虐待施暴，而杨金山的侄子杨天青则与王菊豆情投意合，于是两人越过伦理的禁忌，偷情相欢，且生了儿子杨天白。长大之后的杨天白发现了母亲的情事，异常愤怒，杨天青也只能以死谢罪。而王菊豆怀上的杨天青的孩子杨天黄又呱呱落地，杨家的性事情事丑事在乡间悄悄流传，而最后关于“本儿本儿”的展现，以及人们对“本儿本儿”的近乎“点赞”式的议论，将古老的中国文化生殖崇拜和人类阳具崇拜的文化淋漓尽致地表现出来。

应该说，这是一部烙上了当时社会思潮和文化思潮的小说，尤其是弗洛伊德学说的诸多概念我们在阐释小说时都能用上，杨金山、杨天青、杨天白之间的俄狄浦斯情结，杨金山和王菊豆之间施虐和受虐的描写，杨金山的性变态和精神病态，都属于精神分析学说的范畴。记得当时曾经流行过“寻根文学”。“寻根文学”沿着两个路径向前发展，一个是到原始的文化的风俗形态中去寻找“根脉”，二是向人的生命本能中去寻找超自然的力量，发展到的极致就是身体写作。《伏羲伏羲》是真正写“根”的小说，原来的题目就叫《本儿本儿》，但这篇小说却没有寻根小说的神鬼之态、神秘之状，而是一步一步地写实，每一个人物都是具象的，每一个细节都是经得起推敲的，甚至每一句话都是实在的。没有那些寻根小说的抽象、符号和变形，但人物本身又是具有变形、抽象的可能，比如小说里最后残疾瘫痪的杨金山很让人联想到卡夫卡的甲壳虫。

这部小说给我最大的启示就是好的写实小说本身，一定是还原到生活本身的原生态，而不是作家外加生活具体的理念。这部小说时间跨度很长，从抗战到新中国成立，也属于“长河”类的年代小说，人物的命运虽然受到时代影响甚至人物的性格也受到政治运动的扭曲，但作家始终关注的是人物自身的生存状态，无意去鞭笞或反思时代的伤痛和悲剧。小说的痛点在于人伦对人性的道德制约，这个痛点被放大之后，其实是人与封建价值观的冲突，人性与伦理的冲突，这种冲突的结果是悲剧。但刘恒在把握人物与环境的冲突时，没有割裂或抽取生活的原生态。杨天青与王菊豆的爱与欲，用今天的话说，也够不上多少正能量，但他们的爱与欲又是那么热烈，那么奋不顾身，我们在惊讶的同时又有点暗暗同情。刘恒把这种同情集中在小说里情爱描写之中，好多笔墨比劳伦斯毫不逊色。刘恒的落脚点在生命本身的状态和本相，也是“新写实”的“还原”美学的根基。记得刘恒与我谈起张艺谋将《伏羲伏羲》改编为电影剧本时，曾有些感慨，说，他太喜欢古希腊的英雄悲剧了。刘恒显然不喜欢古希腊的英雄悲剧。新写实正是对古典主义悲剧、传统现实主义的一种小小的反动和纠正。

这部小说另外一个启示就是写实小说的“情感的零度”，在传统的现实主义小说创作中，作家总是要流露出自己的倾向的，只是高明的作家是

“自然而然地流露”（恩格斯语），不高明的作家就成了时代的传声筒而已。因而现实主义的作家有着某种精神的优越感，他面对读者有着“布道”的话语权，读者是他的听众。而现代社会则要求作家和读者也是平等对话，读一篇小说不是听报告或听布道，而是内心精神的一场对话。《伏羲伏羲》的故事是带有某种道德审判或道德批判的预设前提可能的，杨天青和王菊豆的故事与台湾作家白先勇的《玉卿嫂》有着某种同构形态，但白先勇的童年视角让爱情悲剧带有温馨和悲凉氛围，作家的倾向流露是非常明显的。而刘恒始终与人物保持着距离，但下笔是又始终“贴着人物写”，他叙述的视角不是全知全能的，叙述的视角随人物的视角而转换，贴着人物而情感远远地疏离人物的情感，看上去不免有些冷漠或者有些“狠”，所以是零度叙事的典范。即使最后的附录貌似“引经据典”，其实是“假语村言”，对“本儿本儿”的演绎也是为了避开作者主观情感的介入。

刘恒之所以成为“新写实”的代表作家之一，在于他的作品为评论家的概括和总结提供了充分的资源和范例，其他的新写实作家很难像刘恒这样完整地体现“新写实”的美学追求。几乎同时创作的《虚证》也是和《伏羲伏羲》一样经典的新写实的样本。在《虚证》中他将“对话”的精神运用得出神入化，对人的生存状态的勘探深入到神经末梢，对人生黑暗地带的勘探深入到灵魂内核。遗憾的是《开拓》这本杂志停刊了，影响了这篇小说的传播。而90年代创作的《贫嘴张大民的幸福生活》则让他描写当下现实生活方面达到巅峰，“新写实”在融入“后现代”元素之后，京味小说达到了一个新的境界。话剧《窝头会馆》的创作更是成为《茶馆》之后的又一座高峰。刘恒对现实主义的探索成为近四十年来最值得研究、探讨的重要文学现象、文化现象。

一个花絮。1988年5月上旬，我去参加《伏羲伏羲》的研讨会，写作看来是带有某种冒险性的，当时五一放假，太太带女儿到北京来看我，顺便游览北京的风光。那天，我本来带她们去逛王府井的，因为太喜爱《伏羲伏羲》，把她们送到王府井之后，我就去开会了。但是那天女儿在东安市场丢失了，幸亏一位卖冰棍儿的大妈把四岁的女儿送到王府井派出所，才虚惊一场。后来和刘恒说起此事时，他说：“要不我罪过大了。”

无边无际的早晨

李佩甫

一

国的好运是三十六年前开始的。

三十六年前，国光荣诞生在大李庄村那堆还未燃尽的草木灰上，头冲着一蓬熊熊燃烧的豆秆火。

那是五更天，颍河墨一样地流着，夜气缓缓地从树梢上掠过，岗上的柿树晃着油缎一般的黑亮，古老瓦屋的兽头狰狞地斜刺夜空，老牛的倒沫声早已住了，狗们还在酣睡，远远近近是一片寂然的静黑。倏尔，谁家的公鸡叫了，那一声长鸣嘹亮而遥远，唤醒了天边的一点点鱼肚白，那白渐渐地漫散开去，透出了橘红色的亮。大地渐灰渐白，一条条灰带一样的土路从村庄四周蜿蜒而去，土路上新湿着隔夜牛蹄的印痕。小风从远远的天边刮过来，轻摇着场边的垛。于是一声陈旧的咳嗽响起，把那一抹遥远的亮光钉在了瓦屋的红辣椒串上。这时候，国的娘觉得不对劲了。怀孕已九个多月的国的娘匆匆下床，赶紧往屋后的茅坑跑，她紧跑了几步，只听“呼啦”一声，一股腥热的气味从裤裆下窜出来，羊水破了。国的娘在钻心的坠痛中喊着：“天爷，天爷呀！”又折回头踉踉跄跄地往灶屋奔。国的娘坚忍地跨进灶屋，半躺在地上，慌慌地把灶里的灰扒出来铺在下身处。九月天，风是很凉的，躺倒在地的国的娘怕冻了将要出世的孩子，再次忍住腹疼起身，把一小捆点燃了的豆秆火续接在那片摊开的草木灰上。国的娘就这样头枕着灶屋的门槛躺在那片草木灰上，用一声声无助无援的痛苦的呻吟去迎接那个伟大的时刻。

在国的艰难的诞生中，国的娘曾经昏过去三次。每次从冷风中醒来，国的娘都勇敢地呼唤着："快吧，快吧，儿呀，我的肉肉哇，快点吧！……"在娘挣扎呼唤声中，国的头随着血水慢慢地滑出来。当国的身子还在娘肚里的时候，铺了草木灰的黑色大地已接受了他那小小的头颅。于是，在国的身子还未落地之前，就闻到了混着血水和草木灰的泥土的气息。那时候因为国的娘几经挣扎移动，使国那慢慢滑动的头正对着灶口，而灶里的豆秆火也已烧到了灶口，流动的血水虽然阻止了火的蔓延，可国的身子还在一点一点地往下滑动，滑动……当国的娘再次醒来时，她已着实感觉到了脚边的灶热！为了不让灶口的豆秆火伤了孩子，国的娘做了最后的挣扎。她的两只脚顶在灶角处，身子一点一点地向上移动，以至半个身子都枕在了灶屋的门槛上。国的娘在最后的挣扎中用尽了全身的气力，于是便有更多的血液从下身处淌出来，去与灶口的豆秆火对垒……而国仿佛听到了大地的召唤，在血与火的战争、生与死的搏斗中，加速了他的滑动。

晨光亮了，九月的冷风掠过低矮的土墙，随雀儿在空荡的柴院里打旋儿。这时国的娘半个身子都沐浴在冰冷的晨风之中，冲荡的冷风一次又一次地肆虐着进行伟大生产的国他娘。承受着生育之苦的国他娘已通体麻木，身上连一点热气也没有了，但她内心深处的呼唤从未减弱过。终于，在神经彻底麻痹之前，眼望皇天的国他娘听到了一声响亮的啼哭……

那一声啼哭像号角一样响在大李庄的上空，随九月的晨光飘进了一座座农家小院，久久不绝。不用说立时惊动了四邻的婶子大娘，当邻居们匆匆赶来的时候，赤条条的国离灶口只有四指远了！他身旁是一把生锈的剪子，脐带还连在母亲的身上……

于是国得救了。可国的娘再也没有醒过来……

国命硬是不消说的。七天之后，远在平顶山的煤窑上拍来电报说，国的爹在井下挖煤时被砸死了。那也是早晨，快下班的时候……

这一切国都不知道。他一睁开眼就看到了许多张脸，看到了一双双充满怜爱的眼睛，于是国很残酷地笑了。国的笑使大李庄的女人们纷纷落下泪来，她们更紧地抱住孩子，说："娃呀，可怜的娃呀！"

国在襁褓中为他娘送了葬。这时他在四婶的怀抱里第一次来到村外，见识了无边无际的蓝天，见识了仿佛一世也走不出的黄土地。秋渐深了，天极高，云儿极淡，大地赤裸裸地横躺着，一片乏极了的静。在送葬的土路上，黑压压的人群在缓缓地移动，高挑的"引魂幡"晃着刺眼的白。国一定是在缓慢的移动中感觉到了什么，他突然哭起来。他的哭声像一管哀乐，伴着那凄婉和沉重走向坟地。娘的"牢盆"是国自己摔的。在路口上，四婶捏着他那嫩嫩的小手去摸"牢盆"，而后四婶突然松了手，紧接着他听到了一声摔成碎片的脆响！于是他哭得更加锐利。这响声在他小小的脑海里烙下了很深的印痕，直到多年后，他才明白，那是恐惧，失去依托的恐惧。

从此，国的待遇升格了，他由一家人的孩子变成了一村人的孩子。大李庄村的女人们为他提供了最优秀最廉价的热量。队长老黑站在村口的大碾盘上庄严地宣布："妇女们听着，喂一次奶记三分！哇，喂胖了鳖儿我奖励她！哇，奖励她一升半——×他娘两升——谷子！"那时，村里规定割五斤草记一分，这是割十五斤草的价码。如果按队里年终结算的价值，一个工分值人民币六厘六，三分合人民币一分九厘八，差二厘不够买一盒火柴的钱。老黑还说："听着，'党员媳妇'喂奶可不记分！"老黑是党员，他媳妇喂奶自然是不记分的。女人们听了却乱哄哄地"噫噫"道："娘那脚老黑，不记工分能叫娃儿饿着?！"

国什么都可以抵赖，唯独吃百家奶长大这一条是无法抵赖的。那时候，只要是生了娃的大李庄女人没有不瘦的，那没有血色的黄瘦便是他一次次贪婪吮吸的记录。多年后，国在私下讲酸话的场合里曾经给人吹嘘，说他摸过一百多个女人的奶子！奶子是女人最圣洁的地方，人们自然不信，要他细细说。国无法说，也不能说，只神秘地笑笑。但国心里清楚，那时候他从一家转到另一家，嘴里吃的，手里抓的，就是那肥白。没有奶水时他就咬，咬得女人们哇哇乱叫。这状况一直持续到他三岁的时候，在大李庄村，只要是生过娃的女人，都知道他的小狗牙厉害！

国三岁时才起名。那时上头来人普查人口，一个村一个村地挨着查，村上人们全都站在场里挨个登记。查到最后见队长老黑还抱着一个娃儿，驻队干部就问："这娃子啥名？"队长老黑"嘿嘿"笑着说："没名。"驻队干部大笔一挥说："就叫'治国'吧。"

二

后来人们说国天生是做官的料，那是有根据的。

国六岁时便被称作"二队长"。那时，他光着屁股蛋儿，嘴上挂着两筒鼻涕，整日里跟在队长的屁股后头晃悠。队长派活儿时他也跟着，队长说："叫南坡的地犁犁。"他就说："叫南坡的地'哩哩'。"队长说："谷子该割了。"他也说："谷子该'哥哥'。"每到夕阳西下，队长像瓮一样往村口一蹲，国就气势势地在他身边站着。遇上割草的孩子，队长就眯着眼问："没捎点儿啥？"打草的孩子自然说："没捎。""真没捎？"队长慢悠悠地问。孩子们便怯怯地放下草筐，说："你搜，你搜。"队长便歪歪脖说："国，过去摸摸，看鳖儿扒红薯了没有？"国就跑过去摸。草筐很大，摸是摸不出来的。队长就说："让鳖儿扣过来！"国说："扣过来！"于是打草的孩子就顺从地把草筐扣过来。这时队长又问："国，听见响了没？"国要说没，队长就说："让鳖儿滚吧！"国就说："滚！"有时也搜女人。那会儿日子艰难，女人腰大，下地回来总要塞点什么。搜女人时，队长就蹲在那儿，让国去摸女人的腰。国的小手在女人的腰上摸来摸去，摸得女人咯咯地笑。女人也不气，知道孩子小，不醒事儿，只骂队长不是东西！队长眼角处邪邪地笑着，却一脸的严肃，嘴里说："老实！"又让国往深处摸……也有搜出来的时候，就罚。偷了红薯或玉米的，就把东西往脖里一挂，让国跟着在村里走一圈儿。丢了人的女人一路走着哭着，一声声喊国，国说算了才能回去。待到收工之后，国便气势势地往路口一站，喊："老三，过来。"队长就笑了："喊叔。"国又喊："老三，你过来不过来？"队长说："鳖儿——喊叔！"国阳阳地撅起肚儿来，两手一夹："老三，我 ×——"队长骂一声："鳖儿！"就乖乖地走过去蹲下了。国两腿一跨骑在队长脖上，叫道："啾——驾！"队长立时驮起他，小跑回村去。国骑在队长的脖上昂昂地在村里过，有时还要在村里转上三圈儿，才拧了耳朵放他走。若是碰上那家女人好针线，队长喊一声："鳖儿的裤子烂了，给他缝缝。"说了，就有女人拐家拿了针线出来，好言哄他下来，就势蹲下给他缝。缝好，在裤裆处把线头咬断，替他拍拍身上的土，又任他撒欢去了。

有一段时间，国又被称作"驻队干部"。那时候，村里有个驻队干部老马，每天到各家去吃派饭，他也跟着吃，伙食自然好些。老马瘦瘦的，高，戴个眼镜，走路两手背着，望天儿。国跟在他屁股后，走路也背着小手，脖子梗着，一晃一晃很神气。进了哪家，那家人慌慌地说："驻队干部来了。"国就大声说："来了。"老马坐下了，他也跟着坐，一碗一碗让人端着吃。可老马常回城里去，国却没地方可去，于是就怅怅地在村口望。望见老马，就说："走，上狗家吃，狗家有豆腐。"后来老马回城去了。国自然是走到哪家吃哪家，走到哪家住哪家，啥时饿了啥时就吃。家景好些的给他烙块白馍；家景孬的，也给他拍块玉米面饼子，没亏过他。可国还是想老马。再后国见了老马，知道他原是县文化馆的一般干部，当过右派，平反后当上了文化馆的副馆长，见人点头哈腰的，在县里尿也不尿。文化馆开个创作会，把县里大小干部都请去作"指示"，老马躬着身一口一个"首长"地叫，握个手身子抖得像麻花，又听说他老婆跟人家睡，经济也卡得紧，连吸烟钱都不给他，烟瘾发了每每到街角上捡烟头吸。想起老马当年的威风，国不由生出了无限的感慨。这是后话。

那时，队长忙了就把国交给梅姑带。在村里，也只有梅姑的话国才肯听。梅姑是村里最漂亮的姑娘，不曾见她怎样打扮，出门便亮了一条村街。梅姑夏天是村人的荫凉，冬天是村人的火盆，无论走到哪里，总扯了年轻汉子的眼珠滴溜溜转。梅姑白，白得有色有韵；梅姑眼大，大得有神有彩；梅姑的头发黑，黑得有亮有姿；梅姑走起路来柳腰儿一闪一闪，无风自摆，馋得人眼儿小庙似的。国跟着梅姑享受了从来未有过的宠爱。梅姑只要一出门，就有人凑过来跟国说话，给他买糖块吃，还争着驮他。国在人前就显得更加威风，总拽着梅姑的白手让她扯着走，眼热得汉子们心里骂，脸上还笑着巴结他。梅姑疼这没娘的孩子，每日里给他洗脸，给他捉虱，夜里还要哄他睡。那时光是国终生难忘的。冬夜里，国总是一蹦一蹦地窜到梅姑家，缠着让她搂着睡，就搂着睡。一钻进被窝，梅姑就说："国，凉啊，真凉！"而后把他搂得更紧。半夜里，听见有人拍门，梅姑在国的腿上拧了，他便跳起来朗声骂："我 × 你娘！"于是，便不再有人敢来。国躺在梅姑的怀里，吮吸着那温暖的甜香死睡到天明。六岁了，还常拱那奶子……

应该说，是梅姑孕育了国的早熟，使他看到了在那个年龄很难体察的东西。跟梅姑的时间长了，国隐隐约约地感觉到，梅姑恋着老马，偷偷的。那时候，国还不知道老马是这样可怜的东西。那时的老马穿着四个兜的干部服在村里昂然地走来走去，一看见梅姑就神采飞扬，眼亮得可怕。小小年纪的国偷听了梅姑和老马的许多次谈话。老马给梅姑背诵他过去在《人民日报》上发表的诗，而后又背"啥啥三十功名尘与土，八千里路云和月……"老马背着背着哭了，虾一样躬着身擦他的眼镜片，这时候梅姑就偎在他的身旁像猫样的温顺，梅姑是全村人的"一枝花"，梅姑不让任何人碰她，可最圣洁的梅姑却恋上了老马。老马是狗，是猪！多年后，国在心里这样骂。那时他已明白了什么叫"征服"，这就是"征服"。这童年的思维萌动，是经过了三十年的反刍才得以升华的。记得有一次，梅姑带他到河边上玩，走着走着就碰上了老马。梅姑撇下国急急地跑到老马跟前，悄声说："你带我走吧，走吧，到哪儿都行……"老马嚅嚅地哭了，他有家，有女人……

此后梅姑常带国到颍河边上转。颍河静静地流着，堤上的"鬼拍手"哗啦哗啦地响，一只"叫吱吱"冲天而去，又无声地落下来。梅姑凝神往极远处望，国也跟着望。天边有一圆滚动的落日，无边无际的黄土地在落日下泛着灰色的金黄，地上晃动的人儿很小，蚁样的小。天光倏尔明了，倏尔又暗，静极了便觉得极远处的喧闹，那是一种想象中的喧闹，叫人血热。国自然不知道梅姑看到了什么，就这么跟着来了，又跟着去，久久伫立。有一回，国怯怯地问："姑，你——等人吗？"梅姑长长地叹了口气，把目光从极远的天边收回来，默默的，一句话也没说。这时国的思绪跳跃到那么一个晚上，在亮亮的油灯下，梅姑那白嫩的手抓住老马那被劣质香烟熏黄的臭手给他剪指甲。梅姑捏着老马的指头一个一个给他剪，剪了左手剪右手，剪刀"咔咔"地响着，响着……老马慢慢就抓住了梅姑的手，把梅姑揽在怀里。梅姑很温柔地从老马怀里挣出来，羞羞地说："国，去问问明儿干啥活儿。"国说："老三说了，锄地。"梅姑扬起润润的亮眼，柔柔地说："去吧，好国，再去问问。"后来国一想到此就骂，在心里说，×你娘老马！在河堤上，国看见梅姑眼里落下了一串泪珠，泪珠无声地溅落在黄土地上，印了一地麻坑。

再后，梅姑嫁到另一个村庄去了。又过了许多年，国，已认不出他的梅姑了。他见到的是一个拖着娃儿抱着娃儿的邋遢女人，脸黄得像没洗过的小孩尿布，手黑得像鸡爪，头发乱得像鸡窝，身上还带股腥叽叽的臭味。国在心里说，梅姑呀，鲜艳的梅姑……

但那时候国还不可能有更多的思考。他还小呢，才刚刚七岁，跟村里娃们一起背着书包到乡村小学里上学去了。没爹没娘的孩子，自然免费，下课时就蹲在土墙后晒暖儿，或摇头去背那"人手口、大小多少、上下来去……"

三

如果不是那一顿恶打，国将会成为一个贼。那么，国未来最辉煌的前程也不过是一个进出监牢的囚儿，一个绑赴刑场的大盗。

在偷盗方面，国早在九岁时就有了些聪明才智。那是吃大食堂的时候，家家户户的锅都砸了，全村人都排队去食堂里打饭。国自然失去了乡邻们的特殊照顾，他饿。一天夜里，他借着槐树从东山墙爬上屋顶，又扒着房顶上的兽头捣开了西山墙上的小窗户，偷偷地爬进了食堂屋。在屋里，他坐在放蒸馍的笼前一口气吃了三个大蒸馍，然后又用小布衫包走了十二个！第二天早上，人们发现蒸馍丢了，村治保主任围着食堂里里外外查了一遍，发现西山墙上堵窗户的草被扒了一个洞儿，就断定这是大人干的。因为山墙五尺多高，透风窗贴着房顶，娃们是爬不上去的。于是全队停饭一天，治保主任领着挨家挨户去搜蒸馍……这时候，国正躲在烟炕屋大嚼呢！隔了不久，食堂屋又第二次被盗了。第一次被盗后，队里派专人在食堂屋睡，门上还加了一把大锁，连睡在食堂屋的人都防。结果是门被撬开了，这自然也是国干的。国在夜深人静时偷偷地溜到食堂门前，先对着门脚撒一泡热尿，然后用粪叉把门脚撬起来，一点儿一点儿地往外移，这一泡热尿至关重要，泡了尿水的门脚不再吱扭扭响了，国就这样从撬开的门缝里溜进了食堂屋。看食堂屋的是三爷，就在三爷的床跟前，他把蒸馍偷走了。他心怯，只拿了九个。第三次，国被当场捉住。这回食堂屋睡了两个人，他刚溜进去就被发现了。三爷用手电筒照住了他，一个精精瘦的小人儿。三爷简直不敢相信自己的眼睛，问："谁?！"他立时怯生生地说，"三爷，我饿。"三爷用手电筒照着他，照了很久。而后三爷长长地叹了口气，可怜他是孤儿，骂声："鳖儿哇！"再没说什么。过了片刻，三爷说："过来。"他抖抖地走了过去，三爷从笼屉里拿出一个馍来，默默地塞给他，说："滚吧！"此后三爷没对任何人说过这件事，直到国自己供出来。

国在十一岁时，偷的"艺术"更有了创造性的发挥。他偷三奶奶的鸡蛋，逢双日偷，单日不偷，隔一天偷一个。三奶奶开始以为是黄鼠狼叼跑了，后来又以为是老鼠吸了，因为鸡窝里有老鼠屎（那是国的“杰作”），再后来就以为是邻居，两家骂了半年，三奶奶揪住四婶的头发骂天，四婶拽住三奶奶的大裤腰咒地，到了也不知道是谁偷的。在秋天里，国偷红薯、玉米的方法极为高明。他没有家，也根本就不往家带。他扒了红薯，掰了玉米之后，就在地里扒一个窝窝儿，然后点着火烤着吃，吃饱了就拍拍屁股回村去，鼓着圆圆的肚儿。国最有创造性的一次偷窃是在场里。那时天还很热，他赤条条走进场里，当着众人的面，在队长严密的监视下，竟然偷走了场里的芝麻！那时乡下人已很久没吃过油了，收那点芝麻队长天天在场里看着，眼瞪得像驴蛋！国仅仅在场里走了一趟，光着肚儿一线不挂，就偷去了三两芝麻！芝麻是他从鞋窝里带出来的……他在镇上用芝麻跟人换了一盘肉包吃，吃了一嘴油。

国的偷窃行为给村里造成了空前的混乱。有一段时间，这家丢了东西怀疑那家，那家丢了东西又怀疑这家，你防我，我防你，打架骂街的事不断涌现。有许多好乡邻莫名其妙地结下了冤仇。这冤仇一代代延续下来，直到今天还有见面不搭腔的。尤其是三奶奶，多年来一直不理四婶，临死时还嘱咐家人：不让四婶为她戴孝！

这都是国造的孽。

国后来偷到镇上去了。在王集，他偷饭馆里的钱被人当场捉获，送进了乡里的派出所。这消息传回来，一时慌了全村。没娘的孩子，谁都可怜。村人们焦焦地围住队长的家门，立逼老黑去王集领人。老黑慌得连饭都没顾上吃，破例买了盒好烟揣上，掂了一兜红薯就上路了。

黄昏时分，国被领回来了。碰上下工，一村人围着看，可怜那小胳膊被活活捆出了两道血印！国竟然还满不在乎，跟这个笑笑，跟那个挤挤眼，恨得队长咬牙骂！

天黑后，队长吩咐人叫来了一些辈分长的人，梅姑听说信儿也来了，就着一盏油灯商量如何教化他。老人们默默地吸着烟，一声声叹气，说："匪了，匪了，这娃子匪了！"队长一拍腿说："×他的，干脆明儿叫鳖儿游游街！转个三四个村，看鳖儿改不改?！"众人不吭，眼看就这样定下了，明儿一早叫国敲着锣去游街！梅姑突然说："老三，娃儿还小哪，千万别让他去游街。"梅姑说着说着掉泪了。她说："人有脸，树有皮。小小的年纪，丢了脸面，叫他往后怎么做人呢？"队长闷闷地吸了两口烟，骂道："××的，你说咋办？"梅姑说："打呀，老三。只当是自家的孩子，你给我打！"

于是把国叫了进来。当着老人的面，国赖着脸笑，还是不在乎。队长一声断喝：

"跪下！"

国起初不跪。扬脸一瞅，却见一屋子黑气，也就软了膝盖怯怯跪下了。就有皮绳从身后拿出来，上去扒了裤子，露出那红红的肉儿，只见一皮绳抽下去，屁股上陡然暴起两道红印！国杀猪一般叫着，骂得鲜艳而热烈！紧接着一绳快似一绳，一印叠着一印，打得小儿姑姑爷爷叔叔奶奶乱喊……

队长厉声问："都偷过啥？说！"

"……馍。"

"还偷过啥？"

"……鸡蛋。"

"再说！"

"鸡、鸡子……"

一听说他"匪"成了这样，皮绳抽得更猛了！那皮绳是蘸了水的，响声带哨儿，打上去"嗖嗖"冒血花，顷刻屁股上已血烂一片。国的腿不再弹腾了，只喊爹喊娘喊祖宗地哑哭……

梅姑不忍看，转过脸去，却又助威般地喊："打呀，老三，给我往死处打！"

队长打了一阵，喝道："还敢不敢了？"

"不敢了，再也不敢了。"

队长扔了皮绳，在一旁蹲了，喘着气拧烟来吸。老人们和梅姑又一起上前点化他，说了这般那般的好好恶恶，国只是哭。

队长吸过烟，又骂道："鳖儿，丢人丢到王集去了！是短你吃了，还是短你喝了？你他妈做贼！"

国抽抽咽咽地哭着说："三叔，我不敢了，再也不敢了。"

"你改不改？"

"改，我改。"

"中。你好好听着，再见一回，打折你鳖儿的腿，叫你一辈子出不得门！……"

国是被人抬到床上去的。这晚，他整整哭了一夜。梅姑可怜这没娘娃儿，一边用热水给他焐屁股，一边恨道："国，不成器呀！"

这顿恶打使国整整在床上趴了五天，半个月都没出门。后来出了门，也老实多了。每天背着书包去学校上学，一副怯生生的模样。

多年后，国试图抹去这段记忆，可屁股常常提醒他，常常。国永远不会知道，他是有可能免去这顿毒打的。若是不受这皮肉之苦，那么，他必须让人牵着去四乡里游街，一个村庄一个村庄地去向人们展览他的偷窃行为，用"咣咣"的锣声向人们宣布他是贼，那时他就成了一个公认的贼！假如不是梅姑的及时阻拦，一个经过展览的公认的贼又怎么活呢？

四

国是秋天里考上县城中学的。

那年国十三岁，已有枪杆那么高了，依旧是很邋遢，嘴上老是挂两筒清水鼻涕，脸上的灰从没洗净过，身上穿的衣裳总是烂了又烂，补都来不及，他好上树掏鸟儿。国平时不算用功，在班里学习也不是最好的。可那年大李庄小学有六十四个学生参加了县中的考试，很多用功的学生都没考上，独有他一人考上了。这无法解释，这只能再一次说明国是聪明的。

临走的那天，全村人都出来为他送行。队里给他置了三表新的被褥，那是婶婶娘娘们连夜在油灯下套的。出门的衣裳也都是新置的，一针一线都带着乡邻们的情分。国穿着一身新衣裳走出来，脚上蹬着梅姑给他做的新鞋新袜，显得十分体面。那脸儿也洗净了，黑里透红，一株小高粱似的，陡添了不少的腼腆。在村口，梅姑悄悄从兜里掏出十块钱塞到国手里，那是她婆家送来的嫁妆钱。十块钱那时候已是很大的数目，国缩着手不要，他看梅姑那很凄伤的脸。梅姑就要嫁到另一个村庄去了，她拿出了十块钱，那是她的卖身钱。这时国已稍稍晓些事了，他看出了梅姑心中的凄凉。梅姑默默地站在那儿，一双水灵灵的大眼里带有无限的哀怨。梅姑一句话也不说，只把钱硬塞在他手里，国只好接下那钱，怯怯地叫了声："姑。"这时三奶奶颤颤地走来了，三奶奶给他掂了一兜子熟鸡蛋。他偷过三奶奶的鸡蛋，他偷三奶奶的鸡蛋生喝，叫三奶奶跟四婶去对骂，去撕头发挖脸，他在旁边笑。这次他没敢笑，只红着脸叫一声："奶……"队长女人给他烙了一摞子油馍，也用破手巾兜着送来了。那时乡下过年才吃油馍，那油的来历很让人猜疑，队长女人敢把油馍拿出来也需要一份勇气。队长女人拍着男人样的杆子腿说："都看看，这是俺孩他舅从西乡捎来的油……"四婶横横地从三奶奶旁边插过来，走过三奶奶身边时鼻子重重地哼了一声！三奶奶已老得不成样了，拄拐杖的手鸡爪一样抖着，耳又背，可三奶奶倏尔就给了四婶一屁股！四婶只装没看见，挺挺地递给国一条白毛巾。这条白毛巾是四婶那当兵的儿子捎回来的。队伍上发了两条毛巾，儿子给娘捎回来一条，四婶一直没舍得用，就给了国。那毛巾上还红鲜鲜地印着部队的番号，国眼热那红鲜鲜的"8654部队"就收下了。于是，那黄土一般的人群有了片刻的慌乱。村民们看着这阳光下的善行各自缩缩地委顿下去，于是就有人凑出，一毛两毛的送出来，尽一份心意。一百多户人家的村子，除了出不来门的，都多多少少的有些表示。连村里最有名的吝人"窄过道儿"和"纸糊桥儿"也送了东西出来。

“窄过道儿”跑回家拿了一个鸡蛋，噌噌地来到人前，说：“娃，老少。”“纸糊桥儿”也勇敢地凑出五分钱来塞进了国的衣兜，那时五分钱能买两个鸡蛋。这一刻，国像是长大了许多，他在人群里恋恋地叫姑叫婶叫大娘叫奶奶……喊得人眼里含了一窝泪。

二十三年后，国扔掉了许多记忆，也曾拼命地洗刷了许多记忆，但生活的底板太厚了，洗了一层又一层，总也忘不掉乡亲们为他送行的情景。在那个无比辉煌的早晨，国站在秋天的阳光里一一与乡邻们告别。眼前是四十八里乡路，身后是黄土一般的人脸，人脸很厚，一层一层地叠着，像动画片里的木偶。风簌簌地从人脸上刮过去，黄尘漫过后仍是人脸，墙一样的人脸。那淡淡秋阳熬着人脸，路两旁那无边的熟绿挤着人脸，可那饼一样的人脸仍然举着，叫人永远无法读熟。那时，他听见梅姑在他耳边轻声说：“国，还回来不？”他说：“回来。”梅姑说：“回来看看我。不管你走到哪儿，都回来看看我……”可他没有去看过梅姑。他是见过梅姑的。十三年后，梅姑像杀猪一样被人拉进乡政府里。梅姑在乡政府门前泼天长骂，终还是被拉进乡医院去了。梅姑是违反了计划生育政策被拉进乡里去的。她已生了两个女娃，为此，男人常常揍她。把她打得浑身青紫，逼着她生，所以梅姑想要个男娃……那时他就站在梅姑的旁边，梅姑不认识他了……啊，鲜艳的梅姑。

队长拉着架子车为国送行。四十八里黄土路，送了一坡又一坡。路赖，架子车“叮叮咣咣”地响着，队长的旱船鞋“趿拉趿拉”，国跟在架子车后看队长那驼背的腰，那腰蛇一样拧着，一耸一耸地动……

队长说：“国，好好学。”

“嗯。”

队长说：“出门在外，多留心。”

“嗯。”

队长说：“吃哩别愁，我按时给你送，别饿坏了身子骨。”

国再“嗯”一声。

队长又说："缺啥少啥言一声……"

在路上，队长嘱咐了无数遍，国都应着。走向新生活的国看天儿，看地，看树上的鸟儿，看悠悠白云，脑海里那小小思绪飘得很远，并不曾把队长的话当回事儿。可国不知道，队长还想再说一句。他想说"娃子，别动人家的东西，千万别动！"又怕伤了娃子的心。娃子大了，不能说丑话了。可他还是想说。那话随着车轱辘转了无数遍，终还是没有说出来。到县城了，国说："三叔，回吧。"队长迟疑地说："行李重，再送送吧。"就送。队长一直把国送到学校门口，在校门口，队长立住了。他怯怯地望一眼校门，说："国，你大了，也该给你有个交代了。你爹死时矿上给了一千块钱，埋你娘用了六百，这多年给你看病抓药又用了二百，还有二百我给你存着呢。这是你的钱，啥时有了当紧的用项，你说。就是没这二百，也别愁钱的事儿……"国听了，心里一阵热，说："三叔，回吧。"三叔没回，三叔站在那儿看他慢慢往校园走，待他走有一箭之地，三叔突然喊道："国……"国转回来，三叔的嘴嗫嗫了半晌，终于说：

"争气呀，国。"

国看着三叔的脸，那脸上网着乡村的老皱，也网着国的历史。他终于读懂了三叔的意思。国在三叔的脸上看到了自己那红肿的屁股，屁股上印着一条条血淋淋的鞭痕，那就是三叔用皮绳抽的。三叔用皮绳一下一下狠抽，那疼即刻出现在国那抽搐变形的脸上，一个"贼"字在国的灵魂深处写得极大，是皮绳把"贼"字打掉了……

国没有说话，默默地掉了两滴泪，去了。

五

国果然争气，先是入了团，后又当上了司令。

国是第三年夏天当上司令的。那年夏天格外热，狗长伸着舌头，颍河缩成了一线，知了在树上无休无止地聒噪，于是国当上了司令。

国的司令仅仅当了十四天。在这十四天里，他领着学生在县城里抄了七七四十九户地主富农的家，在县委大院里吃了五顿不掏钱的饭，呼口号时嗓子哑了六回，还弄了一根武装带在腰里束着，因此国非常乐意干司令。

国乐意干司令还有一个很重要的原因，校花姜惠惠，也参加了他的造反组织。姜惠惠跟他是同班同学，坐在他前边的一个位置上，国每天上课只能看到她的后脑勺，还有脖颈上那隐在黑发里的一点奶白。国很愿意看她的脸儿，也很愿意跟她说说话，只是没有机会。现在在一个司令部里“工作”，说话机会自然多，也有了那么一点点意思……

国是牵着戴高帽的老校长游街时碰上三叔的。三叔领着乡亲们拉架子车来城里交粮，在县城的十字街口，交粮的车队碰上了国率领的游行队伍。国们戴着红袖箍，一个个穿得十分周正，边走边呼口号，威风了一条街。三叔们光脊梁亮着一身臭汗，一个个老牛似的拽着粮车往前拱。人多，口号声就×天地响亮。国一边呼着口号一边喝道：“让开！让开！”突然，国的脖领子被揪住了，一句很热烈的话夹在喉咙里，国冷不防扭身一看，却是三叔。国忙说：“三叔，啥时来了？”三叔瞪着眼说：“鳖儿，不好好上学，在这胡闹啥哩?！”这一声“鳖儿”让司令很丢面子。国红着脸说：“革命哩，咋是胡闹！”三叔拉住国，怯怯地看了看戴高帽五花大绑的老校长，小声说：“国，咱回去，咱回去。”国梗着脖儿说：“我不回去！”三叔一拍腿说：“鳖儿，我断你粮！”国自然很狂，国根本没把三叔放在眼里，一听这话就炸了，他一蹦三尺高，高声呼道：“要革命的站过来，不革命的滚他妈的蛋！”这一声把三叔呼愣了，三叔愣愣地望着国，抖手就是一耳光！三叔那布满老茧的黑手重重地扇在国的脸上，那巴掌扇起的风臭烘烘的，带有牛尿马尿的气味，打得司令眼冒金星，踉跄后退了两步！天旋旋，地转转，那口号声一时显得很遥远。三叔一耳光把国扇进了无边的黄土地，使他又变成了一个赤条条的乡下小儿，光肚儿在村街里跑的国……只听三叔厉声说：

“回去！”

在十字路口，这一巴掌扫尽了司令的威风，把趾高气扬的司令打成了一株勾头大麦，那一耳光如此响亮，致使游行队伍顿时停下来，学生们呼啦啦把三叔围了。三叔的大黑巴掌“啪啪”地拍着胸脯，大声说：“咋哩？咋哩？老子三代贫农！”这时送粮的乡汉们也都一哄而上，野野地围过来喊：“咋哩？咋哩？！……”副司令辛向东侃侃地背了一条“语录”，说：“为啥打我们司令？！”三叔说：“屌哩，自己娃子还不能揍？！”光脊梁的野汉们也跟着嚷嚷：“自己娃子哩！”这一刻，国羞得恨不能钻进地缝儿！司令强忍着没有哭，那羞辱一浪一浪地在心里翻，涌到眼里就是泪。国知道站在队伍里的女同学都在看自己，更知道姜惠惠眼里带着鄙夷的神色，那鄙夷把他整个淹没了！国不敢抬头，可还有点心不甘，嗫嗫地说：“我走了他们咋办？”队长不屑地说：“屌哩，屌！”说着，就把国从人群中拽出来了。国木木地出了游行队伍，抱住头蹲下了。片刻，游行队伍继续前进，口号依旧震天响！那是辛向东领头呼的。辛向东一窜一窜地蹦着，十分地激动。国哭了……

在回村的路上，国屈辱地哭了一路。三叔也觉得对不住娃，出手太猛，让娃子丢人了，就悄悄地买了肉包给他赔不是。国一甩手把肉包扔到七尺外！眼红红地冒着凶光，跳起来发疯似的指着三叔骂：“老三，我 × 你娘！× 你……”在泼天野骂中，三叔的脸更黑了，嘴角微微地颤着，两手发抖，那黑脸上的颜色变了又变，到了也没有再动他一指头。

当天夜里，国又偷偷地跑回了学校。可是，他的司令已经干到头了。就在那天下午，辛向东当上了司令。辛向东冷冷地说：“你被开除了。”更可气的是同学们都不理他，姜惠惠看见他就像看见狗一样，朝地上恶恶地吐唾沫！国独自一个孤孤地在操场上转了半夜，觉得实在没脸儿在学校混了，就连夜卷了铺盖。临走时，他在姜惠惠的宿舍门前站了很长时间……

国自此大病一场，在床上躺了很长时间，一直闷闷不乐。他回村后就倔倔地搬到牲口屋跟四叔去住，吃饭也在四叔家。四叔跟三叔家隔一道墙，见了三叔他是不理的，三叔跟他说话也不理。害了病三叔去看他，他扭身给三叔个屁股，不管三叔说什么，他都一声不吭。病好后，国更是很少说话。他常常一个人跑到河坡里，静静地躺在树荫下，两眼望天儿。河坡里有一丛一丛的芦苇，芦苇挑着天边那火烧的云儿，云儿一会儿狗样，一会儿马样，一会儿又狮头样，夕阳西下时荡一坡霞血，风摇羽红。倏尔，金色的“叫吱吱”从羽红的苇荡里钻出来，射天而去，而后又笔直地跌进苇荡，化得无影无踪。看着看着，国眼前就幻出了姜惠惠的影子。穿红格格衫的姜惠惠袅袅婷婷地走到他的眼前，噘着肉嘟嘟的小嘴儿，两只媚亮的眼睛直勾勾地望着他，仿佛在说：李治国呀，李治国，没想到你这么不坚定！……接着他就更加地仇恨三叔。他觉得是三叔毁了他的初恋，也毁了他的前程。三叔当着他恋人的面给了他一记响亮的耳光，也给了他永远洗刷不尽的耻辱！三叔不是人，是猪是狗是马是驴！若不是三叔，惠惠会跟他好的。他最喜欢惠惠叫他“司令”，那一声甜甜软软的“司令”足以叫人心荡神移。若不是三叔，他们将双双走进新的生活，那是一种充满刺激的生活。埋在这无边的黄土地里，再也没人叫他“司令”了。啊，司令……每想到此，国就心潮澎湃，万念俱灰，在坡里打着滚儿，像狼一样地嚎叫！

国就这样在河坡里一直躺到天黑，嘴里噙根草棍棍儿，一动也不动。天黑时，四婶家的二妞就跑来叫他吃饭。二妞每次都给他带一个熟鸡蛋，亲亲地叫着“国哥”，剥了给他吃。国嘴里吃着鸡蛋，仍然不动。二妞在他身边坐下，他也不说话，愣愣的。二妞说：“该割豆了。”他就说：“该了。”二妞说：“天短了。”他说：“短了。”二妞说：“夜里狗叫得厉害。”他不吭。二妞说：“梅姑生了个妞。”他还是不吭。二妞慢慢站起来，说：“国哥，吃饭吧，俺娘叫喊你吃饭呢。”国就坐起来，拍拍身上的土，跟她回村去。眼里总晃着姜惠惠……

后来二妞嫁了个煤矿工，是哭着走的。临出嫁那天，国去帮着抬嫁妆，二妞眼红红地说："国哥，俺走了。"国淡淡地说："喜事，走吧。"二妞再没说什么。国也不觉，仍想着姜惠惠。

在这段时间里，国情迷姜惠惠已经到了走火入魔的程度。姜惠惠每晚像月亮一样在他的梦中升起，引他做了许多傻事……然而，恰恰在这段时间里，革命同学姜惠惠已与革命同学辛向东心心相印，同床共枕。

多年之后，国才知道那一巴掌是十分要紧的。当上司令的革命同学辛向东，由于武斗中打死了人，被抓进了监狱。他在监狱里关了一年，然后被拉到县城西关的乱葬岗枪毙了！辛向东着实红火了几年，因此头上留下了一个血红的大洞。另一位革命同学姜惠惠被流弹打中了大腿，成了瘫痪。后来终日坐在县城的十字街口卖烤红薯。国买过她的烤红薯。国感情十分复杂地站在她的烤炉前，问她烤红薯多少钱一斤，以期唤起"革命"的回忆。姜惠惠抬头看看他，说一毛五一斤你买吗，看来彼此已不认识了。于是国买了一块烤红薯。

再后，在一次一次的考察中，关于"文化革命中的表现"这一栏，国都填得十分清白。笔走龙蛇，签名自然潇洒。而后在一级一级的组织部门顺利过关。

按说这一栏应该归功于三叔。可国还是恨三叔，恨那当街一耳光的耻辱。

六

自那一巴掌后，三叔一直觉得对不住国。他见国终日闷闷的，话也不说，就赶紧张罗着给国说媳妇。私下里说了几家。人家一打听，是个没爹没娘没房子的主儿，连面都不见。这一弄，三叔更觉得对不住国。于是就偷偷地往公社书记那里送了礼，想给国谋个事做。三叔头一回掂去了五斤香油，公社书记大老王脸一沉说："干啥？这是干啥？有事儿说事儿，掂回去掂回去！”三叔嘿嘿笑着：“没啥事儿，没事儿，坐坐。”坐了一时，大老王又问：“有事儿？”三叔说：“没事儿。东西是队里打的，给领导尝尝。”大老王手一挥，说：“掂回去，掂回去。”话是说了，三叔却没有掂回去。第二次，三叔又扛去了一篓红柿。红柿是刚从树上摘的，一个照一个，很鲜。三叔把篓子往桌下一推，依旧坐着。大老王看了他一眼，说：“弄啥哩?！有事儿？”三叔说：“也没啥事儿，坐坐。”大老王是个爽快人，粗粗地骂道：“老黑，有事说事，没事你一趟一趟干屌哩?！说吧。”三叔吞吞吐吐地说：“……村里有个娃，没爹没娘，连个媳妇也找不下，看能不能给他瞅个事儿做？”接着，三叔又说，“娃子中学毕业，精灵哩。”大老王沉吟片刻，问：“跟你有啥亲戚？”三叔说：“论说也没啥亲戚，一李家。娃子没爹没娘，不能不管哪。”大老王猛吸两口烟，挠挠头说：“商量商量，商量商量吧。”三叔忙起身说：“不忙，不忙。”第三次，三叔又掂去了两瓶“宝丰大曲”。三叔把酒往桌上一放，一句话也不说，只一个劲吸烟。坐了有一个时辰了，大老王说：“这样吧，公社缺个通讯员，叫这娃子来试试。试用期三个月，中了就叫他干。”三叔喜喜地说：“明儿我领来你看看，一试就中。”出了门，三叔说：“× 你妈，到底应了。”

那时候，国正躺在玉米棵棵里发愣呢。他常常回忆在县城里上学的日子，那日子像流水一样，眨眨眼就过去了，抓都抓不住，他让一个个女同学在他眼前排队，终了还是觉得姜惠惠好……而跟前却是一坡一坡的黄土地，像是一世也走不出的黄土地。日头爷缓缓地转着，像磨一样转着，周围像死了一般的静，静得让人心里发慌。偶尔，风从玉米田里刮过，叶子“沙沙”地响着，有了一点喧闹，过后又是无休无止的沉寂。国抖抖脚上的烂鞋，把脸埋在土窝窝里，痛哭。

三叔回村后到处找国，最后在玉米地里找到了他。三叔说：“国，起，起，我给你找了个事儿做。”国仍然不理三叔，好半天才冷冷地说：“啥事儿？”三叔说：“我给书记说了，叫你上公社当通讯员。你干不干？”国愣了，慢慢坐起来，望着三叔，一时竟无话可说……三叔也不争礼，眼一酸说：“中中，只要你娃子愿干。”

第二天早上，三叔去叫国，国突然说：“我不去了。”三叔慌了，问：“咋啦？又咋啦?!”国不说，再问也不说，又是闷闷的。三叔忙让四婶去问，四婶好说歹说才问出缘由。国吞吞吐吐地说：“……连一件像样的衣裳都没有，出门净丢人！”三叔在门口站着，一听这话就说：“鳖儿，现置也来不及呀！你说穿啥，我给你借。”国自然不说，也没脸说。三叔急躁躁的，一蹦子窜出去，挨家挨户去借，进门就说：“国去公社了，出门是咱村的脸面，这会儿连件出门衣裳都没有，现置来不及，有啥好衣裳借国一件穿穿。”三叔一连跑了六家，借了几件，不是长了，就是短了，国相不中。最后，还是把复员兵二贵的军上衣借来了，国总算出了门。

那时绿军衣是最时髦也最不惹眼的衣裳。国穿着二贵的绿军衣跟三叔到公社去了。公社离大李庄九里地，一路上三叔再没嘱咐什么，也没讲给大老王送礼的事儿，只颠颠地头前走。到了公社，大老王看小伙个头高高的，一脸的精明，穿得也干干净净的，很满意地点点头说：“留下吧。”国就这样留下了。

三叔走时，国喉咙一热，好久才叫了一声：“三叔——”他似乎想说一点什么，三叔没容他说，就弓着腰去了。

国在公社，名义上是公社通讯员，实际上是大老王的跟班儿。除了骑车到各村通知开会以外，他几乎整天跟着大老王。国每天早上六点钟起床，先是扫过公社大院，然后把水烧开，茶瓶灌满，接着给大老王打上洗脸水，包括把牙膏挤在牙刷上，待书记起床后，去倒夜壶。倒夜壶时国隐隐地感到屈辱，夜壶的尿臊味伴着国的屈辱走那么一小段路就淡散了。一个月三十块钱，那时，对他来说，实在是一个巨大的数目。国忍了。白天里，国常跟大老王到各村去检查工作，自然是走哪儿吃哪儿，有酒有肉。有时大老王去县里开会也带上他，到了县委逢人就说：“这是我的通讯员，小伙很能干。”大老王工作很有魄力，为人也极为豪爽，走到哪里都是中心，国跟着他尝到了许多甜头。渐渐，国的天地大了，认识人越来越多，视野也跟着开阔了。他很快地了解了许多他所不知道的东西，这些东西对他日后都是有用的。国毕竟是聪明人，他很快就把公社书记的生活习惯摸透了。大老王有三大：个子大、嗓门大、烟瘾大。所以国兜里常常揣两包香烟，一包好的，一包孬的。那好烟是给大老王预备的，一旦大老王没烟吸了，国就把那包好烟拿出来，书记“×！”一声，揭开就吸。此后大老王喝酒，也带上他，有了什么好处也总有国一份。书记是外乡人，光身一人住在公社大院里。他老婆每年只来两次，春上一次，秋后一次。那个拖着孩子的乡下女人每次来总是只住三天，给书记拆洗拆洗被褥，而后又挎着小包袱默默地去了。书记常年不回去，吃住都在公社大院里，工作起来也是个不要命的主儿。常年不回去的书记还有个晚睡早起的习惯，国感觉到这习惯是有缘由的，国自然不问，只每晚早早地打两瓶开水放到书记屋里，而后就不再去了。第二天早上，国听大老王那一声响亮的咳嗽。没有咳嗽声他就不动，直到听见大老王的咳嗽声，他才把洗脸水端过去。日后，大老王曾十分感慨地对人说：“知我者，国也！”

严格地说，国的政治生涯是从公社大院开始的。公社院里人不多，人事关系却错综复杂。表面上风平浪静，可内里却像沸水一样翻腾不息。从公社直接与县上有联系的有六条线，而且起码挂到副县长这一级。公社大院本身却又较为明朗地存在着三股势力。公社副书记老胡和武装部长老张是一股势力，社主任老苗与党委委员老黄是一股势力，以大老王为首的又是一股势力。三股势力虽各有所长，却存在着明显的优劣，老胡和老张是军队转业干部，为人严谨却不善言辞，在关键时候说不出道理来；老苗和老黄是本地干部，土生土长惨淡经营，却又缺乏领导魄力，因此很难统揽全局；大老王为人粗率，不拘小节，却粗中有细，能说能讲，人往台上一站声若洪钟，发怒时，那目光从脸上扫过去，是很有威严的。大老王有时甚至很霸道，骂起人来狗血淋头！第二天见了却又笑眯眯地喊住人家："过来，过来。我这人屌脾气，你别计较……"说了就了，该骂还骂。公社每次开党委会，三股势力都有一番小小的较量。公社书记大老王每每像铁塔一样坐在那里，听委员们一个一个发言。那发言有时很激烈，他却从不插话，只一支接一支吸烟。待人们都讲完了，他的目光威严地扫过会场。目光的接触是一种心理素质的反映，当他的目光扫过人脸的时候，没有人能接住这种目光，所有的公社干部都无法承受这种目光，躲。于是大老王就说："同志们讲得很好，现在我总结几句……"这所谓的"总结"完全是按照他的意图讲的，讲完就散会。这"总结"自然就成了党委会的决议。

在这段时间里，国沉湎在这种人与人的"艺术"之中。他细心地观察了公社大院里的每个人，每件事，在人与人、事与事之间做出比较和分析，然后悄悄地做出自己的判断。他仅仅是临时工，自然是没有发言权的。但这种静静的旁观使他在潜移默化中走向成熟，也使他游刃有余地在公社大院生存下去。至于日后，那更不必说。国很少回村去，村庄也离他越来越远了，小伙的目光已转向未来。

一天，三叔突然来公社了。三叔在公社门口整整等了他半天，天黑时才见到他。三叔把他拉到一边，很为难地说："国，你看，你看……那军衣是借二贵的，二贵明儿要相亲了，想用。你看，你看……"国一直以为这件绿军衣给他带来了好处。国穿着这件绿军衣在公社院里显得格外精神，他常常夜里洗了，白天又穿上，好保持住体面。那时他已有了工资，可以置衣裳的，但国不想还了。国红着脸说："三叔……"往下他就不说了。三叔像欠了账似的，嗫嗫地望着国："你看，你看……"国说："我天天在公社院里转，人前人后的，你看……"三叔脸上的皱纹像枯树皮一样抽搐着，嗞嗞地说："二贵相亲呢。相亲也是大事，你看……"国还是不脱。国说："这样吧，也不叫你作难。"国在兜里摸了半天，摸出十块钱来，递给三叔："让二贵再买一件，买件好的……"三叔再没话说了，叹口气，就佝着腰走了。

为这件绿军衣，三叔回村后跟二贵吵了一架。二贵不要钱，非要军衣不可，他全指望穿军衣去赢姑娘的心呢。于是三叔只好再去给他借，求爷告奶奶地跑了好几家，才借来了一件旧的……此后二贵的亲事没说成，一家人都恼三叔，骂得很难听。三叔有苦说不出，只好认了。

国当然不知道，仍很神气地穿着那件绿军衣，在公社大院里晃来晃去。

七

国的转机牵涉着公社大院的一个隐私。

那是个多事的秋天。在那年秋天里，国心里产生了从未有过的慌乱，有一刻，他的精神几乎要崩溃了……

九月初六是个不祥的日子。这天，大老王到县里开会去了，会要开七天，所以没有带他。大老王上午走，下午县里就来人了，来了两个，公社大院的气氛陡然变得紧张起来。先是常委们一个个被叫去谈话，接着是委员和一般干部。去的人都很严肃，出来时有人笑着，有人却沉着脸，眼里藏着神秘。而后便是纷乱地走动，极秘密地进行串联，到处都是窃窃的私语声。

当天晚上，武装部长老张突然走进了国的房间。老张坐在床边上，很亲热地说："国，你今年多大了？"国说："二十啦。"老张说："你愿不愿当兵哇？你要想当兵，我今年保证把你送走。"国很想出去闯闯，也知道征兵时武装部长是极有权的，于是就说了一些感谢的话。可说着说着，老张就严肃起来了。老张说："国，我告诉你，老王不行了。这人作风不正，你要揭发他的问题呀！组织上已经派人来了，这回就看你的表现了！那些事儿你是很清楚的，很清楚的嘛……"说完，老张意味深长地拍了拍国，就走出去了。

接着是社主任老苗，老苗笑眯眯地说："国呀，咱都是本乡本土的，亲不亲一乡人嘛。人家说走拍拍屁股就走了，咱还得在这儿混哪。日子长着哪，一根线扯不断。你还只是个临时工哇！……”国一听就慌了。“临时工”三个字一下子就钉住他了。他想，苗主任说的是理。本乡本土的，人家说走就走了，他一个临时工往哪儿去呢？国忙说：“苗主任，苗主任，我年轻，不晓事，你多说呀。”老苗说：“没啥，没啥。本乡的娃子嘛，和尚不亲帽儿亲，啊？”接着，老苗悄悄地说：“最近听到风声了吧？县委组织部来人了，调查老王的问题。鳖儿犯事了！这人道德败坏，又整日里压制人……”国头上出了一层细汗：“苗主任，苗主任……”老苗说：“不要怕嘛，要敢于揭发。年轻人要坚持原则，你是最了解情况的证人，可得说呀！”

而后来找他的是公社的妇联主任马春妮。马春妮是公社副书记老胡的老婆，为人很泼，两只薄片子嘴刀似的，一进门就说：

“国，老胡叫我来看看你。老胡说了，你年龄不小了，叫我操心给你说个好媒。请放心了，这大鲤鱼我吃了。娘那脚，这回你得立一功哩。老王跟‘鹅娃儿笋’那浪货明铺夜盖的谁不知？那浪货一趟一趟地往老王屋里跑谁不知？你得说，你不说可不中，你不说就不依你！你跟老王算是跟到茄子地里了。反国（戈）一击吧！‘鹅娃儿笋’那浪货都供了，哭哩一把鼻涕一把泪……”

国蒙了。他像掉进了一口黑瘆瘆的大井，前走也不是，后退也不是，眼前是一片黑暗。黑暗一层一层地包围着他，仿佛要把他挤成肉酱！这时候，他才知道他在公社大院里是非常孤单的。没有人能够帮助他，谁也不能帮助他。他必须独自做出决定。极度的恐慌使他不由得想喊一声娘，我的亲娘哟！

凭良心说，大老王是有魄力的。抓工作雷厉风行。处事果断，自然得罪了不少人。公社大院里有一个外号叫“鹅娃儿笋”的女人，是公社广播站的广播员。“鹅娃儿”已是很白了，又加一个“笋”，嫩嫩的白，一掐带水儿。说话轻声轻气的，更有一种说不出的柔美。公社大院里的干部都馋这女人，争着往广播室跑，可她却跟大老王好上了。她是有男人的，男人是个瘸子，在七里外的大柴供销社当副主任。副主任不常回来，播音员又常值夜班，大老王呢，单身一人住公社，于是就有人风言风语地说闲话了……开初时，只见这女人常到大老王屋里去，去了就坐坐，或是甜甜地叫一声“王书记”，叫了，大老王就逗她笑，讲一些乡村里的笑话，“鹅娃儿笋”脸上就抹上了一层夕阳的晕红，羞羞地抿嘴笑。在公社干部群里，大老王是最风趣的。既能把人说哭，又能把人说笑。于是“鹅娃儿笋”往他那里跑得更勤了。“鹅娃儿笋”一去，大老王就跟她讲笑话，夜长，就听见两人笑……渐渐有风声传出来，说“鹅娃儿笋”跟大老王有一腿。传言者说得逼真，公社院里沸沸扬扬，大老王得罪人多，有人就告到县里了。国没看见过，自然不敢胡猜……

现在，这段隐私牵连上了国，使他一下子陷入了进退两难的境地。揭发，对他来说是可怕的，不揭发同样可怕。大老王不会饶过他，那些人同样不会饶过他。他的肉身子夹在了两座大山之间，挤得他喘不过气来。有一刻，国的头都快要想炸了！他不知道如何是好，心乱得连一点主意也没有了。陷阱，陷阱，他眼前全是陷阱……

夜深了，公社大院里很静，静得人心慌。国心里说：我供出来吧，供出来吧，我把鳖儿供出来吧。这不怨我，这不怨我，我没有别的办法。你叫我怎么办呢？我是一个屎合同工，说滚蛋就滚蛋，恁多人威胁我，我受不了了，我实在受不了了……过一会儿，国心里又说：不能供，不能供，不能供。你又没看见，供出来你还怎么活人呢？供出来你还有脸见大老王吗？供出来你就成了一泡臭狗屎，谁想踩就踩的臭狗屎！瞎熊哇，你个瞎熊……再过一会儿，国搐着头在心里说：我 × 他娘，× 他娘 × 他娘 × 他娘 × 他……娘吔！！最后，在濒临绝望的一刹那间，国推开屋门，像狼一样地冲了出去。

……国像游魂似的在乡村土路上荡着，他眼前是一片浓黑，身后仍然是浓黑。夜密得像一张大网，紧紧地裹着他。可是，走着走着，他抬起头来，突然发现他已来到了村口。他怎么也想不到，在不知不觉中他竟然走了九里路，回到村里来了。这时，他毫不犹豫地推开了三叔的家门。门没插，三婶早已睡了，三叔在床上坐着吸旱烟。一盏小油灯半明半暗地亮着，映着一团被烟火熏黑了的土墙。屋子里自然有一股臭烘烘的气味，那气味像陈年老酒一样扑面而来，给人以温馨的亲切。国什么也顾不上了，他站在三叔的床前，连气也没喘，一股脑把那事儿说了……他说得很快很急促，说完后静静地望着三叔。

三叔在油灯下坐着，依旧“吧嗒、吧嗒”地吸旱烟。他两眼耷蒙着，一张脸像是揉皱了的破地图。地图上爬满了蚰蜒般的小路，小路弯弯曲曲又四通八达，高处发黄，低处发黑，那回旋处又是紫灰色的，仿佛隐隐地流动着什么。但细细看又是静止的，静得十分浩瀚。这是一张没有年月没有日期的地图，而四时的变化，岁月的更替却又清清楚楚地印在上面。风刮过去了，蒙上一层黄尘；雨淋过去了，溅上些许湿润；冰雹砸在上边，敲出点点黑污；而后是阳光一日日的曝晒，一日日的烘烤，烤得像岁月一样陈旧。于是这地图就显得更加天然，更加真实，叫人永远无法读懂……

三叔就那么坐着，一动不动地坐着，身后映着一团巨大的黑影。那黑影狰狞得像瓦屋的兽头，岿然似山脉。看久了，那黑影又透着温和亲切，像麦场上的石磙。石磙散着牛粪的气味，也散着小麦的熟香。石磙跟着老牛在麦场上滚动，沉重而又温柔地轧着麦穗儿，麦粒儿就欢欢地从壳里跳出来，散一地金黄。而后石磙就蹲在场边上，再也不动了……

三叔的大裤裆扔在黑污污的被子上，随着三婶的鼾声时起时伏。三叔的烟锅早已熄了，可烟杆仍在嘴里含着。只有蛐蛐一声声短叫……

三叔没有说话。

三叔一句话也没说。

三叔耷蒙着眼皮，就那么默默地坐着，像化了似的坐着。

国扭身走出去了。

夜静了。谁家的狗咬了两声，似觉出是自己人，也就住了。秋夜的天宇十分阔大，星儿在天空中闪烁，月儿高挑着一勾银白，凉凉的风从田野上刮过来，沁着醉人的泥土气息。月光像水一样柔，土地在月光下舒伸着向久远的平展。颍河水哗哗地流淌着，仿佛一把古老的琴在吟唱。堤上的柿树在朦胧中凸着深深浅浅的油黑，苇丛在秋风中轻轻摇曳，悄悄送出小小虫儿的呢喃。游动的夜气里弥漫着秋庄稼的熟甜，淡淡是谷子，浓浓是玉米，偶尔一缕是芝麻。这是一个清亮亮的夜，墨黑在月光中淡化了。连那远远近近的鬼火都一下子显得很顽皮，娃儿似的荡着，一时东，一时又西，仿佛在说：老哥，你回来了？

国踏着月光往回走，不知怎的，走着走着，头就不那么涨了。这时，他似乎听见身后有“趿拉、趿拉”的脚步声。那脚步声很坚实地碎着，一时贴近了，一时又显得很遥远……

国没有回头，很久很久之后，他恍恍惚惚地听见身后有人说：

“要是混不下去，就回来吧。”

国不再想了，什么也不想。他走回公社，把身子撂在床上，一觉睡到天明。

第二天上午，县委组织部的人找他谈话，国一口咬定没有这事，没有……

五天后，大老王回来了，公社大院里立时热闹起来。老苗老胡老张老马……都跑过来迎接他，一口一个“王书记”，亲亲地叫着说：“王书记回来了？”“王书记累了吧？”“王书记，几天不见，怪想你哩……”大老王也笑着说：“回来啦。不累，不累。”仿佛什么事都没发生过。

半年后，大老王的调令来了，调他到县委组织部当部长。临走时，他才对国说：“国，你愿不愿意跟我到县里去？”

国心里暗暗地松了一口气。他心里说：幸亏没有揭发，幸亏没揭发呀！可他始终不明白，他是怎样走回村去的？他为什么要到那里去？那股神秘的力量究竟来自何处呢?

多年之后，他仍然不明白。

八

五年后，一纸下来，国当上了副乡长。

在这五年里，大老王把他带进了一个更为窄小又更为广阔的天地。国跟着大老王进入了县城较高层的政治生活圈子。在这个生活圈子里，国学到了更多的不为常人所知的东西。在这里，他知道了什么是该说的，什么是不该说的；知道哪些地方是能去的，哪些地方是不能去的。这生活使他兴奋，也使他感到危机四伏……

在县里，国先是在县委招待所当了两年合同工。乡下人到城里来，自然是被人瞧不起的。国就拼命干活，一句闲话也不说，也从不给大老王找麻烦。临来时，大老王曾严厉地告诫过他，大老王说：“国，我让你来，是看你原则问题不含糊，是个苗子。这是组织上的培养，不是个人的事，知道吗?”所以，在公开的场合，大老王一直对国很严厉。然而，私下里，大老王却对国一直十分关照，有时候开会开到半夜还绕到他那里坐坐，摸摸被子薄不薄，待他像小弟弟一样。日子久了，知道城里人事关系复杂，于是国学会了隐藏，隐藏是一门很高超的艺术，脸上空空的，胸中却包罗万象。笑的时候也许正是不想笑的时候，不笑的时候也许正应该开怀大笑。谁能把脸变成机器呢?国正做着这种努力。不痛快的时候，他也曾关上门掉几滴眼泪。可出了门，他就对自己说：“娃子，笑吧。在城里不好混，你笑吧。”于是就笑了。大老王知道国的嘴严，有时也跑到他那儿发几句牢骚。有一次，大老王感慨地说：“国呀，这届官不好做呀!”国说：“有啥不好做的?论你的能力，当县委书记都行!”大老王的脸立时沉下来了，喝道：“胡说!”国愣了，问：“私下也不能说呀?”大老王严肃地说：“私下也不能说。这是组织上的事！”过一会儿，大老王站起来，敲着国的头说：“国呀，你个屌国呀，猴儿一样！”大老王笑了，国也笑了。

过了一段时间，国很快转成了国家干部，入了党。事隔不久，大老王又把他送到省委党校学习去了。临行时，国带了两瓶好酒去看大老王，那酒是在县委招待所买的平价茅台，是一般人舍不得喝的，整整花费了国两个月的工资。可大老王看见酒就火了，当着客人的面狠狠把他熊了一顿！大老王骂道：

“屌！谁教你的？你给我说谁教你的？你是党员吗？我开除你的党籍！屌毛灰，你拿两瓶酒来，你当你还是农民娃子呢？你是干部！组织上考虑的事儿两瓶酒就解决了？掂回去！……”国含着两眼泪，一句话也不敢说，乖乖地把酒掂回去了。当天夜里，大老王敲开了国的门，拍着他的肩膀说：“国呀，骂了你，你不服是不是？”国勾着头一声不吭。大老王叹口气说：“送你上学的事是县委常委集体研究的，不是哪个人的事。就是我让你去，也代表组织嘛，不要瞎胡想。”过了一会儿，大老王说：“国呀，你还年轻哇。一个人的立身之本还是看工作呀！……”而后，大老王手一挥说：“好了，好了。屌国，喝一杯，为你送行！”大老王掂出一瓶酒来，倒在两个茶杯里，端起来一饮而尽，国，也默默地把酒喝了……

国在省委党校里学习了两年，轻轻松松地弄到了一张大专文凭。那时候，上头正提倡专业化、知识化、年轻化，一张大专文凭是十分金贵的。而这时大老王恰好当上了县委书记。于是一纸公文下来，国又回到了出发地王集，当上了王集乡副乡长。

回王集的当天，国很想回村去看看，五年了，他越走越远，乡情却越来越重。他常常回忆起早年吃奶时的情景，那些裸露着的乡下女人的奶子经过想象的渲染一个个肥满丰腴地出现在他的眼前。在夜梦里，他的嘴前总晃着一个个黑葡萄般的“奶豆儿”，他用手去抓，抓了这个，又抓那个；吮了这个，又吮那个……国觉得应该回去看看了。离村只有九里路，不回去是说不过去的。可他又觉得他是副乡长了，有点身份了，不说衣锦还乡，这么多年没回去，是不是该买点啥？该买的，他觉得该买。乡人们待他不错，既然回去了，就该买些礼物才是。

国匆匆出了乡政府大院，可走着走着，他又站住了。不是没什么可买，这些年镇上变化很大，很热闹，卖东西的铺子很多，各样货色都齐全……而是没法买。国在心里算了一笔账，回去一趟，三叔那里得去，四叔那里也得去，还有七叔、八叔、三奶奶四奶奶五奶奶，六爷七爷八爷，还有一群的婶一群的嫂……他欠的不是一个人的债，一个人的情好还，他欠的是一村人的养育之恩。若回村去，人们见了他会说："国，你忘了吗，你吃过我的奶呀！""国，你当赤肚孩儿时怎样怎样……""国，你上学那年怎样怎样……"国怕了，他拿不出那么多钱去买礼物。这些年他挣钱不多，县城里人事关系重，他的工资大多都花在交往上了。而一个堂堂的副乡长，又怎能空手回去呢？人们会耻笑他的。

国站在街口上，耳听着周围那些热热闹闹的叫卖声，迟疑了半晌才说：应个人老不容易呀。缓缓吧，缓缓。

第二天，一位本地的乡干部问他："李乡长，咋不回家看看哪？"国随口说："家里没人了。"可过后他又问自己：家里没人了吗？乡人们待你这么好，他们不是人吗？你是没爹没娘不假，可你从小是吃百家奶长大的呀！……国突然感到了恐怖，从未有过的恐怖。他欠了那么多人情债，怎么还呢？用什么去还呢？无法偿还哪，无法偿还！他在乡里工作，总是要见乡人的，见了面又怎么说？

此后，国曾想等化肥、柴油指标下来了再回去。那时，他可以给乡人们多弄些化肥票、柴油票。乡下缺这些东西，捎回去让三叔给大伙分分，也算存个交代了。然而，等化肥、柴油指标下来的时候，县上乡里又有很多人来找他。有的人拿着县里领导写的条子，有的人又因为种种原因不能不给，这么一弄，手里的东西就所剩无几了。那些天，国的怨气特别大，一时恨乡长太揽权，给他的化肥、柴油指标太少；一时又埋怨乡人们不来找他，要早早来人缠着他要，也不会到这一步。再后，国把所剩很少的化肥票、柴油票撕了，他说："去他娘的吧！"

时间一天一天地过去了，国很想回去，却没有回去。有一天，他在街上走着，突然看见了四婶。四婶到镇上卖猪来了，一双小脚仄歪歪地拧着，吃力地拉着架子车。四婶老多了，苍苍白发在风中散着，走着还与车上的猪说着话儿，那猪直直地在车上站着，一个劲地吼叫！这一刻，国紧走了几步，很想跑过去帮帮四婶。可他却拐到一个巷子里去了。他在巷子里转过脸去，背对着路口吸了一支烟，待猪的吼叫声渐远的时候，他才走出来。国心神不定地走回乡政府，一上午都恍恍惚惚的，像偷了人家似的。有好几次，他跑出乡政府大院，远远地望着生猪收购站。四婶的架子车就在收购站门口放着，四婶正坐在车杆上啃干馍呢，那饼一定很硬，四婶很艰难地吞咽着，像老牛倒沫似的反复咀嚼。假如国走过去说几句话，四婶就不用排队了。可国默默地站着，掉了两眼泪，却没有过去。国又怏怏地走回乡政府大院，他心里明白，他怕见四婶。为什么怕呢，那又是说不清的。

又有一次，乡里要开各村的干部会。国知道三叔要来，就借口上县里开会躲出去了，会后，他问有人找他没有，人们说没有。国怅怅的，再没说什么。国心里是想见三叔的，可又怕见三叔，怕见大李庄的任何人。要是见了面，三叔问他："娃子，离家这么近，咋就不回去呢？"他说什么，怎么说？要知道，在他们眼里，他永远是黄土小儿呀！黄土小儿，黄土小儿，黄土小儿……

躲是躲不过的。好在国碰上的是二妞，嫁出村去的二妞。在街上，他看见一个女人袅袅婷婷地从出租车里走出来，烫着波浪长发，身上香喷喷的，也拎着洋包。这女人叫他"国哥"，他愣愣地站住了，不晓得这漂亮女人是谁。漂亮女人说："我是二妞呀。"国"呀"了一声："二妞？"二妞笑着说："俺那死货承包了个矿……"往下的话，国听不见了。国没想到二妞竟是这样的出众！他想，人富了，也就显得漂亮了。二妞出嫁时他帮着抬过嫁妆，二妞是哭着走的，现在人家笑着回来了。这才叫衣锦还乡。二妞带了好多礼物，还雇了车，漂亮得叫人不敢看，国觉得那“噔噔”的皮鞋声就像踩在他的心上！他知道二妞要回村去，于是就生怕二妞问他回去不，好在二妞没问，他算是又躲过去了。心里却很不平静。待二妞走过去的时候，国闻到了一股烟煤的气味，大唐沟的煤！这才稍稍好受些。

国试图修改他的记忆。他悄悄地对自己说：乡人们对他也不是那么好，那时候他也常常挨饿。冬天里，人家都有爹有娘有人管，他没人管，常常饿得去地里扒红薯。有时候也在烟炕里住，大雪天，抱一捆干草睡，冻得他浑身打哆嗦……但另一种声音仿佛来自天庭，那声音说：国，拍拍良心吧，拍拍你的良心！不回去也罢了，怎能这样想呢？天理不容啊！你光肚肚儿从娘肚里爬出来，娘就死了，你没有一个亲人，姥姥舅舅都不管你！你是怎么长大的？你说呀，你是怎么长大的？！你该回去的，国，你该回去呀……国又小心翼翼地对自己解释说：我也想回去呀，我早就想回去。可我怎么回去呢，回去说什么呢？那么多的乡邻，哪家该去，哪家不去呢？都欠人家的情啊，都欠……

国没有回去。

九

国是带着计划生育小分队回村的。

那年冬天，王集乡的计划生育工作受到了县里的严厉批评。县委书记大老王在全县干部大会上点了王集乡的名，并当场撤销了乡党委副书记老黄的职务。王集乡的干部一个个像龟孙子似的耷拉着头，而后扛着“黑旗”回乡。

自从在县里挨了批评，乡长老苗回到王集就集中全乡的干部大搞计划生育。老苗挨了大老王的熊，就把气撒在国身上，让国主抓计划生育工作。

老苗不但让国负责计划生育工作，还把大李庄定为“钉子”村。让国亲自带人到大李庄搞计划生育，计划生育是得罪人的事，一般都是这村的干部到那村去，可老苗偏偏让国回大李庄，国一咬牙认了。

国知道农村的计划生育难搞，也知道撤老黄的职有点冤。老黄为搞好计划生育做了不少的工作。他整天带人到各村去宣讲政策，还组织人画了许多人口暴涨的图表、宣传画到各村去展览，甚至还借了一部“幻灯机”挨村去放。眼熬烂了，喉咙喊哑了，可乡下人就是不听这一套，该生还生。在无数个没有灯光的夜晚，乡人们看了老黄搞的计划生育宣传幻灯片后，仍去做那繁衍后代的事。老黄没撤职前已扣去了好几个月的奖金，他曾在一个村民大会上可怜巴巴地对乡人说：“老少爷们，我的衣食父母哇，我的爷！别再生了……我作揖了，我给你作揖了！”乡人们听了竟哄堂大笑……所以，临回村时，国对自己说：“你得狠哪，国，你得狠！”

国回村当天就召集全村人开会。一听是计划生育的事，队干部们全都缩缩地不肯靠前。国亲自在大喇叭上喊了三遍，村人们都迟迟不来，一直等到半晌午的时候，场院里才稀稀拉拉来了些人。天冷了，人们像雀儿样地搐着，东一片，西一片。他多年没有回来了，不曾想乡人们还是穿得这样褴褛。他听见散乱的人群里有人窃窃私语说：“那不是国吗？国回来了……”他不敢再往下看，闭上眼，吸一口气，炸声喊道：“老少爷们，计划生育是国策，别以为我回来了就能躲过去。天王老子亲爹亲娘也不中！这回可是动真的哩！该上环上环，该结扎结扎！违反政策的，该罚多少拿多少。有钱出钱，没钱抬东西扒房子，话说了，明天中午十点钟以前必须见人！要是不来人，别怪乡里干部不客气……”国讲完了，默然地望着三叔，示意三叔也说几句。三叔更加老相了，枯树根似的在那儿蹲着。国看了他好几次，他才站起来，诺诺地说：“国回来了……该咋就咋吧……，别，别太那个了。好赖自己爷儿们给国个脸气……”国最怕说“脸气”，一说到脸面国心里火烧火燎的！他立时沉下脸来，厉声说：“老三，看什么脸面？谁的脸面也不看！

政策就是政策。我再说一遍：明天中午十点钟以前……”三叔哑了，三叔没想到国会熊他！就木木地蹲下来，再也不说话了。国也没想到他竟然敢训三叔，一时也愣了……

第二天上午，国领着计划生育小分队的人在大李庄学校里等着。学校放假了，专门腾出了一个教室供检查用。国在校园里扼杀了任何记忆，他不敢看那些破烂的教室和课桌，他站在院子里，两手背着，把目光射向遥远的蓝天……十点钟到了，没有一个人来检查，谁也不来。

冷风嗖嗖地刮着，遮天的黄尘一阵阵荡来，似要把人埋了。国心里打鼓了，国说：“这一炮得打响啊！老天爷，这一炮要是打不响，往下就完了。”

等到十点半的时候，国不再等了，他带着小分队挨家挨户去查。头一户违反政策的是二贵家。国领人到了二贵家，可二贵家一个人也没有。二贵跑了，二贵家女人也跑了。院子里空空荡荡的，三块破砖头支着一个土炕，扒住窗户往屋里一看，屋子里也空空荡荡的。二贵精呢，二贵把值钱东西都转移出去了……国在院里转了一圈，心说：怎么办？这是头一户啊！头一户治不住，往下还怎么进行呢？国心一横说：“去，把他娘叫来！”队干部们都怕得罪人，好半天才磨磨蹭蹭地去了。终于，二贵娘来了。二贵娘就是七婶。七婶挪着一双小脚，腰里束着个破围腰，两手像鸡爪似的抖着，一进院就苦着脸说：“孩儿是我养的，可分家了呀，俺分家了呀。”国眼盯着七婶头上的一缕沾有柴草的白发，说：“分家了也是你孩儿！昨天开会叫到学校里去检查，为啥不照面？！”七婶流着泪说：“我有啥法儿哩？娃大了，我有啥法儿哩？”国火了：“你没法儿是不是？”随即大手一挥：“这院里的树，统统给我砍了！”

于是国亲自坐镇指挥，命令小分队的人全都上去砍树。院里有几十棵桐树呢，全都一把多粗了。那斧子一声声响着，就像砍在七婶的心上……“咔嚓”一声，第一棵树放倒了，紧接着又是第二棵……这时，村街里已围了很多人看，人们默默地站着，谁也不敢吭声……国的脸像铁板一样绷着，谁也不看，两眼死死地盯着村外那片黄土地……七婶先是站着，眼看他们真要砍树，七婶“扑通”一声跪下了，七婶跪在当院里，呜呜地哭着说：“乡长，李乡长，我去叫，我去把人给你叫回来中不中？爷呀！李乡长哟，饶俺吧！我去叫人中不中？……”

那一声“爷呀！”似五雷轰顶！国颤抖了，心在淌血！国心里说：李治国，你个王八蛋！你不能好好说吗？你看看七婶，你敢看七婶吗？你吃过七婶的奶呀！你的牙痕还在七婶的奶头上印着哪！七婶这么大年纪了，她给你下跪呀！她跪在你的面前，一声声叫你乡长，叫你爷哪！你要是个人，你要还有一点人味，你就跪下去，你跪下去把老人扶起来，给她擦擦眼里的泪……这一刻，国的心都要碎了，可他依旧漠然地站着，仅仅说了声：“停住。”而后，国背对着七婶，冷冷地说：“天黑之前，你把人给我找回来。”

四周一片寂静。国寒着脸走出了院子。围观的村人们默默地让出一条路来，一个个怯怯地往后缩。国感觉到了村人们的敬畏，那敬畏自然是他六亲不认的结果。他知道，他再也不是黄土小儿了，再也不是了。

国进的第二家是麦国家。麦国家女人是又怀了孕的。她已生了三胎了，地上爬一个，怀里抱一个，还要生。麦国家女人听信儿就跑了。麦国没跑。麦国会木匠手艺，正在家给人家打家具呢。他见国先是笑笑，见国没笑，也就不敢笑了。麦国的手十分粗大，手掌像锯齿似的崩了许多血口子。他很笨拙地拿烟敬国，国自然不吸，脸黑煞煞的，他就那么一直举着。国指使人抬东西的时候，麦国说：“国，总不能叫我饿死吧？”国一听就火了，声音也变得像锯齿似的：“就是叫饿死你哩！为啥说叫饿死你哩？因为你屡次违反计划生育政策，就叫饿死你哩！为啥说违反计划生育政策就叫饿死你哩？因为粮食不够吃你还一个劲儿生！你看看你这个家，破破烂烂的，像啥？你告我吧，你就说我说了，叫饿死你哩！”麦国翻翻眼，不敢再吭了。往下，他哀求道：“我叫她回来，我一准叫她回来……爷们，这是给人家打的家具吔！你拉走了，我用啥赔人家呢？乡长，乡长……”国背着手在屋里来回走着，麦国就转着圈跟着求他，说宽两天吧，再宽两天吧，人已跑了，得给个叫的时间哪……倏尔，国站住了，他听到了一串撕心裂肺的咳嗽声！那咳嗽声像麦芒儿似的堵住了国的喉咙……那是三爷的咳嗽声。他不知道里屋还有人，可三爷在里屋躺着呢！三奶奶已经死了，三爷也老得不会动了。那么，三爷一定是听到了他说的关于“饿死你”的理论……这话当然是吓唬麦国的，当然是胡说，可他不知道三爷就在里屋躺着呢！三爷，三爷，三爷……问问天？问问地？问问风？问问雨？在三爷面前你能说这样的话吗……国胸中立时烧起了一篷大火！他的心在火里一瓣儿一瓣儿煎着，他的肝在火里一页页烤着，他的五脏六腑都化成了灰烬！没有了，什么也没有了，他只剩下了一个空空的壳……但是，国咬紧牙关，仍然冷冰冰地说：“一天！把人叫回来，还你东西。”

三天，仅仅用了三天时间，大李庄的计划生育工作奇迹般地结束了。国胜利了。他的方法又很快地推广到全乡，在一个冬天里，王集乡的计划生育工作一跃而成为全县第一名，于是黑旗换成了红旗。

然而，国却是偷偷离开大李庄的。临走时，国以为三叔会骂他一声“王八蛋！”村人们会用唾沫唾他！可三叔没有骂，三叔默默的，一村人都默默的……

第二年春上，国当上了乡长。

十

当上乡长了，可国却无法面对乡人，更无法面对自己。每当夜深人静时，拷问就开始了……

他问自己，这样做对不对？

对的。面对国家的时候你是对的。你是乡长，你必须这样做。不这样人口就降不下来，不这样人口就会产生大爆炸，国家会越来越穷，到时候大家都会没饭吃。而且你仅仅是一个齿轮，国家才是机器，一个齿轮是无法转动国家机器的，只有随机器转动。机器对齿轮下达的每一道指令都是绝对正确的，不容有丝毫的迟疑。当整个机器开动起来的时候，一个小小的齿轮能停止转动吗？

那么，在方式方法上，并没人要求你这样做。是你自己要这样做的。在王集乡，你采取了极端的形式，难道没有更好的办法了吗？譬如，像老黄那样，甚至比老黄更耐心地去做工作，说服他们。难道你不该比老黄更耐心更细致吗？

没有更好的方法。你比老黄更了解他们。在这块土地上的一切都是根深蒂固的，乡人们有自己的道理。他们一代一代地在这里生活了几十年，他们没有更多的盼头，唯一的就是生娃。如果你还在乡下，你也会和他们一样的。除此之外，还有别的乐趣吗？你无法改变他们，尤其是短期内你无法改变他们。乡下人不怕吃苦，他们要的是传宗接代，生生不息。乡下人也不考虑村子以外的事体，他们在极狭小的范围里劳作，不晓得什么叫人满为患。在这里，当他们还扛着锄头下地的时候，你无法让他们明白计划生育的好处。克服愚昧是需要时间的，那需要很多人一天天一年年的努力。任务是紧迫的，你没有说服他们的时间。即使有时间，你也无法说服他们。你没有这种力量。你仅仅是一个黄土小儿，假如没有乡长的框子，在他们眼里你永远是黄土小儿。方法不是最重要的，你仅仅使用了乡长的权力。

那么，这样做是不是太残酷了？

是残酷。既然不能说服，就必须强迫。柿子长在树上，柿子还没有熟，可你不能等了，你不能等熟了再摘，熟了就会掉在地上，就会烂掉，你只能在它还长的时候摘，你把涩柿子拧下来，放在罐子里捂、熏、蒸……然后拿出来就能吃了。这也是一种强迫。可你必须强迫，没有强迫，就没有果实。

政策是不容许使用强迫手段的，政策要求说服。可工作起来就顾不上这么多了。老黄按照政策使用说服的方法，可老黄被撤职了，成了一个废齿轮。你采用了极端措施，于是你成功了，当上了乡长。难道老黄的教训不该吸取吗？

但是，良心，良心哪？

乡亲们待你恩重如山，你怎么能下得去手哪？你欠下了那么多的人情债，你该还的，可你没有还。你也知道无法偿还。那就该好好地待他们，好好给他们讲道理。再不行就给他们磕头，从村东磕到村西，一家一家地给人下跪。你看见了，你什么都看见了，你看见他们屋里放着你用过的小木碗，看见了你盖过的破被子，看见了你藏过身的草垛……可是，你却变本加厉地对待乡人，你吓唬他们，威逼他们，断人家的香火，你是有罪的呀，你罪上加罪！

你没有私欲吗？你有。你当了副乡长了，你又想当乡长。你看不起老苗老胡老黄，你想干出成绩来，想一鸣惊人。这还不算哪，这还不算。你一直害怕见乡人，你不敢面对乡人的眼睛。在你内心深处藏着恐惧，对乡人欠债的恐惧。你怕人家说你忘恩负义，总想摆脱“黄土小儿”的压迫。于是你变压迫为压迫，用权力的大坎拦住了漫无边际的乡情……你没有为乡人办任何事情。你办的头一件事就是回去搞计划生育。搞计划生育时你扼杀了你的过去，扼杀了乡人对你的期待，你可以说你是为了国家、民族、乡人，你不得不这样做。可是……

你得到了什么？不错，你得到了乡长的职位。可你却失去了最最要紧的东西，你切断了你的根。你再也无脸回大李庄了，再也无颜见乡亲父老了。你吓唬他们的时候，他们没有人吭一声，他们沉默着，沉默着，沉默着……纵然到了这时候，他们也没有提起你的过去。可你害怕这沉默，心里怕。你硬撑着搞了，你六亲不认，可你的心在淌血！你把血吞下去，却无法吐出来。你成了一个游魂，断了根的游魂。当了乡长了，人们眼热你嫉妒你，可你心里的痛苦向谁诉说呢？你无法诉说，也无处诉说。

你又见到了梅姑，用血肉之躯给你暖过身子的梅姑。你眼睁睁地看着梅姑被拽进了乡政府大院，那就是你的极端措施被推广后造成的。梅姑已被男人折磨得不像人样了。她像驴样地躺在地上打滚痛哭，凄然地号叫着……那时候你就站在离她不远的地方，你无动于衷吗？假如一切都还可以解释，对梅姑你又能说什么呢？梅姑做完手术后不敢回家，她怕男人揍她，就在乡政府的门口坐着哭……你为什么不送她回去？为什么？你该跪下来请求梅姑的宽恕，用心去跪。你该说一声："梅姑，原谅我吧。"纵是尽忠不能尽孝，你也该有句话的。可你没有啊！假如梅姑有知，会宽恕你吗？

良心哪，良心……好好工作吧，好好工作。假如乡人能富起来，有了过好日子的一天，你的无情还可以得到宽恕，不然……

在乡政府大院里，国笑着应付日常事务，可他灵魂深处的拷问一天也没有停止过。他无法承受那旷日持久的追索，更无法填补精神上的空白。他觉得不能再待下去了，再待下去他会发疯的。于是他一连打了三次请调报告，又专门跑到城里去找县委书记大老王。大老王说："干得好好的，动什么？"国恳求说："我不能待在王集了，不能再在王集干了。王书记，你给我动动吧。"大老王听了，眯着眼说："不行，服从分配！"国笑笑，什么也没说就走了。

此后，国却很快调出了王集，到县里当组织部副部长去了。

十一

国结婚了。

国是调到县城后的第二年结婚的。媒人是县委书记大老王。那姑娘长相一般，却有足够的时髦和足够的优越。她是一位副市级干部的女儿，人很浪漫又很现实，条件是很苛刻的，一要文凭二要水平，这些国都不缺，于是浪漫就扑进了国的怀抱。

每当国和这姑娘单独在一起的时候，国就想起梅姑年轻时候的鲜艳。

他觉得这艳妆浓抹连梅姑年轻时的小脚指头都抵不上！国更无法忍受的是她的做作，她常常莫名其妙地问国：“你喜欢维纳斯吗？”国没好气地说：“我喜欢牛粪！”于是这姑娘就跳起来说：“太棒了，太棒了！”国心里说，“棒”你娘那蛋！有啥“棒”的？有时候，两人在大街上走着，这姑娘突然就背过脸去，手指着一群光脊梁乡下汉说：“你看你看，乡里人太没教养了！”国恼了，他板着脸说：“乡下人怎么了？老子就是乡下人，不愿去尿！”那姑娘哭了，而后给国道歉，再不敢说这话。应该说，这“艳妆浓抹”在县城里还是很招人的，总有人跟着看。可国不适应，连那甜甜的普通话也觉得恶心。每次上街，国都梗着脖子往前走，甚也不看。走着走着就把这姑娘甩下来了，那姑娘就喊：“李治国，等等我呀……”国心里一直是不情愿的，他觉得他还能找一个更好的姑娘，不抹珍珠霜就漂亮的姑娘，像梅姑年轻时那样的。不是假货。可他还是接受了。他不能不接受，也没有理由不接受。理由。

国没结婚前就与那姑娘干了那事儿。那时国还住在县委招待所里，那姑娘来了，刚认识不到半月，那姑娘来了，就不走了。她坐在国的房间里扭着腰说：“李治国，来呀，你来呀，你抱我，把我抱到床上去。”国心里说：去你娘那蛋吧！掂住就把她扔在床上了。床上有海绵垫儿，那姑娘“咚”一声摔在床上，四肢弹动着叫道：“哎呀太棒了！”国最恨城里人说的这个“棒”字，就恶狠狠地扑上去了……过后，国心里说：“×他娘，假家伙！”可那姑娘却柔柔地说：“李治国，你真野呀，真野！”

国是结婚前一天又碰上老马的，在街角上捡烟头吸的老马。国正在街上走着，忽然看见路口上有人在打架，一个很野的男人在打女人。那男人揪着女人的头发，打得女人满脸是血……街上来来往往有很多人，却都在看热闹，没人管。这时，国看见老马冲过去了，老马扔了手里的烟头，像狼一样地扑上前去，神经兮兮地揪住那汉子：“你、你……为什么打人？为什么打人？！”那汉子冷不防，一下子蒙了，忙松了那女人。瘦削的老马俯身去搀那女人，小心翼翼地擦女人脸上的血。然而，那女人却一下子跳起来，指着老马骂道："干你屌事儿？俺两口打架干你屌事儿？闲吃萝卜淡操心，流氓！"紧接着，那愣过神儿的野汉子抖手就是一巴掌，把老马的眼镜打飞了！打着还骂着："叫你管闲事！……"可怜的老马像狗一样地趴在地上，两手摸摸索索地在地上找眼镜，摸着，嘴里还喃喃地说："怎么会哪？怎么会哪……"惹得周围人哄堂大笑。

在这一瞬间，国心里存疑多年的疙瘩解开了。他明白梅姑为什么会喜欢老马了，他明白了。老马是很窝囊，但老马身上有一种说不出来的东西……国看见老马慢慢地爬起来了，脸上肿着一块青紫。这一刻，他很想走上前去，想把"结婚请柬"递给老马，正式邀请老马参加他的婚礼。可"身份"阻止了他，身份。他摸了摸兜里揣的印有大红"喜"字的请柬，犹豫了一会儿，却又塞回去了。他又想像往常那样说一句：老马算什么东西！可他说不出来了，再也说不出来了……

国的婚礼十分隆重。结婚这天，县委书记大老王是"月老"，市里的主要领导都来了。县里的更不用说，有些"身份"的全都跑来祝贺。人们衣冠楚楚，面带微笑，连婚礼仪式中的逗趣儿也是温文尔雅的。处处是身份，处处是等级和矜持。人们笑着，笑着，笑着。国也裹在西装里与人们握手、点头、微笑。女人"灿烂"地在人们眼前炫耀着她的服饰和高贵，不时"咯咯"地浪笑。而国却像是在梦里，他觉得这一切都是不真实的，假的。在这些人中间，有冲着职务来的，有冲着关系来的，有冲着形式来的，当然也有朋友，那也是"职务"的朋友。有些人心存嫉妒；有些人私下里恨不得把你掐死！可他们全都笑着，像道具似的笑着，笑得很商品化。场面是很热烈的，一切应有尽有了。可这里唯一缺少的是亲情。没有亲情。乡人没有来，一个也没有来。国曾经想通知乡人，可他最终又打消了这念头。他没脸儿通知乡人，再说，这样的场合对乡人也是不适宜的。于是他周围全是眼睛里标着"假货"的笑的招牌……

国觉得站在婚宴上与人频频敬酒的并不是他。这里的一切也都不属于他。他的婚礼似乎应该是在乡间茅屋里举行的。那里有呜里哇啦的喇叭声；有铺着红炕席的大木床；有撒满红枣、柿子、花生的土桌；有推推搡搡让新郎新娘拜天地的古老仪式；有乡汉们那粗野的嬉笑挑逗；有婶婶嫂嫂拿腔作势的撺掇；还有那必须让新娘从上边踏过的豆秆火！狗娃们会蹦着大叫："亲哪，再亲哪，野亲哪！狗 × 的你美了呀！"……可这里没有，这里只有杨市长、王书记、张部长、刘主任……

新婚之夜，国喝醉了。他坐在新房里的沙发上，仍有恍如隔世的感觉。应该说，城里女人也是很能干的。新房刷得跟雪洞一样白，各样东西都布置得井井有条一尘不染。冰箱、电视，还有那立体声的音响都是城里女人带来的。城里女人竟还带来了床，很高级的席梦思床，粉色的窗帘，粉色的落地纱灯……他想，女人是跟他睡来了。女人每睡一次都说一声"太棒了！"女人就是冲着这"棒"来的。女人带来了一切全是为了"棒"。这会儿女人正在外间的客厅里招待客人，女人的交际能力也是他不得不佩服的。在他的婚宴上，女人对付了所有的客人，免费奉送了很多的笑，女人说全是为了他。女人盼着他的职位再往上升一升。所以，女人在他喝醉之后仍然安排了晚宴，独自去对付那些有职位的人了。女人的笑声不时从客厅里传来。带着一股很浓重的脂粉气。女人真能干哪，女人在拿烟、敬酒、布菜、卖笑的同时，还能旋风般地冲进里屋亲他一下，像贴"印花"似的贴了就走。可国不由得问自己：这是我的家吗？这就是我的家吗？

九点钟的时候，女人匆匆地走进来，匆匆地对他说："外边有人找你，是个乡下人。我看算了。你醉了，打发他走算了。"

国摇摇晃晃地站起来，红着眼说："那是我爹！"

女人诧异了，女人说："你爹？你不是说家里没人了吗？"

国心里想：我说过这话吗？我啥时说过这话？他没再理女人，就摇摇地走出去了。

天黑下来了，外边下着蒙蒙小雨，雨线凉凉的，国顿时清醒了许多，就着窗口的灯光，国一下子就看见了三叔，三叔缩缩地在门口的雨地里蹲着，很老很小。

“三叔……”国热辣辣地叫了一声。

三叔凄凄地走过来，唯唯诺诺地叫道：“李部长……”

这一声叫得国无地自容！他抓住三叔的手说：“三叔，你打我的脸呢，三叔……”说着，国看周围没人，竟呜呜地哭起来了。

三叔说：“……走了，也没个信儿。听乡里苗书记说你要办事了，乡人喜哩。得信儿晚了，乡人穷，一时也凑不出啥。这是你爹死后剩下那二百块钱，我给你捎来了。都说国做大官了，不讲俗礼了。乡人们弄了点花生、枣、棉籽，也是图个吉祥……”三叔说着，把一沓钱塞到国手里，又从身后拖出个鼓鼓囊囊的小布袋……

国说不出话来了。多少年了，吃乡人的，喝乡人的，乡人并没记恨他。乡人按俗礼给他送来了“早生子”（花生，红枣，棉籽），还送来二百块钱，乡人厚哇！那钱虽是埋他娘时剩下的，可多少年来，乡人一分一厘都没动过……国不接钱，拽住三叔一声声说：“三叔，上家吧，上家吧。”

三叔不去。三叔惶惶地往后挣着身子，说：“不了，不了，都是官面上的人……”

国说：“走了恁远的路，怎能不上家哪？上家吧……”

三叔更慌了，死死地往后挣着……

国见三叔执意不去，就匆匆地跑回屋，想拿些好烟好酒让三叔捎回去，可等他跑出来的时候，三叔已经走了。院里放着装有花生、红枣、棉籽的布袋，布袋上搁着一沓钱……

国冒雨冲出院子，流着泪大声喊：“三叔，等等哇，三叔……”可三叔已经走得没影儿了。三叔走了四十八里乡路，送来了二百块钱和“早生子”的祝愿。他来了，又冒雨去了，连口水都没喝。乡人哪，乡人！

国站在雨地里，内心一片凄凉。这时，他听见灯红酒绿的新房里女人在喊：

“李治国，快进来呀，小心淋病了。”

十二

在县委机关工作需要更多的艺术。国一进来就掉进了旋涡之中。他是县委书记大老王提拔的人，在人们的意识里也就是大老王的人，于是大老王的对立面也成了他的对立面。现在他又成了谁谁的女婿，这关系一直牵涉到市里省里，在上边有人替他说好话，自然就有人反对他。这样，一个单个人就绑在了一条线上，有了极遥远的牵涉。国感觉到四周全是眼睛，你无论说什么话，办什么事，都在众多的眼睛监视之下。你必须有更好的伪装，说你不想说的话，办你不想办的事。流言像蝗虫一样在你心上爬，你得忍着，不动声色地忍着。有人背后捅了你一下，见了面你还得跟他说话，很认真地谈一谈天气。组织部是管人事的，但任何一次人事安排都是有争议的。表面上是简单的人事安排，而私下里却存在着激烈的权力争斗。每个人都有巨大的背景，那背景并没有写在档案里，但你必须清楚。而后在复杂的人事关系中做出抉择。常常是你任用了一个人，跟着就得罪了另一个人……国不怕得罪人，但缠在无休无止的人事纠纷中却是很疲累的。

六月的一天，国走出办公室，突然萌生了回村看看的念头。这念头一起就十分强烈，弄得他心烦意乱。他背着手在院里来回走着，想稳定一下心绪。然而那念头像野马一样奔出去了，怎么也收不回来。他心里说：我得回去，我得回去……

于是，国跟谁也没打招呼，要了部车，坐上就走了。一路上，他一再催促司机：“快点，再快点！”司机看他一脸焦躁，像家里死了人似的！也不敢多问，把车开得飞一样快。路过王集的时候，司机问：“乡里停不停？”

他说："不停。"可是，当车开到离村只有三里远的时候，国突然说："停住。"

车停住了。村庄遥遥在望。国点上一支烟，默默地吸着。他两眼盯视着前方，却一声不吭……

已是收麦的季节了，大地一片金黄。麦浪像娃儿一样随风滚动着，一汪高了，一汪又低，刺着耀眼的芒儿。灼热的气浪在半空中升腾着，吐一串串葡萄般的光环，光环里蒸射着五彩缤纷的熟香，那熟香里裹着泥土裹着牛粪裹着人汗甜腻腻腥叽叽地在田野里游动。麦浪里飘动着许多草帽，圆圆的草帽。草帽像金色的荷花绽在起伏的麦浪里，这儿一朵，那儿一朵，晃着晃着就晃出一张人脸来……"叫吱吱"一群一群地在麦田旋着，一时不见踪影儿，一时又"叽叽喳喳"地射向蓝天，嬉逐那热白的云儿……村庄远远地浮沉着，绿树中映着一片陈旧的灰黄。在陈旧中又模模糊糊地挑着一抹红亮，那是高大瓦屋上挂的红辣椒串吗？村路上尘土飞扬，吆喝牲口的号头此起彼伏，一辆辆载着麦捆的牛车在路上缓缓颠簸……

颖河就在眼前。堤上静静的。昔年的老柿树仍一排排地在堤上立着，柿叶在烈日下慵倦地耷拉着，河里已无了往日的喧闹，河水浅浅的，只有盈尺细流，像是晾晒在大地上的一匹白绢。渐渐有一小儿爬上了河堤。小儿光身穿一小小的红兜肚儿，手里提着一个盛水的瓦罐，小儿摇摇的，那瓦罐也是摇摇的，有亮亮的水珠从瓦罐里溅出来……

小桥就在眼前，小桥静静的。小桥的历史已记不清有多少年了，桥栏早已毁坏，桥上的石板上印着凹凸不平的车辙，车辙里散着星星点点的麦粒和晒干的片状牛粪，牛粪上清晰地显现出牛蹄踏过的痕迹，像老牛盖的图章。桥的那边，远远有女人响亮的喊叫：挨千刀挨万刀的你不吃饭了吗？……

倏尔，国在不远的麦田里看到了一个熟悉的身影儿。那人头拱在麦地里，屁股朝天撅着，身子一拧一拧像蛇一样向前游动。麦浪在她身后翻倒了，很快又成了一捆一捆的麦个儿，荡扬的土尘像烟柱一样在她周围旋着。这动作是很熟悉的，十分熟悉，他记不起是谁了。他盼着这人能抬起头来，歇一歇身子，可这人一直不抬头，就那么一直往前拱。天太热了，气浪像火一样烤着，坐在车里的国已是大汗淋淋了，那人还在往前拱……一直拱到地头，这时，那人才慢慢地直起了腰。四婶，那是四婶！四婶年轻时是村里的头把镰！那时四婶割麦要三个男人跟着捆……现在四婶老了，站在麦田边上的四婶满脸是汗，头发一缕一缕地贴在额头上，像男人似的挽着一只裤腿。四婶定是很乏了，弓着腰大口大口地喘气。四婶那张脸已看不出什么颜色了，除了阳光下发亮的汗珠，只有干乏的土地可以相比了。片刻，仅仅是片刻，四婶又拱进麦地里去了……在紧挨着的一块麦田里，国又看到了三叔。三叔没有戴草帽，光脊梁在麦地里站着。三叔的脊梁像弓一样黑红，铁黑地闪在阳光下亮得发紫，脖颈处的皱儿松松地下垂着，上边缀着串串豆泡似的汗珠。三叔又在骂人了，挺腰拍着腿骂，身子一窜一窜地动着，是在骂三婶吗？倘或是骂别的什么？蓦地，三叔的腰勾下去了，而后又剧烈地抽搐着，麦田里暴起一阵干哑的咳嗽声！那枯树桩一样的身量在振荡中摇晃着，久久不止。三婶慌慌地从麦田里拱出来，小跑着去给三叔捶背……突然，麦田里晃动着许多身影儿，人们纷乱地窜动着，惊喜地高叫："兔子！兔子！……"

这时，国听见"扑哧"一声，他的肚子炸了！他肚子里拱出一个"黄土小儿"。那"黄土小儿"赤条条的，光身系着一个红兜肚儿，一蹦一蹦地跑进麦田里去了。那"黄土小儿"在金色的麦浪里跳跃着，光光的屁股上烙着土地的印章。那"黄土小儿"像精灵似的在麦田里嬉耍，一时摇摇地提着水罐去给四婶送水；一时跳跳地越过田埂去为三叔捶背；一时去捉兔子，跃动在万顷麦浪之上；一时又去帮乡人拔麦子……"黄土小儿"溶进了一片灿烂的黄色；"黄土小儿"溶进了泥土牛粪之中；"黄土小儿"溶进了裹有麦香的热风；"黄土小儿"不见了……

国坐在车里，默默地吸完一支烟，又吸完一支烟……而后，他轻声说："回去吧。"司机不解地望着他："上哪儿？"国低下头，闭着眼喃喃地说："回县里。"

十三

又是秋天了。

在这个秋天里国接受了一件十分棘手的工作。

市里修一条公路，这条贯穿六县一市的公路在大李庄受阻了。这条公路恰巧穿过大李庄的祖脉，先人的坟地受到了惊扰。于是，村人们全都坐在坟地的前面，阻止施工队往前修路。工程被迫停下来了。交通局的人无法说服他们，乡里做工作也没有说通。后来连市长、市委书记都惊动了，匆匆坐车赶来，轮番给乡人们做说服工作。可乡人们以沉默相对，不管谁讲话都一声不吭……

这局面已经僵持一天一夜了，市长、市委书记都被困在那里，而工程仍然无法进行。秋夜是很凉的，乡人们全都披着被子坐在坟地里，以此相抗。于是市委责令县委书记大老王出面做工作，限期恢复施工。大老王慌了，也急急地坐车赶往大李庄村，临行时，他吩咐国跟他一块去，让国好好做做村人的工作。在这种情况下，国是不能不去的。就这样，国又回到了大李庄村。

在路上，县委书记大老王严肃地对国说："好好做一做思想工作，不行就处理他们！"国无言以对，心里像乱麻一样。又要面对乡人了，他说什么好哪？

下了车，不远就是老坟地。那里有黑压压的人群，市长、市委书记都在那儿站着，县委书记大老王快步迎上去了，国一步一步地跟在后边。眼前就是先人的坟地了，一丘一丘出一土馒头。漫漫地排列着，每座坟前都竖着一块石碑，一块一块的石碑无声地诉说着族人的历史。那历史是艰难的，因为这里排列着死人的方队……死人前面是活人。活人的阵容更为强大，几千个乡人黑压压地在坟前坐着，他们维护死人来了。这里有他们的祖先，有他们的亲人。他们，不愿意让祖先和亲人受到惊扰。人苦了一辈子，已经死了，就让他们睡吧。乡人们就这样默默地坐着，一声不吭地坐着。作为后代子孙，千年的传统制约着他们，使他们不得不站出来。可是，他们却阻挡着一条通向六县一市的公路……

……前面是活人，后面是死人，这是一支族人的军团，是一条黑色的生命长河。在这里，生与死连接在一起了，生的环链与死的环链紧紧地扣着，那沉默分明诉说着生生不息，那沉默凝聚着一股巨大的凛然不可侵犯的力量！

面对死人和活人，国一步一步硬着头皮往前走。可是，他又能说什么呢？

走着走着，国一眼就看出了乡人的凄凉。乡人一堆一堆地聚在那里，一个个像冷雀似的缩着，头深深地勾下去，十分惶然，偶尔有人抬头了一眼，又很快地勾下去了。乡人从来没有见过这么多的领导，乡人知道理屈呀。乡人的负罪感清清楚楚地写在脸上，惊动了这么多大干部，他们已感到不安了。但他们更感到不安的是对身后死人的惊扰。那是老祖坟哪！多少年来，一代一代的先人都躺在这里，他们每年清明都来为先人焚烧纸钱，祈求平安。可现在突然有一条公路要从这里过了，他们能安寝吗？

国知道，在这种时候，乡人们是不会退让的。他们进退两难，无法做出抉择。他们脸上的迷惘和犹豫已说明了这一点。若是追加赔偿更不行，那会让他们愧对先人。他们会说，祖脉都挖了，他们要钱有什么用呢？国心里说：这时候不能再说软话了，更不能去套近乎。他不能以乡人的面目出现，假如说了乡情，那么，乡人们会说：孽种！睁开眼看看吧，老祖爷在哪！……

在这一刹那间，国感觉到了市委领导的目光，他暗暗地吸了口气，冲上前去，厉声说：

“李满仓——！干什么？你想干什么？市里领导都在这儿，你办我难看哩？嗯……回去！都回去！”

这一声“李满仓”如雷贯耳！陡然把三叔提了起来。三叔的名字从来没有被人当众叫过，更没有如此响亮地叫过。光这一声就足以使三叔脸红了。三叔被响亮的“李满仓”三个字打蒙了，他慌慌地站了起来，一时满面羞红，手足失措，像一个当众被人揭了短儿的孩子，那困窘一下子显现出来了。等他醒过神儿的时候，一切都已晚了。乡下人是极看重脸面的，他一下子面对那么多的领导，在众目睽睽之下，他的名字已写在了众人的眼里。三叔再也无法蹲下去了。国这一声叫得太郑重，太严肃，太猛！三叔是老党员，在三叔看来，“李满仓”三个字就等于“共产党员李满仓”，那是很重的！三叔狼狈地侧转身子，缩缩地往后退着……

紧接着，国眼一撒，又沉声喊道：

“李麦成——！干什么你？嗯？不像话！赶快回去……”

立时，人们的目光像探照灯一样在乡人群里扫射着。五叔被“李麦成”三个字叫得一惊一乍的，实在经不住那么多人看他，语无伦次地摆着手：“那那那……不是俺，不是俺……”话没说清，就嘟嘟囔囔地往后退了……

再接着，国炸声喊：

“李顺娃——！听见了没有？听话，快回去！”

李顺娃跟国是同辈人，人年轻老实，更没见过世面。国一语未了，他背着被子就跑……

往下，国一一叫着村干部的名字，喝令他们回去。国知道村干部是非常关键的，他们都是村里的头面人物，是村人们的主心骨。只要能喝住他们，往下就好办了。可连国都没有想到，喝喊乡人的名字竟会产生如此神奇的效果。在他的呵斥下，被叫到姓名的村干部一个个张皇失措，溜溜地退去了。

乡人群里出现了片刻的骚乱，人们互相张望着，你看我，我看你，不知如何是好。有的已经站起来了，有的还在那儿坐着。站着的人迟疑疑的，仿佛走也不好，不走也不好，就那么呆立着。坐着的人窃窃私语，像没头蜂似的拧着屁股。婶婶娘娘们生怕被叫到名字，全都侧着脸儿，头勾在怀里……

已是午时了，孩子的哭声像洋喇叭一样在坟地上空吹奏着。趁这工夫，国穿过人群走进了坟地。他站在坟地里，目光扫过那苍老的古柏和一块一块的石碑，慢慢地走到一座坟前，他在坟前静默了片刻，抬起头来，沉声说：

“老少爷们儿，为修这条公路，国家投资了一千六百万，一千六百万呀！国家为啥要花这么多钱修路哪？是为咱六县一市的百姓造福哇，是想让乡人们尽快富起来呀！路修通了，经济搞活了，大家的日子不就好过了吗？咱大李庄人一向是知理的。可今天，咱大李庄人挡了六县一市的道了……”说着说着，国话头一转，大声喊道，“老少爷们，我李治国今天不孝了！大家都看着，这是俺娘的坟，这墓碑上写着俺娘的姓氏，自古忠孝不能两全，我今天不孝了……”说着，他突然跪了下去，在坟前磕了一个头。而后，他转过身来，手一挥说：

“来人！挖吧……”

施工队的人跑过来了。乡人们呼啦也全都跟着站起来。人群乱了，可谁也没动。人们眼睁睁地看着施工队走进了坟地。看着施工队的人在国的娘的坟前举起了铁锨、洋镐，紧接着，纷乱的挖土声响起来了……

国挺身站着。

人们也都默默地站着。

这时，国听见人群里有人悄悄说：“算了，别叫国作难了，官身不由己……”国听到这话默默地闭上了眼睛。到了这会儿，他才悟过来，三叔给了他多大的面子呀！乡人们又给了他多大的面子呀！这是情分哪，还是情分。若不是情分，乡人们说啥也不会让的。族人要真想抗。你就是有天大的本事也不行！乡人们知理呀……

片刻，人群慢慢地散了。黑压压的人们全涌进了老坟地，人们全都跪下来，给先人们磕头。哭声震天！那凄然的哭声像哀乐一样响遍了整座坟地，惊得树上的乌鸦“呱呱”叫着乱飞……

国咬着牙，坚忍地逼住了眼里的泪水。

市委书记大步走过来，握住国的手说：“谢谢你，李治国同志，谢谢你！”市长也赞许地说：“很有魄力嘛，很有魄力！”

国木然地站在那儿，一句话也说不出来了。

十四

国要走了。

任命已经下达，他荣升为另一个县的县长。他的任命是市委常委会全票通过的。市长、市委书记在会上都高度评价了他的才干和工作魄力。市“人大”和县“人大”也已认可，往下仅仅是程序的问题了。现在，那个县派车来接人了，车就停在国的家门口。而且，百里之外，那个县的领导们已在准备着为他“接风”了。

家里，女人正忙着为他收拾东西。女人高兴坏了。女人说：“李治国，你太棒了。我真想亲你一万次！”女人像旋风一样屋里屋外忙着，每次走过他身边都像猫一样俯下身来“叭叭叭”。女人亲他就像亲“职务”一样，在他脸上盖了许多“图章”。女人的癫狂从昨天夜里就开始了。她兴奋得一夜没睡，像鱼一样游在国的身上说：“我太爱你了太爱你了太爱你了……”国知道她是爱“县长”呢，她太爱县长的权力了，真爱呀！假如他还是那个黄土小儿，见了面她也许会“呸”一口呢……

一切都收拾好了，女人扑过来说：“走吧，我的县长大老爷，咱走吧。你还想什么呢？”

国坐在沙发里，两手捧着头，一声不吭。

女人像蛇一样缠在他的膀子上，又“叭”了他一下，柔声说：“车在外边等着呢，走吧。”

国还是不吭。国默默地靠坐在沙发上，两眼闭着，慢慢，慢慢，那眼里就流出泪来了……

女人慌了。女人温顺地亲着他的头发，而后用舌尖轻轻地舔他眼里的泪，女人说：

“怎么了？你是怎么了？不舒服吗？说话呀，我的好人儿……”

国仍旧不吭。他的眼紧紧地闭着，一串一串的泪珠顺着脸颊流下来……

门外的喇叭一声声响着。女人急了。女人一时看看表，一时又在屋里来回走着，而后女人蹲下来，贴着他的脸说：“国呀，你到底是怎么了？头一天到任，那边的人还等着呢。”女人从来没有像今天这样，女人在“县长”面前显得比猫还要温顺百倍。女人细声细气地说：“是我不好吗？是我惹你了吗？……”

女人总是叫他“李治国”，这一声“国呀”无比亲切，国的眼睁开了。他茫然四望，不由问自己：我是怎么了，我这是怎么了？是呀，该走了。我还等什么呢？……

就在这当儿，县委办公室的秘书匆匆跑来了，手里拿着一个小包裹。秘书进了门就恭恭敬敬地说：

“李县长，乡里干部捎来件东西，说是家乡的人捎给你的……”

国赶忙站起来，可女人已抢先接过来了。东西看上去沉甸甸的，用一块大红布包着。女人匆匆解开了包着的红布，竟是一块土坯！……

女人望着那块很粗俗的红布，眉头不由得皱起来了。女人不耐烦地说：“哎呀，跑这么远，啥捎不了，捎块土坯？真是的！……”接着，女人又摆出“县长夫人”的架势说：“算了，就放这儿吧。不带了。”

城里女人不了解乡俗，不知道这块土坯的贵重。国是知道的。这土坯是给出远门的人备制的。土要大田里的，水要老井里的，由最亲的人脱成土坯，用麦秸烤干而后用红布包着让远行的人带上。这样，无论走到哪里都有块家乡的热土伴着你。带上它可以消灾免祸，还可以为出门人治病。有个头痛脑热的，掰一点土末放在茶碗里喝，很快就会好的。过去，凡是出远门的乡人都要带上一块家乡的土坯。有了它，不管你走到哪里，都会平安的。所以，按乡俗，这叫“老娘土”，也叫“命根儿”……

看来，乡人已听说他当了县长了。他要走了。乡人虽没有来送行，可乡人终还是捎礼物来了。乡人给他捎来了“老娘土”，这就够了。没有比“老娘土”更贵重的东西了！……

国的脸立时黑下来，他沉着脸说：“带上！”

女人受委屈太多了。女人噘着嘴，生硬地把那块土坯包起来，倔倔地夹出去了。女人不敢不带。

上了车，国的脸一直阴晦着，一句话也不说，来接他上任的县委办公室主任小心翼翼地问：“李县长，你不舒服吗？”这时，国的脸才稍稍亮了些，他很勉强地笑着说：

“没啥，没啥。”

车开出很远之后，女人的情绪才慢慢缓过来。她又“叫喳”开了，先是为司机和办公室主任递了烟，而后又悄声对国说：“国呀，头天上任，你夹块红布包着的土坯，影响多不好呀？不知道的，人家还以为迷信呢。”女人一边说着，一边看他的脸色。当着司机和办公室主任的面，国不好说什么，只是笑了笑。这笑是下意识的动作，习惯动作。他笑习惯了，不知怎的，脸上的肌肉一动，就笑出来了。女人把他的笑当成了默许。紧接着，女人熟练地摇下了车窗，就自作主张把那块裹有红布的土坯隔窗扔下去了……

“咚！”车窗外一声巨响，惊得办公室主任赶忙扭身问：“怎么了？”

女人很有分寸地笑了笑，说：“没什么。”

在办公室主任的注视下，国仍然保持着矜持的神态。可一会儿工夫，他就坚持不住了。他慌忙扒住车窗往外看，土坯已经不见了，那块红布在路上随风飘动着，越来越远，越来越远，渐渐化成了一片幻影儿……

车仍然飞快地往前开着，可国觉得载走的仅仅是他的身子，他的灵魂已经被扔出去了，随那裹有红布的土坯一块被扔出去了。他的“老娘土”，他的“命根儿”，还有那漫无边际的乡情，都被女人扔在半道上了……

国一遍一遍地问自己：你是谁？生在何处？长在何处？你要到哪里去？……

走着走着，国突然说：“停住。开回去！”

女人惊诧地望着他：“怎么了？你……”

国还是那一句话：“开回去。”

车停住了。女人小声劝他说：“算了吧，你得注意影响啊，都等着你呢！”

办公室主任也莫名其妙，忙问：“李县长，怎么了？”

女人解释说：“没什么。东西掉了。也不是啥金贵东西，一块土坯，乡下人送的……”

国不说话，一句话也不说，就那么黑着脸。

办公室主任看看表，头上冒汗了。他说：“李县长，时间已不早了。县里领导都在那边等着为你接风呢。你看，这……”

国绷着脸说：“那好，我下去。”

办公室主任慌了，忙赔情说：“李县长，李县长，这样吧。你们先坐车走，我下去，我下去给您拾回来……”办公室主任擦着头上的汗，拧开车门，仍像赔罪似的说：“李县长，我们在下边做工作的也有难处哇，你给我个面子吧？”

女人也急了，说：“你怎么能这样呢？算了吧，啊？”

国沉默不语，可他脑海里仍飘动着：你是谁？生在何处？长在何处？你要到哪里去？……

原载《北京文学》1990年第9期

何以无边无际？
——重读李佩甫《无边无际的早晨》

何向阳

《无边无际的早晨》之于李佩甫的创作而言，是处于他的成名作《红蚂蚱绿蚂蚱》与此后《羊的门》《城的灯》《生命册》所构成的“平原三部曲”之间的。所以，今天隔了一定时空回头去看，这部小说的位置恰如一支乐曲曲式的中段，既没有起始部的明艳，也没有真正的展开部的平缓，而恰恰突出了两者之间转折的奇崛。

这部小说重读与初读的感受是不一样的。但实话说，我并不太喜欢这个阅读感受。它所呈示的批判指向与悲悯指向有着杂糅的混合感，也许它是真实的，但就是这个真实让人不悦。“国”这个人物，作为小说阅读者的我们可以理解，但真谈不上喜欢。这是一个——怎么说呢？一个“大多数”？一个一种文化的土壤孕育出的“种子”？一种可能要以“种子”的命运参与构筑它的环境的“主谋者”？作家的批判不动声色，犹如“无边无际的早晨”之薄雾弥漫，作家的怜惜也氤氲其间，犹如早晨的无边无际，每一个早晨，就如一个人的成年之前，而是不是可以说，这一切，在成人之前，在“早晨”之前，就已命定了呢？李佩甫在这部作品中没有做出回答，这也促使了他在此后的一切与平原有关的长篇作品中必须找出一个答案。

从目前来看，他仍在找。

答案也许不止一个。

正如“国”这个人物，也不止一个。在“国”作为人物出现之前，他在现实当中也许已经出现了无数次，无数的“个人”，构成了“人物”这个走上了纸面的典型。

那么，“创造”了这一“人物”的人——作家——想要从他的“造物”中寻找到什么答案呢？这是这次重读我感到兴趣的所在。

詹姆斯·伍德在其《最接近生活的事物》一书中，写道：“小说经常让我们能正式地洞察某个人人生的形态：我们能够看到许多虚构人生的起始与终结，它们的成长与犯下的错，停滞与漂浮。小说以很多方式来呈现——依靠它纯粹的视野与篇幅（角色众多的长篇小说，里面有各种各样的人生，有许许多多的起始与终结），也依靠它的精练与简短（把一个人的人生从开头到结尾彻底地压缩的中篇小说，……”小说创造者之不凡之处，在于他是一个“造物者”，他创造出一个也许压根在这世上的现实中不存在的人物，或者说，他用了一种混合的化学式的方法，造出了一个我们在“这一个”人物身上看到了许多个人的集合。那么，“国”，是一个什么样的人物呢？

小说给了我们大量的细节。这些细节摆在那里，让我们眼见一个“人物”的生与“死”，他的与众不同同时也是集合种种的人生起伏。第一个让人难忘的细节，是“国”的出生，他诞生的特殊场景以及在他出生之后母亲父亲的先后离世。村人们把他从灶火灰与血泊中救出的一瞬，就注定了这个人物在这部小说中要始终处于“聚光灯”下的可能。的确，“国”是包括三婶在内的全村妇女用乳汁一点点喂大的，这是一个吃百家饭长大的孤儿。他（她）们都是给予他生命的亲人。第二个细节，三叔经过了三次送礼终于为“国”挣得了一个也许会改变他人生走向的指标，但“国”却拒绝去，原因在于他没有一件可以穿得出门的衣裳。而解决了这一面子窘境的是三叔从村中借来一件绿军装。这是一个孤儿的“成人礼”吗？的确，“国”穿上它，找到了一个人成为人最基本的体面。这体面，不是他一个人的，同时也是一个村庄的体面。但同时你会关注到他也剥夺了村子里另一位青年的体面，那个借他绿军装的男青年因没有这身代表了体面的衣裳而相亲失败。第三个细节，是在事务与人际的应酬中，在人与人的矛盾与争斗中，“国”处于两个方阵的争取与撕裂中，他在夜半回到村庄去找三叔要个答案，三叔，没有告诉他怎么办，只是说若不行的话，就回来吧。“国”没有回来，也没有选择成为落井下石者。他的选择，使得他的命运迎来了另一次转机。同时也让他第一次领略到了某种丛林法则。然而，这选择是谁——他自己——做出来的吗？还是一种土地伦理的自然法则使然呢？没有谁追问，也没有谁能说得清楚。人与土的关系，一直是一种神秘的力量存在。它不可解析。虽然作家一直没有放弃这样的试探。第四个细节，也是让我极受震撼的，是大李庄村的平坟事件，公路要穿村而过，大李庄村的老老少少男男女女们披着被子日夜守着祖先的坟地，领导只得求助于“国”，而“国”站在黑压压的乡亲们面前，他一个个呵斥般地高声叫出三叔们的名字，叫出长辈的名字，叫出同辈的名字，他的声音好像已不是从自己的身体里发出的声音，然而，“三叔们”在这样的呵斥下一个个地败下阵来，而“国”在“聚光灯”下的高光表现，在于他向母亲的坟大声呼叫“我今天不孝了”，之后指挥人挥动铁锹先平了他母亲的坟。也许从这一刻，“国”这个人物，与生养他的土地的关系发生了变化，这变化是他自己也始料未及不愿发生的，然而它就是发生了，发生得合乎“这一个”人生发展的逻辑。果然，“国”获得了提拔，他的“成长”是从人与土的断裂中获得的吗？小说只给我们细节，并不提供结论。第五个细节，是结尾，是的，人“成人”之后，他就不能不面临一个现实的同时也是哲学的问题，那就是——

你是谁？生在何处？长在何处？你要到哪里去？……

“国”一路高升，但从来没能解决这个作为人的最基本的问题。所以当那包“老娘土”被妻子从车中掷出去时，他没有立即喊停车，而是习惯性地让车前行着，直到，突然，他的身心发生了割裂，心要求他“停车”“下去”“捡回‘老娘土’”，而身却为物役，各种事务安排已没有时间允许他

“停车”“下去”。小说就在这个开放式的结尾中落下了帷幕。“国”究竟是否重新获得了那包“老娘土”呢？每个读者的答案或许并不相同。这是一个怎样的结尾？我们在小说中先是看到了“这一个”与母亲的“生离死别”，再是看到了“这一个”与土地的断裂，那么，在此，我们看到的是“这一个”也不完全是“这一个”了，或者说，“这一个”已变得不再完整，“这一个”也断成了两截？

那么，“这一个”的目的在哪里？

这可能，真的是我们今天要问的。人的目的，在哪里？“你要到哪里去？”托尔斯泰作品中人的目的，梅列日科夫斯基在其《托尔斯泰与陀思妥耶夫斯基》中讲到的是“精神的人”。但是在关于乡村的人的故事中，我们已与这样的“精神的人”久违了，我们是不是已经有些时候没有看到那样一种“人”了——“这一个”的“他”是年轻的、健康的、干净的、善良的、单纯的、清洁的、朴素的、诚实的、美好的。在以前的文学中，我们曾经多次与“他”相遇，但是又是哪一天，我们错过了“他”。或者是，“他”，在哪里与我们走失了？

李治国这个人物当然不是李佩甫关于人的理想状态，从某种程度上讲，这个人物恰是李佩甫要寻求的另一种“人”的背面。对于这位在今天仍一直瞩目于“平原”的作家而言，他向往探讨的“土壤与植物”的关系，在他的《无边无际的早晨》之后的几乎每部作品中都藏有答案，但那答案也像植物一样，盘根错节，几乎未有一个顶天立地的大树出现。那些人物，灌木丛生，却难见大树参天。当然我们无法去过度要求“这一个”作家，他做到了批判，可能也正完成了“这一个”作家的使命。

但是，作为读者的我们，还是心有不甘。

好了。总结一下。让我们回到詹姆斯·伍德的一些我认可的提法：关于小说与现实。

一、“小说的世俗冲动是朝向扩展和延伸生活，小说是日常生活份额的杰出交易者。它把我们生活中的事例扩展成一幕幕的细节，努力把这些事例按照接近于真实时间的节奏放映。”

《无边无际的早晨》做到了这一点。它为我们提供了现实的延伸与生活的扩展，其中我们看到了“国”和“三叔们”以及“国”与他后来的环境所构成的一幕幕细节。我以上罗列的细节只是这些细节的一小部分，当然作为小说而言，它们对主人公的命运走向起着支撑作用。的确，它们在小说中，按照人物从出生到成人到迷惑于自己是“谁”的真实的时间节奏，那一幕幕的艺术真实，在我们的视线下构成了“放映”的冲击。

二、伍德先生在评论英国当代小说家佩内洛普·菲茨杰拉德女士的历史小说《蓝花》时引用了她小说中用诺瓦利斯的一句台词而做的卷首语：“小说来自于历史的缺陷。”“……小说想要拯救那些历史从未能记录下来的私密时刻，甚至是家庭自身也可能没有记录下的私密时刻。但是，这些世俗的事例存在于书本的更宏大更严肃的形式中，换句话说，这些短暂的人生，不幸的人生，只不过是历史里的插入句罢了。……是小说经常把我们抛掷于‘为什么’这个问题的宽大、怀疑、恐怖的自由空间的原因所在。这个问题被小说的形式有力地调动了起来：不仅仅因为小说很擅长唤醒人生中普通的事例，也因为它很擅长强调人生是已完成的完整形式。”虽然这段话是讲菲茨杰拉德女士的小说的，但放在这里也相对妥帖。《无边无际的早晨》的现实是有历史感的现实。农业文明的历史，或者土地伦理的历史，乡村自身的历史，我们的历史著述中多有总结，但小说的确是拯救了那些历史中从未记录下或未能完整记录下来的私密时刻，在更其宏大的历史叙事中我们缺失的可能也包括这些“世俗的事例”，小说中李治国“这一个”人物的出现不是从天上掉下来的，也不是作家凭空虚构的。“他”一定是与乡村的历史有着千丝万缕的联系。小说中的“为什么”的问题是巨大的，只不过李佩甫借助于“李治国”这一个人物的普通事例，以“他”的人生轨迹而再次唤醒我们罢了。

三、随着小说结尾的“老娘土”的细节出现，随着李治国的身心不一、灵肉分离，随着对于这把“老娘土”是掷去还是捡回的问题，我们再次看到作家李佩甫掷出的人类永恒的灵魂问题——

你是谁？生在何处？长在何处？你要到哪里去？……

李治国没有答案。李佩甫也只是提出问题。

那么，也许，另一个人的“解答”值得重视：

“放逐……它是强行挡在一个人与他的出生地、自我与他真正的家之间不可弥合的裂缝：它本质上的悲哀永远无法被克服。虽然在文学和历史中，被放逐者在一生中确实会有一些英雄人物般浪漫光辉甚至是成功的事迹，可这些不过是为了克服疏离感致残的悲伤所做的努力而已。放逐带来的成就，会永远被遗落在身后并丧失的东西遮住光辉。”

伍德对爱德华·萨义德文章《放逐论》中放逐定义的引用有自己的一套解释，比如，他对于被放逐者的“真正的家”的概念更有兴致。他说，“如果存在这种普遍的无家可归，无论它是强加的还是自愿的，那么，‘真正的家’的概念就确实经历了一些不怀好意的修正。或许，萨义德的言下之意是说，非情愿的无家可归只强加于那些有真正的家的人身上，所以总是强化了出生地的纯洁性，而自愿的无家可归——我试图界定的那种更为温和的迁移——则意味着家归根到底不可能是‘真正的’。”话是说得有些绕，特别是在没有上下文的情形下更是如此。但这段话还是引出了“流放者的荒漠”和“原初归属地的绿洲”之间的联系人——被放逐者。李治国不也是在这“荒漠”与“绿洲”间迁徙的人吗？这个“被放逐者”的“真正的家”在哪里呢？这个在血缘的意义上失去双亲的人，乡亲们没有将他遗弃而是一点点地养大了他一程程地送他并成就他，但面对这个在精神的意义上已变得“无家可归”的人，在乡亲们的眼里，他真的是一个成功者吗？他真的是他们想要他成为的那种人吗？如果是，为什么他丝毫没有成功的欢喜，而时时体味的却是失家的苦楚呢？或者，是不是文学的存在强化了“出生地的纯洁性”呢？

唯一能够肯定的是，“放逐带来的成就，会永远被遗落在身后并丧失的东西遮住光辉”。李治国经由放逐而遗落并丧失的东西，他是知道的，但就是知道，他依然在那个遗落并丧失的路上回不了头了。这本质上的悲哀永远无法被人类克服了吗？如此，“老娘土”带不带在身边，之于李治国而言在情感认同的层面上是不同的，连这个问题也变作了两难了吗？但就其本质而言真的又是没有什么区分的——在他完成“放逐”这一行动之后，他已经一意孤行、义无反顾。这正是“被放逐者”的可悲又可怖的一点。而这一点，又使得李治国这个人物可以无限放大，“他”，何曾不是一个个的你、我，在世界的广漠中不断行走的迁徙者？

小说到此，其实写出的不止一个平原。它所传达的，是有史以来的人性，或者是亘古未变的人性的矛盾。

现在，说了那么多讨人嫌的枯燥的理论与分析之后，我终于可以把小说中我最喜欢的段落放在这里了。

“蓦地，三叔的腰勾下去了，而后又剧烈地抽搐着，麦田里暴起一阵干哑的咳嗽声！那枯树桩一样的身量在振荡中摇晃着，久久不止。三婶慌慌地从麦田里拱出来，小跑着去给三叔捶背……突然，麦田里晃动着许多身影儿，人们纷乱地窜动着，惊喜地高叫：‘兔子！兔子！……’

“这时，国听见‘扑哧’一声，他的肚子炸了！他肚子里拱出一个‘黄土小儿’。那‘黄土小儿’赤条条的，光身系着一个红兜肚儿，一蹦一蹦地跑进麦田里去了。那‘黄土小儿’在金色的麦浪里跳跃着，光光的屁股上烙着土地的印章。那‘黄土小儿’像精灵似的在麦田里嬉耍，一时摇摇地提着水罐去给四婶送水；一时跳跳地越过田埂去为三叔捶背；一时去捉兔子，跃动在万顷麦浪之上；一时又去帮乡人拔麦子……‘黄土小儿’溶进了一片灿烂的黄色；‘黄土小儿’溶进了泥土牛粪之中；‘黄土小儿’溶进了裹有麦香的热风；‘黄土小儿’不见了……”

与生俱来的乡愁。人类的黄金童年。接近真相的理论。从语言修辞上都无法与这个“黄土小儿”的鲜活形象相比。那时的他，没有悲恸焦虑，只有生命的欣喜。然而，坐在车上的李治国只能是躲在车窗后面看着他的乡亲，和想象中或是记忆中的自己。他与那个自己已是隔山隔水，他再也回不去了。

那个“黄土小儿”不见了……

就这样，“他”一步步地失去了自己。

那么，这就是那个结局了?！不！作为追读作家多年几乎通读他所有作品的读者之一，我仍心有不甘。那个健壮、刚毅、有力、纯真、和善而又骄傲的人，那个站在田野之上顶天立地的人，他到哪里去了？他的雄健刚毅、质朴诚挚到哪里去了？这是作为读者的我们要追着要一个答案的。

也许，也许。在不久的将来，无边无际的平原之上，一定还有这样一个“人”，一定还有属于这个诞生的新人的一个早晨。

无边无际中。我如是期待。

状元媒

叶广芩

好一位吕状元颇有预见，论计谋称得起诸葛一般。

——京剧《状元媒》八贤王唱段

一

天下夫妻轮得上状元做媒的不多，且不说状元本就稀少，难得的是这稀少的人群还与人说媒，这就更微乎其微了。传统京剧《状元媒》是状元给人做媒的一例，说的是宋朝柴郡主跟随皇叔去狩猎，被番邦掠走，多亏杨六郎奋战群敌，救郡主得以生还。柴郡主以珍珠衫赠杨六郎，以示爱意。回銮后，救郡主的功劳被叫作傅丁奎的小将窃取，皇上主婚，将郡主许与傅丁奎。柴郡主不得已托新科状元吕蒙正从中周旋做媒，说服皇上，如愿以偿。

《状元媒》是戏，是杜撰的故事，而现实生活中，我父母的婚姻却真正是由状元做的媒。“男女非有行媒不相知名，非受币不交不亲”，本不相知的父母，由状元做媒，走到了一起。执子之手，与子偕老，他们相携着经历了叶家平淡的日月，走向了衰败，走向了人生的终点，淡出了后辈人的视线，化作了清风，了无痕迹。

在北京城内留下了“状元媒”的一段佳话。

提及母亲，我不能不说说北京朝阳门外的南营房。南营房四甲57号，是母亲的娘家，现在，那里已经变成了一片居民小区，与北京众多小区如出一辙地相似，如出一辙地陌生。那些低矮的灰瓦房没了，成了记忆；那些熟识的老街坊也散了，无处查找了。上世纪八十年代我还回过那里，去看望意识已不甚清晰的舅舅，尽管那时母亲已经故去十几年，南营房的街坊们见了我还在盛赞母亲的婚姻，怀念从这里走出去的母亲，谈论着状元媒人刘春霖。

记得我最后到南营房的时候是个温暖的冬日，舅舅陈锡元和他的朋友老纪正坐在小炕桌前喝酒，下酒的是老纪带来的一包“怪味胡豆”，胡豆来自老纪儿子从四川出差回来的奉献，在北京是一种新兴食品。俩老头喝得都有些高了，情绪有些不稳定，被某些悲壮的气氛包围着，引得炕上的黄猫也张牙舞爪有些亢奋。我进门的时候，两人都是眼泪汪汪的。

舅舅一见面就告诉我，南营房被划入了拆迁范围，开春这儿就将变成一片平地，陈列在朝阳门外几百年的南营房将不复存在。舅舅说话的时候声音低沉，喉咙里压着痰，很简单的事半天才说清楚。屋内的生铁炉子泛出煤烟的气味，有点儿呛人。南窗污浊的玻璃闪烁着历史的辰光，不是没有擦拭，是压根就擦不出来了。推溯玻璃的历史，年龄肯定比我要大，母亲在做姑娘的时候一度将它作为镜子。两个苍老的人，抿着没牙的嘴在吃豆，伴随着胡豆的还有一包用黄糙纸包着的豆制品——素鸡。低劣的白薯干酒，从钉了铜锔子的小酒壶里源源倒出，两个质地、样式不同的酒盅，老旧的图案，在酒的洇润下显得有些生动。红漆的炕桌上积满了油腻，墙上挂着两年前的盆景挂历，空气中飘浮着尘埃……这就是南营房，我母亲的娘家。

我安慰舅舅说，拆了旧的可以住新的，新楼房有暖气，有卫生间，清新亮堂。

舅舅喃喃地说，新缸哪有旧缸腌菜香……

他念叨的是清末街头小戏《锔大缸》里的戏词。

老纪将一颗怪味胡豆搁在嘴里，眨了半天眼睛，嘴掬了又掬，说不出一句话。炸了一辈子开花豆的他，很难将怪味胡豆一语说清，说不清怪味胡豆就如同说不清他眼前的日子，说不清他那些穿喇叭裤、戴蛤蟆镜的儿女。他的儿女们先后都从各自的单位出来了，老纪到底也没搞清他们扔了铁饭碗，究竟要从事什么职业。

我跟舅舅谈了安置父母骨灰的事情，老北京的风俗，这样的事情必须舅舅来做主，没有舅舅的首肯，一切都不算数。明知道跟糊涂的老舅舅说了也是白搭，可是我不能不说。果然，舅舅愣愣地看着我，半天没言语，大约是没听明白。末了他说，我不搬，他们在墙上防狼一样画满了白圈，只能是吓唬狼，吓不着我。

老纪也说不搬，他要和我舅舅摽着，一块儿为保卫南营房而战斗。

我说我说的不是拆迁，是我父母骨灰的安置，现在老两口的骨灰还在家里放着，小辈们已经有话了，说“害怕”。舅舅这才问骨灰要安置在哪儿，我说西山，舅舅说西山不好，最好安置在东大桥南边的芳草地，那儿是专门埋人的地方，离南营房也近，说我母亲什么时候想家了什么时候就能回来看看。老纪说，芳草地如今早已不是坟地，成了学校了，再说，那过去的乱葬岗子也不是盘儿该去的地方，盘儿是有身份的人了。

他们说的“盘儿”，就是我的母亲，母亲小名叫“盘儿”，这是她去世的前一天晚上告诉我的。

舅舅说，我姐姐嫁到你们家就是扔了，她再不是我姐姐了。

老纪说，西山风景好，有山有水，盘儿歇在那样的地方，不亏。

我给老纪斟了一杯酒，恭恭敬敬地端过去，老纪穿着光板军棉袄，身上满是油渍和饭汤，酒糟鼻，老年斑，一双烂眼圈，一肩头皮屑，属于典型的糟老头子系列。老纪并没接那酒杯，却抓过我的手，用那皴裂的糙得像锉一样的掌心小心地摩挲着，一股强烈的油腻味儿直冲我的鼻孔。老纪说我的手像母亲的，修长细腻，绵软无骨，于是，烂红的眼圈变得更加红润，如同沾了露水的桃花，闪烁在下午的阳光中。我有些别扭，按说老纪是长辈了，长辈的老纪这样做是对晚辈的亲切和疼爱；别说摸手，就是亲一口我也说不出什么，可这会儿却总觉得腻味。

哪儿跟哪儿啊，这是。

老纪说，刘状元的媒做得好，我早就说过，盘儿命中注定要遇着贵人，人家该着走出去，活在南营房，生生儿就把她沤坏了。她走的时候，我往轿子里塞了五斤炸开花豆，搁在她脚旁边，给她压轿。

舅舅说，人家正儿八经压轿是用银子的，哪儿有用开花豆的。

老纪说，我不是没银子嘛。再说了，压轿的银子也不该我出哇，我算老几！

两个老头开始抬杠，老纪说状元刘春霖来南营房放定，连警察都动用了，害得刘状元是随着彩礼挑子一步一步走进胡同的，汽车根本开不进来，满街的人都是看状元的。舅舅让老纪再不要提什么“状元”，说没有“状元”就没有他“文革”两年的牛棚和九次半的批斗会。单位人都说他没心眼，其实一回回的批斗他都在小本上记着呢，谁也跑不了，有他算账的时候。

我知道，舅舅那个“变天账”总共写了没有三页，还是他二年级孙子的代笔，其实就是交代，交代他在日伪警察署当巡警的事。内中没有别人，写的全是他自己。“清理阶级队伍”一结束，本子就被他的儿子烧了，儿子不愿意让人知道他爸爸当过日本人的警察。老纪说，刘状元不介绍你去当警察，盘儿也嫁不出去，生生地把盘儿掩在家里当老姑娘。还是人家状元看得准，不把你推出去就没你姐姐的前途，状元的这步棋走得高妙，非常人能比。大凡状元都是被魁星点过的，魁星点斗，状元是天上的星宿，不是一般凡人。

舅舅和老纪谈论刘状元，却绝口不谈我的父亲。其实父亲的名声不比状元小，父亲是皇上的亲戚，有着“镇国将军”从一品的头衔，论和舅舅的关系，应该比状元更近。刘状元在日本将投降的时候去世了，我的父亲却是活到了新中国成立以后，还当了政协委员。舅舅和父亲的关系十分微妙，每回我去舅舅家，我进门后舅舅都要往外看，看我后头是不是还跟着父亲，可每回都很失望。舅舅在我跟前肆无忌惮地说着父亲的坏话，他说父亲势利刻薄、狡诈不仁，是个小人，这样的人物是不得好死的。然而我却没听到过父亲说舅舅的坏话，自然也没谈论过南营房的街坊们，看得起也罢，看不起也罢，自母亲过门以后，父亲从未到过母亲的娘家，这倒是事实。

父母亲的婚姻谈不上门当户对，穷门小户的母亲，嫁入天潢贵胄之家，本身就是一个不和谐，更何况还是续弦。父亲前边的妻子已经有着一帮儿女了，这让母亲一生都很别扭。满腹经纶的父亲与目不识丁的母亲在文化上反差极大，完全是失衡的。以这样的差距作为婚姻的基础，对母亲来说，应该是一出悲苦戏的悠悠慢板，甭管说媒的是什么状元，甭管出嫁的场面是多么的风光，日子还得自个儿过，岁月还得慢慢儿磨。清朝有律例，“良人奴婢相为婚姻，各离异改正，良自为良，贱自为贱”。虽然已经到了三十年代的民国，但“柴门对柴门，木门对木门”在国人的婚姻缔结中仍旧是定式。

刘状元做的媒当是一个特例。

我成年以后问过母亲，问她对自己婚姻的感受。

母亲说，好。

我说，真的很好？

母亲说，真的很好。有什么不好吗？

我不能再问下去，再问下去将是一场糊涂的对话。母亲为她衣食无忧的日月而满足，为丈夫的温和儒雅而陶醉。南营房的女儿思想简单，没有那么多惆怅和矫情，没有那“断送一生憔悴，只消几个黄昏”的自作多情。我的顾虑，都是文人心态。古人说得对，“人生识字忧患始，姓名粗记可以休”，世间真的没那么多麻烦。母亲不在乎文化，母亲在乎日子。

母亲就是母亲，南营房就是南营房。

可惜，我一直没有机会跟父亲谈到他繁杂的多重的婚姻，如若有，我相信那一定是两个文化人的交流。从父母完满的婚姻结局，我体会了“恩爱”的含义，“恩”在先，是责任和义务，“爱”在后，是基础和铺垫。或许如母亲所说，真的很好。

二

今天，朝阳门外南营房已无人提及，作为一个历史地名留在了北京城市的记录中，南营房的消失不过是十几年的事情，假如宇宙有支点，我们跳离时间的长河，远远地观望，一定可以看到在滚滚尘嚣中，存在过的一片片整齐划一的平房和演绎在其中的贫穷市民的酸涩故事。

那些故事都很精彩。

南营房是清代留下的正白旗兵营，位于日坛的西北部，过去每年春分，皇帝或者大臣都要路过此地去祭神。我的外祖母姓钮祜禄氏，世代居住在南营房。清朝时候，哪个旗住在北京哪一块地方是不能随便挪动的，所以钮祜禄外祖母就一直住在朝阳门外，她那些钮祜禄的亲戚，也都分散住在东城，各家有各家的活法，各人有各人的日子。我的母亲除了一帮穷困的表亲之外，再没别的交往，直到母亲去世，我也没搞清钮祜禄那些庞杂的亲戚们。随着旗兵的衰落，南营房逐渐沦为穷杂之地，所住人物有旗兵后代，有做小买卖的，唱大鼓的，捡破烂的，还有妓女和盗墓贼，多是穷苦人物。以我母亲所住的四甲而论，有卖炸开花豆的老纪，卖炸素丸子的老安，戏园子扫堂的刘大大，澡堂修脚的白师傅，收旧货打小鼓的葛先生……五花八门，各有特色。与南营房相对的是北营房，北营房几乎没有什么房屋，大概是兵们的操练场。没有房屋就没有住户，北营房北边是大粪场，北京东城住户的粪便由淘粪的淘了，大都集中在东直门外和北营房，在这里晾晒发酵后再出售。别小瞧这粪场，所得的利润却是不低，完全由粪霸控制，别人不得插手。北营房一年四季永远是臭气熏天，只要一刮北风，南营房便笼罩在一片臭气之中。

出朝阳门不到一站地，往南是坛口。坛口是日坛入口的意思。坛口有条南北方向的街，叫景升街。在十字交叉处分为景升东街和景升西街。景升街是市场的云集之处，热闹程度可以和天桥媲美。幼时我是这里的常客，跟着母亲回娘家，一多半是冲着这热闹来的。这里有说相声的，耍狗熊的，说评书的，拉洋片的，卖针头线脑的，也卖各种小吃，小吃以黑的豆汁和切糕张的切糕最为有名。三甲拐角有个叫井大姨儿的，专卖炸饹馇，沾着蒜汤酱油，外焦里嫩，咬一口能把人香一个跟头。

市场中间有个“虫子铺”，就是卖打虫子药的。那时候，好像人人肚里都有蛔虫、绦虫什么的，卖虫子药的买卖就很兴旺。现在没听说谁肚里有虫了，我们吃的菜都使用了杀虫剂，杀虫剂杀了小白菜上的虫子，也杀了人肚里的虫子。现如今的人，畏杀虫剂比畏砒霜更甚，为买到不使用杀虫剂的菜，花大价钱也愿意。那时候，我最怕的就是过市场的“虫子铺”，“虫子铺”门口摆了张铺着红布的桌子，桌上陈列着两个大玻璃瓶子，瓶子里用药水泡着许许多多从人体里打下来的虫子，蛔虫和蛔虫在一起，绦虫和绦虫在一起，虫子们都是淡粉色的，互相缠绕扭曲着，看着让人恶心。我知道，那些虫子里面也有我们家老五的一条，我们家老五脾气大，无端地爱发火，母亲跟“虫子铺”掌柜的一说，掌柜的就给包了包药，母亲回家把药烙在发面饼里，专给老五吃，老五吃独食，自然很得意，结果拉了一脸盆扁虫子。母亲这举动很有“下毒”意味。我后来看过许多文学作品，投毒者都是用这种方式下毒的。用饼下毒，不知是母亲从文学里学的还是文学向母亲学的，反正可怜的是我们家老五，据说拉虫子的时候肚子疼得满地滚，自己还不知道是怎么回事，就像有人被害死了到底还不知道是怎么死的。母亲把老五拉的虫子提到“虫子铺”，掌柜的认真检查了，看虫子脑袋打下来没有，若没有打下来还得再吃药。老五还算幸运，拉了一条全须全尾的绦虫，没再受二茬罪……我每回从虫子们跟前过，都低着脑袋快走，如果那时嘴里还啃着糖葫芦什么的，也一定屏住气息，不再咀嚼。偏偏，母亲和“虫子铺”的掌柜有交情，住斜对门，一到那儿母亲就要停下来跟他说一会儿话。他们说来说去，就会从桌子上的虫子说到我肚里的虫子，仿佛我肚里虫子的数量绝不会比瓶子里的少。末了，掌柜的就像治老五那样，也送我一包打虫子药，说我要不吃他的药，肚里的虫子就会把我吃了。“虫子铺”掌柜的打虫药无外两种——“宝塔糖”和“山道年”。“宝塔糖”是个三角形的小糖堆儿，不难吃，是专给小孩子准备的。“山道年”是小白片，看着不起眼却厉害，吃了肚子拧着疼，大虫子一条一条往下拉，都是活着的，那感觉颇恐怖。“虫子铺”是坛口市场留给我的最不美好的记忆，跟它对面拔牙的地摊，大木头盒子堆积的拔下来的各种牙一样让人不愉快。

四甲北口有个戏园子，叫“群众剧场”，离舅舅家近，不到二十米。“群众剧场”很群众，它没有“吉祥”“广和楼”那样压人的气势和严肃，有的是随和与亲切。比如我看《天河配》看到一半，回舅舅家喝几口白开水，吃一个“驴打滚”，回来可以照旧坐下看，也没人管，这搁其他地方可能不行。剧场最早是个戏棚，后来加了座椅和新式舞台，搞得很像个样子了。这里一般以演评戏为主，我所接触的有限评剧基本是来自“群众剧场”。在这儿经常演出的演员一个叫鲜灵芝，一个叫吴佩霞，都是坤角，长得很漂亮，每回来演戏都坐着专用的三轮车，用毯子盖着腿，嘴唇抹得鲜红鲜红的。我看过她们演《秦香莲》《大劈棺》《小女婿》什么的。还记得秦香莲见了皇姑的唱词，“她好比三春牡丹鲜又艳，我好比雪里的梅花受尽了霜寒”，甚是悲切凄惨。父亲管评剧叫“落子”，他说他不喜欢落子，喜欢京剧。我说我也喜欢京剧，说这话其实是讨好，为的是父亲能多带我去看戏。其实我从心底里是喜欢评剧的，评剧通俗易懂，更接近老百姓，比如“天黑了”，就唱“鸟入林，鸡上窝，黑了天”。搁京剧就得跟人绕圈子了，说什么“海岛冰轮初转腾，见玉兔又早东升”，不知道“冰轮”和“玉兔”是什么的早就被绕糊涂了。京剧“天黑了”唱半天也不说“天黑了”，故意卖弄文字，以示学问。跟父亲谈此看法，父亲说评戏是小戏，戏词浅显直白，不登大雅之堂，缺少艺术的含蓄。

母亲也爱听评剧，我们都喜欢“浅显直白”。我们共同喜好的曲目是《小老妈儿》，“小老妈儿在上房洒扫尘土，扫完了东房扫西房……”我在群众剧场还看过《马寡妇开店》，里面的小寡妇可怜又可爱，拍着一个小布人儿在台上边走边唱，“你好半天没吃到妈妈的乳哇”，为什么没给孩子吃奶呢？是因为跟住店的小白脸调情去了。回到家我拍着我的小布人儿也唱，“你好半天没吃到妈妈的乳哇”，我的七哥，就是我们家的老七，从后头给了我一脖拐。这出戏新中国成立后曾经被禁演，原因是“内容不健康”。

南营房的格局是一排排平房，分作一甲二甲到五甲五条胡同，每条胡同近400米长，从高处往下看，如同一个整齐的棋盘。母亲家院门坐东朝西，小小的木门，没有油漆也没有门环，两层台阶破烂得只可垫脚，门槛全被磨圆了，当中成了一个凹，可见是曾经经历了千百万个旗兵的踩踏，属于“曾经沧海”的系列。对着街门内里是个白影壁，小得可怜，影壁顶上用瓦码出了一条花边，算是装饰，影壁前头种了几棵水葱，傻绿傻绿地戳在绿瓦盆里。院内五间北房五间南房相对而立，每两间一组，多出来的是堆房和茅房，这些房间低矮，窗户狭小，北房内顺西墙一条大炕，占了几乎一间屋的位置。其他的房屋原先都有炕，想必是住兵的，大部被我舅舅拆了，它们太占地方。院里的南房已经坍塌殆尽，成了一片瓦砾，瓦砾中偶尔会钻出一两只大青兔，是我那群叫不出名字的表兄弟豢养的宠物。兔子大了，可以吃也可以卖钱，他们的学费基本都是来自兔子。我舅舅最恨兔子，说兔子不叫唤，看着温文尔雅，其实蔫坏，性情太冷，满院打洞。他一见兔子就踢，兔子一见他就跑。这辈子跟兔是结了仇。小院唯一可以欣赏的就是东墙下的一棵枣树，严格说，它应该是隔了一道墙，属于五甲院里的树，却很不知趣地把枝丫全探到了这边院里。我从未见过那棵枣树结枣，倒见过那些树的枝杈上爬满了“杨剌子”。“杨剌子”是北京孩子们最怕的一种虫子，浑身硬毛，色彩狰狞，那毛要是碰到皮肤上，一片红肿，又疼又痒，让你哭都哭不出来。

南营房近百个院落基本是一个模样，要是你忘了门牌号走错了门，且得找呢，找大半天也未必能找到自己的家门；就是找到了，站在院里你也会奇怪，这是我们家吗？

舅舅家有股不好闻的馊臭之气，气息的来源是炕桌上的糨子盆，糨子盆是舅母做补活的重要工具之一。“补花”是朝阳门外妇女们的手工专项，也是家庭的主要生活来源。女人们到领活处领来彩布，按照贴在布上的纸样剪了，抹上糨糊，用砸扁了头的拨针将毛边窝进去，再将一个个花瓣组成花朵，将叶子和叶梗连接起来，然后交回去。自有另一批人把花朵和叶子组合在布料上，缝纫成床单、桌布各样工艺品。舅母一天可以拨几张彩布，但跟母亲比，还是不行，母亲在出嫁之前就是靠这个养活着她的娘和兄弟的。舅母说我母亲是快手，一天能拨六个大子儿，六个大子儿大概相当于今天的六毛钱，那时候一个大子儿能买一斤棒子面。但是我跟母亲回她的娘家，却从没见母亲拿起过拨针，也从没见她靠近过那些枝叶。其时的母亲已经很清楚，很认可自己的身份了，她是学者的太太，得随时保持着“太太”的清醒和做派，人哪，一旦攀上去下就下不来了。

钮祜禄外祖母自小长在南营房，一双大脚，一口京片子，所以母亲也如南营房的丫头们一样，有着旗人姑奶奶的性情，麻利泼辣，敢作敢当。母亲跟她的兄弟陈锡元是同母异父的姐弟，他们的两个父亲都姓陈，都是山东人。我的第一个外祖父是山东文登人，光绪年间来到北京，大概是没什么根底，来了没两年，就入赘在南营房我的外祖母家。后来做买卖有了点儿钱，在东安市场弄了间门面，专卖核桃、大枣、柿饼之类的干货，也卖北京的果脯蜜饯，这些东西禁搁，不怕坏，很少赔钱。那时候的东安市场不像现在。现在都是高楼大厦，高级得几乎买不出什么东西。光绪时代的东安市场是一片地摊，地摊的范围东到现在的美术学院，南至同升和鞋店，北到金鱼胡同，西临王府井大街，经营方式像现在的无序早市，乱哄哄地挤塞成一片。

小摊上卖什么的都有，梳子、篦子、绑腿带、辫穗、旱烟、假首饰……想要什么就能在这儿找到什么。东华门是清朝文武百官每天上朝的必经之路，官员们见天儿要费力穿越自由市场，既有碍观瞻，又不方便。后经住在金鱼胡同的尚书那桐上奏皇帝，光绪二十九年才划出了东安市场的范畴。有了市场就算有了组织，我那位文登的外祖父因为人的正直干练，被推举为东安市场商会的会长。现在一提“商会会长”一准是个腰缠万贯的老板，是个和政界密不可分的伟大人物，可那时的会长，照旧是每天从王府井走到朝阳门，回家吃窝头啃咸菜的普通买卖人。

1912年，我的母亲3岁，3岁的母亲在她生日那天命运发生了变化。

跟袁世凯有关。袁世凯当了中华民国大总统，为了不南下，不离开他的北方老根据地，指使部下曹锟在城里发生了兵变，2月29号在北京闹腾起来。曹锟驻帅府园的炮兵和驻禄米仓的步兵，跑步直奔王府井，在东安市场挨户抢劫。抢完了，兵们又从市场西门顺义斋煤油铺提出两大桶煤油，泼在东安电影院的木墙上，放起了大火。大火将东安市场燃成一片火海，没有一家商贩得以逃脱。据说，大火过后，狼藉一片，整个市场找不出一件整装东西。

火烧起来的时候，外祖父并没在现场，那天他正在家和女儿一块儿吃打卤面，吃面的还有店里的伙计刘德贵。刘德贵从京庄杂货摊上给3岁的小丫头买了副镀银的手镯，还没给小丫头套上，就听到了东安市场着火的消息。两个人撒腿就往火场跑，谁也没想到，这一跑，竟然跑得没了踪影。

外祖父自1912年2月29号离开家再也没有回来，其中也包括他的伙计刘德贵。外祖父就这样消失了，以致母亲连她父亲的名字也没记住，只知道姓陈，山东文登人。前几年，我查找过东安市场的史料，查到了那场人为的大火，却查不到山东籍的陈姓会长。我也曾托山东的文学朋友到文登县探寻，亦无下文。

外祖父的下落至今是个谜。

外祖母带着母亲再嫁，再嫁的还是山东人，依旧姓陈。继外祖父是个教私塾的先生，胖，爱喝酒，对母亲不好，母亲很讨厌他。再婚后的外祖母一直没有生养，直到母亲十一岁了，她的异父兄弟陈锡元才出生。我和母亲到东岳庙烧香，母亲不止一次地指着送子娘娘案前抬香炉的童儿对我说，你看他像不像你舅舅？

送子娘娘跟前那个童儿傻呵呵的，龇着牙，不知是哭还是笑。光光的秃脑袋上梳两个鬏鬏，除了富态，别的跟我舅舅沾不上边。母亲说，外祖母在娘娘跟前烧香求子，香灰正掉在童儿的光脑袋上，老太太心一动，忙用手胡噜着童儿的脑袋说，小子，烫了你吧？

谁想，竟然把这个童儿给招来了，转过年，外祖母就给母亲产下一个弟弟，谁都知道，她这个兄弟是送子娘娘案前端香炉的童儿。

三

母亲长得美，这是老天爷的赐予。我没见过那位失踪了的山东外祖父，或许母亲的长相随他也未可知。我常常惊奇，小家出身的母亲，何以能有如此精致的相貌？母亲一生所生三个女儿，其中两个都像她，只有我和父亲接近。这让我觉得遗憾，倘若我有母亲的相貌、父亲的才华，那将何等了得！姐姐们说，天下的精彩哪能都给了你，老天爷右手给你一块金子，左手就会剜去你一块肉！

母亲的美丽是美在她的头发上，她那一头浓浓的头发，让当今任何一个秀发模特儿广告无法与之相比。母亲告诉我，她做姑娘的时候，梳一条长辫子，辫根扎着红头绳，辫子粗得一把攥不过来，一直垂到脚后跟。因辫子粗而长，母亲不得不把辫子一圈一圈盘在头上，如同顶了个大盘子。这种发式让母亲在南营房有了个小名，叫“盘儿”。南营房的街坊们都知道盘儿，都喜欢盘儿，她是那儿大众的闺女。母亲在我的印象中一直是梳着发髻的，别人，比如刘妈的发髻里面都藏着假发，母亲却没有，她用的全是自己的真头发。母亲的发髻上不戴首饰，夏天是两枝院里的白玉簪棒，春天是一簇紫丁香，两朵红石榴，只有正月过年的时候母亲才戴花，是一朵精致的红绒花。红绒花是老北京的特产，以东安市场出售的最为地道，一根栽着红绒的铁丝，盘成了各式花样，精致、喜庆、温馨、亲切。可惜，北京的红绒花现在已成绝品，六十年代以后再没见过。母亲死后，我为她梳理头发，彼时她已改变了发式，变作了半边有发，半边光秃的阴阳头。梳理有发的半边，我发现母亲那乌黑浓密的头发，竟无一根杂色，在灯下闪烁着光泽，至死不变。

父亲跟母亲比差了许多，娶我母亲的时候他的头发已谢了顶，被小辈们叫为“秃爸爸”。“秃爸爸”不是儿子们叫的，是侄子们叫的，满人喜欢将亲近的人喊作“爸爸”，此爸爸非彼爸爸，真正的爸爸得叫“阿玛”。我管我的姑姑叫“姑爸爸”，除了亲切还有尊敬的意味在其中，正如同光绪管慈禧叫“亲爸爸”一样，绝没有父亲的含义在其中。我的长相随父亲，头发也随父亲，稀少柔软，不加修饰，一脑袋黄毛便太阳神一样地张扬着，绝无秀美可言。看着姐姐们满头的大波浪，除了嫉妒便是觉得造物的不公。

美丽的母亲一直待字闺中，到了三十岁才出阁。这样的老姑娘别说在七十年前，就是在今天也属于“老大难”范畴了。我问过母亲为何不嫁，母亲说，你姥姥、姥爷都去世了，你舅舅还没成年，我嫁了，他靠谁？

母亲的确是等到舅舅立业以后才结婚的。母亲结婚那年舅舅19岁，19岁的小伙子应该能顶门过日子了，可是没有。我舅舅心存高远，却不喜欢念书；对什么都有看法，却不敢出头，属于“心比天高，命比纸薄”一类。他干什么都没常性，至今我说不清楚我这位舅舅究竟是从哪个岗位上退休的。他当过巡警（伪的），跑过五金小买卖（全赔），开过酒铺（有始无终），卖过棺材（被抢），当过中学工友（杂役半学期），做过话剧演员（龙套），新中国成立后在国营食堂炸过油饼，在农场养过猪，在家具厂当过设计，在马路上铺过沥青……成为我母亲一生的包袱和心病。

我问母亲，在她三十年的南营房生涯中，遇没遇到过让她心仪的人。母亲问我什么叫“心仪”，我说就是喜欢的男朋友，初恋的情人，甚至是单相思的对象，比如我上小学二年级的时候喜欢我们班的男生刘大可，到了呢，什么结果也没有。

母亲想了半天，最后摇摇头。

三十年的女儿生活竟是一片空白，不可思议。我说，男朋友女朋友总是有吧？

母亲说，男女朋友当然有，多着呢。

我说，拣关系最近的说。

母亲说，关系最近的，男的叫李震江，女的叫“碟儿”。

我说，就说说这个李震江。

母亲说震江的故事可多了，他是我外祖父的学生，家在朝外东森里住，是种藕的农家子弟。

我查了北京旧地图，东森里在南营房的西南边，秀水河东边，那里的确有片水洼叫莲花池。听老人说，莲花池旁边有十几家妓院，属于四等窑子，那里的妓女多是年老色衰，进门就上炕的角色。莲花池妓女所接的客人是赶大车、拉排子车的苦力，也有在京东八县作案的土匪和盗墓的贼人，警察常常在这里抓获到有命案在身的要犯。我后来跟老纪说过李震江，老纪的看法与母亲不同，老纪说李震江是莲花池妓女的孩子，是有人暗地里出钱，让这孩子念书，所谓“种藕的农家子弟”，都是假说。

相比较，我更相信老纪的话，真是“农家子弟”不会有那么多时间儿子一样地陪在我外祖父身边，不会唱只有妓女才会唱的小曲儿。我听过一段母亲跟李震江学的曲子，说的是一个妓女死了，被人用席一卷扔到了芳草地的乱葬岗：

……

前头露着青丝发，后头露着绣花鞋。

南来的乌鸦鸽了奴的眼，

北来的饿狗掏了奴的怀。

一个说“掩上几把土吧”，

另一个说：“人家交代得清楚，

咱们是管抬不管埋。”

……

曲子很长，连说带唱，我能记住的也就这么多，这样的曲子除了妓女以外，别人大概编不出来。

我从母亲的叙述中，感到了李震江这个人物的诡秘虚幻，他往往和一些灵异事件联系在一起，所以他的短命是必然的。母亲说有一天天还没亮，她到东大桥去给她的继父买油炸鬼。本来坛口的烧饼铺旁边就有卖的，她的继父说坛口的油炸鬼不如东大桥的焦脆，就得绕远出荣盛夹道去东大桥。东大桥是朝阳门外街铺的东极限，过了那座不高的白石头桥就是一片荒地，萤飞狐窜，乱冢杂陈，是处决犯人的刑场。清朝，刑场带有震慑作用，一般都选在人口密集的市场附近，宣武门外的骡马市大街、菜市口，都是杀人的地方。到了民国，刑场就改到了东大桥的南边，芳草地的北边，这片相对空旷的地界。为此，朝阳门外便应运而生了棺材铺、寿衣店、裱糊铺、杠房。

母亲说她和震江最爱看的就是“出大差”。“出大差”就是杀人，把犯人从交道口的顺天府，即现在的教师进修学校押出来，走东四牌楼，过小街口，出朝阳门，专挑热闹的地方走，带有游街性质，到了东大桥就算是到了终点，当然也是犯人人生的终点。所以，一出朝阳门，犯人自知路快走完，没有多长的活头了，往往要闹些节目出来。逢有“出大差”的时候，李震江必定要逃学，带着我的母亲早早地等在朝阳门门脸儿，站在人群的最前头，眼巴巴地朝西瞅。远远地看见“出大差”的队伍从小街口那边过来了，驷马狼烟地走得很快，为什么快呢，是怕有人劫法场。我对这点很能理解，少年时看《水浒传》，那些英雄多是从法场上被救走的，比如宋江、卢俊义什么的。到了民国这会儿跟宋朝就不太一样了，“出大差”最前头走的是马队，十几匹马走得很威风，中间是背枪的士兵，脸上淌着热汗，跟在马后头，一溜小跑。兵后头是三匹马拉的胶皮轱辘大车，有时候一辆，有时候几辆，这要由处决犯人的多少决定。被杀的人坐在车当间，五花大绑，背后插着招子，招子是白木头排子，上头写着处决的由头和姓名，字上画着红圈。但凡谁背上了这个玩意儿，那是必死无疑，绝没有挽回的余地了。车过朝阳门，有的犯人吓得屎尿全出，脸色青绿，人还没有死，魂魄已经飞了。这样的“出大差”让观众失望，觉得不过瘾，有人就挑唆着犯人折腾。母亲说，平日震江挺腼腆的，连大声说话也会脸红，可是这会儿，却好像换了一个人，变成了另外一个震江了，他朝车上的犯人使劲喊，“爷们儿，唱一段嗨，别老闷儿着！”

一个西山的土匪，走到朝外“顺永油盐店”门口不走了，要喝酒吃肉，油盐店哪有酒肉，掌柜的让伙计给沏了碗红糖水端过去，犯人喝了糖水还不走，人群知道这边有乐子，都往这边涌，一时就有点儿乱。那个犯人看见挤在前头的一个胖娘儿们，张口便说，美人儿，跟我一块儿走吧！

那娘儿们也不含糊，立即回应道，我嫌你没脑袋！

喝了红糖水的西山土匪，后来披了“顺永油盐店”旁边“同聚隆布店”送过来的七尺红布，才往前走了。

朝阳门外的人管油条都叫油炸鬼，大概跟刑场在此的心态有关。母亲说那天她买完油炸鬼正要往回走，却看见震江直直地跪在桥底下，母亲过去叫他，他不理，拉他，他也不起来，眼睛傻愣愣地瞪着。母亲说震江跪了有些时候了，夹袄都让露水打湿了。一个赶大车的从桥上过，见了这情景，二话没说，围着李震江转了两个圈，把鞭子甩了几声响，这一来，李震江的眼珠才会转了，长长地嘘了口气，瘫坐在地上。母亲问他跪在这儿干什么，李震江说他在“等着挨头刀”。赶车的说这是“撞克”了，也就是撞上了游荡的孤魂野鬼，让鬼给拿住了，幸亏是遇上了他，换了别人，李震江的小命早叫恶鬼揪走了。赶车的说他每天出来早，天不亮，路上没人，什么都能碰上，马耳朵一乍，他就知道周围有不干净的鬼魅了，啪啪甩两下鞭子就把什么都破了。母亲说，赶车的鞭子梢都是狗皮做的，狗能破邪，平常说的“狗血淋头”就是指这种事儿，任甚妖魔鬼怪都嫌恶狗身上的东西。

我说李震江的表现是典型的癔症症状，大概是“出大差”看得多了，发生了角色转换，这个李震江，平日身体大概不是太好。母亲说震江身体很棒，冬天穿条单裤在雪地里跑，头上还冒热气。

可是“头上冒热气”的李震江却突然地死了，听说死的时候连《论语》的第一篇“学而第一”还没有念下来。李震江的死因是给母亲家修房，和泥的时候光着脚在掺了麻刀的泥浆里踩，不知被什么划破了脚板，也没在意，不几天却死了。我说李震江是得了破伤风，这样的事情搁现在打点儿疫苗，绝不至于要命。母亲却说震江是碰上了鬼。

外祖父在东岳庙的西跨院教书，晚上不回家，就住在庙里，外祖母带着襁褓里的陈锡元每天下午过去陪着外祖父。天天晚上，母亲要挎着筐子，里面装着陈锡元的尿褯子和父母晚上的夜宵给送到东岳庙去。李震江的任务是陪着母亲送东西，再把母亲护送回南营房，然后自己回家。

东岳庙供奉的是东岳大帝，东岳大帝是百鬼之帅，专门主管死生的大神，东岳泰山，是连皇上也要去封禅的重要地界。北京东岳庙气势肃穆阴森，前后六进，院落层层相套，内里有十八层地狱，有各样恐怖狰狞的塑像。母亲将李震江列为她的男朋友，我可以想象，一对小男女在夜晚的时刻穿越大街小巷，进入鬼气森森的东岳庙的情景，恐怖、压抑，再加上惊慌，共同造成了一种特定的情感氛围，不是男朋友也是男朋友了。

东岳庙因为在京东，在大路边，交通方便，还承担着一个任务，停灵。

北京人有习惯，死在外地的人叫“外死鬼”，灵柩不能进城进家，必须停在城门以外。东岳庙的地理位置是比较理想的地方，这种做法叫“停灵暂厝”。与此同时，有些客死京城的外地官员、商人，也将灵柩停在庙内，以备择日还乡。东岳大帝是主管阴间事务的神，将灵柩停放在庙里既便于探望、祭奠、启运，又能得到神的垂护保佑，对庙里来说，也是一笔收入。

母亲说，那天她和震江到庙里给外祖父送东西的时候夜已经很深了，外祖父的房里还亮着灯，跨院北屋，也亮着两盏油灯，照着下午才停进来的两口棺材。听说是宋哲元手下一个姓张的师长和他的副官，不知为什么死了，临时停在这儿。宋哲元是著名爱国将领，那时候在北平，是个头等大的官儿。大官儿底下这两个人的棺材却枵薄得可怜，自抬进来便有殷殷的血迹渗出，把整个西跨院弄得满是血腥之气。母亲说，那天她和震江一进院，头发就发乍，身上起鸡皮疙瘩。西跨院的北屋常停灵，新的旧的，有的一搁十几年，习惯了也不觉得怎么的。可这回不一样，往里头越走心里越发瘆，棺前两盏半明半灭的油灯，远远望去，鬼火一样闪烁，她和震江谁也不说话，加快了脚步往东屋走。母亲说可就那么巧，一抬头，他们同时看见了西墙根底下站着两个人，两个人见他们进院，立即背过脸去，面墙而立，一动不动。震江镇不住了，大喊一声，见鬼啦！

母亲和李震江一下钻进房内，将所见跟外祖父学说，外祖父不信鬼，说他在庙里教了十几年书，十几年来在西跨院停过的灵柩不下百数，从没见过什么鬼魅。说着推窗而望，只见西墙下一片月光，哪里有什么人影。

母亲说，震江千不该万不该，不该发出那声喊叫，或许那两个鬼还不知道他们已经死了，让震江一喊，点破了，一股冤气就扑过来了，要不震江怎会第二天就扎了脚……

我是不信鬼的，让母亲一说，从后脊梁冒凉气，打听过这个故事就再也没进过东岳庙，当然也进不去了。新中国成立后东岳庙被某个单位占用了，听说是警察学校之类。我想，真要这样也挺好，警察们能镇得住一切东西。李震江的逝去究竟给母亲带来多少伤感，至今让我揣摩不透，从母亲带有神秘色彩的叙述中，我感到很大成分是在给我讲一个鬼怪故事，而不是在谈自己的情感历程。那个走进母亲视野的，出身模糊不清的青年，过早地消逝在了朝阳门外的土地上，除了我在本篇文章中的提出，大概世界上没有谁再记得他，再知道他。写下以上文字，是替母亲存念，也是对曾经短暂生活在朝阳门外一个普通北京青年的追记。

他叫李震江。

四

朝阳门外的人物中，不能不说的还有一个叫作“碟儿”的，碟儿的名声比李震江大多了，想必曾经在那片地界生活过的老人至今还会有人想起她。

母亲将碟儿列为她的朋友，女朋友。

除了我母亲以外，谁也不知道碟儿的正式名字叫什么，但碟儿告诉过母亲，说她叫王彩蝶。

母亲是个宿命论者，宿命的母亲说“彩蝶”这个名不好，“蝶”就是“蝴蝶儿”嘛，蝴蝶儿能活几天？王家老家儿不知怎么给姑娘取了这么一个名字，彩蝶、彩蝶的，听着像个大鼓妞。大概是“彩蝶”与“菜碟”同音，于是“彩蝶”就被叫成了“菜碟”，继而被简化成了“碟儿”。“小菜碟儿”是北京人对受气包的称呼，如果说谁谁像个“小菜碟儿”，谁谁准是个受人欺负甚没起色的角色。饭桌上的小菜碟儿，大多是萝卜干、酱苤蓝、熟疙瘩一类咸菜，谁的筷子都能往里戳，又小又贱，连躲闪的份儿都没有。

我问母亲，碟儿长得漂亮不？母亲说瘦小枯干的，像块搁陈了的姜。我说，姜搁陈了就抽抽了，还不如像中国大作家老舍说的，“长了毛的窝窝头”。

母亲想了想说，碟儿还是像搁陈了的姜。碟儿的脸是姜黄色。

碟儿是丁家的新媳妇，过了门还不到三天就出来挑水，在新媳妇和新姑爷应该回门的日子，碟儿却担着两个水桶出现在了井窝子，这让南营房的街坊们对碟儿的婆家、娘家多少有些看不起。我分析，这个甚不起眼的碟儿，对母亲的影响是至关重要的，母亲之所以老大才嫁，生计固为其一，对婚姻的躲避，对为人妻的恐惧，是碟儿带给母亲挥之不去的阴影。

碟儿的男人人称“锔碗丁”，是沿街锔盆锔碗的手艺人。北京锔盆锔碗的以外地人为主，都是一辈一辈祖传的技艺。朝外操这营生的就碟儿的男人一个，就显得很珍贵，很重要。锔碗丁早出晚归，生意很忙，当然也挣了些钱，跟南营房的街坊比，日子属于富裕的。中国人的特点是气人有笑人无，丁家在这一片地域就显得有点儿各色，人们形容锔碗丁是“上炕认得老婆，下炕认得鞋”，意思是跟周围人不打交道，群众关系极差。

穷人家吃饭的碗都是有数的。居家过日子，盘碗常常破裂，裂了、破了，只要能对上，一般都不扔，等着锔盆锔碗的过来修补。锔盆锔碗的挑着担子过来，被主家叫住，拿出破碗来看，锔盆锔碗的根据盘碗破损情况，估计要钉几个锔子，跟主家谈好价钱再开工。锔盆锔碗的自带小马扎，坐下后拿块布将腿盖了，取根细绳将破碗拼好，用绳捆紧，用腿把碗紧紧夹住就开始了关键性的操作。锔碗的拿出一张小弓，弓弦上缠绕着一个轴，轴的下端嵌着金刚钻，拉胡琴一样地扯那弓，在裂缝的两边钻出对称的两排细孔，然后用大小合适的铜锔子将裂缝铆上，抹一层白瓷膏就算齐活了。修好的碗跟新的一样，照样滴水不漏。俗话说“没有金刚钻，不揽瓷器活”，就是说的这行手艺。锔过的碗上大蜈蚣一样地爬着一排锔子，肯定不如新的美观，但那一排闪亮的铜锔子会给人一种陈旧的沧桑感，人们见到这样的碗常常会说，“是使熟了的老物件了”。

锔碗丁是个孝子，他家里人口简单，除了媳妇就是妈，锔碗丁孝顺的具体表现是帮着他妈打媳妇。打媳妇似乎是旧社会底层家庭约定俗成的习惯，那时候没有妇联，媳妇挨打就得忍着，人说“打到的媳妇揉到的面”，意思极为简单，整治媳妇就要像揉面一样，反复再反复，方方面面都治理到家，让媳妇彻底服输，使起来才顺手。“多年的大道走成河，多年的媳妇熬成婆”，一个“熬”字，贯穿了做儿媳妇的始终。压抑的媳妇发展为变态的婆婆，难保对自己的儿媳妇不再变本加厉，没有为什么，什么也不为，旧社会就是这么一个规矩。南营房地界，打媳妇是普遍现象，如果谁家的媳妇进门没挨过揍，意味无非两层，一个是婆婆没权威，二个是爷们儿窝囊。

北京的井水苦涩，能饮用的有限，偶有甜水井便为稀罕，人们都到水井那儿挑水，你来我往甚是热闹，公众的水井被叫作“井窝子”。民国年北京安了自来水，但也不能通到各家各户，多是几个胡同共用一个水站，专门有送水的，推着独轮车，装两个扁木桶，往人家里送水。送水的并不收现钱，用粉笔在用户门口的墙上画记号，小鸡爪子一样，五个一组，到年终结算。南营房各家都是缺钱不缺人的，使水自己到水窝子去挑，没谁肯花送水的冤枉钱。每天，只要水窝子的水闸一开，就排满了大大小小的桶，一个接满了顶上另一个，挨个往前挪，称得上是井然有序。

母亲挑不动一担水，就得等她的兄弟陈锡元放了学，一块儿去抬。姐弟俩一大一小，一高一矮，抬着水晃晃悠悠地回来。那桶自然是靠近母亲这头的，母亲心疼她的兄弟，怕把前头的小嫩肩膀压坏了。据说陈锡元到了十五六，长成高大排场的小伙子，也没自己挑过水，依旧跟他的姐姐共抬一桶水回家。姐弟俩一高一矮，桶依旧靠近高的一头，不同的是这头换作了陈锡元。

母亲在水窝子每天要碰见的人就是碟儿，母亲有她的兄弟帮忙，碟儿就是一个人，一个人挑两大桶水。后来人们传说，碟儿用的水桶底儿是尖的，为的是不能在半道上停歇，母亲说这都是杜撰，碟儿用的水桶跟大伙的一样，洋铁皮的，也不比谁的大，不大的水桶让碟儿一个人挑，可就有点儿吃力了。碟儿是小脚，粽子一样的脚要撑起两桶水来，那颤颤巍巍的模样谁看了谁都为她捏一把汗。没人敢帮碟儿，尤其是男人们，大伙都知道碟儿婆婆的厉害，不大的事儿，她那个一脸横肉的婆婆，操着外地口音，能把一条胡同骂翻了，说她是母老虎便宜了她，准确说得叫“母夜叉”，红嘴蓝脸，会吃人的夜叉。母亲年龄与碟儿相近，在情感上对碟儿就多了些关注。母亲每每送过去亲切的目光，碟儿都闪过脸去不接。有时母亲有意将碟儿的桶让在前面，碟儿都执着地退着，不肯接受母亲的好意。看水窝子的老肖说，别让了，她在这儿排着还能消消停停歇会儿，回去指不定什么等着呢！

母亲不再谦让，她从碟儿胳膊上的青紫猜得出小媳妇在家受的罪孽，那不是人过的日子。有一回碟儿来担水，牙床都被打破了，满嘴是血，不住地往地上吐血水。本来水窝子的街坊们还有说有笑，一见了碟儿这模样，谁也不言语了。碟儿排在母亲身后，母亲止不住低声说，你们家老太太怎把你打成这样？

碟儿不说话，眼里有泪光在闪。

母亲说，找你的娘家人来跟他们论理，告诉我地方，我替你去叫。

碟儿摇摇头。

母亲说，实在受不了就跑吧！

碟儿说，我往哪儿跑哇？姐姐！

碟儿的一声“姐姐”，母亲就以为自己真是人家的姐姐了，最直接的表现是送了碟儿一副棉袖筒。棉袖筒是两个棉筒，接在棉袄袖口处，以遮挡手背，也可以把手指头缩进去，实际是袄袖的延长，方便又实惠。旧时的孩子们没戴过棉袖筒的几乎没有，袖筒就像母亲的手，在冷天，时时地给孩子捂着。母亲说，那年冬天太冷，滴水成冰，西北风一刮，刀子似的。水窝子周围冻成了大冰溜子，站都站不稳。碟儿来担水，小脚在冰上几乎站立不住，母亲便过去帮忙，替碟儿把桶从冰上提出来，把桶用铁钩子钩好，将扁担移到碟儿的肩上，看着碟儿一步三晃地往家走。老肖说，这个碟儿啊，她活不长了。

母亲问为什么，老肖说碟儿的眼睛里泛着死光。

母亲没想到碟儿会死，母亲只是觉得碟儿可怜，碟儿那双手，裂了几条口子，往外翻着红肉……母亲心疼，回家当晚就做了棉袖筒，第二天，见了碟儿二话没说，就给她套上了。

第三天，碟儿没来。

中午传来消息，说锔碗丁的媳妇夜里扎了水缸，自己把自己淹死了。死的头一天，听说婆婆把猫装在媳妇裤裆里，扎上裤腿打猫，猫把媳妇的下体抓得稀烂，媳妇受不了，半夜把自个儿头朝下，栽进水缸。满满的一缸水，都是她白日挑来的，自己给了自己一个了结。

母亲跟我说，她一直怀疑，碟儿的死是由她送的那副棉袖筒造成的，心里觉得怪对不住碟儿的。

碟儿的非正常死亡，使她的娘家人不答应了。在碟儿受苦受难的时候从来没见他们出过头，这会儿却借着碟儿的死大闹特闹了，北京人将这种做法叫作“闹丧”，是借着死人的由头来达到活人的目的。旧社会，每个女子都有自己的“人主”，在家是父母兄弟，出嫁是丈夫儿子，这种关系在相应的时候才显出它的重要。人死之后，必须报知人主，人主得问清死因才准入殓盖棺。就是正常死亡，人主也要为亡者争些权益和脸面，不是那么轻易好说话的。碟儿威风八面的娘家人除了要一笔钱以外，还要丁家为碟儿大办丧事。他们提出，碟儿的装殓必须是柏木七寸大棺，而且要内棺外椁，僧、道、喇嘛三棚经，出殡要三十六人大亮牌杠，清音锣鼓外加洋鼓洋号。出乎所有人意料的是，碟儿的人主还要丁家娘儿俩披麻戴孝，儿子打幡，婆婆抱罐，一点儿不能含糊。通常打幡的是至亲长子，举着一根挑着白纸幡的杆，杆上写着死人的姓名生卒年月和佛家偈语，为死者灵魂引路；抱罐的应该是长媳，罐里装着供奉在死人灵前的饭菜，叫“焰食罐”，半尺高的挂釉小罐，发引前由亲朋每人夹一箸菜肴，搛到罐里，用烙饼和红布封口，下葬时搁摆在棺材前头。碟儿娘家这样要求，是有意寒碜丁家，以显示自己的能耐。丁家母子理亏，只好答应。

碟儿出殡那天热闹非常，不啻一次社火游行，据说观看者不下数万人，成为轰动京城的一件大事。旧时的朝外大街街面低洼，一下雨满街泥水，铺子都是高台阶，最高的“五福楼”首饰店是七层，说是“多年的大道走成河”一点儿不假。母亲站在“五福楼”的台阶上，这里的位置最突出，她不是要看清楚出殡的队伍，她是要碟儿看清楚她。在水窝子彼此就是心照不宣的，现在这是最后一面了，她和碟儿的心里都会有所感应。出殡的队伍过来了，因为有悖于常理，看热闹的便指手画脚，执事的也嘻嘻哈哈，没有肃穆可言。光鲜热闹，五光十色中，碟儿的棺椁在人流中缓缓移动。一群穿绿驾衣的杠夫，抬着盖着锦绣棺罩的棺椁，在阳光下成为亮点。棺前头是碟儿那位打着引魂幡的丈夫，幡上带有讽刺意味地写着：“西方速去也，善路早登程。听经闻法语，逍遥自在行。”碟儿丈夫低着脑袋，腰里扎着麻绳，一路走一路号啕。那个夜叉婆婆披散着头发，一脸泥水唾沫，抱着小黑罐，狼狈地跟在她儿子后头，任人指骂。

母亲一阵心酸，挨打受气的碟儿此刻正平平稳稳地躺在里头，再不用担惊受怕，再不用拧着小脚去担水，她用自己的死为自己挣来了这份安稳。盘儿和碟儿都是贱命，是最微卑最渺小最不值钱的女子，碟儿如此，盘儿又将如何？就是在碟儿的棺木与母亲相错的那一刻，母亲为自己定下了一条原则：绝不能嫁给有婆婆的人家儿！

这大概是碟儿临走时的告诫。

碟儿可能到了也没想到自己的身后是如此辉煌，而且这个辉煌余韵绵长。有好事的文人将碟儿的事写成了戏，叫《锔碗丁》，在京城演出。丁家人认为有辱名声，花钱将《锔碗丁》买断，所以这出戏演了几场就不演了。丁家经此折腾，彻底衰败，将房卖了，不知搬到哪儿去了。我们家的老二，即我同父异母的哥哥看过这出戏，我问过他戏怎么样，他说“没劲”。我七舅爷的女儿大秀也看过这出戏，她说好看，她是和母亲一块儿去看的，两个人把手绢都哭湿了。

我为没能看上《锔碗丁》而遗憾，想象着它的情节，应该是比父亲喜爱的《逍遥津》《盗御马》们更可信，它就是朝阳门外母亲身边发生的事情，不像汉献帝，不像黄三泰，离得太远，只在戏台上才能见到。《锔碗丁》的女主角是碟儿，“搁陈了的姜”一样的碟儿，不知在台上是什么模样？

五

如果顺理成章，母亲应该嫁给炸开花豆的老纪。

老纪那时候是小纪，在纪家排行老二，上头有个哥，下头有个弟，他娘死了几年了，他爹老老纪带着三个儿子过日子，挺不容易。纪家三个儿子中数老纪实诚憨厚，有内秀，会打算盘会记账，全是自学成才的本事。老纪记的账是真正的“豆账”，戏棚的刘大大，书场的老宋，茶馆的周三，谁拿了多少开花豆全有记录。记录是用小人代替的，小人有的长脸有的圆脸，有的穿黑裤子有的穿坎肩。有一个脸上还点了两个点，那是坛口摆小摊的冯麻子。这些账别人看不明白，老纪和他爸爸却一目了然。老纪的算盘属于“一上一”“五下一去四”的水平，简单得用手指头都可以代替。老老纪认为他的老二很有文才，是个可以做“文字工作”的材料，属于纪家的重点培养对象。纪家是61号，与我母亲家隔了一个门。因为曾经是兵营，各家的格局都是一样的，不同的是纪家南屋并列了三个半截埋在土里的大缸，三个缸里都装着蚕豆，一个是正用水发着的，一个是发好切了口的，再一个是炸好了晾在那里的。小的时候我曾经目睹过老纪炸开花豆热烈壮观的场面，万千的蚕豆倒进油锅，噼啪炸裂，翻滚跳跃，如战场上万千激战的兵。老纪剃着板寸，穿着粗布汗儿，青布裤绑着腿带，一双靸鞋，一胳膊腱子肉，挥动着大笊篱，将军一般，和锅中的豆儿混成一体。特别是老纪将笊篱里的开花豆隔着好远抛向墙角的大缸时，一道由豆子们组成的喷香弧线，唰啦啦长了眼睛般，竟然没有一颗出轨的，利落潇洒，就如同《三岔口》里任堂惠和刘利华那场精彩默契的短打，熟练准确，不差一丝一毫。这时候的老纪在我眼里真是太了不起啦，相比较，我父亲简直不如老纪的一个小手指头。

老纪的爸爸老老纪是个善良人，附近孩子们没有没吃过老老纪的开花豆的。老老纪不唯爱孩子，还爱小猫，看到有人扔了的猫一准抱回去养着。老老纪跟人不太说话，跟猫的话却是多，闲了的时候总是端着一碗“高末”坐在院里跟他的“大白”“花脸”“黄毛”聊天。“高末”是茶叶铺子打扫出来的茶叶末子，喝一碗就没色了，便宜实惠，是北京穷人的最爱。“大白”“黄毛”们是老老纪捡来的“宠物”，有了这些“宠物”就有了看家的，有了拿耗子的，老老纪家没有白吃饭不干活的。

老老纪的大儿子在朝外大街大美理发馆当学徒，理发馆由剃头挑子进化为“馆”，就如同现在蹬三轮的开起了“现代”，文明高雅，登上了大雅之堂。民国初年，北京只有大宾馆里才有理发馆，都是为洋人服务的，后来日本人在京城开了几家理发馆，理发馆才渐渐为中国人接受，接受者也多是有钱有身份的人。纪家老大在“大美”跟着老板学烫头，那时候女子正兴“飞机头”，两鬓蓬松如机翼，一脑袋小卷，要爆炸般地张扬，十分摩登。纪家老大聪明勤快，“大美”老板已经将其内定为上门之婿，入赘“大美”只是迟早的问题了。为女性服务多了，老大身上就多了些女气，说话柔声细语，留着长指甲，小分头上总是打着发蜡，身上永远是一股“双妹”牌花露水味儿。这些让老老纪不待见，他心里早把这个娘娘腔的儿子踢出去了。一锅豆里还有几个泡不开的死豆子呢，儿子也是一样。

老老纪的三儿子是煤铺摇煤球的，地道苦力。在旧北京开煤铺的多是河北定兴人，煤铺的外墙上无一例外用白底黑字写着“块末原煤”，说的是经营煤炭的种类。北京的煤炭大多来自京西门头沟地区，也有大同的。块煤也叫“硬煤”“钢炭”，禁烧但是价格贵；煤末子贱，老百姓居家过日子多用煤末子做的煤球，做煤球的任务由煤铺承担。将半湿的煤末子摊平斩成小块，放在筛子里，搁在花盆上用手摇，摇成煤球晾干了论斤卖。摇煤球的一般是外地来的打短工的，北京的爷们儿没谁肯下这个死力。纪家老三其实也没把摇煤球当个永久职业，他的理想是去当兵，摇煤球是为了学着吃苦。老老纪说好铁不打钉，好男不当兵，反对老三去扛枪杆。老三说，咱住在南营房，祖上不是当兵的又是什么？以前能当兵，现在怎就不行啦？

纪家老三到底还是走了，参加了国民二十九军军训团。这一走就跟我的外祖父一样，再没有音讯。新中国成立以后老纪曾经找过他兄弟，去过民政部门，问过台湾回来的老兵，还在广播电台上广播过，都没结果。老纪说，他兄弟只要活着就忘不了南营房，就必定得找回来，南营房是他兄弟的根！这也是老纪后来不愿搬离南营房的原因之一。

母亲说老纪在纪家三个儿子里长得是最好的，长方脸，浓眉大眼，像戏台上的吕布。吕布的戏我看过叶盛兰的《白门楼》《辕门射戟》，还有他儿子叶少兰演的《小宴》。吕布穿粉袍，一脑袋粉绒球，跟老纪比，风流倜傥有余，泼实麻利不足。

我后来从舅舅嘴里知道，当时母亲跟老纪已经到了谈婚论嫁的地步，那边出面的是老老纪，这边就是我舅舅了。舅舅虽然初中还没毕业，但是他知道他姐姐的婚事得他做主。母亲是1909年生人，己酉年属鸡的，老纪是壬子年生人，属鼠的，就是说母亲比老纪大了好几岁。老老纪欣赏母亲的端庄贤惠，欣赏母亲的勤俭持家。老老纪说，大几岁没什么，女大三，抱金砖，只要母亲从57号搬到61号，纪家、陈家就是一家人了，陈锡元就成了他的老儿子。老纪本人更没意见，母亲的漂亮在南营房是数一数二的，娶个漂亮姐姐，有人疼他，他求之不得。

舅舅为促成这件事两院跑，吃了人家不少开花豆，拿水舀子舀着吃，撑得一个接一个地放大屁，十七八岁的青年，胡子还没扎出来却已经学会就着开花豆喝酒了。母亲就这事始终没松口，她总觉得心里头缺了点儿什么……

老老纪自然知道母亲的顾虑，知道碟儿的遭遇对母亲的影响，放出话说母亲一过门就当家，把他们爷儿俩挣的钱都管起来，他们家也真该有个理财的媳妇了，他们家那些沾了油花的钱不是塞袜筒里就是压炕席底下，让耗子拉去都不知道。

纪家没有婆婆压着，这点合乎母亲的标准。

可最终，事儿没成。

母亲嫁给了我的父亲。

差一点儿，我就成了炸开花豆的后代，命运就是这么微妙，想想也挺有意思。母亲结婚以后老老纪十分失落，老纪快三十了还没结婚，媒婆给说合了几个，他老跟我母亲比，闹得老老纪跟他发火说，盘儿现在已经姓叶啦，儿子，你死心吧！

最失落的是我的舅舅，母亲的出嫁宣告了他无节制地吃开花豆的时代已经结束，新的姐夫对南营房淡漠疏离，对他的一切几乎从不过问，与老纪家比，关系差远了。

两年后我的五姐，也就是母亲的长女出生了，母亲到娘家去的次数渐渐减少，老纪也娶了坛口打烧饼的闺女当媳妇，闺女叫张金枝，比老纪小八岁。张金枝没带来什么陪嫁，却带来了好手艺，纪家索性在门口支起了吊炉，开花豆之外还卖芝麻烧饼，整得四甲整条胡同都是香喷喷的。舅舅说，他一看见打烧饼的张金枝就想起姐姐来，猛一看，张金枝和母亲还真有点儿像，这大概也是老纪有意挑的。张金枝子孙娘娘一样给老纪生了无数孩子，我跟着母亲回娘家，晚上到老纪家串门，只看见梯子一样挨肩高的一群孩子，在灯光下，围坐成一个圈，挤挤挨挨地正给蚕豆切口。老纪见了我，两手捧了一大捧开花豆让我吃，我很矜持地捏了两个，老纪说，敞开吃，管够！

我看那群孩子，都是一个模样，个个长得像老纪。老纪的孩子们远没有老纪热情，孩子们的妈张金枝对我和母亲也爱搭不理的。老纪把开花豆搁在锅台上，张金枝说，人家是讲卫生的，说着拿来一块报纸垫在下头，报纸比锅台还脏，不知张金枝的卫生标准是什么。老纪的孩子们冲我挤眉弄眼，甚不友好，他们的脸脏兮兮的，花狸虎一样，拖着鼻涕，趿拉着鞋。我想，我要真成了老纪的孩子，难道也是其中的一个？大概不会，母亲毕竟不是张金枝。

七十年代，我在陕北农村“大有作为”地挣扎的时候，老纪的孩子们则都成了有用的人物，运输公司的司机，副食店的售货员，煤铺的工人，街道办事处的干事……那时候物质贫乏，我往陕北带了一罐子大油，是舅舅走老纪儿子的后门弄来的。我招工汉中以后，那个当司机的还到陕南工厂看过我，舅舅托他给我带了一瓶北京王致和的臭豆腐和两条“灯塔”牌肥皂。

我们活得不如人家。

改革开放以后，老纪的儿女们出息更大了，我还在为三十、五十的稿费爬格子的时候，那些人便已经发展到了“非等闲人物”的程度。开车的自己不开了，组织了出租车公司，当起了老板；卖芝麻酱的搞起了外贸，大批地往日本、欧洲出口花生酱；卖煤的弄起了石油钻探，陕北那些产油的井大部分是他钻的眼儿；办事处那位到外国当了参赞……

活得都比我精彩！

没当成老纪的孩子，我真应该后悔。

鸦窝里出凤凰，粪堆上长灵芝，天下理无常是，事无常非。

打乱母亲生活轨迹，改变母亲命运的就是刘春霖。

六

以我母亲的生活范畴，绝和状元搭不上边，南营房那五方杂处的穷杂之地更非状元的涉足之处。可偏偏，毫不搭界的人就遇上了，用“永星斋”饽饽铺冯老掌柜的话说是“缘分”。

“永星斋”是朝外大街坐北朝南的大点心铺，前店后厂，雇用着伙计几十号人，还有几家分店，生意相当红火。“永星斋”最早的老掌柜叫王芝亭，王芝亭祖上在宫里当过御医，他本人却没什么特长，就是喜好交结名人。一开始他在朝阳门外开了这个饽饽铺，之所以叫“饽饽铺”，是因为经营的全是满式糕点，跟南式、洋式点心不一样。满族人管点心叫“饽饽”，饽饽铺又叫“达子饽饽铺”，萨其马、百果花糕、芙蓉奶糕、细品小饽饽、酥皮点心，都属于达子饽饽。饽饽铺一开张，王掌柜就凭着祖上的关系让当朝翰林戴思淖题写了“永星斋”几个大字，又请庆亲王和工部尚书陈璧写了“风味不群”和“翠凝朝露”两块匾，都是烫金大字。朝阳门是朝阳之门，阳光下，巨匾金光闪耀，使“永星斋”饽饽铺在朝外大街滚滚的尘路上，光彩夺目，鹤立鸡群。上至宫廷王府，下至黎民百姓，一提“永星斋”没有不知道的。有皇上的时候，内务府的饽饽房每年都要“永星斋”做专供，作料由内务府提供，制作时需掌案亲自动手，可见其饽饽的精细讲究。此外，“永星斋”还给恭亲王、庆亲王和荣禄荣中堂府上加工饽饽，满族人的饽饽很大作用是用来祭祀，上供用的饽饽桌子是金龙绣套，桌子上每节码二百块糕点，往上摞十三层，有五六米高，还得用水果、绢花做顶子，这些工作当然都由饽饽铺承担。母亲说，她嫁入叶家第一年的正月，“永星斋”的掌柜就以娘家人的身份，给叶家送了一台红丝万字蜜供，蜜供是沾了糖蘸的点心，被码成了一人高的吉祥图案，谁见了谁说好，朝阳门外的“永星斋”给南营房的盘儿挣足了面子。

“永星斋”的具体位置在我的记忆中是在吉市口附近，东岳庙的西边。今天的“永星斋”已无从查找，被现代楼房替代，跟满族饽饽全没了关系。“永星斋”最让我思念的是一种贫民点心“七宝缸炉”。“七宝缸炉”说白了就是点心渣子重新组合烤制的无馅圆饼，火烧一样的，但松软可口，甘美异常，特别是刚出炉的热缸炉，那香味一里地以外都能闻到。“闻香下马”者大有人在，我母亲那位住在东四六条的七表舅钮七爷就是被“七宝缸炉”的香味勾来，跟饽饽铺的掌柜成了朋友的。“永星斋”离东四六条隔了一道城门几条胡同，“被香味勾来”的说法实属夸张，但事实是，常常“永星斋”的缸炉一出炉，钮七爷就掀门帘进了铺子，说是“赶上了”，实则是早算计好了的。七爷来了，两个缸炉一碗清茶是必须要款待的。七爷会说会唱，不招人讨厌，北京城里哪儿有什么新鲜事没有他不知道的。那时候没有电视，话匣子也不普及，报纸是少数人看的，用现在话说是“传媒业相当落后”。所以钮七爷就显得很重要，北京城里，马长犄角，羊上树一类新鲜，钮七爷会一件一件地掏给大家听。铺子里上上下下的人都喜欢他，时间长了他不来“永星斋”，大伙还念叨他。

我母亲管钮七爷叫表舅，所以后来我们都随着母亲叫，叫他七舅爷。母亲和七舅爷有着亲戚的名分却没什么交往，年节也不走动，只是跟舅爷的闺女大秀在交领补活的时候偶有碰面，交换些彼此的情况。我父亲叫七舅爷“牧斋”，在父亲和母亲结亲之前，牧斋是我父亲的朋友，吃喝玩乐的朋友，他们的共同爱好是京戏，是美食，都属于八旗子弟序列，七舅爷属正白旗，我父亲属镶黄旗。不同的是，民国后我父亲有家底，有薪水；七舅爷是坐吃山空，倒驴不倒架，面子上还撑着，其实日子很窘迫，就如同算计“永星斋”的缸炉一样，“秋风”打得自然顺畅，不让别人尴尬，自己也不尴尬。

父亲和七舅爷共同的朋友是刘春霖。刘春霖在性情上跟两位“子弟”不同，比较务实，不说不靠谱的话，在行为上也比“子弟”们严谨。这大约与他直隶石宝村的生长环境和状元及第的出身有关系。父亲和七舅爷请他“东兴楼”赴宴，他注定要问清楚“两位带钱了没有”才进门。表面上都是父亲在“请”，其实父亲一回也没掏过钱，无论到哪儿，商家一看刘状元来了，笔墨纸砚早在后头偷偷备好了，吃完饭不写幅字断然是出不了门的，而状元那幅字，价值不菲，值几十顿“盛宴”。就是在今天，香港拍卖刘春霖的一幅四屏，也拍到了220万港币。刘春霖的字之所以在社会上流传甚广，是他碍于面子，不便拒绝，还没有像现代人一样学会说“不”。社会上一致认可刘春霖的字，有“大字学颜（真卿），小字学刘（春霖）”的说法，更有“楷法冠当今，后学宗之”的美誉。有传说，慈禧在点状元的时候就是看上了刘春霖答卷上的一笔好字，爱不释手，钦点甲辰恩科一甲一名状元。当了状元的刘春霖后来给老佛爷着实写了不少字，今天我们在故宫游览，还时时能看到状元的墨迹。也有人说，刘春霖的状元是“捡”来的，是沾了名字的光，他只是进入了前十名，头名叫谭延闿，老佛爷马上想到了闹变法的谭嗣同，扔一边了。排谭延闿后头的是朱汝珍，广东人，老佛爷反感广东人，洪秀全、康有为、梁启超、孙中山全来自广东，自然不能当选。临到了刘春霖，时值当年大旱，老佛爷一看，高兴了，春风化雨，普降甘霖，乃大吉之兆，御笔点朱，刘春霖就当了状元。我后来跟父亲谈起过这事，那是父亲将刘春霖的一幅字送给我的时候，父亲说所谓“春风化雨”都是以讹传讹，卷子的名号都是封着的，说沾了字的光尚有可能，沾了名的光不可信。在刘春霖当上状元的第二年，清代废除科举考试，中国从此再无状元，自隋代以来浩浩荡荡的科考大军，在清光绪二十九年画上了句号，中国产生的592名状元中，刘春霖是最后一人。用他自己的话说，他是“第一人中最后人”。1907年刘春霖和几名同科进士及朝廷认为有培养前途的清朝子弟，被送到日本留学，父亲和刘春霖同船而往，在横滨登陆。刘春霖进的是东京政法大学，法律学科，我父亲进的是东京帝国大学，古典讲习学科。他们那一船留学生，后来成为名人的有很多，著名的有汉奸王揖唐，企业家王国甫，政治家沈钧儒……推算年龄，一群人中年龄最大的也不到三十岁，而我父亲和王国甫这些没有功名的子弟，还只能称作少年。

我父亲学的是文科，又喜好书画，在东京和刘春霖走得就很近，对刘师兄的书法到了近乎痴迷的程度，将师兄的各类“习作”搜罗不少。我后来有幸得到的墨宝当属这一类，那是一幅四尺联，“樱花和烟暖，富士带月寒”，想必是在日本创作的。二十世纪七十年代，我有孕待产，丈夫不知从哪儿将这副对联寻出，挂在简陋的斗室中，说时时看着状元的字，对未出世的孩子是一种太难得的胎教。我就天天看，有时还临摹。儿子生下来了，对什么都有兴趣，就是对学习没兴趣，招猫逗狗、逃学早恋、说瞎话、不及格，哪里有状元的半点风度，一笔字写得歪扭如狗爬，中学毕业了竟然背不出一首完整的唐诗，不知道宋太祖是哪个朝代人！最让人糟心的，还是个网虫，快三十的人了，不止一次让我揪着耳朵从网吧里轰轰烈烈地当众拽出来。当然，后来成了日本社会学的博士，我却总觉得歪打正着的成分多于刻苦钻研的成分，跟刘状元的书法胎教没一点儿关系。

这是题外话了，还是回过头来说我的父母，我儿子的姥爷姥姥。

我父亲从日本回国后先是赋闲在家，后来帮着王国甫办了几年织布厂，他的"古典文化学科"专业只能钻故纸堆，没有别的用处。后来他的师兄刘春霖在北京创办了直隶书局和群玉山房，我父亲将自己所长投入其中，也算是有了归宿。和我母亲的认识，就是他在群玉山房的时候。

母亲说她头次见父亲是在盛夏，荷花池的荷花开得正好。父亲则说是深秋，东岳庙的金桂将要凋谢，却香气正浓。母亲说不是金桂的香气，是"永星斋"七宝缸炉的香气，父亲记错了。甭管孰对孰错，他们在"永星斋"饽饽铺见的头一面应该是没错的。

父亲说那天他和牧斋、润琴（刘春霖）听下午戏出来，时间还早，就到朝阳门外金台看日落。

"金台夕照"是著名的燕京八景之一，套用的是燕昭王"置千金其上，延天下士"的典故，故称"金台"。真正的金台在河北，在易水河边，"风萧萧兮易水寒，壮士一去兮不复还"，送别地点就是金台，朝阳门外的金台不过是个附会，是京城外的一个高台罢了。就这个金台，在一片低矮灰房顶的旧北京也算是一个值得登临的去处了，有人专门写诗赞颂说："高台百尺倚都城，斜日苍茫弄晚晴。千里江山延望迥，万家楼阁入空明。"在难见高楼的旧北京，登斯台，低回眷顾，亦能给人以千秋灵气之想。但父亲和刘春霖们那天在台上抒发的不是怀古之情，却是婚娶的余韵，他们看的戏是昆曲

《钟馗嫁妹》。

70多年前的“金台夕照”是怎样一种景致，今人已很难想象，如今地铁线还有一站叫作“金台夕照”，沿着滚梯上去，钻出地面，哗地立刻被轰鸣震撼，车来人往，高楼耸立，不见高台，没有“夕照”，谈不上“千里江山”的回望……当年七舅爷在相对平坦的土台上边舞边唱，重复着《钟馗嫁妹》的戏词，“摆列着破伞孤灯，乘着这蹇驴儿跋能，似一幅梅花春兴……权当个冰人系赤绳，权当个月老为盟定，权当作氤氲使巧撮合，权当作斧柯媒证……”在我的意念中，老舅爷就是在今日车水马龙的马路上舞蹈，时空的叠加常常让人感到滑稽和不可思议，但历史就是这么绕着圈往前走的，不知什么时候，我们便踩在了昨天的脚印上。

七舅爷在金台上到位的表演让刘状元再一次领略了八旗子弟的“精彩”，一再地夸赞“好！好！”父亲说，不是牧斋唱得好，是《扑灯蛾》词写得好，“俺与他一旦契合，恁与他五百年前石上结三生”，颇有松尾芭蕉俳句的韵味，没点儿文字功底是写不出来的。

刘春霖说钟馗也是懂情，做了鬼还没忘记妹妹的婚事，充作冰人，替妹妹了却终身，是个有爱有恨的汉子。父亲说他回去要画幅“钟馗嫁妹”的工笔，那“破伞”和“孤灯”一定是要有的，萧条的冷雨也不可缺少。几个人正陶醉在“嫁妹”的情节中，有浓云飘来，正遮头顶，呼雷闪电中洒下了瓢泼大雨。雨水在土台上砸起一片烟尘，正在舞蹈的七舅爷大叫一声“钟馗寻来也”，领头朝下跑，刘春霖和父亲紧随其后，白雨中三人在朝外大街上跑成了一条线。七舅爷在前头猛蹿，父亲在中间大步流星，刘状元远远地落在后头使劲喘……

我对父亲的叙述持怀疑态度，刘春霖从日本回来当过大总统秘书，当过直隶教育厅厅长，以这样一个身份不可能在朝阳门外的雨地里奔跑。父亲说不可能的事情多着呢，他们是同学，同学之间什么不可能的事情都会成为可能！

七舅爷轻车熟路，照直奔了“永星斋”，舅爷聪明，他知道，到别的铺子就是避雨，到“永星斋”却是有吃有喝的好去处。三个人水鸡子一样狼狈不堪地进了饽饽铺的门，刘状元埋怨七舅爷跑得太快，七舅爷说他是怕在高台上被雷击着，大家这辈子都没干甚缺德的事，划不来不是。

饽饽铺的冯掌柜见来了巨星级人物，很是有些受宠若惊，招呼伙计赶紧找干净衣裳，在后头东屋摆了茶水点心桌，西屋自然也摆了笔墨纸砚桌。

那会儿母亲正好也在饽饽铺内避雨，她是到吉市口交补活，回来夹着一抱原料遇上了暴雨，躲进了饽饽铺，就这，头发衣裳和一卷纸样也淋湿了。母亲将盘在头顶的湿辫子松下来，那根长长的粗辫子就垂在脚后跟，垂着长辫子的母亲从玻璃后头焦急地望着街面，雨水在街上击出一片片水泡，檐下的水哗哗地流成了一条线。母亲担心南营房简陋的屋顶，能否经得住这场暴雨的肆虐，低矮的门槛怕是已经进水了；担心手里这一卷湿透了的活计，全砸在手里，非但挣不到一个子儿，怕还要赔钱。至于后来跑进来的我的父亲一行，则根本没有进入母亲的视野和心中，母亲一如既往地看着外面的雨水发愁。水汽朦胧的玻璃，刚出炉的七宝缸炉的香气，母亲苗条的背影，一条长长的辫子，氤氲出“遥望蓬莱，一半儿云遮，一半儿烟霾”的意境，父亲看得呆了。我想，父亲在那一刻并不是看上了母亲，而是看上了他意念中泛起的带有古旧温馨色彩的图画。在我的记忆中父亲画了不少有水汽玻璃背景的画作，玻璃的前头有美人的背影，当然也有三两个沙果或是一只睡猫，甚至还有一枝扭曲的病梅……父亲喜爱的是色彩和氛围。父亲的失态引起了刘春霖的注意，他问掌柜的可认识站在玻璃跟前的女子。未待掌柜的回答，七舅爷说那是他的外甥女，刚才净顾着往里跑，没看见窗户跟前还站着人，原来还是亲戚。七舅爷喊“盘儿”，母亲转过身来，见是舅爷赶紧请安问好，依着旗人的规矩，将七舅爷家的蛐蛐和鸟都问到了。

母亲姣好的面容让父亲惊异，那天他几位应冯掌柜之邀在西屋“留下墨宝”，父亲写的竟是“清素若九秋之菊”，冯掌柜有些迷惑，父亲说他赞的是永星斋的七宝缸炉，其实父亲夸的是母亲，跟人家饽饽铺没一点儿关系。刘春霖喝了半碗茶，坐在八仙桌前默默地动开了心思。后来饱蘸浓墨给饽饽铺题了一副联：

翠烟金台，细品钟馗嫁妹；
白雨永星，和鸣凤凰于飞。

同样跟饽饽铺没关系。

七舅爷懵懵懂懂吃了冯掌柜半盘子新出炉的缸炉，得了两匣子芙蓉糕和萨其马，心满意足，坐在太师椅上有些犯困。

雨过天晴，冯掌柜给雇了车，三个人高高兴兴散了。

母亲回到了南营房的家，屋内并没有漏得一塌糊涂，因为屋顶上被老纪盖了苫布，母亲自是感激，到61号院里认真地谢了。老纪的爹说，你们家的事就是我们家的事，用不着分那么清楚。

其实老老纪的话已经说得再清楚不过了，母亲在喷香的开花豆冲击下，思想防线完全垮塌，她想，如果这个时候老老纪跟她提起纪家老二的婚事，她会一口答应。可偏偏，那天老老纪错过了这个好机会，老老纪什么也没说。

我舅舅那会儿正在书场听书，听的是《薛里征东》，直到天黑才回来。

七

中国有“月老系红绳”“千里姻缘一线牵”的说法，谁跟谁是一家子，早已是命中安排好了的。陈家、纪家本已成熟的姻缘却因月老的执意，有了改变。我跟母亲谈论她180度婚姻扭转时，母亲说这是命，任谁也挣不过命去。母亲还给我讲了个故事，说古代有个人晚上看见一个老头倚着布口袋在月光下翻书，他问老头看的什么书，老头说“天下婚书”，书上写着谁和谁成夫妻的事。但凡书上写了，他便用布口袋里的红绳把一对男女的脚踝拴在一起，两个人即便相距千里万里，也会因这绳子走到一起。这人问他的未来媳妇是谁，老头说，明天集市上有个捡烂菜的婆子，婆子领的女孩就是他将来的媳妇。第二天这人到集市上转，果然看到了一个又脏又烂的婆子，拉着一个黄毛小丫头。这人甚不满意，为了不缔结这场婚姻，就用刀砍了那女孩，自己逃走了。若干年后，他当了官，娶了上司的女儿，那女儿花容月貌，高贵贤淑，只是眉心有一伤疤，一问，是小时家里遭难，随奶母上街乞食，被人砍的。这人遂信月老的话不虚……

母亲信命，她一直坚信，月老没把她和老纪拴在一根绳上，没嫁给老纪，她并不遗憾。

避雨后没多久，刘状元就通过七舅爷传来了话，要亲自做媒，把“盘儿”说给东城戏楼胡同的叶四爷做夫人。

来传话的七舅爷先说媒人是多么有身份、有名气，又说了我父亲是多么有钱、有学问，说他们都是留学外洋的精英，是中国不可多得的人才，这样的人物打着灯笼都难找。我那位只有中学肄业水平的舅舅闹不懂“精英”是什么东西，但是他知道《状元媒》这出戏，知道状元是很伟大的人物，很多戏曲里是有不少状元娶了千金小姐，甚至招赘驸马的。我舅舅很想看看真的状元是什么模样，就要求媒人刘春霖一定要亲自登门提亲而不是让人传话。七舅爷说，人家刘状元是天上星宿，岂是谁想见就能见的，状元不可能降贵纡尊，到南营房这寒门穷舍来，你要想目睹状元真容，除非是婚事敲定，人家作为媒人来放定，也算是事出有因，不辱没了状元身份。

舅舅说他姐姐的亲事得问问隔壁的老老纪。七舅爷说，老老纪是谁？他能做得了咱们钮祜禄家的主吗？我是你舅舅，你娘死的时候虽没有交代，你们家的事也是我说了算，今天状元要来做媒，这婚事不成也得成了。

舅舅干瞪着眼睛说不出话，此刻他心里已把刘状元和戏台上蹬着皂靴穿着红袍晃着纱帽翅的英俊小生闹混了，一心想着刘状元而忽略了未来的姐夫叶四爷。我问母亲七舅爷来家说这件事情的时候她在哪里，母亲说，姑娘怎能参与这样的事？七舅爷一提亲，她就借机躲了。可是舅舅说我母亲根本就没躲，她一直坐在炕桌前拨补活，把七舅爷的话一字不落地全听了去。我问舅舅母亲当时发表了什么意见，舅舅说什么意见也没有，连头也没抬，他把母亲的沉默看作是认同。

我相信舅舅的判断，这桩婚事隐隐与母亲的心劲儿、与母亲的朦胧憧憬相吻合，才子佳人，是母亲有限认知中的理想搭配。“三春牡丹”和“雪里梅花”，哪个女子不想当富贵牡丹，开在当时。当冬天的梅花，哆嗦在风雪里，除非是有病。

事情有了眉目，刘状元便以媒人的身份出现了，嫁娶双方代表是在安定门茶馆见的面，母亲这方是我十九岁的舅舅和七舅爷，父亲那边是他的大学同学，在北京开工厂的王国甫，刘状元是中间媒人。介绍情况时刘春霖说，我父亲是属兔的，山林之兔，五行属金，农历六月十六生日。舅舅一推算，母亲属鸡，父亲比母亲大了六岁，还算年龄相当。刘状元说，瑞福（我父亲的字）曾经袭有镇国将军的封号，虽然清廷已经不在，毕竟也是个有根底的人家，前妻瓜尔佳去世近十年了，留下了四个孩子，长子大学已经毕业，两个女儿在燕京大学读书，平时住校很少回家，小儿子也高中毕业……孩子们懂事勤谨，家道殷实富裕，和和睦睦的一个书香门第。

舅舅知道以自家的情况无法和“镇国将军”相比，气势上就有些短，有些高攀的尴尬。他望着茶馆外头斜对面成贤街金龙和玺的牌楼，想着国子监那辉煌的殿宇，对那陌生的群落产生了一种闯荡的冲动，他知道那个领域不属于他，他没有也永远不会有资格落脚其中，但是他的姐姐可以，这个“可以”必须要借助刘状元的撮合，借助皇亲叶家的势力……跟卖炸开花豆、拉洋片、烙烧饼的是两个世界，大相径庭。

七舅爷看舅舅不说话，认为是拿不定主意，将舅舅拉到外头说，傻小子，还犹豫什么？过了这村没这店，这样的人家儿全北京也没几户。别人不知道叶四爷我还不知道吗？我们成天在一块儿听戏放风筝，他们家的狗什么脾性我都清楚！

舅舅说，叶家前头还有几个孩子呢，合算我姐姐进门就给人当后妈……

七舅爷说，是续弦，又不是做小，你姐姐明年就三十了，三十的老姑娘还想嫁个小白脸？不是我说你，都是你把盘儿耽搁了，晃晃荡荡一个大小子，没个正经事由，靠姐姐养活着，什么时候算个头呢？作为一个老爷们儿我都替你寒碜！

七舅爷的一番话把我舅舅说得脸红一阵白一阵，十几年来他浑浑噩噩，从来没想过谁养活谁的问题，跟姐姐在一块儿过日子似乎理所当然，如今让七舅爷一点破，细想还是真对不住姐姐了。

这样一来，我舅舅彻底没了底气，他用商量的口气对七舅爷说，那您的意思到底是嫁还是不嫁？

七舅爷说，嫁呀！这还用含糊吗？四爷是我朋友，人品一顶一的好，那胡琴拉的，托、随、领、带，精湛至极，不会唱的都能唱成马连良；画也好，工笔花鸟，跟恭亲王孙是至交，徐悲鸿要成立北平艺专，还聘请四爷当教授呢……到时候你姐姐就是教授夫人，是太太，你们南营房的穷丫头做梦都梦不到这一步！

舅舅再没什么好说的，进屋再面对刘状元的时候，他表示了对这门亲事的认同，但是他觉得对那个坐在一边一言不发，只是闷头喝茶的男方代表应该说点儿什么，说什么呢？他一时找不出合适的话题，情急中不知怎的想起了老纪家在美容院的老大，那个梳分头的形象此刻鲜活起来，也是有心要难为表情严肃的男方代表，舅舅指着王国甫说，你对那个要娶我姐姐的人说，你们既然是喝过洋墨水的，娶亲那天就要穿带尾巴的大礼服，戴高帽子，以示郑重！

舅舅这样说是按照市场上拉洋片匣子里的画提出的，吉市口市场拉洋片的老常是个很有特色的人物，我在小时候还见过他。瘦高的一个老头，模糊不清的胡子和嘴，弄一个大匣子，里面全是西洋的风景，有高楼有喷泉，还有骑着马的洋人。匣子前头有数个镜头，交了钱就可以趴在镜头上往里看，里面的画可以放得很大，连洋人的袜子花样都看得很清楚，如同真的一般。这也还罢了，最吸引人的是老常本人，他手脚并用，锣鼓齐鸣，那张嘴也不闲着，“往里瞧来往里看，翻过这片又是一片……”有时候我不看那片子，专听老常唱，老常的唱远比那些粗糙的西洋景强。现在有了电视，拉洋片的时代被甩远了，但我总觉得这个行当失传很可惜，那通俗诙谐的唱词，来自社会底层，唱者荒诞夸张的扮相，未张嘴已让人喷饭，锣鼓响起，眉飞色舞，嬉笑怒骂，闻之观之，听得过瘾，野得牙碜。我舅舅这样要求王国甫是有作弄的成分在其中，他对面前的叶家“代表”和那个未露面的叶四爷没有一点儿好印象。

王国甫未置可否。刘春霖说，那女方也是西式？

舅舅说，我们要坐花轿，要凤冠霞帔。

刘春霖说，怕是不般配。

舅爷说，有何不般配，孔子77代孙孔德成不久前成亲，新娘是白纱礼服，新郎就是长袍马褂，一样热闹，一样和谐。

我舅舅就这样把他的姐姐给出去了，放定那天是状元亲自来的。知道状元要驾临，那天胡同口围了不少人，谁都要一睹状元郎风采，连卖豆汁炸糕的也收了摊子，戏棚的戏也把日场改作了夜场。母亲家的街门口挂了六尺红布，低调地表示出这家有喜事，准备嫁闺女了。

隔了一道门老纪家的街门紧关着，内里也没有炸豆的香气溢出，老老纪坐在屋里炕上运气。他的儿子小老纪则不管这些，抄着手没心少肺地夹杂在看热闹的人群中静等状元出现。

秩序越来越乱，巡警出来干预了，把等着看热闹的人搡得一个趔趄又一个趔趄。快中午时分，刘状元从南口出现了，本来人们认定状元要进北口，孰料状元改变了路线，在神路街就下了车，硬是一步一步随着礼担走进了胡同。人们一下反而安静下来，在“天上星宿”的光芒辉映下，心内满是谦恭和敬仰，那是贫穷百姓对文化的一种仰视，是两个阵营的近距离相触，因为婚姻产生的机缘，使彼此相投、认可，继而理解。状元在南营房的街坊中缓缓地走着，简朴的春绸大褂，黑礼服呢的布鞋，和善的面孔，使他和南营房的距离一下拉近。人们只从媒人的装扮就已经认可了这桩婚事，都说陈家的盘儿等了30年，等来了好姻缘。

跟在状元身后的是24个红漆描金的抬盒，由穿吉服的抬夫们抬着，摆了半条胡同，红了半条胡同。我后来曾经好奇地问过舅舅抬盒里的内容，舅舅说都是些华而不实的东西。我问怎的华而不实，舅舅说有染了红胭脂的活鹅一对，代替古礼聘娶用的雁。还有花雕一坛，绸缎若干，木头如意一个，手镯两对，龙凤喜饼一双，干鲜果品四碟……

我想，叶家的聘礼热闹尽管热闹，却是不太实际。送鹅送酒送喜饼，不如送钱，现在男方给女方送的聘礼可是实惠多了，哪个小子倘敢用鹅来搪塞丈母娘，当下就得被踹出门去。不拿出硬通货，结婚没想！

中国婚嫁有六礼之说，六礼者，纳彩、问名、纳吉、纳征、请期、迎亲，在放定之前有庚帖交换这一个很重要的环节。父亲的生辰八字是应该在放定之前送过来的，舅舅说省了，都在茶馆里核过了，状元保的媒，不会有错。

八

母亲为她辉煌的婚礼而陶醉。

在我还是小丫丫的时候就一遍一遍地听过母亲对她婚礼的细节描述，大红的，海水江崖吉服袍，红缎凤穿牡丹绣裙，满头的绒花珠钿，镶着宝石的绣鞋，颤悠悠的花轿，那是她一生中最幸福最美丽的时光，以至于让我对那样的婚礼充满羡慕与神往，一度我让母亲许诺，将来我的婚礼也得搞成大红的、珠钿的、颤悠悠的……母亲的装扮都是来自戏楼胡同的婆家，就是说我的父亲在很短的时间内，将新娘的成套穿戴全备齐了，送了过来。据母亲说，她出门子那天，除了贴身小衣是大秀帮着缝制的，其余对她都是陌生的。

母亲说，她的花轿在进入朝阳门的时候被警察拦住，说是要进行检查。官事无人敢拗，只好由人检查，但是给母亲送亲的大秀不干了。大秀比母亲小，还没有出阁，作为送亲太太是不合格的，但是母亲的娘家实在找不出一个可以出头露面的女性了。七舅奶奶倒是合适，但是病得起不来炕，别说是送亲，就是站立都成了问题。大秀虽说是女孩家，却是拿得起放得下，当得了七舅爷的全部家，自然也当得了陈家的家，是满族姑奶奶中的典型。

大秀站在花轿前头不许警察们掀轿帘子，一帮警察们闲极无聊，正想找个乐子，双方僵持在城门洞。来迎亲的是王国甫，王国甫用十块大洋打发了警察们，警察们为了下台，派出一个女警察，探进轿内，落实公务。孰想那个女警察手脚不老实，探身进来一把就掀开了母亲的盖头，反身惊呼：新娘子是个大美人啊！

母亲向我诉说这些的时候年纪已经五十有五，55岁的母亲自然早已退出了美人的行列，然而，她那喜形于色的表情却再现了彼时的得意。母亲的容貌再姣好，出嫁时也近30岁，30岁的新娘在那个时代已是半残的花儿，值不得女警察大惊小怪。更何况，母亲的盖头不是被父亲揭开而是被警察揭开，这点也令我不满意，我视此为不祥。

舅舅的讲述则跟母亲完全不同，那是另一种版本，他说母亲出门子那天是哭着上轿的，不是一般礼节的哭，是痛彻心脾的哭，陪着哭的还有七舅爷的闺女大秀。大秀在母亲出嫁前三天来到了南营房，陪伴着她的表姐度过这女孩儿的最后几日。

母亲的嫁妆在结婚的前两天送到了戏楼胡同的叶家，嫁妆中有灯一盏，茶叶罐一对，尿盆一个，衣裳一箱，这是相当简陋的陪嫁了。北京人嫁闺女，再穷也得备夜净儿（尿盆）、子孙盆、长命灯三样东西，这些东西让专门送嫁妆的用方桌顶在头上，一路送到婆家去。母亲那个木头衣箱里有七舅奶奶送给母亲的一件紫缎地大镶边女氅衣和一件蝴蝶花褂襕，两件衣裳都是舅奶奶的婆婆当诰命夫人时的披挂，一代代传下来，极少见阳光，一股浓重的樟木箱子味儿。民国时代这些繁杂的前清服饰早已退出了历史舞台，但作为压箱底的物件却是珍贵之物。舅奶奶自己有两个闺女，大秀、二秀，她从秀儿们将来的嫁妆里分出一份给我母亲，足见疼爱之深。除了衣裳以外，附近几户街坊合伙送了一对描红漆的脸盆架子，其中也有老老纪的份子，两块猪胰子是卖炸饹馇的井大姨送的。母亲嫁妆出门的时候，人们围在门口看，猜测着箱子里的装填，有小孩围在门口唱：

月亮月亮照东窗，陈家姑娘好嫁妆。

金漆柜、银皮箱，虎皮椅子象牙床。

锭儿粉，棒儿香，棉花胭脂二百张。

……

在孩子们的歌声里，母亲心里多少有些满足，想的是七舅奶奶的奉送至少让她在娘家的地盘上揽尽了风光。如果母亲知道，在她嫁入叶家三年后，叶家大格格出嫁的嫁妆，怕是要汗颜了。我那位同父异母的大姐出阁时，父亲陪嫁了全套花梨、紫檀家具，顶箱立柜、方案圆桌、绣墩沙发、座钟挂表、字画挂屏、金银盾饰……和南营房来的尿盆、茶叶罐不可同日而语。

老老纪视舅舅与叶家的联姻为对纪家的背叛，提了一壶开水把自家院里的玉簪花浇死了，这样的行为非善良的老老纪所为，之所以能做出，是因为心伤得狠了。老纪本人倒无所谓，照旧来57号串门，跟舅舅分食喜饼，给充作雁的鹅们拔毛，那罐陈年花雕，大半被老纪就着开花豆喝了……

第二天便要上轿，晚上母亲在试穿叶家送来的那些戏曲般的行头，没有穿衣镜，母亲便对着灯光下的窗户玻璃，扭过来掉过去地看。凤穿牡丹、富贵多子、百鸟朝凤、瓜瓞绵绵，各样锦绣色彩斑斓，精美绝伦，让母亲幸福又快乐。大秀坐在炕桌前，就着昏暗的灯在仔细研究放定时的过礼大单。半天，大秀推过礼单，点着其中一行严肃地对母亲说，这里不对了。

母亲除了自己的名字以外，其余一字不识，她根本看不出哪里"不对"，催促着大秀快说。大秀说，叶家四爷是属兔的？

母亲说，没错，锡元回来说了，山林之兔，五行属金，这帖子上不也是这么写的吗？

大秀说，这上头属兔的不假，却是蟾宫之兔，五行属木。

母亲说，反正都是兔，蟾宫的、山林的，待的地方不一样罢了。依我看，蟾宫的比山林的还好呢，一个在天上，一个在地下，一个是神仙，一个是草莽，能成为月宫里的兔子只能说明他命好。

大秀说，姐姐你别犯糊涂了，山林的兔子跟蟾宫的兔子都是兔子不假，却相差了一轮，十二年，就是说叶家的四爷不是比你大6岁，是整整大了18！

母亲一下蒙了，她隐隐记起那天在"永星斋"饽饽铺里盯着她看的那位"四爷"，瘦高的个儿，头发近乎秃顶，看年龄似乎跟老纪他爸爸相仿。母亲愣了半天，想过味儿来都快疯了，大呼上当受骗，她把那些花团锦簇的衣裳扔得满地都是。舅舅赶了来，一听这情景也傻了眼，没了一点儿主意！

刘春霖的两只兔子……

舅舅只好厚着脸皮请老老纪拿主意，老老纪正为他那棵长了六七年的玉簪花伤心，听了舅舅的话说，花死了再活不过来，除非换棵新的，但终归不是原先那棵。

舅舅问老老纪是什么意思，老老纪说，人家连定都放了，你们还能反悔吗?

舅舅说状元明明说的是山林之兔，帖子上咋变啦?老老纪说，怪你当时没长眼，上了人家偷梁换柱的当，还以为自己捡了个香饽饽，跟状元玩文化，你小子还差得远!

舅舅说，那就没一点儿办法啦?

老老纪说没有，水泼出去就收不回来了，他这辈子也不会再种玉簪花了。

连老老纪都没法子，母亲彻底失望了，她整整号啕了一个晚上，直哭得一丝气息悠悠欲断。怕出嫁，怕出嫁，拖了十几年，十几年到头来等了这样一个结局，母亲怎能心甘?大秀不住地埋怨她爸爸糊涂，成天和叶家四爷一道厮混，竟然不知四爷是属于哪类兔子。舅舅知道母亲性子烈，怕母亲走碟儿的路，让大秀看着她，不离半步。

第二天是出嫁的正日子，上午花轿到了南营房，吹鼓手在外头一通吹奏，院里院外里三层外三层地围了不少街坊，都来看南营房最排场的婚礼。状元没来，迎亲的是王国甫，他的那辆“道奇”停在胡同口，开不进来，他没有刘状元的亲和力，是昂首挺胸，凡人不理，背着手走进来的。王国甫进来就问新人收拾好了没有，收拾好了就上轿。七舅爷说，今天是外甥女一辈子的大事，得好好捯饬捯饬，女孩儿家家，不必催她，反正时间还早，先喝茶!

王国甫和七舅爷就在院里树底下喝茶等待，舅舅站在旁边一脸不高兴，质问的话几次到嘴边却又说不出口，急得冒出一脑袋汗。

屋里我母亲死活不肯换衣裳，摔了叶家定礼送来的银盾，被摔过的那个银盾我后来在舅舅家见过，不是真银，连收破烂的都不要。原本是在玻璃罩子里的一个银质造型，上面刻着“百年好合”的吉祥话儿，硬是让母亲给摔得扭曲不堪，难以入目。从破烂的银盾看，我相信舅舅的说法，母亲的婚事绝不像她自己叙述的那样完满，临上轿的母亲内心也并非得意而幸福。

那天，母亲非让她兄弟跟媒人讨个说法，否则不上轿。一道门帘，里面闹翻了天，外面冷得找不着话。

听着屋里叮咣乱响，王国甫不动声色，一切仿佛已在预料之中。倒是七舅爷有点儿绷不住，说，女孩儿，没出过门，临走总得使点儿小性儿不是。

王国甫看看表说，时候不早了。七舅爷让舅舅到里屋催，舅舅进屋，看母亲还是蓬头垢面，连新媳妇必走的仪式“开脸”也没做。按规矩，姑娘上轿前要用丝线将脸上的汗毛、额前的碎发绞去，以一张光鲜明亮的脸应对众人，表明此女子已经是妇人不是姑娘了。母亲站在炕上正和来帮忙的女人们对峙，开脸的婆子拿着一根线哪里逮得着躁动的母亲，任谁劝也不行，母亲说她不嫁了！

舅舅窝囊地站在炕沿下头，一句话说不出，一切全是他的错，此时此刻他哪里抬得起头。母亲问他，不在外头跟叶家论理，跑进来干什么？他说人家在催，母亲呸了一口，抄起上轿要抱的瓶儿朝他砸过去，舅舅一闪，瓶子摔在墙上，碎了，五色粮食流了一地。

上轿的新娘怀里要抱个装了五色粮食的瓷瓶，以示平安富裕，这是北京的习俗。母亲的瓶子被她自己摔了，让众人很抓瞎，就有了后来老纪包了一包开花豆塞进轿子的插曲，有些驴唇不对马嘴。

见屋里的“戏”愈演愈烈，老纪赶紧将屋门关了，让院里的吹鼓手们演奏《炒麻豆腐——大咕嘟》，立刻唢呐笙笛停止，只剩下鼓、镲的声响，鼓不是在敲，是在揉，镲不是在击，是在磨，咕嘟咕嘟，真如同锅里咕嘟的麻豆腐。这一手吹鼓手们都会，他们知道这是在给新媳妇拖延时间，主家为这个是要给赏的，“麻豆腐”炒的时候越长，赏钱越多。

一个《炒麻豆腐——大咕嘟》把王国甫炒得心烦意乱，坐立不安，急不得，恼不得，只得随着“炒麻豆腐”的节奏在院里踱步，一步一步正好踏在鼓点上。鼓点越来越快，越来越快，竟让他着了魔一般，停不下来了，这是吹鼓手们故意戏弄迎亲的老爷，如果给赏钱便罢了，不给就没完没了地“咕嘟”着。吹鼓手们两头拿钱，王国甫哪儿知道这个，在中国，在外洋，纵横南北东西，任何场面他没有打理不下来的，却栽在朝阳门外南营房一帮人的手里，其窝囊程度不亚于我舅舅。

好不容易“麻豆腐”完了，老纪又提出演奏《屎壳郎爬竹竿——节节高》。王国甫不知“屎壳郎”还会玩出什么花样，站起身高声说道，该走了！

这时门帘一挑，大秀走出来，大秀冷冷地说，有件事情得让叶家说清楚，提亲的时候媒人说姑爷是“山林之兔”，怎么放定的时候竟然成了“蟾宫之兔”，这不明摆着坑我们吗？

七舅爷说，有这样的事？

大秀拿出庚帖说，上头写得明明白白。

王国甫冷笑一声说，帖上写得明明白白就是明明白白，既然都明白了，怎能说坑？

大秀说，媒人说的可不是这样，明明说的是“山林之兔”，我们有人为证。大秀说着将我舅舅推过来说，你告诉他们，刘春霖是怎么说的。

舅舅的见不得世面就在这个时候充分表现出来了，他紧张得浑身哆嗦，他的这个毛病也遗传到我身上，我紧张了也爱哆嗦，止也止不住。舅舅不唯身上哆嗦，嘴也哆嗦，只说“兔……兔……吃草……”

老纪着急地喊，天上的兔子也未必不吃草！

王国甫说，一切以帖子为准，不是我们骗婚，是你们愿意，昨天连嫁妆都过去了，现在轿子到了门口，岂有变卦的道理？

大秀一时语塞，将目光转向她的爸爸。七舅爷说这事他来处理，说着进了屋。舅爷对母亲和大秀说，他也忽略了两只兔子的差异，光想着外甥女一生的荣华富贵，想着姑爷的品位学识，没承想闹出了这么件事，掰开了说是咱们理亏，谁让咱们当时没仔细看帖就把礼收了呢。母亲抽泣着说，我不识字，锡元他干什么去了？

七舅爷说，你指望那位爷替你把关？姥姥！他连自个儿的关全把不了。这回还不是托刘状元的关系，在巡警上给他找了个事由，好让他自食其力，你不嫁，他永远长不大。

母亲低了头不说话了，开脸婆子借机将线在母亲脸上拉过，七舅爷捡起地上的衣裳往母亲身上一扔，转身出去，对院里的吹鼓手吩咐：《百鸟朝凤》！

《百鸟朝凤》是新娘上轿的信号，院里的人都松了一口气，七舅爷像完成了一件什么大事，美美地喝了一碗茶。

母亲在轿子里哇哇地哭，从吉市口哭进了朝阳门，大秀在轿外头抹眼泪，不像送亲像送殡。

老纪跟着轿子走了一程，走到市场北口，停住了，眼巴巴地看着花轿往西拐了。

我的舅舅陈锡元把着轿杆，压着步子，努力使轿子走得平稳，这本应该是新娘兄长所为，母亲没有兄长，只好让小兄弟代劳了。没有人把轿杆，轿夫们会将轿子弄得上下颠簸，左右摇晃，因为这是轿夫们卖弄和露一手的时刻，这不光是为自己的铺子争光，创牌子，也是向本家讨赏的条件。

双方都没有老家儿，父亲母亲的婚礼就在“六国饭店”举行，我舅舅提出要“西式”，所以作为新郎的我的父亲和伴郎王国甫便分别穿上了黑色燕尾大礼服，雪白衬衣，硬领，系黑领花，戴白手套，把高礼帽在手里托着，不戴。两个人在人众中如同傀儡，彼此看着都想乐，只是忍着。媒人的身份太显赫，装扮却很普通，仍旧是那身春绸大褂。众人都称赞刘状元这个媒做得好，才子配佳人，天造地设的一双。媒人说：“权当作氤氲使巧撮合罢了，是四爷走了桃花运……”

好一个“巧撮合”，母亲不知道，更巧的还在后面。

母亲那天实在称不上“佳人”，红肿的眼泡，皱褶的衣裙，冷漠的面容，让所有的来宾大跌眼镜。母亲看着应酬中的“蟾宫之兔”恨不得变作猎狗，扑过去咬一口。回身再寻找“巧撮合”的媒人，早早地不见了踪影，撤了。

回到戏楼胡同的婆家，已经到了下午，父亲让前房的子女们出来跟新母亲见了，儿子女儿一二三四五六七……那长子，年龄已近乎和母亲相当，母亲糊涂了，自己不认字却是识数的，怎的呼呼啦啦出来一群？大大小小近乎十个！

洞房花烛夜母亲张嘴咬了父亲，因为父亲告诉母亲，偏院还住着一位如夫人，姓张，比母亲大十二岁，人家才真正比父亲小六岁。母亲要晕过去了，此时的母亲已经手脚冰凉，欲哭无泪，她只是要求见见刘春霖，要当面问个清楚，这媒是怎么保的。父亲说刘春霖的话没错，他头房的夫人瓜尔佳氏的确过世十几年了，留下四个子女；二房的夫人张氏也有几个孩子……母亲含着眼泪问，那我算怎么回事呢？小老婆吗？

父亲说母亲是明媒正娶的，状元保媒岂有保个小老婆的道理？续弦就是续弦，母亲续的是瓜尔佳氏……

没等父亲说完，母亲照着父亲的胳膊就是一口，那一口咬得真是狠，没有夹袄隔着，得掉下一块肉。

许多年，母亲对刘春霖一直耿耿于怀，刘春霖再也没进过我们家的门。母亲说他是不好意思。父亲说，润琴确是躲了，他的同科进士王揖唐邀他出来一块儿做事，润琴不干，躲到天津去了。王揖唐是华北政务委员会委员，是给日本人干事的汉奸，润琴岂能同他共事！

母亲的嘴不软，说只要见到刘春霖，定要跟他没完！

刘春霖之后，中国再无状元，我父母的“状元媒”姻缘便成了千古绝世的终结。

原载《北京文学》2008年第12期

京味文学的“新状元”
——读中篇小说《状元媒》

贺绍俊

叶广芩的《状元媒》发表在2008年的《北京文学》上，当时就让我眼睛一亮。

《状元媒》是一出传统的京剧剧目，叶广芩不仅将其拿来作为小说标题，而且还将其用到小说情节之中。初读这篇小说时就觉得这个构思顶有意思的，直到后来才发现，原来叶广芩要以这样的构思写一系列的小说。《状元媒》只是一个引子而已，接下来的几年里，陆续就有《大登殿》《三岔口》《逍遥津》《凤还巢》等十余篇小说在各家文学刊物上登出来，叶广芩又将这些小说汇集成册，在北京十月文艺出版社出版，书名仍叫《状元媒》，这本书的出版页注明了这是一部长篇小说，而发在《北京文学》上的中篇小说《状元媒》只是这部长篇小说中的第一章。《状元媒》这本书以长篇小说的体量，充分展示了叶广芩对于京味文学风格的突破和拓展。该书出版后即获得了“2012年度中国影响力图书”的称号，并获得第11届“华语文学传媒大奖年度小说家”的提名。从2008年在《北京文学》发表中篇小说《状元媒》，到2012年长篇小说《状元媒》出版，前后经历了四年，可以说这是一位作家不断酝酿、不断耕耘的艺术化过程，因此《状元媒》这本书的文学价值也得到了文学界的公认。在这一背景下，《北京文学》重新出版12年前首次刊登的中篇小说《状元媒》，是一件非常有意义的事情。

我重读了这篇小说，仍然有一种惊喜之感。当然这一次的惊喜与我12年前首次读这篇小说时的惊喜是不一样的，12年前的惊喜是由叶广芩小说的新颖带来的，而这一次的惊喜则是我发现了叶广芩早在这篇小说中暗藏着自己的雄心大略，实际上，当她写中篇小说《状元媒》时，心里就已经勾画出了长篇小说《状元媒》的蓝图。因此在这一次的重读中篇小说中，我饶有兴趣地从中寻找这一蓝图的草蛇灰线。首先当然是结构，叶广芩采用了一种特别的结构，由一出传统京剧经典为引子，牵出一个独特的人物，一篇小说就是讲述一个主要人物的故事。比如《状元媒》虽说做状元媒的主人是状元刘春霖，虽说成婚应该是夫妻两人，但叶广芩重点还是在讲母亲的故事。又比如，小说中一些人物后来都成了另外一篇小说的主要人物，叶广芩为他们后来的出场埋下伏笔，作好铺垫。比如母亲的弟弟就成为《大登殿》的主角，在《状元媒》里这个弟弟自命为姐姐的保护人，这不过是铺垫，于是在《大登殿》里叶广芩就专门因弟弟要为姐姐争名分，带着姐姐去天津找刘状元兴师问罪，得知姐姐才是真正的明媒正娶后，他才放下心来，觉得姐姐的地位有了保障，也算是“大登殿”了。另外，又如父亲的好友王国甫，在《三击掌》里以一个民族资本家的形象出现；七舅爷则在《逍遥津》里，被叶广芩塑造成一个家道没落却贵族心态不改的八旗子弟形象。

但最重要的伏笔还是对京味文学风格的突破和拓展。老舍是京味文学的领衔作家，他奠定了京味文学的风格特征，从老舍到后来的刘绍棠、邓友梅等作家的创作来看，大致上可以说，京味文学的风格是以四合院的市井文化为主料而酿造出来的，叶广芩对这种京味应该说相当熟悉，但她并不是在重复这种京味，她在京味中掺进了新的“作料”——皇城帝都的贵族文化。因为叶广芩不仅熟悉四合院里的市井生活，也熟悉峻宇高墙内皇亲国戚的生活，但她写的不是沉湎于锦衣玉食、香车宝马的富贵生活中的皇亲国戚，而是失去权势和地位、沦落为普通人的皇亲国戚，《状元媒》中的人物大多是在这个风云巨变时代下历尽沧桑的清朝贵族的后代，他们不得不从过去的深宅大院里走出来，在四合院甚至大杂院里寻觅一块落脚地，学会过普通市民的日常生活。但是，在这些失势的皇亲贵族的身上还遗留着皇亲贵族的气质，我们在读叶广芩的长篇小说《状元媒》时，明显感到她笔下的京味还透着以满族文化为基础的皇亲贵族气质。而叶广芩着重要表达的是，过去，皇亲贵族气质关闭在雕梁画栋的深门大院内，随着清帝国的倒塌，这种皇亲贵族气质弥漫到市井文化之中。因此这类人物的故事，也印证了岁月的沧桑和时代的巨变。京味文学在20世纪90年代之后处于停滞的状态，人们更青睐充满现代性的新北京，觉得京味风格有些陈旧了。但《状元媒》以一种典雅的京味风格出现在人们面前，让人们感觉出京味文学的新意来。从这个角度说，《状元媒》应该是京味文学的“新状元”。

在中篇小说《状元媒》中，叶广芩就为典雅的京味风格这一艺术追求定下了基调。她用了一个巧妙的构思，让皇亲贵族文化与四合院的市井文化碰撞起来。刘春霖这个中国最后一位状元要做的媒是将来自穷门小户的盘儿与出身天潢贵胄之家的金瑞祓结为夫妻。一个是目不识丁却充满着民间智慧的市井文化，一个是满腹经纶却对市井日常相当隔膜的精英文化。正是这种构思让京味掺进了皇亲贵族文化。但京味的主体仍然是市井文化，这就决定了《状元媒》的叙述重点是盘儿在南营房的故事，这里多半是“贫穷市民的酸涩故事”。这些酸涩故事有着鲜明的京味风格，这些故事直指底层世俗生活，但叶广芩的叙述语言却带有一种典雅和精致，这正是她在京味风格上的突破点。小说的内容也是非常耐人寻味的。小说虽然是由状元做媒引出的，但情节主干却是母亲盘儿带着弟弟艰难求生以及与南营房众乡邻的交往。那么，由状元做媒的这桩婚事到底是一桩美满的婚姻还是一桩失败的婚姻呢？按我们平时读小说的经验，肯定会觉得这样一桩缺乏恋爱基础的婚姻只能是失败的，甚至更会把同情心放在盘儿这一边。小说中母亲的女儿也有这样的疑惑，认为这桩婚姻本身就不和谐，她带着这一疑惑询问母亲，但母亲的回答是“真的很好”。女儿由此明白了一个道理：“从父母完满的婚姻结局，我体会了‘恩爱’的含义，‘恩’在先，是责任和义务，‘爱’在后，是基础和铺垫。”显然，状元做媒的这桩婚姻后来发生了很多故事，父母俩是两个非常值得深入剖析的人物。这一切叶广芩只是在中篇小说中埋下伏笔，留待后面的小说去展开。当然，中篇小说《状元媒》重点还是写母亲盘儿，叶广芩精心塑造了一位有主见、识大体、心善良的贫苦家出身的女子形象。盘儿与南营房有着密切关系，不仅因为她自小就在这儿长大，而且还因为是南营房给她涂上了一层沉稳的文化底色，这层文化底色体现了民间性和传统性。南营房在皇城是一个低贱的地域，但居住在这里的人尽管出身低贱却心不低贱。他们也许羡慕富贵生活，但他们同样也有自己的尊严。盘儿被一位皇家出身的达官贵人看上，做媒的还是一个状元，盘儿和她的弟弟都明白这是高攀了，但他们并没有因为高攀就自我矮化和卑微起来。弟弟在为姐姐做主时，毫不犹豫地提出要让媒人刘状元亲自上门来提亲。允诺了这门亲事后弟弟又提出了男方要穿洋装而女方这边则“要坐花轿，要凤冠霞帔”。盘儿捍卫自己尊严的行为更为刚烈，从她开始坚决不上轿到洞房花烛夜里狠狠咬了新郎一口，都充分表现出一个贫穷女子的心境，哪怕是高攀也不能让自己的尊严和真心受到伤害。捍卫人的尊严是中篇小说《状元媒》的主题之一，叶广芩也将这一主题一直延伸到接下来的写作中，她特别赞赏那些处于危难或卑贱之中的人不畏权贵、不受诱惑，为捍卫自己的尊严所做的哪怕很细微的一个举动。

零作坊

迟子建

第一章：屠宰

翁史美往廊柱上挂第二盏马灯的时候，鲁大鹏和杨生情抬着一头嚎叫的猪进来了。翁史美一见两个人趔趔趄趄的样子，就抢白他们："你们一从城里回来，腿就比豆腐都软了！"

他们把猪甩在屠宰台上，不约而同地冲那头毛色肮脏的猪吐了口唾沫。

鲁大鹏说："这猪死沉，没准吞了主人家的金子！"

"你还有宰金猪的命？"翁史美笑着"呸"了他一口说，"你这个攒了五分钱手就发痒的人，不过是个穷命鬼！"

鲁大鹏讪笑着，说："马粪还有发烧的时候呢，没准哪一天我在河边走，河里的鱼都主动往我怀里跳，我就不用在这里宰猪混日子了！"

翁史美撇了一下嘴，踮起脚往廊柱上挂马灯。这时杨生情说："哎，先别挂，让我再看看。"

翁史美扭过头看着面色苍白的杨生情说："你要看什么呀？"

"你举着马灯真好看。我觉得你比廊柱美，你挂着马灯才对！"杨生情结结巴巴地说。

"呸！我一个大活人，你却让我当廊柱使！"翁史美笑骂着，将马灯挂在了廊柱上。由于挂得急，马灯稳不下来，摇来晃去的，那昏黄的光就给人一种跛脚的感觉，一歪一斜地跳跃。

翁史美走出屠宰间的时候，王军和刘铁飞抬着第二头被捆住四蹄的猪进来了。这猪比前一头嚎叫得还凶，翁史美学着鲁大鹏和杨生情的样子，往它身上吐了口痰，骂它："你就是个让人吃的贱命鬼，嚎什么嚎？"

零作坊是一座长方形的木房子。最早它是一家农户的马房，后来被一个制陶艺人看上了，就把它命名为零作坊。据说出自零作坊的陶器形态别致，花纹奇幻，售价不菲。这个艺人把他的陶器做了一个展览，轰动了美术界。后来他迁居到深圳去了。

翁史美是从加油站的吴方手里买下零作坊的。加油站离零作坊大约有两公里，制陶艺人常驾车进城，认识了吴方。吴方与他处熟了，就免费给他的车加油，艺人临走前就把零作坊送给了吴方。吴方早就想把空房卖掉，只是没找到一个合适的买主。来谈房价的多数是农户，他们最多出个三五千，而翁史美则大大方方地给了吴方一万五。吴方当时就明白这女人肯定用它做不正当的事情，他想零作坊可能会被改造成一个乡村小旅馆，暗中做人肉生意。他没料到这女人用它做了一个屠宰场，做的也是有关肉的生意，不过是猪的。

零作坊被分为三个主要部分：屠宰间、住宿处和厨房。住宿处共三间，几名屠夫一间，看门人和司机一间，翁史美独占一间。厨房不大，最显眼的是一张圆形饭桌和一口硕大的铁锅。白天这锅用来做饭，夜晚屠宰时，则用它来烧水煺猪毛。

零作坊不通电，更没有自来水，制陶艺人打了一口井，水源问题就解决了。冬季他们用煤来取暖，平素做饭用的是煤气灶。翁史美在零作坊拥有一辆卡车，卡车在拉收购来的生猪的同时，也随时换来煤气钢瓶，补充进他们需要的给养。屠宰的时候，翁史美是不在现场的。她只需提前把两盏马灯挂上就是。两个用木杆搭成的屠宰台的旁边，各矗立着一根雕花廊柱，翁史美把灯分别挂在廊柱上，它们的光焰刚好可以笼罩屠宰台。屠宰通常是两人一组，每组要宰二三十头猪。他们晚上六七点钟开始工作，到凌晨才能把活干完。这段时间，翁史美在休息，她听着猪的嚎叫声，闻着弥漫着的血腥气入睡。等她醒来，一头头猪已被对称卸开，一摞摞地摆在屠宰间的矮窗前。猪的头蹄下水被分门别类地放在一个个大塑料袋里，这里是心，那里是肝和肺，另外一处又放着腰子和猪蹄。翁史美所做的，是往肉皮上印一条条的紫色检疫章。她握着一个可以滚动的锤子形状的印章，往紫色印泥上一蘸，印章像磨盘一样在肉皮上一道道碾过，显赫的合格检疫章就堂而皇之地闪现在生肉上了。当然，这印章是她找人私刻的。在不到五年的时间里，她用坏了十几个印章。翁史美常说这些猪肉本来是乡下的野丫头，一旦有紫签加身，就变成了正宫娘娘，可以大模大样地出入市井之间了。把这些未经检疫的猪肉印好签后，屠夫们就会把生肉和头蹄下水抬到卡车上，然后每人吃碗看门人煮的馄饨或者稀粥后，倒头便睡。而翁史美和卡车司机则驾车进城去固定的生肉批发市场把它们交易掉，之后他们在城里采买一些生活必需品，在正午前赶回零作坊，翁史美亲自下厨，做一顿可口的午餐，等待醒来的屠夫享用。而卡车司机李公言，他则去乡下收购当晚又要屠宰的一批生猪。零作坊的工作虽然简单，但井然有序，几年来一直都是这样。屠夫都是翁史美亲自选定的。由于零作坊是个私屠滥宰的场所，为避免工商管理部门的发现，翁史美除了把自己的作坊伪装成农户，在其前后左右广种粮食和菜蔬外，她在用人上也颇费心机。作坊的人都是由她亲自选定的。四名屠夫中，鲁大鹏年龄最大，五十多岁，是个鳏夫，翁史美是在城里的一条繁华巷子的垃圾箱旁选中他的。鲁大鹏穿着破旧，但他面目沉静，推着一辆小车，在寻找垃圾箱中可当废品卖掉的东西，譬如纸盒、易拉罐、啤酒瓶等。翁史美一眼就看出了他的贫穷和忠诚，这两点都是她所需要的。鲁大鹏在城南有一间低矮的屋子，是他亡母留给他的，除了一套行李和几件简单的家具外，可说是家徒四壁。他卷起行李，把房子借给一个同他一样捡垃圾的人，轻手利脚就到零作坊去了。杨生情呢，他在屠夫中是文化最高的，高中毕业，很年轻，只有二十二岁，长得格外单细，像棵豆芽菜。他连续三年高考不中，神经有些不正常。他喜欢文学、音乐和摄影，常在街上抓拍一些他认为有艺术价值的场景。那天，两个中年男人因为在拥挤的人群中互相踩了对方的脚而大打出手，一个人打掉了另一个人的门牙，而另一个人则揪住对方的耳朵不放，一副你死我活的架势。翁史美看见有个男孩举着相机在抓拍打斗的场面，她敏锐地看出了这个男孩有欣赏暴力的倾向，而且也悟出了他没有正当职业。她就上前与其搭讪，就近在一家面馆请他吃了一碗鳝丝面，把生意谈妥了。杨生情来到零作坊时，比其他屠夫所带的东西奢侈多了，几本小说，一架照相机，一个小巧的随身听。他拍了无数幅屠宰场面的照片，每隔半个月就要进城去冲洗胶卷。透过照片，你能看见屠刀上的血和屠宰台上被苍蝇围绕着的已被肢解的猪，能看到廊柱上温柔的马灯，能看到屠夫叼着烟卷给猪燎毛的情景。屠杀使他兴奋和陶醉，他在零作坊渐渐成长为一个男子汉，个子长高了，留起了胡子，眼神不再是飘移不定的，而且敢和其他人一样无所顾忌地谈论女人了。而他刚来时，别人议论女人时，他都默不作声，眼睛里流露出轻蔑的神色。圆脸而光头的王军，他曾是个抢劫犯，刑满释放归来后，因找不到工作而故态复萌。翁史美是在一家储蓄所里注意到他的。他装作若无其事的样子在填一张单据，但他的眼睛却盯着取款的那些人。有个中年妇女取了两千元钱出了储蓄所后，他就跟了出去，翁史美也跟了出去。他们相跟着走进一家小巷子，在一座灰楼前，中年妇女走进门洞，王军跟了进去，翁史美也跟了进去。当中年妇女掏出门钥匙，王军欲对她实施抢劫时，翁史美呵斥住了他。翁史美说："你跟我干，没有这么大的危险，保证让你月月有钱可赚。"王军便含着感激之情来到了零作坊。至于另一个屠夫刘铁飞，他是拖拉机厂的下岗工人，上有老，下有小，老婆常年有病，生活拮据。翁史美是在市里蒙顺桥头那些出劳务的人中选中他的。蒙顺桥每天都站着许多等候雇主挑选的民工，他们黑压压地站成一排，脖颈下吊着一块纸牌，上面写着"油漆、刮大白、装修、搬家具"等字样，看上去像是即将被押赴刑场的犯人。有的时候雇主来挑选民工，他们为了争活干，有的还大打出手。翁史美见刘铁飞抢活抢得最凶，知道他是最缺钱用的人；又见他抢到活后会跟其他没有揽到活儿的兄弟拱手作揖，说“谢谢你们可怜我”，知道他又是仁义之人，于是就把他招到了零作坊。在零作坊工作的人，必须听翁史美的指挥。他们纪律严明，不许私自外出，更不许外出时带任何人回来。对他们的家人，他们也得守口如瓶。只是说在郊区的一家小工厂工作，不能常回去。几年下来，他们习惯了零作坊的生活，喜欢上了这血腥、隐秘却又自由的屠宰生活。他们晚上屠宰，上午睡觉，下晌时偶尔到田间帮助看门的王爷干点农活。王爷是翁史美从敬老院领来的。她看上了这老人的勤快。他姓王，叫王德顺，但因为他是零作坊里最年长的人，六十七了，所以大家就尊称他为“王爷”。王爷干瘦干瘦的，但他身体健康，耳不聋眼不花。他睡眠好，倒下就睡，每次只需四五个小时。他醒着的时候，总要不停地干活才觉心安。虽然他不是屠夫，但他喜欢在屠宰的时候给人打个下手，喜欢烧水，喜欢打扫凌晨时一片狼藉的作坊。此外，他还爱帮屠夫洗衣裳，晚饭也通常是由他做。他也不进城，每个月领到工钱后，他就把它塞到枕头里。他不信任银行，觉得把钱存到那里，只换回一个折子，是受骗的表现。王爷喜欢侍弄庄稼，冬天的时候，大地一片苍茫，他就常常站在寒风里发呆。而翁史美也乐得他这时节站在外面，因为没有庄稼的遮掩，零作坊看上去就不像个农户。为了免人生疑，翁史美买来两匹马，由王爷放马。

零作坊的生猪来自附近的几个农庄。卡车司机李公言去收购时，要比正规的冷冻厂收购的价格每斤高出一毛钱左右，这样，养猪户从每头猪身上，能获得比给公家多出的二十块钱左右的利益，所以零作坊在猪源上从来没有枯竭过。养猪户愿意把猪卖给他。零作坊每天屠宰生猪五六十头，节假日时多一些，而生意最冷清的时候也没有低于二十头的屠宰量。同大多数黑屠宰场一样，它们在宰完猪后，不停地给猪注水，直到它又扬开四蹄，宛若复苏为止。被注过水的肉不唯分量增加了，而且肉色看上去鲜嫩，买者趋之若鹜。

翁史美的屋子只要是在夏季，就要在床头摆上一瓶花。这种紫色的野菊花在田间沟谷都可见到。它的花瓣柔细而均匀地散开着，呈伞形，很像光芒四射的太阳，因而也有人叫它“太阳花”。这花很耐养，十天半个月也不凋零，精精神神的，散发着一股极淡的馨香，耐人寻味。翁史美躺在黑暗中的时候，如果她睡不着，就探过头去嗅花香气。那一朵一朵的花温柔地抚弄她的脸颊，使她的内心泛滥起一股浓浓的柔情，她就迫切地想听听孟十一的声音。零作坊是联通网覆盖的地区，因而能用手机。翁史美每隔一周若是听不见孟十一的声音，她就会心烦意乱，无缘无故地和屠夫们发脾气。她骂王军的次数最多，因为王军不识时务，总是在她情绪最为黯淡的时候与她开玩笑。翁史美在骂人上非常“生猛”，什么都骂得出口。不过她骂过人后，不出半小时，又会和颜悦色地与人说话了。翁史美的身上聚满乌云的时候，从来没有下过绵绵细雨，她倾泻的永远是暴雨，来得猛，去得也快。当你被这暴雨浇得晕头转向的时候，她已经云开日朗了。

翁史美与孟十一通话已经有三年多的时间了。孟十一就是创造了零作坊的制陶艺人。他们从来没有见过面，彼此也未通过书信，未传递过任何照片，但翁史美通过电话交流，已经渐渐地熟知了孟十一。他那低沉而轻柔的声音就像滴滴血液一样，使先前只有骨骼形态的孟十一，在她的眼中变得血肉丰满起来，可感可触。她在深夜时，甚至能感觉到他的心跳。在翁史美的心目中，孟十一是个又高又瘦的人，他应该有一张棱角分明的脸，这通常是做事绝不拖泥带水的男人的脸形——刚毅，不喜欢给自己留有退路。他的眼睛，应该是那种时而温柔如水，时而又冷峻如冰的。他的鼻子，想必是那种高而直的，而不是肉肉乎乎的塌鼻子。至于他的嘴，一定是比较宽阔的，因为一种极富磁性的声音是不可能从一个狭窄的嘴中钻出来的。在翁史美的想象中，孟十一的脸是微黄色的，因为他常吸烟和熬夜。但他的皮肤不会粗糙，应该像上了釉的瓷器那般细腻光滑。他的身上，还应该长着一些星星点点的痣，因为他是个生性爱好花纹的人，他的皮肤不可能缺了痣的点缀。

猪的嚎叫声非常凄厉，翁史美把门窗关严，打开手电，从床下提上一只竹笸箩，仔细看里面所盛的陶器碎片。它们形态各异，有的菱形，有的方形，有的椭圆形，更多的是三角形。它们在色彩上也是繁杂多变的，紫红色、古蓝色、墨绿色、土黄色，所有的色彩都偏于凝重的基调，绝少见那种过于跳跃和亮丽的色调，如水粉、橘黄、天蓝和嫩绿。有的碎片上残存着花纹，能看到剑一样的兰草叶、像人的眼睛一样的鱼、朴拙的古钱币、栖在树上的鸟。当然，这都是些体积较大的碎片。那些小的碎片，只是偶尔能看到一些线条，因为它不知是从何处断裂下来的，所以那粗的线条你就不知道是不是花的枝蔓或者是鱼的脊骨，而那细的线条你也不知道是不是谁的发丝或者灯笼垂着的穗。这些碎片是翁史美从零作坊的各个角落搜罗来的，她觉得它们太有吸引力了，正是这些碎片，激起了她和孟十一交往的欲望。她在抚弄陶片的时候，能听见碎片的声响，仿佛它们拥有生命，在喊喊喳喳说话一样。

翁史美是从加油站的吴方那里得到孟十一的手机号码的。她谎称自己捡到了一些原主人留下的贵重物品，想亲自通告给他。吴方就毫不犹豫地把号码给了她。

她清楚地记得第一次和他通话时，是一个冬天的黄昏。那时屠夫们正在进行屠宰前的准备工作，翁史美把两盏马灯一一挂好后，就在飘逸的光芒中走出屠宰间。回到屋子，她先洗了个头，又把手搽上香脂，这才拨了孟十一的电话。

电话立刻就通了，但孟十一并没有接。翁史美在想，他是在工作呢，还是在洗澡间，或者是和某个女人在一起，不方便接电话？再不就是，他见到陌生的来电显示后，拒绝接听？

翁史美失望地挂断了电话。正当她迷迷糊糊要睡着的时候，她的手机响了。她以为是市场管理所的崔炎打来的。他那一段时间疯狂地追求她。

“请问是哪位给我打电话？”听筒里传来的是一位陌生而又亲切的男人的声音。翁史美立刻就被这沉郁而富有感染力的声音所征服了。

“你是孟十一吗？”翁史美觉得自己的声音在发抖。

“我是。”孟十一略微停顿了一下，问，“您是——”

“我是你零作坊的新主人！”翁史美说。

“哦，您一定是从吴方手里买下零作坊的。”孟十一的声音有些惆怅了，他问，“能问您用它做什么吗？”

“屠宰场。”翁史美说。

孟十一笑了，说：“您一定是在开玩笑。我猜您是一个搞音乐的人，我听见了一种特别的声音。”

翁史美暗笑，那是猪挨宰时的嚎叫！

“您找我有什么事？”孟十一问。

“我在这里发现了许多陶器碎片，我觉得它们很神秘，就想和它们的主人说说话。”翁史美说，“你不会以为我神经不正常吧？”

孟十一说：“只要你不认为当年一个人躲在远离人群的地方制陶的我是发神经就行了。”

“那怎么会呢？”翁史美笑了。

“除了这些陶器碎片，你还喜欢零作坊的哪些东西？”孟十一饶有兴致地问。

“屠宰间里的两根廊柱。”翁史美说。

“哪里的廊柱？”孟十一问。

“就是你原来用来烧制陶器的屋子。你不记得它有两根雕花的廊柱？”

“记得。”孟十一说，“是我亲自雕的花纹。我没有给它上色，是木质本色。如果你在远处看，是看不出它有花纹的。”

“我现在用这廊柱来挂马灯。”翁史美说。

“挂两盏吗？”孟十一轻声地问。

“对，是两盏。”翁史美说，“每盏灯下都有一个屠宰台。”

“你真风趣。”孟十一说，“我猜你是个前卫艺术家。”

“我只是个屠宰场的老板娘。”翁史美爽朗地笑了。笑毕，她喘息片刻，问他：“刚才你为什么不接电话？”

“我在海里游泳，刚刚上岸。”他说。

翁史美说：“天黑了你还下海，不怕鲨鱼吃了你？”

“我可不像陶器那么易碎。”孟十一说。

“陶器才不易碎呢。”翁史美说，“我见博物馆里展览的那些出土陶器，都很完整的样子，那上面的花纹清晰得就像昨天描画上去的。”

电话里没有孟十一的声音。大约三分钟后，翁史美听到了一阵有节奏的“哗——哗——哗——”的声响，起初她不明白这是什么声音，后来她醒悟过来，孟十一是走到了海边，让她倾听海浪声！那一瞬间，她感动得热泪盈眶，她不能自持地爱上了只闻其声、不见其人的孟十一。这之后，他们常通电话聊天。有一次翁史美买了一条绿地白花的裤子，她不知道配什么颜色的上衣才合适，就请教孟十一。孟十一说：“纯白或者纯绿的上衣，否则就太不协调了。”翁史美觉得注重协调感的男人虽然保守，但他们在情感上不会轻易放弃什么，所以就听从了他的建议。而孟十一呢，他有一次打电话问她：“我在煎鱼，现在煳了锅底，该怎么办？”翁史美笑着说：“再买一条鱼来重新煎。”夜深了。翁史美给孟十一打了几次电话，都说手机不在服务区。这么晚了，他去哪里了呢？翁史美为他隐隐担忧着。她披衣起床，到屋外闲走。屠宰间里传来一片笑声，这笑声就像花儿一样，一朵一朵地绽放，使夜晚多了几分明丽色彩。屠夫在工作的时候，往往大声讲着笑话，讲着讲着，笑声就像浮出水面的鱼一样露头了。屠夫在笑，而猪则在撕心裂肺地嚎叫。零作坊离市区大约有三十里路，介于都市和乡村之间，有一种远离尘嚣的清净。翁史美朝庄稼地走去。她听见一些虫子唧唧咕咕地叫，晚风使植物发出轻柔的响声。翁史美不敢走得太远，因为在庄稼地尽头的荒滩上，是一片坟场，每逢清明、阴历七月十五和年关将近的时候，坟场上就人影幢幢，来上坟的人络绎不绝。葬在那里的，都是附近村屯的农民。有一年清明的黄昏，胆子很大的鲁大鹏溜到坟场上，把那些供在坟头的水果悉数拣来，让屠夫们吃个够。鲁大鹏说很多坟是老坟，塌陷了，上面长满了蒿草。看来那是些无子嗣的人的坟，没有后人去祭奠。翁史美小的时候听的鬼怪故事多了，所以很惧怕坟场，在深夜里，当你遥望坟场的时候，任何意外的声响和飘忽不定的影子，都能让人悚然一抖。翁史美走了一会儿，就不敢向前了。她掉转头朝零作坊走去。她甚至不敢看脚下模糊的路了，她只敢抬头望天。一弯上弦月闪现着，散发着金属的光泽。它确实很像一把镰刀，把天空中那些杂乱无章的东西悉数割掉，所以天空才如此干净。翁史美走回零作坊时，她的手心已经沁出汗了。往屋外倒肮脏血水的王爷碰见她，说："宰出了一头瘟猪，你看咋办？""让李公言把它全吃了！"翁史美气呼呼地说："这个月，他已经拉来三头瘟猪了，我看他的眼睛可以扔到厕所里喂蛆了！"

第二章：音乐

李公言不但没有吃掉那头瘟猪，还破坏了翁史美立下的规矩，几天之后擅自领回一个人。

那是个满口黄牙的男人。他带来了一套行李和一只长条形的上了锁的木箱。李公言涎着脸请求翁史美："美姐，你心眼好使，行行好吧，拉我这兄弟一把，给他一口饭吃。"翁史美一翻眼睛，她"呸"了一口李公言，说："我这又不是慈善机构，天下吃不上饭的人多了，我可怜得起吗！"说完，她对那个陌生人说："你哪来的就回哪儿去！"

陌生人瘦得像个骷髅。他塌陷的双颊似乎能塞进去两个鸭蛋。他的眼睛很小，但很灵活。他的目光在几名屠夫身上跳来跳去，跳到谁身上时，谁都鄙夷地看他一眼。屠夫们明白，多加一个人，他们的薪水就可能少一些。

何况几个人同住一铺炕已经够挤的了，再加上这个看着有些狡猾的人，他们实在不乐意。于是大家同仇敌忾地用冷漠的眼神望着陌生人。“我在这里干活，只待半年时间。”陌生人张口说话了，他的陕北腔令屠夫们发笑，就像听唱戏似的。“我不要钱，有吃有住就行。”陌生人从容不迫地说。

翁史美没有理睬陌生人，她朝李公言招了一下手，示意他跟她出来一下。到了户外，翁史美劈手就给了李公言一巴掌，她骂：“你是不是活腻了？竟敢随随便便地往零作坊带人！你说，这个陕北佬你是在哪里认识的？他是不是杀了人跑我这里来躲灾？世上哪有给人干活不要工钱的好人？”

李公言捂着嘴说：“美姐，你打吧，我不该坏了零作坊的规矩。不过我保证他不会给你惹事的，他住个半年左右就走了。”

“那他来我这里干什么？”翁史美咄咄逼人地问。

“他是我家远房亲戚。他外出打工时看上了一个姑娘，可他父母不认可，非让他和村上的一个姑娘结婚，他这是抗婚逃出来的！”李公言说，“我保证让他半年之后就滚蛋！”

“半年之后？”翁史美咬牙切齿地说，“没准滚蛋的不是他，是我！谁知道他给我带来什么厄运！”

“美姐，你这么个大富大贵的人，他一个薄命相，要是有厄运，老天长眼睛，也轮不到你头上啊！你放心，他要是给你惹麻烦，我李公言就给你当一辈子奴隶，给你做饭、梳头、洗脚、烧火、捶背、熨衣裳……”

翁史美说：“就你那笨手笨脚的样子还给我当奴隶？你给我梳头还不得把我的头发全撕扯下来？给我洗脚还不得用洗猪肠子的污水？给我捶背还不得把我的骨头弄断了？你呀，少给我收两头瘟猪回来，少给我往回带来历不明的人就行了！”翁史美叹了一口气，说：“看在你这几年对零作坊所出的力上面，我就给你个面子，免得你在屠夫面前抬不起头来！我可告诉你，再有第二次，我就把你裆里的鸟玩意剁下来喂狗吃了！”

这陌生人就住进了看门人王爷的屋子。屠夫们是不欢迎他的。四名屠夫在一起混熟了，就是李公言偶尔去他们的屋子一趟，他们都觉得碍眼。王爷呢，他在敬老院养成了一副好脾气，谁说什么是什么，所以对屋里加了一个人并不介意。只是那人带来的长条木箱很占地方，王爷建议把它放在屠宰间的墙角里，那人尖着嗓子连声说："这可不行，这里装着药，我随时都要吃的！"那木箱很沉，李公言和他两个人合抬进屋子，还累得气喘吁吁的。

新来的人叫杨水，屠夫们就拿他的名字开玩笑，说他是女人肚子里养胎儿的东西。他也不恼，说："羊水有什么不好？没有我'羊水'，你们还不得臭在你娘的肚子里，哪能今天站在这里宰猪！"杨水不忌讳别人拿他开心，不过他不会干活，他试着宰了两次猪，没有一次宰利索了的。屠宰的时候，屠夫们嫌他碍手碍脚，就让他出去。让他帮王爷干其他的。杨水呢，他索性就到外面闲逛，常常弄得一身泥土的回来。别人问他跟谁在野地里滚了泥回来，杨水就说："是坟地里的那些女鬼呀！"屠夫们就笑，问他女鬼的滋味好不好，杨水龇着一口黄牙说："那是比城里包房里的小姐好多了，女鬼不收钱的！"

也许是同姓的缘故，与杨水混得比较熟的，是杨生情。杨生情觉得杨水身上处处可爱，魅力无穷。杨水煮的猪下水风味独特，成了屠夫们下酒的佳肴，杨生情尤其喜欢吃。杨生情还觉得杨水的长相和打扮很有艺术特点，说他就像一尊兵马俑，那灰色的面容、细小的眼睛、仿佛淤积了黄泥的牙齿和如刀削一样的尖下巴，绝不是凡人所能拥有的。杨生情常常让杨水站在一堆鲜艳的猪肉旁边，给他拍照。有时让他大张着嘴，有时则让他合上眼睛或者是把头发弄得像野草一样乱蓬蓬的。杨水呢，他也乐意杨生情这么摆布。别的屠夫每隔半个月就会跟着运猪的卡车进趟城，他们有的是给家人送钱，有的则去找女人鬼混。屠夫中，刘铁飞对老婆算是忠诚的，他进城，找的总是自家的女人。王军也有老婆和儿子，可是在他服刑期间，老婆红杏出墙。王军出狱后，虽然没有与她离婚，但夫妻间的关系已是风雨飘摇。王军在对待女人的态度上就十分蛮横，认为她们天生就是贱种，要糟蹋她们，她们才高兴。所以他回城基本上不见自己的老婆，他去歌舞厅或者桑拿浴房去泡小姐。但他对寄养在父母家的儿子很好。他常挂在嘴上的一句话是：“老婆是别人的好，孩子是自己的好。”他常嘲笑刘铁飞，说他一辈子只睡自己的老婆是白活，说要是宰猪老是宰同一种颜色的还提不起兴趣，还要白猪、黑猪、花猪穿插着宰。他有一次和刘铁飞一同进城，甚至帮他约好了一个小姐。可是刘铁飞坚决不从，他说做男人得有责任感，他有家有业的，老婆待他那么真情，他在外面扯淡，实在是伤天害理！虽然刘铁飞在行为上约束自己，但他也喜欢开一些男欢女爱的玩笑。王军说他：“光过嘴瘾有个什么意思！”鲁大鹏这时就会为刘铁飞开脱说：“女人嘛，有一个使唤就行了！”这时大家就会笑起来。鲁大鹏由于捡了大半辈子的垃圾，一贫如洗，一直没娶上媳妇。现在他手头宽绰了，就在城里找了一个卖菜的中年女人。这女人有丈夫，但这男人是个赌徒，整天不着家。鲁大鹏一进城，就先奔菜市场。那女人没什么姿色，但她敦厚、善良。鲁大鹏盼望有朝一日她离了婚，就可以顺理成章娶她。每当他看到卖菜女人身上青一块紫一块被丈夫暴打的痕迹，他都恨不能用屠刀把他捅了。那男人不能输，一输了就回家拿老婆撒气。有的时候，赌徒闲着没事，也到菜市场游手好闲地看着他老婆卖菜。鲁大鹏要是赶上这个时候，就得装作不认识卖菜女人，绕着她走掉。如果他这样没有得到温柔回到零作坊，他在宰猪时就火气冲天，骂不绝声。王军不止一次对鲁大鹏说：“你干脆把那赌徒‘办’了算了。”所谓“办”，就是“宰”，鲁大鹏可不想成为杀人犯。他和那女人偷情，不敢在她家，只能回他原来的小屋。反正他借给的那个拾捡垃圾的人白天不在家。那女人一旦跟鲁大鹏走了，就得让相邻的摊主帮她看摊儿，而她每次都说是去厕所的。鲁大鹏为遮人耳目，一般不到她的菜摊前，而是在她的对面晃悠。女人一旦发现了鲁大鹏，就找借口离开。等她幽会完再回到菜摊前时，帮她看摊儿的人早已不耐烦了：“你每次上厕所都这么长时间，我看你应该上医院看看你的肾去了！”鲁大鹏把这话说给大家听时，屠夫们就说他是那女人的厕所，给他起了个绰号，叫“鲁便所”。鲁大鹏也不恼，由着大家叫。翁史美有一次在旁边听见别人叫鲁大鹏为“鲁便所”，就说：“还嫌这作坊的臭味不够浓，再添一个便所，不是肮脏了自己是什么？你们就不知道起个有点香味儿的外号？”杨生情就顺水推舟，叫鲁大鹏为“鲁香香”。别看鲁大鹏有些愚钝、粗手大脚的，他的心倒是挺细的，他能记住作坊的每个人的生日。到了那一天，他会给人唱上一段他自编的《生日歌》。他嗓音浑厚，唱歌不走板，因而听上去还比较入耳。那歌词总是一个内容“我娘养了我，我得报答娘。挨饿时让娘吃馍我吃草，受冻时让娘穿棉我穿单。娶媳妇时，让娘坐上座我磕头。生儿时，让我儿给娘挠痒痒。要是我妻待娘薄，我砸碎她的贱骨头；若是我儿顶撞娘，我割掉他的狗舌头！”他唱的时候，屠夫们会用筷子敲着碗盘，给他伴奏。他唱得十分投入，一曲终了，往往是满脸通红、热泪盈眶。鲁大鹏手里攒不住钱，一有钱，他就想着去花。他给相好的女人买围巾和衣裳，也给自己置办一些东西，诸如剃须刀、收音机、毛呢裤子、茶壶、金笔、计算器等等。他说毛呢裤子要等自己结婚时穿，金笔和计算器等着将来当了掌柜时算账和记账用。鲁大鹏总是说把钱换成东西那才叫聪明，他不止一次开导王爷，说是他攒的是一堆纸票子，要把它们换成实物才算拥有财富。王爷就反驳他说：“我用钱能买来粮食，你用毛呢裤子能买来粮食么？”鲁大鹏就会给问住了，他红着脸说：“反正钱这玩意花时才知道那是钱。”

翁史美暗中对杨水察言观色。她注意到，屠宰开始的时候，他比谁都叫得欢，让人觉得这世界只有一个杨水存在。而一旦天黑了，杨水就神秘地失踪了。他去了哪里，谁也不知道。等到夜深了，他又像鬼影一样飘回来了。在这附近，除了庄稼就是庄稼，再就是一片坟场，杨水这是去做什么呢？翁史美实在是捉摸不透。她不相信李公言的话，说杨水是抗婚出走。在她看来，杨水早已有了妻室，他在看翁史美时的贪馋目光证明了这一点。在翁史美看来，杨水带来的那个木箱是蹊跷的，他怎么可以吃上一箱子的药？她想李公言一定知道那里面装着什么。为了探个究竟，有一天在屠宰即将开始的时候，翁史美挂完两盏马灯从屠宰间出来后，径直去了门房。王爷正在忙于把一桶一桶的开水往屠宰间提，屋子里只有李公言一个人。

翁史美说："杨水带了这一箱子的药，能让我看看都是些什么药吗？"

李公言毕恭毕敬地给翁史美点了一棵烟，讪笑道："还不都是些保肝润肺的药？说是老家的一个老中医给他配的药丸，他每天晚上都要吃上一大把。"

翁史美把门房一贯放在窗台的油灯端到那口木箱上，她说："这箱子整日上着锁，是不是把我们零作坊的人都当贼防着呀？"

"哎哟，美姐，你要是这么说，我现在就把这锁砸烂了，让你看看里面有没有值钱的东西！"李公言说。

"你以为我爱看那些破烂儿？"翁史美说，"你也不用再跟我撒谎，说他是什么抗婚出来的。有抗婚出来的人这么快就对别的女人垂涎三尺的吗！"

"唉，美姐，我看出杨水这小子打你的主意。我那天把他骂了，我说美姐是什么人，是屠夫的老板娘！零作坊的白天鹅！我们的圣母！"李公言极尽谄媚地说，"他说一看见你的眼睛就心慌，你知道，我们看见你的眼睛也都心慌！这只能怪你太迷人了！"

"没给你的嘴抹上猪油，你就这么贫嘴！"翁史美笑着说，"你老在外面跑，我看你是越来越花心了，你老婆难道能受得了你的不忠？"

李公言大言不惭地说："我这是在外彩旗飘飘，家里红旗不倒！"

"让我烧了你的那些彩旗——"翁史美拈起油灯，朝李公言走去，说，"我看你还'飘飘'什么！"

李公言躲闪着，说："别燎着我的头发，我这头型前天才做好的，花了十五块钱呢！"

李公言在零作坊的男人中是穿戴最为讲究的。他说一个男人在外穿得不好，容易被人鄙视。他的头发又黑又密，很茂盛，他不知道把这头发怎么梳才显得有风度，于是这个月梳分头，下个月又梳背头。他一进城看见了新开的发廊，眼神就会为之一亮。翁史美用他，看中的就是他的左右逢源、讨巧和机灵。她明明知道他在收猪时会另有赚头，可她从不过问。翁史美明白，卡车每日都在城里、乡下和零作坊之间穿梭，安全至关重要。没有了安全，她的零作坊一旦原形毕露，这里就什么也不是了。所以她把这辆卡车看作是一条轻巧的鳗鱼，它体态俊美地在人流车辆中游弋，总是能够到达水草丰美的水域。李公言正是这条鳗鱼的代表。

她只能迁就他。

“我看杨水这家伙不是你的亲戚。”翁史美说，“你带他来，别给我惹麻烦就行！”

“我都跟美姐保证过了，我哪能坏了美姐的事业！”

“我一个屠宰作坊的老板娘，能有什么事业，不过混碗饭吃罢了，你不用这么抬举我！”

“嗨，照你这么干下去，再过个三五年，这作坊就会发展壮大起来！”李公言说。

“再壮大，还不得把我给壮大到监狱去？就你们这几号人，我管得了谁？还不是谁想怎样就怎样！”翁史美故作委屈地说。

“哎哟，美姐，你这可是太冤枉了兄弟们！你又不是不知道，这作坊的人除了鲁大鹏，谁都记不住自己的生日，可谁忘了你的生日？你过生日的时候，有给你采太阳花的，有帮你洗衣裳的，有帮你做饭的，还有给你唱歌的。要是不怕被你骂，还有人愿意帮你洗脚呢！”李公言不愧是跑长途的司机，嘴上的功夫十分了得，把翁史美说得心花怒放，竟然忘了自己是来做什么的了，她把油灯摆回到窗台上，叹了一口气说：“唉，听说前一段清理私屠滥宰生猪的场所，你可得给我留意着点，别让人抓了尾巴。”

“那些小作坊被清查是活该！你知道他们在哪儿宰猪吗？就在居民区里！猪夜晚嚎得人睡不着觉，他们这不是等着人来抓吗？”李公言眉飞色舞地说，“咱们这里是什么？是农户，种庄稼的！只有坟场的鬼才知道我们夜夜宰猪。再说了，市场管理所的人收了咱的钱，就得保护咱们，对咱们高抬贵手！”李公言慷慨激昂地劝慰翁史美，翁史美这才略觉心安地离去。

她回到屋子，躺在被窝里，拨了孟十一的电话。

孟十一接电话向来缓慢，但他这次立刻就接了，没有留给翁史美心理缓冲的时间。她说：“前些天给你拨了好几次电话，都说你不在服务区。”

“是吗？”孟十一有些狡黠地笑了，“我到一个山区去了，那里手机没有信号。”

“没信号你干吗开着手机？”翁史美狐疑地问。

“为了看手机上的时间。”孟十一轻描淡写地说。

停顿了一刻，孟十一又问：“你好吗？”他的声音很轻柔，那种久违了的亲切感使翁史美在黑暗中不由战栗了一下。

“我这一段不太好。”翁史美说。

“为什么？”孟十一问。

“我们作坊来了一个陕北佬，他带来了一个长条形的木箱，整日上着锁，我担心会给我带来厄运。”

“他是慕名而来追求你的？”孟十一问。

“我一个屠宰场的老板娘，谁知道我？”翁史美说。

“你又在开玩笑了。”孟十一说。他坚定不移地认为，翁史美不是搞音乐的就是作画的。翁史美多次对他说，如果他不相信她的真实身份，可以打电话问加油站的吴方，他会跟他讲实情的。可孟十一却说：“你为了隐瞒真实身份，会让吴方帮你撒谎的。”

在他们交谈的过程中，猪毙命时的嚎叫和着屠夫们快意的笑声频频传来，孟十一说：“你那里好像很热闹？”

“夜晚是零作坊宰猪的时候。”翁史美说。

孟十一显然不相信翁史美的话。他问：“现代音乐是不是经常掺杂着野兽的嚎叫和嘈杂的人语声？”

翁史美说：“我对音乐一无所知。”

孟十一有些泄气，他显然对翁史美产生了不信任感。他说：“有人敲门，我挂了，以后再找机会给你打。”翁史美被迫关掉了电话。可是她无论如何也睡不着，孟十一的情绪变化使她怅然若失。他不相信她的话，所以才找借口结束通话。翁史美心中郁闷，真想走进屠宰间亲自宰一头猪来发泄一下。孟十一在她眼中越来越像夏日晴空中的云朵，莹白动人，但行踪飘忽。因为她总是满怀了一份爱意和期待，所以她承受不了他话语里的任何不和谐音。她渴望着跟他倾诉，而孟十一却沉浸在他对翁史美的艺术世界的想象中。翁史美有的时候想，这是不是一场游戏呢？如果是游戏，如果有一方首先退出游戏，它不就终止了吗？她知道自己没有率先结束这游戏的勇气，因为孟十一的声音她已熟稔于心，这声音有色彩和气味，它远远比彩虹和花香气对她更有诱惑力。在她的生命中，她唯一感到不能或缺的，就是孟十一的声音。她在零作坊走动的时候，感觉脚上踩着的就是孟十一的脚印，她有几分心疼，几分温暖，还有几分遥望时的惆怅。

第三章：廊柱

屠宰台的木杆上沾满了污血和猪毛。苍蝇团团飞舞着，似乎在举行一次盛筵。阳光从南窗和东窗钻进屋子，使这里弥漫着光明。翁史美走到廊柱跟前，仔细看那上面的花纹。廊柱的花纹随着高度的增加而变幻多端，它的最底部是人与牛的图形，而靠近屠宰台的部分则是花朵和小鸟的图案。挂马灯的地方呢，有很多鱼和水草的影子。而到了顶部，是一片云彩和小船的图案。那船有大有小，一律是芭蕉叶形态的。船上的人影身姿婀娜，似乎都是一些女人。翁史美盯着那船上的女人看，想悟出孟十一对女人有哪些审美取向。可惜那线条太简洁了，她只能看个大概，觉得那女人个个细腰长发，很有些妖女的味道。

翁史美身高臂长，五官比一般女人生得大，比如眼睛要长一些，鼻子要高一些，嘴巴要宽一些，这每一部分的扩展都与她的长脸相得益彰，因而使她比一般女人显得有气势。因了这与众不同的气势，她的身上散发着一股不寻常的美。她长着一双会说话的眼睛，当她高兴时，那目光就暖融融如春日的阳光，而且眸子清澈逼人；而她生气时，那目光就如冷雨一般阴晦。零作坊的男人，谁都可以跟她开玩笑，但没有一个敢跟她动真格的。翁史美在长相上有高高在上的意味，她的性格亦是如此。她表面随和，可内心却很孤傲。她可以和屠夫们在一起猜拳行令、大呼小叫；也可以独自躲进小屋一往情深地抚摩那些破碎的陶片。当她置身于臭气熏天、苍蝇横飞的屠宰间的时候，她却幻想着另一种生活。她设想自己穿着蛋青色的亚麻布长裙站在田野上，上面是蓝天白云，下面是疯狂的野草和争奇斗艳的花朵。

翁史美今年三十二岁，出生在农村。她是在县城读的高中。她人很聪明，但就是学习不行，一看到书本就头疼，所以高考名落孙山。她所在的地龙乡是个风景优美的地方，建有度假村，当乡长的哥哥就把她安排到度假村工作。翁史美自幼父母早亡，是哥哥把她带大的，兄妹感情很深。度假村只有到了春夏季节生意才红火，来此度假的都是来自远方的城里人。他们穿着休闲衫、戴着太阳镜、背着旅行包的姿态令翁史美格外仇恨。她想，是我们这些农村人种了粮食，才养活了你们这些游手好闲的城里人。人一出生就是不平等的，你生在农村，那命运十有八九就是农民了；你出生在城市，百分之七八十就是城里人了。来度假的，有机关干部、大学生、商人、教师、画家、作家、白领丽人，但没有一个是农民。他们对着乡村的田园风光和新鲜空气赞叹不已的时候，翁史美都在心中恨恨地想，真虚伪，让你们一辈子生活在地龙乡，让你们在蚊虫飞舞的田间劳作上一天，你就会恨透了那一望无际的庄稼。让你走在遗弃着牲畜粪便的坑坑洼洼的泥土路上，你就会怀念城里有环卫工人清扫的宽阔平展的柏油马路了。翁史美在度假区作住宿登记，她不像其他服务员那样笑容可掬地对待来客，她冷漠、矜持，又不失却礼貌，引起了一些游客的注意。有一位画家，说她长得有特点，身上有一股非同寻常的气质，要让她当模特，他想画几幅油画，被翁史美拒绝了。她觉得进了画中的女人就不贞洁了。有一些商人，他们来的时候都带着一位浓妆艳抹的小姐，开房间的时候，他们要同居一室，翁史美就让他们出示结婚证，他们会说遗落在家里了或者是中途被小偷给偷走了。翁史美毫不客气，就不让他们住在一起。这样客人就会说些风凉话，什么“你们度假区是让人游玩的地方呢，还是派出所？”“都什么年代了，还要结婚证？你们难道不想挣钱了吗？”翁史美不卑不亢地给他们分别开两间房，心想你们夜里住在一起我不会管，但你们没有证件而要明目张胆地住在一起绝不可能。为此，有的客人十分不满，能住一周的，待个一天两天就走了。地龙乡虽然有几家乡办企业，但经营都不景气，完全靠旅游这一块来弥补乡财政的缺失。翁史美的哥哥不止一次对妹妹的古板大发雷霆，说：“都什么世道了，你还那么死心眼？我看你这高中算是白念了！以后就是武松要和潘金莲、慈禧要和李莲英睡在一起你也不要管！”哥哥最后给她调换了工种，在度假区管理灶房的事情。反正公鸡母鸡公鸭母鸭一并抓来她管不着，而灶上的厨子知道她是乡长的妹妹，也对她礼让三分。她在灶房与开铁器铺的王四会定了亲。王四会比她大五岁，人很憨厚。他一边务农，一边开铁器铺。那时灶房烧坏了两只铁壶，翁史美就到铁器铺打铁壶。那是夏天，王四会光着膀子在打铁皮，他那黝黑而有光泽的肤色看上去是那么赏心悦目。翁史美比一般女人个子要高，她绝不能找个比自己矮的男人做丈夫，而王四会刚好比她高出一头。翁史美动心了。她经常找借口去铁器铺，今天打个壶，明天打个盆，王四会对她也有了好感，两个人很快就结了婚，转年就生了一个大胖小子。儿子降生后，翁史美已经厌倦了她的生活，她冬季在家带孩子、做饭，夏季在度假区看着那几个满面油红的厨子。每当她听到王四会“哐啷——哐啷——”的砸铁声，就觉得她一生的幸福都在这声音中粉碎了。王四会有了儿子十分知足，所以翁史美气不顺时无端与他发脾气，他都一笑置之。翁史美发脾气为的又都是鸡毛蒜皮的小事。比如王四会忘了洗脚，她会借题发挥，骂他是厕所里的蛆、猪圈里的猪；王四会吃饭的咀嚼声一旦响亮的时候，她就说他是饿死鬼托生的、下贱；王四会看电视时因为小品演员的幽默表演而发出阵阵笑声时，翁史美就说他的样子像个白痴。翁史美与公公婆婆住在一起，他们抱上孙子自然对翁史美恭敬有加，但她不停地抢白自己的儿子，令他们十分恼火。婆婆就曾经对邻居老太婆说："一个乡长的妹妹，就不知天高地厚了；要是个县长、市长的妹妹，还不得骑在我家四会脖颈子上拉屎呀！"这话传到翁史美的耳朵里，她怒气冲天，和婆婆大吵了一通。王四会夹在母亲和妻子之间，说谁也不是。老人就王四会这么个儿子，她虽然有两个闺女，但她说儿子养老人才是天经地义的。她不止一次对人说："她要离婚就离，孙子她休想给我带走！"翁史美一想自己就是这个命，况且有了孩子了，再折腾还能怎样呢，于是就低眉顺眼过日子了。只是她在家里话极少，常常一个人无所事事地看电视，脸上很少有笑影，也不爱打扮自己。翁史美的哥哥不止一次地劝妹妹："你认了你这个农村命吧。有了孩子，跟人死心塌地过日子得了，这人又不是别人给你找的，是你自己找的，好坏你都得受着！"翁史美的哥哥当上乡长后，常去县城开会。他说与他一个级别的干部都想再上一个台阶，当个副县长什么的，就得拉关系和送礼。他跟大多数人一样挖空心思地拉关系、想方设法地筹钱送礼。他嫌度假村经营得不理想，冬季总是闲置着，打算搞点冰场和滑雪场，让淡季也能旺起来，这样他向上送礼时手头也会宽绰些。翁史美冬季时就像笼中的鸟一样，在家闲得无聊，她就带头为度假村搞冰雪旅游的项目，两年之后，地龙乡的冬季也有游人了。也正是吸引来游客的那年冬季，她的情感生活发生了一次地震，使她最终走向城市，走向零作坊。

通常情况下，能够被自己所打动的男人，必定是你没有接触过的那类男人。纪行舟是那年冬季来到地龙乡的。他看上去四十岁左右，个子很高，不胖不瘦，有一张偏于冷峻的脸，目光犀利，鼻梁高耸，嘴角微微上翘，显得有些不屑一顾。他与王四会的圆脸、塌鼻和不修边幅形成了鲜明的对比。而且他不像这个年龄的其他男人一样身边带着一个女人，他是独自来的。翁史美是在服务台前遇见他的。那天来的游客很多，作住宿登记的小姐忙得不亦乐乎。翁史美从户外走进大厅服务台的时候，正轮到纪行舟登记身份证。翁史美听见他要求服务员小姐："我想要一间能看见河流的房间。"翁史美觉得这人很奇怪，冬季的河流已经封冻，上面覆盖着白雪，与大地没有本质区别，站在窗前根本看不到河流在夏日阳光下熠熠闪光的灿烂水色。

"你要看河？"服务员小姐笑了，"它早就被冻僵了！"

一些游客发出笑声。翁史美走过去，对作登记的小姐说："给他一间能看得见河流的房间。"那人便抬头看了看翁史美。

翁史美那天穿一条黑裤子，古蓝色的软缎对襟棉袄，她披散的长发垂向光滑的缎面，就像一片垂柳漫向柔软的湖面，十分耐看。而且，翁史美天生一副好肤色，是那种白里透粉的。古蓝色的衣服和白皙的皮肤实在是绝配。翁史美看上去就像经冬不凋的一簇冬青，看上去生机盎然，气质非凡。纪行舟事后说他就是那一瞬间被她打动的。

纪行舟住在度假村，他不像别人去滑雪和滑冰，也不喜欢度假村在燃着篝火的林间空地所举行的舞会。那些穿着臃肿的羽绒服拥抱在一起跳舞的情侣，看上去像是一对对笨头笨脑的企鹅。纪行舟喜欢独行，他散步的时候爱叼着一个烟斗。他喜欢去的地方，是那条已经冰封的河流，那上面积雪很厚，很干净。原来那里是没有脚印的，但纪行舟在一天多次的跋涉中，已经在它上面踏出一条雪路来。翁史美对他的独来独往十分好奇。从他的登记中，她知道他是律师，她不知道他是陷于家庭的麻烦中难以自拔，还是事业受了挫折，或者是得了绝症？他的状态使人怀疑他是一个要实施自杀行为的人。翁史美不想让游客在自己的领地上发生意外，那样也许会使度假村染上官司，所以她有一天傍晚就敲开了纪行舟的房门。他刚刚洗了头，脸上还挂着水珠，看上去有几分疲倦。他并没有对翁史美的到来表示吃惊，而是微笑着把她让进窗前的沙发上，为她泡了一杯茶，然后进卫生间擦干了头发和脸上的水珠，带着一股清香气坐在她的对面。他说："你们这里的杀猪菜很好吃，我来这里的时候还犯着胃病，一到这里，吃了杀猪菜后，胃竟然好了。"

翁史美很矜持地笑了笑，说："猪是农户自家养的，血肠是新灌的，酸菜也是自己腌的，所以吃上去才有味道。"

纪行舟将烟斗装满烟丝，当他欲划燃火柴的时候，他笑着问翁史美："不介意吧？"

"随便。"翁史美的话音刚落，火柴就"嚓"地响了，橘黄的火苗就像蜜蜂飞到花朵上一样，将烟丝点燃了。纪行舟吸了几口，问翁史美："这河流到了夏季鱼多吗？"

翁史美说："还可以吧，这河里的鱼没污染，吃起来味道鲜美。我听人说你们在城市吃的鲤鱼，是用饲料喂养的。一尾鱼苗不出一个月就变成条大鱼了。"

纪行舟笑了。

翁史美说："我见你不大参加度假村组织的集体活动，我想征求一下你的意见，是不是对我们的服务有不满意的地方？"

"你不必多虑。"纪行舟笑了，"我是个喜欢独来独往的人，上小学是这样，中学也是这样，大学还是这样。参加工作以后呢，由于职业的关系，什么人都接触，还稍稍合群了一些。不过只要是到了陌生的环境，我还是喜欢独来独往。"

翁史美故作糊涂地问："您是做什么工作的？"

"律师。"他说。

"帮人打官司的？"翁史美说，"这职业如今很吃香。"

纪行舟不置可否地一笑。他问她："你孩子几岁了？"

翁史美没料到他会问这个，她窘了一下，说："五岁，男孩。"

“我的孩子比你的大两岁。”纪行舟说，“不过是个女孩。”

“怎么不把老婆孩子一起带出来玩？”翁史美觉得顺水推舟提出这个问题后，就可以离开了。因为她觉得他强调他们彼此有孩子，是在委婉地提醒她不要打他的主意，翁史美有一种受到了侮辱的感觉。

“我出门从不带她们，她们也不喜欢跟我出来。”纪行舟说。

“既然您对我们的服务没什么意见，我就告辞了。”翁史美起身向门口走去，她很有些委屈地说，“打扰您了。”一出了纪行舟的房间，翁史美的眼泪就流下来了。她想城里这些有点身份的男人真是可恶，把乡下女人的热情当作了妓女的笑，实在是太自命不凡了。翁史美走到暮气沉沉的户外的时候，望着远方灰色的混沌的烟云，对纪行舟产生了某种憎恨。她想他不过是个外表潇洒而内心却空虚的人。一个不空虚的人大冬天的跑到地龙乡干什么？她想起了自己的丈夫，觉得他除了相貌平平、没有知识之外，他是憨厚、可靠、善良的。他的生命因为填充了太多实际的生活内容而显得平凡而充盈，他那小富即安的自足包含着对世俗生活的宽容态度。她觉得从男人的本质来讲，自己的丈夫才是值得爱的。可是她却爱不起他来。她一遍遍地说服自己，对他也激不起那种她所渴望的激情。翁史美哭泣着，不知不觉走到了河畔。有一行模糊的脚印像一串浅浅的泪痕挂在冰面上，那是纪行舟踩出的路。她走上去，设想自己是冰封河流深处的一条小鱼。她想冬天的鱼是可怜的，因为河流的上层一米左右结冰了，这冰层像厚实的棉被一样，使鱼儿望不见天上的星星。翁史美觉得自己就是这样一条可怜的鱼，她在水域中拼命游荡，岂知其上方被铠甲一样坚实的冰层包裹着，她永远不会浮出水面看一眼岸上的风景。“认命吧”，她这样对自己说。

纪行舟很快离开了地龙乡。当这个男人在翁史美心中所溅起的情感涟漪逐渐要平息下来的时候，他又来了。他还是一个人来的，也还是要了能看见河流的房间。不过，他没有像上次那样每天到冰封的河流上散步，他始终待在房间里。只有到了吃饭时间，他才下楼。翁史美有一次在餐厅门口撞见了他。她故作镇静地说："看来我们这里风景不错，你又来了。"纪行舟点了点头，很沉稳地说："我是为你来的。"翁史美在那一时刻浑身冰凉，这种寒冷完全是由于他出人意料的回答所造成的。

当晚翁史美去了纪行舟的房间。他们没有再互相解释或者约束什么，他们满含热泪的眼睛都在证明他们彼此热切地渴望着对方。翁史美从来没有领略过男人如此温柔的爱抚，它醉人心田，令她战栗和喜悦。翁史美躺在纪行舟温暖的怀抱中的时候，她觉得自己就是一条顶破了头顶厚厚冰层的鱼，她望见了广大的天空和迤逦的群星。她的泪水和着他们温热的喘息声在寒冷的夜晚像冰层下的潜流一样汩汩流淌。他们彼此没有说什么誓言，只是像两个搞完恶作剧的孩子一样，会心会意地对望着笑了。翁史美得知，纪行舟第一次来地龙乡的时候，是因为他为之辩护的一个死刑犯最终被押赴刑场，他心生郁闷，所以才出来散心。纪行舟认为那个人不该死。那是一个吸毒者，他在毒瘾发作时让姐姐帮他出去买毒品，姐姐不从，他就在暴怒中抡起一把椅子砸向姐姐的脑袋，他姐姐脑浆迸裂，当场死亡。他先是挣扎着下楼打了一辆出租车到惯常买毒品的秘密窝点买包毒品吸食上，然后才去公安局投案自首。纪行舟认为，死刑犯的姐姐首先有纵容犯罪的动机，因为在此之前，她曾多次为弟弟买过毒品。他们是同父异母的姐弟，父亲是一家大型私营企业的老总，很有钱。姐弟俩常因为父亲为其所买的东西的价值高低而争吵。姐姐引诱弟弟吸食毒品，想让其丧失与其争夺财产的权利。做父亲的大约看出了这一点，就对女儿说，如果你弟弟因为吸毒死了，遗产你一分钱也休想得到！这样她又想方设法劝弟弟戒毒。而人一旦吸上毒，就像是踏上了不归路，有去无回了。姐姐根本控制不了弟弟拒绝毒品。纪行舟还说，一个人在毒瘾发作的时候，精神是处于迷狂状态的，有的时候他甚至不知道自己在做些什么。可是在医学上，吸毒者不能与精神病患者等同，要负法律责任的。纪行舟认为这个吸毒者有姐姐诱使他吸毒堕落、毒瘾发作时行凶、行凶后满足了吸食毒品的欲望后能投案自首的三个前提，最多只应判个无期。可他们的上诉却被终审驳回了，作为辩护律师的他觉得脸上无光，他就出来旅游，没想到在地龙乡遇到了翁史美。他说他是为她的生机而感动的。翁史美那天离开他的房间，他一直站在窗口望她。

他看见她踉跄着走向河边，猜测到了她情感上所承受的痛苦。当时他就想，要马上离开地龙乡，如果他回到城里后忘不掉这个女人，他就回来找她；如果他一回去就被世俗生活冲淡了对这个女人的热情，就让一切随风而逝。翁史美问他，为什么喜欢要能看得见河流的房间？纪行舟说，虽然冰雪覆盖了河流，但在冰层下面仍然有水流涌动，有鱼在游弋，这样有丰富内涵的风景令他兴奋。

翁史美公然在度假村和纪行舟同居的事情很快传了出去。翁乡长对妹妹给他带来的耻辱是不能容忍的，他那时在仕途上正踌躇满志，已经成为后备干部的候选人。他的个人威信在地龙乡与日俱增。他对妹妹说："你要是想搞破鞋，就到其他地方去，别在我的眼皮子底下和别的男人鬼混！你当我的脸是什么？你以为它是痰盂呀，谁都可以吐一口？你给我滚远点！"与此同时，翁乡长指使了几个农民壮汉，把纪行舟赶出了度假村。并且警告他说，如果他再来找翁史美，就把他的脑袋卸下来当皮球来踢着玩。纪行舟离开了翁史美。王四会不能容忍妻子明目张胆地在众目睽睽之下给他戴顶绿帽子，他使出砸铁的力气，把翁史美暴打了一顿后，就断然和她离了婚。儿子王社判给了王四会。翁史美只能灰溜溜地离开故乡，辗转着坐了两天一夜的火车，到了纪行舟所在的有两百万人口的城市，希望能和他永远生活在一起。

翁史美的到来并没有出乎纪行舟的意料。他为她在城北租了套一室一厅的单元房，让她安顿下来。翁史美带来了自己一万多元的积蓄和全部衣裳。纪行舟开始时每周都要来翁史美这里三四次，通常是傍晚时来，翁史美已做好了晚饭，他们吃过饭后就上床做爱，然后他在晚上八时左右再准时赶回家中。他从来不在翁史美这里过夜。两三个月之后，他来翁史美这里的次数变成了每周一次。而半年之后，他则很少露面了。翁史美给他打电话，他总是推托有棘手的案子缠身，没有时间。这使翁史美想起了纪行舟到她这里来，只要手机上显示的是他妻子打来的电话，他总要把手指放在唇边“嘘——”上一声，示意翁史美不要出声，然后他温柔地对妻子说，他正在某件案子的当事人家里作调查，晚饭就不陪她吃了。末了他总要低低地说一句“和孩子不要对付，做一点好吃的，不要乱给人开门”。每当他放下电话时，翁史美的内心都有一种被撕裂的痛苦。他不可能为了她而牺牲自己的家庭，他不真正爱她，只不过在寻求刺激而已！后来，纪行舟几乎不到她这里来了，房东也来催缴房租，纪行舟只付了半年房租，看来他对自己热情所能保持的时间长度掌握得毫厘不差。日常开销和房租，使翁史美陷入了经济上的窘况，她迫不得已到一家餐馆打工。这样吃的问题解决了，每个月还有五百元左右的收入。她的自尊心使她再也不想主动给纪行舟打电话，她想除非他觉得翁史美是他生命中不可或缺的女人而再来找她。然而纪行舟没有再出现过。有一天，翁史美在餐馆打扫客人留在桌子上的残羹剩饭时，发现了遗弃在上面的一份报纸，是本市十大杰出人物的事迹介绍，其中一人就是纪行舟。他微翘嘴角的照片使她看上去不寒而栗，翁史美觉得他仿佛正在嘲笑自己的天真和痴情。她把客人剩下的半盘麻婆豆腐泼在这份报纸上，然后将报纸四角对折，扔在垃圾桶里。她在那一瞬间想起了王四会拿到离婚证书时对她所骂的那句粗鲁的话：“乡下人的鸡巴直，不会曲里拐弯地说话；城里人的鸡巴会唱歌，可他们跟谁都能唱歌，你早晚还不得让人给甩了！”翁史美觉得头脑简单的王四会所说的这番话是真理。她没有脸面再回故乡，只能寄人篱下地做个苟且偷生的城里人。她对城里人的憎恨也就越来越强烈。

翁史美在餐馆做了一年工，然后就辞了，帮一个在餐馆结识的朋友搞一种按摩器的传销，两年下来，发了笔财，有了七万元的积蓄。而这时候政府打击非法传销，她就偃旗息鼓了。尝到了做非法生意的甜头，翁史美就不愿意去餐馆之类的地方出苦力了。她先是游手好闲地晃荡了半年，然后看上了生猪非法屠宰这块市场，买下了零作坊和一辆卡车，轻而易举就开始了新生活。李公言被她招来，也是她在餐馆认识的。他是二十一路电车的司机，两班倒，他一下了白班，晚上就来餐馆喝上一壶酒。他看上了翁史美的姿色，不止一次约她去剧院看电影。翁史美觉得无聊，就拒绝他。但有一次，她由于太寂寞而跟他去了一次。电影一开映，剧场灯光一旦暗淡下来，李公言就趁着酒意对她动手动脚，翁史美起身离座，离开了剧场。这之后，李公言就很少来餐馆了。翁史美买下零作坊后，由于不认识其他司机，又一想李公言除了好色之外，是个油嘴滑舌、左右逢源的人，这正是她所需要的。她把他约来一说，李公言果然同意了。因为翁史美给他的工资比他在单位要高出一倍。李公言很精明，他不到退休年龄，但花钱托人弄了一份假的工伤证明，提前病退，在单位每月还能固定领到七百元的收入。在零作坊运转起来后，他拉拢关系的能力也助了翁史美一臂之力。比如贿赂市场管理人员和知道内情的加油站的吴方，都是由李公言出面。这样，几年下来，翁史美已有了可观的积蓄，零作坊也安然无恙。她想哥哥以前对她说的话的确很对，钱在如今这个物欲横流的社会中是最有用的，它能让执法者见到犯法的人而退避三舍，能让一个平庸无才的人成为权力的拥有者。他哥哥曾经牢骚满腹地对她说过，市委书记的儿子高中一毕业就到美国自费留学去了，还有一个副市长的女儿在英国留学，他们哪里挣得来这么多钱？翁乡长当时赌咒发誓地对妹妹说：“我要是当了副县长，就把我儿子和你家王社也送出国去。咱去不了美国英国法国这些牛 × 的国，去个坦桑尼亚和菲律宾也行！”翁史美看过很多中国香港电视连续剧，她就说：“咱们要像香港就好了，你一旦超出正常收入支出了，廉政公署就来调查你了。”翁乡长一撇嘴说：“咱就是有了廉政公署也是白扯，照样有人能用钱把它拿下！”翁史美当时还用一些贪官污吏受到惩处的例子来与哥哥进行辩论，现在她觉得自己很幼稚。她离开地龙乡后，没有勇气再回去。她也常常思念王社，儿子应该十岁了，他一定长得很高了。她从已经当了副县长的哥哥那里得知，王四会讨了新老婆，新媳妇给王四会又添了一个儿子，看来王四会得加倍凿铁了。翁史美怕王四会的女人对自己的儿子不好，所以想等儿子初中毕业了，就把所有积蓄用在他身上，送他出国留学去。每年到了腊月二十一儿子生日的那一天，她都要失魂落魄地枯坐窗前，望着远方一派萧瑟的风景。

翁史美打量廊柱上那些奇妙的花纹时，陷入了对往事的怀想之中。她先前对纪行舟还有仇恨，记得刚到零作坊时，她站在屠宰台旁看屠夫们宰猪，当鲜血和猪的嚎叫声一并呈现在眼前和耳畔时，她想放在屠宰台上的应该是纪行舟。如果她是屠夫，就先割掉他惯于说谎话的舌头，然后再剜掉他温柔陷阱似的眼睛。最后，她要割掉的是被王四会称作“会唱歌”的那个屌玩意。然而几年之后，她对纪行舟已没有了这种仇恨。她觉得他就是自己生命烈火中的一截败草，早已被烧成灰烬了。现在，她的世界只有一个孟十一，只要他镇静而温存的声音传来，她就觉得生活里一片阳光灿烂。她不知道迷恋一种声音的她，是不是在逃避以往现实的婚姻和爱情对她的打击。翁史美不愿意过多地纠缠这个问题。她只是感觉到，那些幽雅的破碎的陶片，这两根她永远也看不厌的廊柱，唤醒了她生命中沉睡着的对纯真情感的憧憬和热望。

王爷进屠宰间来送几把他刚磨好的屠刀，见翁史美又在对着廊柱发呆，就说：“你要是不喜欢那上面刻的花纹，我就用刨子把它推平了。”

“千万不要。”翁史美有些脸红地说，“我太喜欢它们了。”

王爷又说：“那匹黑马不爱吃草，我看它像是病了，我下午牵它到前进村看看兽医行不行？”

“去吧。”翁史美说，“它有个铁掌碎了，刚好再给它挂个新的。”

第四章：陶片

麦子抽穗了。天也热了起来。夏天一到，各类鸟就像赶赴歌会的少男少女一样，络绎不绝地飞在天空下。一到这个时节，屠夫们就一律穿上了短裤，赤裸着上身在零作坊干活。翁史美注意到，猪在夏季挨宰时，没有冬天绝命时叫得那么凶。也许是夏天的热折磨得它们已没有嚎叫的力气，也许是这一派幽雅的田园风光使它们觉得死得其所，实不足惜。王爷在屠宰间的窗前种了一片向日葵，它们一天天地长高，那心形的毛茸茸的叶片像手掌一样一片一片地张开，仿佛正等着接着点什么。是接那缠绵的小雨还是爽朗的阳光？想必这两样能使它们生长的东西它都要。向日葵虽然还没有绽开金黄色的像火炬一样的花朵，但它已有了一颗颗微垂着的青绿色骨朵，一些花心的蝴蝶已经过早地在它们身上流连了。

在夏季，黄昏比冬季要推迟两三个小时。所以屠宰开始的时候，屠宰间里还凭借着夕阳的笼罩而充满光明，翁史美就不用及早把马灯挂在廊柱上。这时的翁史美通常是在户外的庄稼地里劳作，除除田间的草，给将要爬蔓的豆角和豌豆竖上枝条，或者是给出得过于浓密的萝卜间间苗，以免耽误其生长。零作坊的屋檐下多了口圆肚形的酱缸，于是每晚的餐桌旁便少不了一碗酱。而蘸酱菜就从田地里随时摘来，萝卜缨呀，小白菜呀，青葱和菠菜，生菜呀，等等，吃得人满嘴清香，实在比吃油腻的猪肉要清爽得多。虽然如此，餐桌上总是有荤有素，鲁大鹏和杨水离不开肉，而杨生情和李公言一不吃素菜就要生口疮。翁史美乐得这时节和屠夫们坐在一起吃晚饭，有时她也在他们的怂恿下喝上几盅酒，喝得两腮绯红，贪杯的王军就会和老板娘开玩笑，要去摘她脸上的两朵桃花。翁史美就骂：“你摘了我的桃花，我就再把你送回监狱去！”秃头王军就说：“法律可没给摘桃花的事定罪！”于是大家就笑。笑得最响亮的是王军，笑得最粗俗的是鲁大鹏，他一笑，往往鼻涕就流下来了。笑得最淫邪的是李公言，他一笑，双胯就一颤一耸的，看上去很下流。笑得最矜持的是刘铁飞，他身板端端正正的，笑容浅浅地浮现在嘴角，似乎他笑得大发了是对妻子的不忠。杨生情呢，他笑出了少年气，脸上起了红晕，并且顺下眼睛只敢看桌上的菜。杨水的笑是叽叽嘎嘎的，像鸭子在叫。因为他一笑就露出一口污垢的黄牙，让人觉得他的笑最肮脏。只有王爷，他的笑是漫不经心的，只是微微泛起，然后他就势抿一口酒，就连那微微的笑也融入酒中而落肚了。翁史美在这形形色色的笑声中有一种贴心贴肺的温暖感。这些男人虽然都是生活在最底层的人，但他们身上的种种劣迹在她看来都因为不加掩饰而变得可爱起来。这种时刻，大家的话就多了，话一多就容易不着边际，有的讲城里刚发生的离奇碎尸案，有的讲什么样的小姐最迷人。而他们谈论最多的话题，就是如何能扩大零作坊的生意，他们已经不仅仅满足于宰猪了，他们还想做其他的买卖。他们觉得离前进村近，秋季可以大量收购土豆，磨成淀粉来做粉丝。听说在粉丝里添加“吊白块”后，那粉丝色泽鲜亮、银白而富有弹性，大受消费者青睐。他们可以在冬季时做粉丝。此外，他们还说腐竹加上“吊白块”也好卖，不然就收购黄豆做腐竹。有关食品造假的学问，李公言知道得最多。他说现在给西红柿打避孕针、给香蕉和西瓜注射催熟剂已不算新鲜事了。现在市场上卖的黑木耳是用墨汁染的，而且用的还是“一得阁”的墨；副食店卖的鱿鱼、海参、虾仁等水发品，基本都含有甲醛。加入了甲醛的水发品，不仅保质期延长了，而且分量也增加了。那些色泽金黄的鲜姜，基本上是用硫黄熏制的。紫皮大蒜的紫色是染上的，而看着很大、一捏只有鸡蛋大小的白面馒头，是用洗衣粉发酵的。葡萄酒里滴入牛血，会使其呈现金红色。皮冻里满是食用胶，韭菜中残留的农药能使人中毒，纯净水是从老鼠四窜的地下室用自来水灌制的。你看那些表情活跃、探头探脑的蚕蛹，是被喷了敌敌畏，蚕蛹受了毒性刺激，自然要痛苦地抽搐了。而黄鳝添饲避孕药后会速肥。更有甚者，现在医院开展了实施处女膜修复的手术，女人的贞洁也能造假了。还有，李公言说有一个村子的养牛户，他到山西以每头三千五百元的价钱买了十二头花奶牛，一年之后，这牛不产奶，几场大雨过后，发现牛身上的花在脱落，原来那花是染上去的，他买的不过是些青牛！这农民哭得抢天呼地，说是要领着老婆孩子自杀。李公言绘声绘色地讲这一切时，大家就感慨着议论说，以后要吃自己种的菜，喝自己酿的酒。他们也明白，这些给食品“美容”的人，对这样的东西是不闻不碰的。只要不伤害自己的利益，只要有钱可赚，别人的死活似乎都与己无关。他们毫无同情心地议论这些话题时，翁史美竟然有一种快感，她认为这些具有优越感的城里人食用非天然的造假食品是活该。只是她不想再扩大经营项目，屠宰生猪的收入一直十分稳定，而且他们从未出现过纰漏和麻烦，翁史美可不想因为新的投资而给自己带来风险。再说了，现在他们人手刚好够，若是再做其他的，就得再物色人，用不好人，这个已经凝聚的小集体一旦人心涣散，零作坊的末日也许就到了。

猪的此起彼伏的嚎叫声有时会吸引成群的乌鸦飞来。它们也许知道有丰美的猪杂碎等待它们食用。翁史美在菜地里发现了乌鸦，就捡起一些石子撇向空中驱赶它们。想必乌鸦也有脸皮薄的，石子一飞起，有的就离开了零作坊，但更多的还是呱呱呱地叫着不走，看上去就像讨债来似的，不得到实惠绝不罢休。于是，王爷只得拿出一些劣质的肉，引领着乌鸦到麦田一侧去。这些乌鸦闻到了王爷手上肉的气味，就离开零作坊，绕着王爷飞。有胆子大的，就俯冲下来，就势啄一口王爷手上的肉。王爷活了这么大年纪了，什么磨难事没有经过，又怎能在意几只乌鸦呢！他依然攥着那肉，一直把它们引到很远的地方，这时太阳已落到地下了，有一些橙黄的流光一条一条地横在西边天上。王爷撇下那肉，乌鸦就一哄而上，很快就把它分食尽了。吃毕，它们意犹未尽地绕着王爷盘桓不已，似乎在乞求他再施舍点。可王爷却毫不理会地点起一支烟，吧嗒吧嗒地抽起来。乌鸦只能悻悻飞走。

天色逐渐昏暗下来之后，翁史美就走出菜地。这时把乌鸦送走了的王爷也从麦田向回走了。翁史美回到屋子洗过沾满了泥土和植物汁液的手，就点燃两盏马灯，提着它们去屠宰间。那马灯被她左右手各提着一只，看上去就像两只熟透的南瓜，呈琥珀色。翁史美每隔两三天就要用棉球擦一次灯罩，不然那上面弥漫着的煤油燃烧后蒙上的黑灰和附着的蝇屎就会使它显得昏昧、肮脏。她一进屠宰间，那里立刻就亮了起来。屠夫们汗流浃背地忙着，他们见了翁史美，总要抬头望她一眼。翁史美不说什么，只是一直走向屠宰台，踮起脚来，把马灯分别挂在廊柱上。那马灯开始时总要摇晃一番，翁史美就在这摇曳的光线中走出门。有时她在门外碰到游手好闲的杨水，她就会说："你来了这么长时间了，就是学不会宰猪，给他们打打下手也行吧？"杨水总要很无辜地叫道："我的老板娘，我一直在干活，只不过没有在你的眼皮底下干活。你要是大地主，还不得把我们这些长工都逼死啊！"杨水与翁史美熟了，与她讲话也就没那么多的顾忌了。翁史美对杨水也没有那么多的顾虑了，她想他也许是出来躲债的。大不了是犯了什么罪来避风声的。而且，杨水和王爷一样，不离开零作坊一步，他们俩就像最怕感染病毒而离不开无菌室的生物一样依恋着零作坊。杨水不与外界接触，使翁史美更加安心。至于他喜欢到野地和坟场转悠，她并不介意。野地的虫子和坟地的鬼是不会对零作坊构成威胁的。

一个周末的早晨，天落着丝丝小雨，李公言进城送猪肉时，王军也搭车去了。王军进城后，通常是先回家看望儿子，然后就到大巴黎歌舞厅找小姐鬼混去了。一般的情况下，李公言出城时，屠夫们会把该办的事做完了，跟着一同回来。只有一个人例外，那就是王军。他有的时候会在里面玩上几个小时，然后出来乘433路公交车到汇成站下车，徒步走上三里后到加油站，由吴方帮他拦一辆汽车，再把他带到零作坊。反正零作坊离公路还有很远的一段距离，不会引起过路司机的注意。王军虽然贪玩，但他从来没有误过工作，他肯定会在黄昏前如期归来。他常常说，他的生活被两样东西给搞得昏天黑地的，一个是猪，一个是女人。他从猪身上赚来的钱，最后又都用在女人身上了。他用哲学家的口吻总结说："看来人活着的目的就是一个'肉'字。"大家就笑，说他如果不想被肉折磨，就唤一群乌鸦来把他吃掉。他就说："你们看，连乌鸦活着也是为了一个'肉'字。"然后他又开玩笑说，乌鸦吃了他的肉，怕是以后就不会回零作坊徘徊了，它们会飞到城里歌舞厅的屋檐下了。

王军在这个微雨的黄昏没有回来。屠宰开始的时候，刘铁飞因为找不到同伴而急得到路边张望了许久。翁史美倒是比较镇静，因为她记得有一回王军也是这样让大家等得分外焦灼，当第一头猪被捆绑起来而发出凄厉的嚎叫声时，王军打着口哨回来了。有的时候他回来得早，就睡在麦田中了。不过雨天他是不会睡在麦田中的。鲁大鹏见王军连个人影都没有，就说："没准他这回是让儿子的事情给耽搁了。他儿子现在三天两头就逃学，整天去游戏厅和录像厅玩，考试时没有一门是及格的。"刘铁飞插言说："我看这是上梁不正下梁歪。他这个样子，他儿子不学他学谁？他进城就和儿子待那么几分钟，又不教育他，那不等于把儿子往邪路上领？"刘铁飞是有权批评王军的，因为他的儿子很争气，初中升高中时，他以全市第二名的好成绩进了重点中学十六中。刘铁飞的儿子很俭朴，很少添置新衣裳。据他讲，儿子的一支钢笔都用破了，他自己用胶布缠上后照样使。总之，零作坊的人都认为，刘铁飞的晚年有指望了。他儿子考个清华之类的大学看来不成问题，没准将来还会出国留学，挣点洋钱给他花呢。

王军没有回来，翁史美就唤杨水给刘铁飞当个帮手。杨水苦着脸说："让我给猪煺毛和注水都行，可别让我接猪血！我一见猪脖子里流出红鲜鲜的血来就想吐！"

"把这血灌成血肠你就不吐了！"翁史美说他，"我看你吃血肠比谁吃得都香！"

雨天的时候，天比往日黑得要早，翁史美提前把马灯挂在廊柱上。当屠夫们宰了十几头猪，王军仍然没有踪影的时候，翁史美感觉情况不妙，她连忙打开了手机。她嘱咐过屠夫，若是在城里遇见了突发事件而不能回来，一定要给她打个电话。翁史美这一段很少开手机，她是怕自己加重失望。自从上次与孟十一不甚愉快的通话后，她就再没有听到他的声音。不开手机，她还存有幻想：孟十一给自己打过电话了，可她关机了。而一旦她打开手机，期待孟十一送来那温存的声音时，她得到的往往是失望。其实她没有一天不在期待他的声音，尤其是黄昏降临之后，在昏暗的氛围中，她有一种无比的凄凉感和孤独感，她往往因为思念这个没有真实形象的人而泪流满面，她不知道这是不是一种病。通过对他声音的回忆，她似乎能捕捉到他的脉搏，感觉到他的心跳。她不止一次幻想着孟十一把她拥在怀中，用湿润的唇轻轻吻她，用他纤长的手指抚弄她又黑又亮的长发。她这样想的时候，心就会怦怦乱跳，脸就像靠近了炉火似的，变得热辣辣的。她认为孟十一的手指不是普通男人所具有的那种又宽又厚、骨节突出而粗糙的手，他的手指应该修长而有韧性，它灵巧、柔软而细腻，就像他所制作的陶的质地一样。他的脚，也不会是那种像渔民似的异常宽大、松散的脚，而应是五趾围聚在一起的瘦长的脚。

翁史美正失魂落魄地想着孟十一，她的手机唱歌了。以前她一直用的是响铃，自从孟十一认定她是个搞音乐的人之后，她就把它设置为音乐铃声。那是《西班牙斗牛士》的曲子。

“姐呀——”果然是王军打来的，他的声音蔫软极了，“我让派出所抓起来了，你快带两千块钱来交罚款，交了罚款我就不用被拘留了。”

“你现在在哪里？”翁史美问。

“就在长青派出所里。”王军可怜巴巴地说，“我给你打了十几个电话，你都没有开机。姐，你就给弟弟一次机会吧。”

不用说，王军是嫖娼时被派出所的人给抓住了。翁史美骂了他一句“笨蛋”，然后就打开密码箱取出两千块钱。王军泡小姐时遇险，已不是第一次了。不过前两次他自己都顺利把事情摆平了，没用翁史美出面。这次看来是把麻烦惹大了，不好收场了。

翁史美把钱装进兜里后兀自骂了一句：“狗改不了吃屎！”然后她换上一条灰色连衣裙，把头发盘上，到门房去叫李公言。

李公言已经鼾声大作了。可窗前的油灯还醒着，它依然亮着。

“起来！”翁史美搡了李公言一把，“再出趟车，跟我进城去！”

李公言嘟囔着坐了起来，说：“我累了一天了，踩油门都没力气了。”

“没力气了你给我也得踩！”翁史美说。

“进城干什么去呀？”李公言打了个呵欠说，“天都黑了，又下着雨。”

“赎王军去！”翁史美没有好气地说。

“他让人绑票了？”李公言大声地问。

“是被野鸡给绑票了！我们去派出所给他交罚款领人！”翁史美咬牙切齿地说，“你们这些男人，我看改天请个兽医来，把你们全都骟了，你们也就老实了！”

李公言嘿嘿笑了，他说：“美姐要是亲自操刀骟我们，我们谁也不会吭声。要是兽医来骟我们，我们就先把他骟了再说。”

翁史美跟王爷交代了一下，说是王军惹了点麻烦，她和李公言进城去一趟。王爷点了点头。屠夫们宰猪宰得热火朝天的，不知谁又讲了什么笑话，笑声像出笼的鸟一样欢快地飞了出来。

李公言和翁史美上路了。卡车很快驶出乡间小路，上了公路。公路上往来的车辆极为稀少。雨刷器像钟摆一样有节奏地运动着，车窗外的树木和庄稼已是一派模糊。李公言点了一支烟，一边开车一边吸。吸完，他摇下车窗，把烟蒂吐到路上，然后对一直沉默着的翁史美说：“我看你也不能一辈子领着我们在零作坊宰猪。天下没有不散的筵席。你还是留意着找个男人，将来过安稳日子去吧。”

翁史美有些伤感地说：“我都三十来岁的人了，离过婚，有过孩子。好男人谁蹚这道浑水，找我这样的女人？”

“崔炎和老婆闹离婚呢，他向我打听你好几次了。”李公言说，“他在市场管理所有实权，虽然胖了点，头秃了点，嘴唇厚了点，岁数也大了点，可他喜欢你。他的‘外快’很多，我看你可以考虑考虑。要是你乐意，下个周末就跟他吃顿饭，看场电影。”

翁史美想起崔炎就没有好声气，她说：“我就是找缺鼻子少眼睛的，也不能找崔炎这个肉葫芦吧！”在翁史美眼里，崔炎属于那种胖得无边无际、胖得没心没肺、胖得傻里傻气的人。如果你不知道肉是什么，看一眼崔炎就一目了然了。他满身的肉都像灯笼似的一盏一盏地坠着，两个腮帮子的肉鼓鼓囊囊地下垂着，下颚的肉层层叠叠地延伸着，脖子上的肉像挂满了果实的枝条似的一嘟噜一嘟噜的，手上的肉则如新出锅的馒头一样，无比暄腾。他若是不运动还好，一旦走起路来，这团团簇簇的肉就在身体的各个部位探出头来，乱颤着，活像一群疯子在吼。翁史美暗地给他取了个绰号，叫他“肉葫芦”。

卡车很快进了城。越往深处走，车辆越多，楼群越密，霓虹灯越斑斓。翁史美想，城市与乡村的区别，就在于城市是一个又大又隐秘的垃圾场，而乡村则是一块奶油似的净土。尽管城市的道路有洒水车日日冲刷，而乡村的土路上经常遗落着牲畜的粪便。她之所以得到这种印象，是这些年的生活经历所感悟出来的。她与纪行舟最初在地龙乡同居的时候，可以说是闹得沸沸扬扬、尽人皆知。这原因皆在于那是个小山村，人们互为相熟，所以谁家的一根针坠地大家都会知道。而翁史美追逐着纪行舟来到城市，公然与他租房同居时，却没有一个人对他们的生活有所察觉。纪行舟的老婆对丈夫的私生活浑然不觉，他的单位对他的行为更是一无所知。邻居们没人关心一对男女住在一起是不是夫妻。翁史美明白了，人们之所以愿意往城市里挤，是由于它可以天衣无缝地遮蔽被别人嗤之以鼻而却令自己感到愉悦的私生活啊。城市是纵容犯罪和图慕虚荣的庇护所，是可以从容进行肮脏买卖的交易所。那林荫道上的树、层层的高楼、形形色色的店铺甚至是闪烁变换的霓虹灯，在她眼中都是为恶生活放哨的眼睛。一进入这样的地方，她就觉得血流加快，似乎不做点什么坏事就辜负了这座城市似的。

翁史美顺利地交了罚款，把面红耳赤的王军领了出来。派出所的一位斜眼民警在点那两千块钱的时候，对翁史美说：“以后管好你弟弟，少往那种地方跑。要是弄个性病也没什么，再整个艾滋病什么的回去，你们全家人还不得跟着遭殃？”

翁史美不卑不亢地抢白民警："他要是不去那地方，你们上哪里开这么多的奖金？"

"这话怎么能这么说？"民警的脸拉长了，他恼怒地说，"我这是可怜他，才让他交罚款走人的。我要是坑害他，就拘留他半个月，再叫上几个记者来给他曝曝光、上上镜，我看他的脸往哪里放？"

"唉，姐，你就别说了。这位民警大哥对我是高抬贵手了。"王军怕翁史美把事情搞糟，吓得声音都变了。

"都怪我这弟弟不争气。"翁史美叹了一口气，不再跟民警斗嘴。

斜眼民警把钱数完后扔进抽屉，连罚款收据也没给翁史美开一张，就摆了摆手，示意翁史美赶快把王军领走。王军怕民警再变卦，先自溜了出去。

王军一坐上卡车就长吁一口气，他先朝李公言要了一棵烟，吸完后他才骂了一句："操，谁知道小姐也有他妈的卧底的！有的小姐现在跟民警勾结，你操了她，她打电话叫民警来抓你，我怀疑这罚款他们是对半分成！操！我这'买'的成了犯法的，那'卖'的倒成了受欺负的了，这帮臭婊子！"王军骂不绝声。

李公言阴阳怪气地说："两千块钱睡个女人，起码要睡个假处女才算对得起自己呀。"

"操，我都窝火死了，你就别火上浇油了！"王军啐了一口李公言，"你他妈的尖，跟乡下女人搞，她们味道纯、价钱低，又没有那么多的花心眼。"

"就是。"李公言得意扬扬地说，"城里的小姐最能蒙人！"

"操，以后我去睡猪得了！"王军打了自己一嘴巴。

翁史美本来还生王军的气，但他这一句话把她给逗笑了。李公言和王军自己也笑了。他们就在笑声中出了城，飞快地驶回零作坊。屠夫们一见王军蔫头蔫脑地回来了，就知道他惹了什么样的祸。鲁大鹏打趣他说："是不是裤衩都给人扒去了？”王军一梗脖子说：“谁敢？”刘铁飞嘿嘿地笑了两声，说：“下雨天不吉利，以后这样的天气就不要出去。”王军抚摩了一下自己的光头，说：“我操他妈的雨！”王军换上了油渍渍的背心短裤，站在了屠宰台前。他宰起猪来十分奋勇，边宰边骂着什么。翁史美对他说，这两千块钱从他以后的工钱里扣出，他别想着下个月别人领钱时，他的手上也会有一份。王军点了点头，使劲往死猪身上啐了一口痰。

翁史美长吁一口气回到自己的屋子。她关上门，打开窗户，听窗外沙沙的雨声。夜深了，可她毫无睡意。她觉得雨夜不错，那些平素笼罩着大地的月光和星光消失了，黑夜是真正的黑夜了。她嗅着太阳花极淡的馨香，很想知道孟十一当年在零作坊制作陶器时，是否以太阳花做过图案。

翁史美忐忑不安地拨通了孟十一的电话。她的心狂跳不已，以至于说话的时候，声音有些颤抖。

“你在哪儿——”翁史美听见孟十一身处一个十分嘈杂的环境。

“车站。”孟十一说，“你好吗？”

“不好。”翁史美说完这句话，眼泪就像窗外的雨一样唰唰地流下来了。

“怎么了？嗯？”孟十一尽量大声地问，“你的创作遇见了难题？不要心急，我也有过这种时刻。只要你的心沉静下来，这种不好的感觉马上就会过去的。”

翁史美无言以对。如果她真的在搞创作，那么她的作品是什么？是这些屠夫，还是每天都在被屠宰着的猪？

“这么晚了，你这是去哪里？”翁史美柔情地问。

“噢，我正在江西南部的一个火车站，在中转换车。”孟十一说，“我看上了农村的一座陶坊，想每年来这里搞几个月的创作。”

翁史美还想说点什么，孟十一突然急急地对她说：“对不起，我马上要上火车了，改日再给你打电话。祝你好。”

“祝你好。”翁史美说。

听筒里的声音消失了。那种裹挟在杂音中的温暖之声消失了。声音跟脚是一样的，只要它行走过，就会留下痕迹。不同的是脚印能看得见，而声音的足迹只有心能感觉到。孟十一的声音就像雨丝一样，总是给她带来灵魂的洗涤和净化。她为自己没有及时问他有关太阳花花纹的事情而感到懊悔。同时，也为孟十一始终把她当作一个音乐人而感到悲哀。难道零作坊就是一个天经地义该从事艺术创作的场所？难道一个从乡村走出来的女人拥有浪漫的情感就是离经叛道？翁史美把双手伸向窗外，她接了一捧冰凉的雨，洗掉了脸上的泪痕，然后关上窗户，躺在床上。此时此刻，她是多么渴望着孟十一拥抱着自己啊。自从与纪行舟分手后，她还未与任何男人同床共枕过。她的生理感觉总是随着心理的变化而变化。当她内心对情感无比灰心的时候，她的情欲就如冬眠的蛇一样沉睡着。而当她的爱情开始苏醒的时候，情欲又如已逐渐熄灭下去的炉火遇见了风一样，被鼓噪得熊熊燃烧起来。她不止一次在内心对孟十一说："你是我生命中最重要的男人。"可是与他通话的时候，她从来没有表白过。孟十一似乎总是在旅行中，他这动荡的生活更加深了翁史美对他的向往和依恋。她摇晃着那些陶器的碎片，听它们沉郁而悠扬的响声。她觉得这声音如雨一样温存、湿润，她爱它们。她甚至渴望着哪一枚碎片会划破她的手指，让她的血能与孟十一烧制的陶而相融。

第五章：挽歌

廊柱上出现了一张诗笺，这是翁史美在一个清晨给猪肉印紫色印签的时候发现的。它被贴在那里，又白又亮，看上去就仿佛给廊柱开的一扇窗口。翁史美认出了那是杨生情的字迹。其实不用辨认字迹，她也知道这是他做的，零作坊的其他男人是没有写诗的能力和心情的。

猪在叫，

它把太阳花叫开了。
夜在叫，
它把马灯叫亮了。
我的心在叫，
它把荒山叫绿了。

翁史美觉得杨生情可能在与城里的某个女孩谈恋爱，否则不会写出这等有韵味的诗来。她曾想过，能够主动离开零作坊的男人，只能是杨生情。他年轻而有教养。当沉重的现实生活打碎他种种的梦幻，使他的精神不再处于迷幻状态，他成长为一个真正的、正常的男人时，他会有对爱情的渴望，会有对新生活的憧憬。翁史美想没准哪一天早晨醒来，会发现杨生情悄没声地走了。对于这个，她早已有心理准备。她想零作坊如果是一条污水横流的臭水河的话，只有杨生情是一条洁净的鱼，他早晚有一天要游出这个水域。

翁史美读过诗后怅然伫立了良久。虽然它遮住了廊柱的花纹，使她有些怏怏不快，她还是没有勇气把这张纸揭下来。她不忍心阻碍一个少年抒发个人情怀。屠夫们对待这页纸的反应大体是一致的，他们叉着腰看了又看，说："这是什么意思嘛。"

廊柱上的诗笺在几天之后又出现了第二张。不过上次杨生情用的是楷书，而这次用的是扁头扁脸的隶书。

我愿意变成一朵太阳花，
让我的气息与你的呼吸相接。
我愿意变成你手中的一片残破的陶片，
让你永久地触摸。

这页诗的出现，使翁史美有些心惊了。因为她感觉到这诗仿佛是为她而作的。而这页纸把翁史美最喜欢看的廊柱上的一片水草花纹给遮挡住了。她没有把这纸取下来。但是在当夜屠宰开始的时候，她提着两盏马灯走向屠宰台，故意当着其他屠夫的面对杨生情说：“这纸是你贴上去的吧，这么干净的纸贴在上面可惜了，几天还不得让猪血和苍蝇屎给弄脏了？”鲁大鹏对翁史美说：“老板娘你可仔细看看，那可不是普通的白纸，那上面写的是诗！”翁史美说：“咱这零作坊的人个个都是没文化的，能把自己的名字写全了就不错了，谁能懂得诗呢！我看你贴了也是白贴。”

翁史美以为她这番话会使杨生情停止往廊柱上张贴诗。然而她想错了。那诗接二连三地出现，起先只是在一根廊柱上张贴，后来发展到两根廊柱。翁史美几乎看不见廊柱上的花纹了。她明白，她经常站在廊柱前的举动引起了杨生情的注意和猜测，他嫉妒这廊柱上的花纹。他的诗写得越来越直白，如“让我的眼睛做你衣裳上的纽扣吧，当你松开扣子时，只有我能看见你挺拔的双乳。当你系起扣子时，只有我能听见你的心跳”。再比如——

如果世上有一条绳索能缚住我的双足，
那就是你漆黑的长发；
如果世上有一个樊笼能把我困住，
那就是你的目光。我愿意你是我的镣铐，
我是你永远的囚徒。

杨生情的大胆真的令翁史美震惊。在写诗的这一段日子，他很少去拍屠宰场景的照片了。翁史美想在迫不得已的时候，她要把杨生情赶出零作坊，她可不想和一个比自己小很多的男人发生感情上的纠葛。更何况，她的心灵深处沉潜着一个令她想起来就会心痛的孟十一。这是一种因为爱得沉迷而不能自拔的幸福的心痛。

晚夏时节，有一天鲁大鹏进城归来，忽然变了个人似的，看上去满面悲哀。他宰猪，才把屠刀握在手上，腿就打起了哆嗦。他吃饭的时候，也不似以往那样有说有笑的，而且爱独自喝闷酒。王爷要给每个人洗衣裳，让鲁大鹏脱下背心时，他一反常态地吼道：“我还没到动弹不了的地步，用不着你个糟老头子伺候我！”抢白得王爷几乎落下泪来。他与杨生情本来合作得极其愉快，可他现在嫌他毛手毛脚，说他接猪血接得不利索，说他煺猪毛煺得不干净，说他卸猪肉的方式不对了，总之，杨生情在鲁大鹏眼里突然成了一无是处的人。就是对翁史美，鲁大鹏也是看一眼就现出心烦的样子，好像翁史美是块发了霉的蛋糕，败坏了他的胃口似的。王军以为他上次回城没有机会和卖菜女人在一起而心烦意乱，就与他开玩笑说：“大鹏，哪天再跟卡车进城泻泻火去。睡觉这种事嘛，不是你能百想百中的！”不料鲁大鹏大发雷霆地揪住王军的衣领说：“我进城睡你妈去！”气得王军给了他一拳，骂他不识抬举。鲁大鹏不仅对零作坊的人表示反感，对这里所有的陈设和器具也都鄙视至极。他说那两根雕花的廊柱看上去就像两个满脸疮疤的麻风病人，说屠宰台的木杆像是坟坑里刨出来的白骨，说屠刀就是王八的脚，说马灯是女鬼的眼睛。还有，他说杨生情贴的那一页页诗就是招魂牌。他骂苍蝇是“狗日的”，骂已经开花的向日葵是“小妈养的”，骂越窗而入的阳光是“婊子”，骂那一头头被抬进来的猪是“讨债鬼”。谁也不知道他为什么有这么大的火气，仿佛天地万物都把他得罪了似的。人们见他反常，知道他遭遇了难以承受的不幸，也就不计较他言辞上的尖刻。他也不像以往那样发了工钱后就喜滋滋地张罗着进城，他也不托李公言买什么有价值的物件了。他宰了一夜猪后，不像别的屠夫回屋睡觉，他常常呆呆地坐在零作坊的门前，看着远方的麦田。有时他看见乌鸦会说：“你们自由啊，让我也变成只老鸹子吧。”有时他看见闲走的马会说：“唉，我要是你就好了，只管埋头吃草就是了。”他有时想着什么会笑出声来，有时则会痛哭失声。

翁史美想，能让鲁大鹏如此反常的事情，一定与卖菜女人有关。她就暗地让李公言代为她打听，看看那女人究竟出了什么事。结果李公言很快就在菜市场打听到了，那女人有一天卖着卖着菜，忽然觉得心口疼，一同跟她卖菜的人说她这是站摊儿累的，她就垫着一块纸盒坐了下来。才坐下来，她就脸色发青，出气也不均匀了，只一会儿工夫，人就没了气了。她就死在一堆萝卜白菜中间。

卖菜女人的死深深刺激了鲁大鹏。他想起这女人与自己在一起时，也曾嚷过心口疼，他并没在意。如果当时他关心她，陪她到医院去看看病，也许就不会有她今天的猝死。鲁大鹏对他们未来婚姻的设想，就像燕子衔泥一点一点地筑巢一样，如今这巢已筑完，可燕子却飞走了。他守着一个空巢，觉得生活一下子变得黯淡无华。有一天傍晚，屠夫们围坐在桌前吃饭，鲁大鹏嫌青椒炒咸了，赌气地撇下筷子不吃了。翁史美觉得这是和鲁大鹏把事情说开的最好时机。她说："大鹏，卖菜女人的事情我们都听说了。人生就是这样，生死不由己。你心里难受，就别憋着，找个地方哭一场就好了。你怕我们听见的话，可以去菜地哭，虫子听见了不会笑话你；你也可以去麦田哭，鸟儿听见了也不会笑话你。要是你不愿意走太远，就去屠宰间哭，杨生情写的那些诗听见了也不会笑话你。"鲁大鹏的脸抽搐着，他嗫嚅了许久，才说出一句话："她死时我在这宰猪，还喝酒，我混蛋！"说完，他打了自己一巴掌，离开饭桌，去了屠宰间。未到屠宰时分，可里面却传来了嚎叫声。鲁大鹏的哭声使屠夫们没有心思再吃饭，大家落寞地放下筷子，纷纷离开饭桌。刘铁飞走到菜地去吸烟，王爷拾掇饭桌，王军到门房朝李公言去借指甲刀，他的指甲长了。只有杨生情，他回屋点起了油灯，唰唰地写下了一首诗。当鲁大鹏释放完悲哀，王军和刘铁飞抬着一头猪走进屠宰间的时候，杨生情已经把那诗贴在了廊柱上。翁史美挂马灯的时候看见了这首新诗：

你的泪淋湿了我的心
生活中隐藏着一把把屠刀
当我们为着幸福而憧憬的时候

这屠刀就飞了出来

把幸福扎得鲜血淋漓

于是

我听见你在屠宰间嚎叫

我看见你的泪溅在廊柱的诗上让那抒发

着爱意的字迹变得模糊

温暖已遥不可及

往事已不堪回首

翁史美读完诗后走出屠宰间，这时已经平静下来的鲁大鹏和杨生情也抬着一头猪进来了。翁史美往猪身上使劲吐了一口痰，说：“叫吧，再不叫就没日子叫了！”

风凉了，麦子也黄了。麦子一黄，天就显得高了。鲁大鹏虽然不像以前那样情绪低沉、牢骚满腹了，但他的精神却大不如从前，干活不如以往利索，而且喜欢偷懒了。他现在满脑子想的一件事情就是，他要在往生园给卖菜女人买一块墓地，将她的骨灰盒从殡仪馆取出来。往生园是新开发的墓地，它被鲜花和绿树环绕着，是这个城市有钱人最终的归宿，每块墓地的价钱都在四万元左右。鲁大鹏目前还不能马上做这件事主要有两个原因：一个是钱还差一点，他以往把钱都换成实物了；二是他得有个合适的理由才能把那女人迁出殡仪馆。因为他们非亲非故，她的丈夫会怎样想这件事情？他盼望那个赌徒早点娶了新老婆，那样他就不会计较谁给他的原配夫人买墓地了。不过，鲁大鹏觉得他立刻再婚的可能性微乎其微，他贫穷、懒惰而又嗜赌，连他十岁的儿子被他影响得也只认麻将牌，学习一塌糊涂，哪个女人会跟他呢？不过不要紧，鲁大鹏想实在不行就用钱贿赂他，给他个两千、三千，他也就点头了。或者，干脆跟他撒个谎，说自己是那卖菜女人的远房亲戚，想为她买块墓地。鲁大鹏一想到自己，心爱的女人待在拥挤而阴暗的殡仪馆里就睡不着觉。他原来心安体壮，可如今常心慌和头疼，有时疼得他把头往廊柱上撞。边撞边发狠地诅咒自己说："阎王爷，你一天派出那么多的小鬼来上人间领人，你也让小鬼把我给接走啊，我谢谢你了！"

鲁大鹏的诅咒在自己身上应验了。天越来越凉的时候，鲁大鹏想起城里的小屋还有一条那卖菜女人为他织的新毛裤，他一直没舍得穿，久不出门的他就跟着卡车进城了。李公言把他送到住处，唤他取了毛裤后在此等他，他把猪肉批发完毕就回来接他。一个小时后，当李公言驾驶着卡车在上早班的拥挤的车流中艰难地驶到鲁大鹏的住处时，意想不到的事情发生了。鲁大鹏捧着毛衣钻进驾驶室后，李公言就绕到三环路上出城。在上下班的高峰期，卡车是不允许走主干马路的，他们必须绕行。三环路是这城市新修的一条通往郊区的环线路，很多运输车都在此进出。路两侧的店铺和行人都相对稀少，李公言乐意走这样的路。当他上了三环路，经过一座桥后，前方的视野里出现了一台蒙着绿帆布的加长货车。这货车不走直线，而是扭秧歌似的，左冲一下，右突一下。李公言想司机若不是连夜行驶而疲劳了，就是个生手。李公言本想超车的，但他不想跟这个奇怪的车主冒险。万一他超车时，对方突然打一下舵，撞了他的卡车怎么办？他想不如就这么亦步亦趋地跟着。鲁大鹏坐在副驾驶的位置上，一直沉默不语。李公言正想找点话跟他说，突然，前方的车颠落下几片土黄色的纸盒，它们一片一片地飘舞着，就像几只蝴蝶随着惯力而翩翩跳跃着。一看到那些纸盒，鲁大鹏的眼睛就亮了，他忽然亢奋地大叫了一声："能卖钱！"就打开车门，跳下去捡纸盒。三环路车流稀少，即便李公言放慢车速，也有七十迈左右。鲁大鹏这一跳没有站住，他打了几个滚，被迎面驶来的另一辆货车给撞个正着。鲁大鹏不唯截去了双腿，肋骨和胳膊多处骨折，而且自出事后，一直处于昏迷状态。他在一周内已经进行了两次大手术，他留在零作坊的那些钱已经被李公言拿到医院用光了。鲁大鹏所出的车祸，经交警进行事故调查后认定，肇事的司机不负任何责任。鲁大鹏在这个城市没有任何亲人，他唯一的朋友就是租住在他小屋的以捡垃圾为生的人。他每天晚上都到医院去护理鲁大鹏。翁史美没有到医院去过一次，她知道一个植物人对零作坊来讲意味着什么。那就是鲁大鹏那已毫无意义的喘息会令这个作坊失去美妙的廊柱，失去温柔的马灯，失去已散发出馨香气息的麦田，失去马匹。她不得不命令屠夫们不要再去看鲁大鹏，他们承受不了如此昂贵的医疗费。要知道，鲁大鹏的这具躯壳如今是要靠金钱支撑的。翁史美说，只要大家不去管他，医院对他这种没有经济来源的人是不会拒于门外、袖手旁观的。社会也不会对他见死不救，会有好心人对他发起捐助活动。屠夫们都为鲁大鹏的遭遇感到难过，王爷说鲁大鹏这辈子捡垃圾捡惯了，捡出了毛病，所以见着能卖钱的东西就动心。刘铁飞则说鲁大鹏是因卖菜女人的死而精神失常了，否则他怎么可以做出跳车这等愚蠢鲁莽的举动呢？王军认为，鲁大鹏活该有这等结局，谁让他对一个女人如此痴情呢？只有杨生情，他觉得鲁大鹏成为植物人是一种幸福，因为他不用在无边无际的思念中煎熬着过日子了。而且，他对翁史美处理此事的冷漠也表示了抗议，他在廊柱上张贴了一首诗：

如果车轮碾碎的是你的爱人
绝情者
你还有心情闻太阳花的香气吗
如果病榻上昏迷的是你魂牵梦萦的人
绝情者
你还有勇气听屠宰之声吗

翁史美装作读不懂这首诗，故意在其上淋上一片猪血，使它看上去像是点缀了一片梅花。杨水迫不得已顶替鲁大鹏的位置，和杨生情同用一个屠宰台。杨水声称自己不能白干了，希望翁史美发点工钱给他。翁史美说："我还没朝你要食宿费呢，你要是不想干，就给我滚蛋！"

鲁大鹏的悲剧使零作坊原本活跃的空气变得一派死寂了。屠宰的时候，只有猪的嚎叫声，没有屠夫们的欢声笑语了。翁史美感到前所未有的压抑。她想屠夫们一定从鲁大鹏事件上看出了她的冷漠、自私和残忍。他们不像以往那样与她开玩笑了，就连李公言也不甜言蜜语地叫她为“美姐”了，他改叫她“翁姐”。她床头的太阳花谢了之后，再没有人主动帮着她去采一束。当她独自漫步在田野中，一枝一枝采着太阳花的时候，一股凄凉之情涌上心头。李公言当时把鲁大鹏送到医院的时候，为了确保零作坊的安全，他说与出事者并不认识，鲁大鹏只是一个搭车者。现在鲁大鹏像垃圾一样被他们干净利索地处理掉了，李公言却有一种无言的愧疚感。不过这种愧疚就像放屁一样，来得快，去得也快。当李公言有一天在《城市晚报》看到了有关对鲁大鹏救助的消息后，他很佩服翁史美料事的准确。记者介绍这个已成植物人的鲁大鹏是个靠捡垃圾为生的鳏夫，没有亲人。记者呼吁社会上的好心人能够救助这个一贫如洗的人。据悉，他已经拖欠下医疗费三万多元。从这之后，李公言进城时总要买上几份晨报和晚报，零作坊的人得以陆续得知鲁大鹏的病情和救助活动的进展。据报道说，有一个下岗工人，把他一个月的最低生活保障金一百七十元全都捐给了鲁大鹏；一家纯净水公司的送水员，一次捐出了五百元；一家私营企业的不愿透露姓名的老板，一次就捐助了一万元；一位居委会的老大妈，从自己的养老金里拿出三百元。更有一些人到医院给鲁大鹏送来了鲜花、衣服等物品。鲁大鹏躺在病榻上面无表情、浑身插满管子的照片，也频频出现在报纸上。有关他消息的报纸，被屠夫们传来传去，被翻得污渍斑斑的。大家在看的时候都默不作声，就像看至爱亲人的讣告一样。最后一个看这报纸的总是杨生情，他把有关鲁大鹏的消息剪下来，贴在廊柱上。被剪下来的报纸有的呈方形，有的呈马蹄形，还有的是波浪形的。它们使廊柱显得更为丰富多彩。翁史美挂马灯的时候，就当没看见它们。这一段，杨生情蓄起了胡子，很少写诗了。以往他望翁史美的时候会脸红，现在他望她的时候面无表情。翁史美预感到，杨生情就要离开零作坊了。如果她还想使零作坊的生意能正常维持下去，必须要物色新的人选了。

孟十一已经很久未给她打电话了，她这一段也没有与他说话的心情。有一天早晨，她如以往一样往猪肉上印紫色印签的时候，她蓦然想起，自己所设想的孟十一的形象，怎么有着纪行舟的影子？这一发现使她的心不由抽搐了一下，浑身冰凉。她是不是还没有摆脱那段情感生活的阴影，或者说是她正在不知不觉中进入旧生活的樊笼、重蹈覆辙？是不是人的所有情感生活都是重复的？她这样问自己的时候不寒而栗。她想，如果孟十一不是远远地躲在声音背后，而是像纪行舟一样突如其来地出现在她眼前，他们彼此热烈地燃烧，孟十一是不是早已在她的心灵中化为一堆灰烬了？

这天的黄昏同以往一样，太阳落下去后，先是有一带粉红的晚霞像狗舌头一样伸出来，后来这晚霞就浅淡了，天色也由蓝转灰了。翁史美在菜地给白菜掸了一些农药，就回到零作坊点燃两盏马灯，提着它们去屠宰间。

当她挂完一盏马灯，欲挂第二盏的时候，翁史美忽然听得“咔嚓”一响，一道锐利的光在她眼前一闪。她望见杨生情正举着照相机对准自己。翁史美不知所措，她后退了一步，这时又是“咔嚓”一声响，闪光灯在她身上一滑而过。这光使她有遭了狗咬的感觉，分外疼痛。她匆忙地躲在廊柱背后，马灯被她背在身后，那光多半被遮挡住了。杨生情不动声色地追逐着她，继续按动快门。“咔嚓——咔嚓——”的响声在她听来就像屠刀切割猪肉的声音。翁史美没有作声，其他的屠夫都停下手中的活，无言地望着她。翁史美从未有过地慌张，她从廊柱又走向屠宰台，从屠宰台又走到窗前。无论她走到哪里，闪光灯都追向哪里。最后，翁史美才反应过来，把马灯挂在廊柱上一走了之就能彻底解除尴尬。当她挂马灯的时候，闪光灯闪现的频率就更高了，她想如果自己是朵乌云，就会被这些闪电似的光给击下倾盆大雨。她挂完马灯仓皇地逃出屠宰间后，听见背后传来一个男人的哭声，更确切地说是一个少年的哭声，那声音哀怨凄切、令人揪心。翁史美明白，这是她最后一次见杨生情，他永远不会出现在零作坊了。翁史美为那哭声而格外地伤感。

杨生情走了。他带走了他的照相机和随身听，带走了他拍的那一摞摞照片，带走了他平素爱用的一把屠刀。王军说，他是黎明走的，他宰了一夜的猪。他走出零作坊前，独自坐在屠宰台上看那两根廊柱。他抽了三支烟。屠夫们要他跟着李公言的卡车一同走，他执意不肯。他一个人徒步向公路走去了。那时天已微微亮了，田野里一派露水的清新气息。走前他从窗前折下一朵葵花，搓掉了圆盘中央附着的那层黄色颗粒，抠出一粒一粒还未成熟的瓜子往嘴里扔。他就一边吃着葵花子一边走了。

杨生情留给翁史美的，是贴满了两根廊柱上的诗歌。那一行行的诗带着飞翔的姿态，就像一群一群的飞鸟一样。翁史美站在诗歌的天空下，不由得头晕目眩。她有一种仿佛失去了爱子的伤痛之情。杨生情留下的最后一首诗是《挽歌》：

我是这窗前的一朵葵花
把你当作了我生命中的太阳
每天只朝着你开
你笑
我也笑
你躲在云层背后
我的心便风雨如晦
有一天
我看见一只天狗靠近你
它吃了你的心
从此你就变得冷漠
你的脸不再纯洁
你的笑容不再天真

曾经美丽而满怀爱意的你啊
让我在屠宰声中听见了夜莺的歌唱
我曾想
如果你是屠刀
将我扎得遍体鳞伤
我也在所不惜
如今光明已消去
面对依然美丽却是残忍的你啊
我的花瓣已经枯萎
我只能远走他乡
如果有一天你去了
请记住在你的祭坛前
会有一个手持太阳花的少年跪在那里
哀悼他的爱情

第六章：坟墓

附近村屯的农民开始秋收了。秋收在翁史美看来就是剥去大地最后一层鲜润的皮。麦子黄熟了，它就要被收割了；大白菜卷起鼓鼓囊囊的心了，它就要被砍下头了；黄豆秧变得枯黄了，就得收它毛茸茸的豆荚了。至于那些埋在土里的果实，它们虽然有的还将其浓绿的尾巴翘在外面，也一律逃避不了被收获的命运。粉红和嫩绿的萝卜被从土里刨出来了，微黄的土豆被一簇簇地从土里拎出来了。当农民把这些红的、黄的、绿的、白的果实一一收回家中时，大地看上去就光秃秃的了。它蜕去了最后一层有着浓重植物汁液的皮，显得干瘪、灰暗、陈旧和单调，宛若一个行将就木的老人，透露出沉郁而苍凉的气息。

翁史美为了物色新的屠夫，已经去城里好几次了。她按以往的经验到那些贫穷人口的聚集地和犯罪率较高的场所三番五次地打探，总是失望而归。那些人看上去要么因贫穷而变得麻木，要么就是一谈到钱两眼就放出贪婪之色。她怀念鲁大鹏和杨生情，觉得他们就是零作坊上空的两朵云，美丽、轻盈，散发着浪漫的气息。如今这两朵云都飘离了零作坊。鲁大鹏依然空洞地躺在病床上，毫无知觉地接受着好心人的救助，他再也不用为卖菜女人的墓地而操心了。杨生情这朵最妖娆的云亦不知飘向了哪里。翁史美觉得她曾努力营造的一个世界就要坍塌了。有一天在地下通道的入口处，她几乎看上了一个人。他把双腿缠住，跪在地上乞讨，尘垢满面。翁史美一眼看出他是一个假残疾，又看出他年轻力壮。翁史美朝他面前用来装施舍者钱币的铁盒投了十元钱，这人就抬起头来望了她一眼。翁史美说："愿意去我那里干活吗？"乞讨者做出可怜状说："我一个残疾，能做什么活？"翁史美用脚将那个装钱的盒子一点点地挪开，说："如果我现在拿着你的钱盒走了，我相信你会很快跑过来撵上我。"那人狡黠地笑了，说："你也是干这个的？"翁史美说："差不多吧。""说得具体一点呢？"那人很老练地问。"宰猪。"翁史美从容不迫地说，"愿意到我那里去吗？"那人笑了，说："我可不想干那种肮脏的活儿。宰猪的那股臭味谁受得了啊，再说那是个力气活。我在这里不用出力，还可以看街景。""那你就在这里跪上一辈子吧！"翁史美踢翻了那个钱盒，扬长而去。她想零作坊是绝对不会要一个没有尊严的男人的。

由于屠夫的缺手，屠宰量较以往锐减，零作坊的生意陷入窘境。杨水原本还帮忙宰猪的，然而秋天一到，一直安分守己的他变得活跃起来了。他每隔几天就进一次城，每次都是李公言把他带去的。他从不在当天回到零作坊，而是隔几天。他一回来，总是眉飞色舞的样子，打着口哨，吸着高级香烟，还给其他人带上一些小礼物。他给王军买了一条领带，给王爷买了一个烟斗，给刘铁飞买了个水杯，给翁史美买了副太阳镜。大家就问他是不是发财了，杨水嘻嘻笑着说："是发财了。"如果你再追问他发的是什么财，他就讳莫如深地说："发的是鬼财呀！"人们就笑几声，权当他是胡说八道。李公言这一段跟杨水一样情绪高涨，他似乎已经把鲁大鹏的悲剧在他心中造成的阴影一扫而光了，无比兴奋和自满。他特意张罗大家喝过两回酒，人们在酒桌旁有说有笑的，零作坊以往活跃的生活气氛似乎正像已经落潮的海水一样又逐渐地涨上来。

翁史美每隔一两个月会跟哥哥通一次电话。她会询问儿子王社的一些情况。哥哥问她在城里靠什么生活，如果支撑不下去的话，就让她回家，说是在一个小地方好混日子。以哥哥现在的能力，给她在县城安排一个好工作易如反掌。可翁史美不想回去。她告诉哥哥，她在一家酒店上班，每月有一千元左右的收入。有一次哥哥在电话中听到了猪的嚎叫声，就问："你们是什么酒店，还得自己宰猪啊？"翁史美笑了，说："那是录音机放的曲子。"哥哥说："我只知道音乐里有鸟叫的，没听说有猪叫的！"翁史美打趣哥哥说："你不在大城市生活，不知道的东西多着去了！"最近，哥哥说王社惹了桩麻烦，他用弹弓把度假村新安的十几盏路灯全都给打碎了，乡政府让王四会赔三千块钱。王四会打电话求他说情，他找到乡长，这才把事情给压下来了。哥哥说："你们家王社，我看将来不是盏省油的灯！"翁史美说，将来她会把儿子送到国外去，不用王四会操心他的前途。哥哥不以为然地笑着说她："就你挣那俩钱，能够自己吃就不错了。王社也不是块学习的料，我看将来跟他爹学砸铁还差不多！"

一个秋风瑟瑟的夜晚，屠夫们正在热火朝天地宰猪，忽然有警车的尖叫声传来。李公言首先跑出作坊，他对着同样跑出来的翁史美说："美姐，是杨水惹了祸了，我对不起你！"

果然，警车停在了零作坊前。从车上跳下两个穿蓝警服的人，他们一高一矮，押着杨水走了下来。警车的车灯开着，翁史美看见了杨水那张惨白的脸。

翁史美迎上前去，她故作镇静地问警察："有什么要我们效劳的吗？"

矮个警察说："把你的户口簿拿出来！"

翁史美说："我没有户口。"

"'城市暂住证'有没有？"高个警察梗了梗细长的脖子说。

"也没有。"翁史美嘴上这样说，心里却在想，我是一条鱼，游到了城市这条臭水河来，我才不让这条河把我永久留住呢！

他们在说话的时候，又有一名警察从车上下来了。他首先进了屠宰间，此时的屠夫正在给猪注水。他们见来了警察，都大惊失色，王军本能地做出逃跑的举动。他欲跳窗而走，警察呵斥道："哪儿跑？哪儿跑？！"王军这才在窗前站住。刘铁飞没见过这世面，他吓得面如土色，钻到了屠宰台下。当警察把他拽出来的时候，他竟然哭了。他说："我不想犯法，我是家里太穷，迫不得已啊！"与警察打过无数次交道的王军很快镇静下来，他明白他们来可能并不是为了非法屠宰的事，有可能是这里的人惹了其他的麻烦。

警察跟着杨水来到了门房，打开了那个平素总是上着锁的木箱。翁史美看见里面有三个陶罐。杨水把它们一一捧出来，有气无力地说："就剩这仨了。"

"坟里还有没有没取出来的？"矮个警察问。

"没有。"杨水说。

翁史美打了一个寒战。她想杨水一定是在倒卖文物，把零作坊当作了藏文物的窝点。可是这附近并没有什么古墓啊，这些东西是从哪里偷挖出来的？

"你是这儿的主人吗？！"高个警察问翁史美。

"是。"翁史美说。

"你和他是什么关系？"警察指着杨水问。

"没什么关系。"翁史美说，"是我这里的卡车司机把他带来的。他们是亲戚。"

"司机呢？"警察追问。

李公言苦着脸说："是我。"

"请你跟我们走一趟吧。"警察说。

原来，杨水并不是李公言的什么亲戚。李公言是在乡下收猪时认识他的。杨水租了间民房，自称是来东北收大豆的。有一天，李公言看见一群村民围着这个瘦猴似的外乡人在打，就路见不平地前去拉架。原来，杨水掘了一座新坟，被这坟主的后代给抓个正着。他们恨不能把杨水给一家伙打死。据坟主的后代讲，他们与杨水非亲非故、无仇无怨，他凭什么要掘他们老子的坟？李公言知道其中必有奥妙，就把杨水拉到一家小酒馆。老谋深算的李公言开门见山地说："你做的是什么生意呀？能不能合伙发财呀？"杨水就说："你能给我找一个在坟场旁边住的地方吗？"李公言说："那太简单了，我们零作坊旁边就有一片坟场。"

杨水从陕西渭南来，他有一个绝活儿，那就是做仿古陶器。这陶器要是放在一堆出土文物中，能以假乱真。从这陶器上，你能看到斑斑驳驳的彩釉和裂纹，这种假文物深得外国人喜欢。他们不识货，肯出钱。杨水靠卖假文物在家乡盖起了两间房。他掌握了外国人鉴赏文物的习惯，那就是闻它身上有没有一股曾经深埋地下的尸骨味。为此他想了一个办法，把这些陶器放到墓穴当中，尤其是放置到那些新坟当中，这样，尸体腐烂的气味会点点滴滴地渗入陶器之中。在这个过程中，他要隔三岔五地打开墓穴，将一些他特意放置到尸体上的泥土再一次次地涂到陶器上，使它的气息和形态更加与文物接近。几个月后，把这些陶器从坟里取出来，就可以卖个好价钱。杨水在陕西卖假文物时曾经被公安机关抓起过，所以他后来就打游击战，去一些相对边远的省份做他的生意。他每到一处，都与当地大旅行社的导游拉好关系，因为他要依赖他们才能把它们卖出去。导游会从中获得丰厚的回报。杨水做的最大一笔买卖，是两年前把一只陶罐卖给了一个丹麦人，那人对着陶罐赞叹不已，给了杨水三千美金。杨水说他造假的本领都能骗过文物鉴赏专家的法眼。他一般春天出来，带上精心炮制的一堆陶罐，找一座新坟，掘开后将其一件一件地送进去，到了秋天再把它们一一取出脱手。在零作坊，杨水已经卖掉了五个陶罐，除却他分给李公言的三千，给大天旅行社的导游四千元之外，他还净赚两万元。他本想把最后三只陶罐卖出后就离开零作坊，不料有位买了他陶罐的法国人发现自己花了冤枉钱，就通知了饭店的保安，保安报了警，警察通过提审导游找到了住在一家小旅馆地下室的杨水。

警察在查封零作坊的同时，李公言已经把杨水所做的事对翁史美和盘托出。翁史美怎么也不会想到，其貌不扬的杨水竟然在自己的眼皮子底下干这种听起来非常戏剧化的造假文物交易。虽然油灯的光线暗淡，她还是看出了那三只未出手的陶罐的美。那是一种若隐若现、时有时无的美！它确实像极了博物馆里所陈列的那些出土文物。当警察要把这陶罐拿到警车上的时候，翁史美提出要闻一闻这陶罐身上的气味。矮个警察没有好气地说："闻吧，一股死人的味儿！"翁史美俯下身，对着陶罐深深地吸了一口气，她立刻被那股湿润、陈腐、老旧的气味所征服了。她以前是看不上杨水的，现在却对他刮目相看。她甚至产生了一个联想，杨水是不是孟十一？在她眼里，能把泥土和色彩完美地融合在一起的人是不寻常的。她觉得杨水过的生活是冒险而艺术的，谁能有把造假文物放置到墓穴中复古这样离奇、大胆的设想？

作为私屠滥宰场所的零作坊被取缔了。翁史美被罚了三万四千元，作坊的人也都陆续离开了。最早走的是王军，他说如今开网吧赚钱，他要和过去的狱友一同开一个。刘铁飞又回到蒙顺桥头的老地方，与那些等待雇主挑选的民工站在一起。李公言还想干他的老本行，他想买辆二手面包车，做日渐看好的小公共汽车运营的生意。王爷呢，他说什么也不肯回敬老院，他说要守着零作坊，不让宰猪了，他可以养鸡养牛。他劝翁史美从此以后要做正当生意，省得一天到晚提心吊胆的。

零作坊成了这一段新闻媒体竞相报道的热点。《城市晚报》在头版作了一篇题为《昔日艺术陶坊，今日私屠滥宰场所》的报道，文章渲染了零作坊的肮脏和血腥之气。零作坊在记者笔下被描述成了一个大垃圾场。晨报的记者侧重描写的是零作坊的人，称这里聚集着社会的渣滓，是一群乌合之众。翁史美把这些报纸都贴在廊柱上，这样廊柱上又有孟十一留下的花纹，又有杨生情的诗歌和鲁大鹏消息的报道，看上去异常热闹。

秋风把绿色植物吹黄了脸，枯萎了。收获后的大地看上去千疮百孔、异常荒凉。零作坊只剩下了王爷和翁史美。王爷跟翁史美说，他有两次发现杨水夜晚时怀里揣着什么东西往外走，他并不知道他这是往坟墓里送陶罐。不过秋天一到，他就闻到了门房里有一股尸臭味，他嘟囔过两次，李公言和杨水都说他年龄大了，嗅觉不灵敏了。王爷叹息着说，如果他那时提醒一下翁史美就好了。翁史美说："这都是命中注定的。"

太阳花谢了，在它枯黄的叶片上，有僵死的虫子和蝴蝶蜕下的羽翼。翁史美有时在起了风的旷野上走，回头望着孤零零的零作坊，她会有一种回到地龙乡的感觉。每天清晨，她走出户外，都能看见一层银白色的霜像张巨大的锡箔纸一样贴在大地上。她不知道这个冬天她该怎么熬下去。她不能就此罢手，她要挣钱，钱在她眼里就像大地上的霜一样亮堂。没有钱，在这次事故的处理中她也不会只赔了三万多元。她与屠夫们都众口一词地说他们屠宰生猪只有半年左右的时间，同时，翁史美给神通广大的加油站的吴方送去一万元，让他帮忙把大事化小。所以尽管零作坊的注水生肉现象闹得满城风雨、妇孺皆知，包括市场管理部门的人在内，至多不过受个小处分，没谁伤筋动骨的。以翁史美现在的积蓄，东山再起不成问题。她曾担心零作坊会被推土机给推掉，现在看来她太多虑了，它只不过是被查封了。如果一座房子也会说话的话，那么零作坊的嘴如今是被封条给封住了。但她想这房子总有一天还会叽叽喳喳说话的。

翁史美托人打听了，说杨水已经被移送至陕西公安机关了。有人说他犯的是倒卖文物罪，还有的说他犯的是诈骗罪。翁史美觉得除非专家认定那些陶罐确实是文物，否则怎么可以以倒卖文物罪论处呢？至于诈骗罪，在她看来也是不成立的，因为物品成交时，买卖双方都无疑义，又何骗之有呢？

她觉得零作坊栽在杨水手里是死得其所，因为杨水比她高明。他的陶罐不动声色躺在墓穴中悄悄增值时，她的屠夫只能挥汗如雨地屠宰生猪赚辛苦钱。坟墓在杨水那里成了可人的孕妇，能给他分娩出活泼的婴儿。她一直觉得杨水制作的陶罐还有剩在墓穴中的，所以她时常到坟场流连。那些土黄的坟一座连着一座，它们有高有矮。高坟多是新坟，而已经塌陷的则是老坟。翁史美留意那些新坟，看它们有没有被人挖掘过的痕迹，结果她总是失望。她还注意看那些竖着墓碑的坟，猜测这死者的名字是男是女。在她的想象中，杨水应该把陶罐放在女人的墓中。“张翠花、李雪梅、王爱菊”应该是女性的名字，可“郑爱秀、薛银光、胡光雪”这样的名字则让她很难判断性别了。

自从看见了油灯下杨水制作的三只陶罐的那种无言之美后，翁史美就再也没看过孟十一留下的陶器碎片。她的床头也没有太阳花可看了。天气越来越寒冷，王爷开始生火炉了。翁史美想这个冬天她不能白白闲着，听说有一种珍珠鸡很好饲养，售价又高，她打算着到畜牧部门咨询一下，冬天时她可以和王爷养珍珠鸡。

翁史美卖掉了卡车。她再进城时就得徒步走到加油站，由吴方帮助她搭上一辆进城的车。她想没车确实不方便，她应该买辆轻型轿车自己来开。

翁史美穿一条雪青色的长裤，一件乳白色棒线毛衣，扎一条咖啡色长丝巾。这身装束本来就使人显得高，再加上她把长发绾起来了，看上去就高得飘飘忽忽的，像一棵挺拔的白杨树了。

吴方见了翁史美，很殷勤地给她让座端茶。吴方说：“前几天我在电视上看见孟十一了，他现在可比在零作坊时风光多了。他在深圳有一个陶艺公司。我见他家里摆设得又讲究又不俗气，看来他新娶的老婆爱收拾家。”吴方用一种十分羡慕的口气说。

翁史美知道孟十一是个离婚之人。至于他什么时候再婚的，她一无所知。她在电话中从来没有问过他的私生活。

翁史美有些失落地问：“他什么时候结婚的？”

“今年春天吧。”吴方说，“他原来还打来电话，说是旅行结婚时要回零作坊看看，后来不知怎么的又没来。”吴方不以为意地说：“这些搞艺术的人和咱们不一样，今天一个主意，明天又一个主意。”

“他娶了个什么样的女人？”翁史美装作漫不经心地问，可她感觉自己的心在发抖。

“听说是个服装设计师。”吴方说，“对了，他上次还在电话里跟我打听你，问你是不是搞音乐的。我说你是宰猪的，他还不信。”

一辆白色的富康车从郊外驶到加油站，吴方对翁史美说：“这肯定是进城的车，你搭它走吧。”

吴方走出屋去给车加油。翁史美则在回忆春天的日子，当孟十一结婚的时候，她在做什么？毫无疑问，她几乎每天都要去看廊柱上的花纹，每晚都要抚摩一下那些破碎的陶片。她和孟十一在春天时还通过几次电话，她感觉他对她是情深意切的。难道一个男人可以同时把温存的声音送给两个女人？如果是真的话，哪一种温存又是真正的温存呢？

翁史美走出小屋，她听见吴方正在跟车主央求：“就让她搭你的车吧，我不收你的油票了。她进了城就下车。”

显然车主不大乐意有人搭他的车。

翁史美走过去，看着那辆车。从车窗里探出来的那张棱角分明的脸竟然是纪行舟！他显然也认出了翁史美，他的脸白了。

翁史美对吴方说：“算了，我搭下一辆车吧。”

“我进了城后主要还要送家人去上班，怕是不太方便。”纪行舟不愧是见过世面的人，他很快镇定下来。他抽出一张油票，把它递给吴方，说：“真是对不起了！”

翁史美看见纪行舟的旁边，坐着一个三十岁左右的女人。她皮肤白皙，脖颈很长，气质不错。她倒是很善解人意地对纪行舟说：“反正后座空着，让她上来吧。”

“不必了。”翁史美说，“我不打扰你们了。”

“谢谢。”纪行舟急切地摇车窗，想尽快离开加油站。当那车窗被摇到只剩下拇指般宽的一道缝隙的时候，翁史美忽然把一根手指插了进去，她对纪行舟说：“喜欢能看得见河流的房间吗？”

纪行舟老练地说：“我不知你在说什么。”

翁史美冲纪行舟意味深长地笑了笑，将手指抽回，放到嘴里吮着那根手指。纪行舟猛地一踩油门，飞快地离开了加油站。

吴方拍了拍手对翁史美说：“这肯定是一对野鸳鸯周末去乡下鬼混了，今天周一赶回来上班，当然就不方便让人搭车了。”

翁史美“哦”了一声。

吴方又说：“那个女的我看着挺眼熟的，好像是市电视台《家庭漫谈》的女主持人梁丽丽。”

翁史美知道，纪行舟的老婆是一家移动通信公司的副经理，她在他的钱夹中看到过那女人的照片：很瘦，戴副眼镜，有几分冷漠。她显然不是纪行舟车上载着的女人。看来他的事业如日中天，连车都开上了。他带这女人出去，也许是跟老婆撒谎，说他到外地办案去了。但也存在着另一种可能，他已离了婚，娶了这位容颜俏丽的女人。他们毕竟已经有几年未联系了。翁史美在零作坊看不到电视，对吴方所说的女主持人一无所知。

“刚才你为什么跟他说那话？”吴方问翁史美。

“什么话？”翁史美明知故问。

“能看得见河流的房间？”吴方说。

“哦。”翁史美笑了，“我看他紧张，就说句怪话逗他玩。”

翁史美从城里考察完珍珠鸡回到零作坊的那个夜晚，她喝得酩酊大醉。王爷见她失魂落魄、泪水涟涟，就说：“钱这东西有多就多花，有少就少花。”他不明白能让翁史美难过和感慨的只能是情感，而不是钱。王爷催促她早睡，并且帮她把一盏马灯送到她的小屋，放到以往摆太阳花的那个地方。而那马灯，以往是挂在廊柱上的。

王爷说：“你睡你的，这灯要是熬干了油，它自己就会灭的，你不用管它。”王爷之所以放一盏灯，是觉得小孩子一哭，往往是由于惧怕黑暗，而一旦有了亮儿，他们就不哭了。在王爷眼里，翁史美就是个小孩子。

翁史美睡了。当她睡到夜半时，忽然被一阵熟悉的音乐铃声给扰醒了。她望见那盏马灯还在燃烧着，满屋洋溢着柔软的光辉。她恹恹无力地打开了手机。

“喂——”翁史美声音沙哑地问，“哪位？”

“你怎么了，生病了吗？”是孟十一！他的声音还是那样充满关怀和柔情，听了令人心碎。

“我多喝了几杯。”翁史美的眼泪流了下来。她不知自己这是怎么了。因为她已经跟自己坚定地说过，不要再和孟十一交往了，不要再被他声音的柔情所迷惑了，可是当她听见他的声音时，她还是那么欣喜和激动！

“你是不是在创作一出悲剧，感情陷在其中难以自拔？”孟十一轻声地问。

“不，我早已跟你说了，我不是搞艺术的人。我在你的零作坊领着几名屠夫宰猪，现在不让宰猪了，我就想着饲养珍珠鸡！你知道吗，珍珠鸡的颜色和天鹅一样，雪白雪白的！”

“你又在开玩笑了。”孟十一说，“一个靠宰猪为生的女人，怎么会喜欢我刻在廊柱上的花纹？怎么会喜欢那些破碎的陶片呢？”翁史美觉得这话很耳熟，因为纪行舟曾经这样对她说：“你太不像个乡下女人了，我在地龙乡第一眼看见你，还以为你是个去那儿旅游的画家呢！一个乡下女人怎么还一身的浪漫气息？”翁史美把这两段话联系在一起，仿佛是发现了悲剧的源头，觉得无比的委屈，她大哭了起来。

孟十一说：“我给你放一段音乐，你就不会哭了。”

很快，翁史美听到了一段如泣如诉的优美旋律。她对音乐一无所知，不知这是哪位大师的作品。不过她想这是她和孟十一最后一次通话了，所以她满含热泪地把它听完。她为一种最亲切的声音的消失而感到悲凉。

"好些了吗？"乐曲刚一结束，孟十一的声音就袅袅地飘了过来。他的声音就像这乐曲的延续一样，听上去美妙动人。

"我不会哭了。"翁史美轻声地说。

"你知道，我多想看看你的容颜，我无数次地在梦中幻想你。"孟十一伤感地说。

"谢谢——"翁史美哽咽地说，"亲爱的，太晚了，让我们说再见吧。"翁史美说完，毅然决然地挂断了电话。她是第一次也是最后一次叫孟十一"亲爱的"，尽管以往她在心中曾经说过了千万遍。她把手机关上，放到枕头底下，感觉就像枕着一个梦在睡觉似的。马灯依然颤颤地燃烧着，看上去就像开在黑夜的一朵花。

第二天早晨翁史美刚刚起床，王爷就捧着一个包裹进来了。他说他开门时发现了它，不知是谁送来的。那包裹是用天蓝色的布缝制的，看上去鼓鼓囊囊的。零作坊不通邮，显然这包裹是由知道这地方的熟人悄悄送来的。

翁史美打开包裹，她吃惊地发现里面竟然装着形形色色的种子！每一种都分装在一个小塑料袋里，总共有二十种之多！包裹里还有三本有关花卉种植的书。一看到书，翁史美才明白那些种子全都是花籽儿！在花籽儿的每一个袋上，都有圆珠笔留下的字迹，标明着花籽儿的名称。这字翁史美一眼就认了出来，是杨生情的！她想他一定是听说了零作坊的事，他想让翁史美把屠宰场改造成一个花房。翁史美觉得心剧烈地跳动起来，同她以往接到孟十一的电话时的感觉一样。她想杨生情也许会给自己留下一张字条的，她就仔细翻查书的每一页，又把所有的花籽儿逐一清点一遍，然而她什么也没发现，没有她想象的信或者诗，有的只是那些繁杂多样的花籽儿——它们看上去就像一团暴雨前聚集在一起的蚂蚁。

原载《北京文学》2003年第7期

一次抒情变奏
——重读迟子建的《零作坊》

张燕玲

理想主义的抒情性是迟子建笔下最重要的创作个性,《零作坊》(《北京文学》2003年第7期)讲述了关于屠宰场女主人翁史美痛楚而浪漫的故事,正是迟子建"理想主义的抒情性"的一次变奏,作者以屠宰场心性浪漫的女主人所象征的理想主义,来反观残酷的现实存在,让翁史美分裂又自然的人格,在牲畜血腥与艰难人世生长出灵魂之花。这种人间的两极及其相互对立的关系,在迟子建变奏的笔触下,温婉细腻又机锋闪烁,人物矛盾又浑然一体,一一击中世情中的善恶,显示了迟子建在垃圾堆里做道场的理想主义抒情性。

回望迟子建重要的中短篇小说,我们可以清晰看到翁史美的精神底色和成长基因,从《晨钟响彻黄昏》中的菠萝,到《零作坊》中的翁史美,《晚安玫瑰》中的赵小娥、吉莲娜、黄薇娜,《清水洗尘》中的母亲,《秧歌》中的小梳妆,还有《黄鸡白酒》中乐生的春婆,《勇敢的候鸟》里红尘未了的德秀师父等等,都是在不同程度上为了理想敢于抗争,活出自我的系列女性形象。她们大多生活在乡间,有着淳朴热烈、自我自强的生命形态,但却过着残缺的生活,即使命运坎坷,她们也没有改变率真善良的本性,更没有随波逐流、自暴自弃,而是以主人的姿态直面世俗,有着令人着迷的旺盛生命力。迟子建的作品充满启蒙思想与女性悲情,对女性的悲剧命运予以关注与反思，她以细密的叙述针脚演绎着东北女性生的喜悦与困难，让她们向死而生，超越小我、超越悲剧命运，为自我赋予生活的意义。在这个意义上，迟子建有着清晰的启蒙主义思想和理性自觉。可以说，她与同代优秀作家一样都是八十年代的文学果实，她让生活自主生长出理想的种子。

翁史美是《零作坊》里地龙乡度假村的年轻服务员，本就不满木讷的丈夫而被游客律师纪行舟诱惑打动，并公然同居，被乡长哥哥和村民赶出家乡，又遭纪行舟抛弃并历经坎坷，后买下城乡接合部一座待转手的制陶“零作坊”，做了私宰生猪的屠宰场，既为了逃避以往现实的婚姻和爱情对她的打击，更为了追求自我的幸福，尤其以主人的身份。作为屠宰场女老板，尽管非法屠宰，却要求生猪来源清白，不做昧心生意。而“她表面随和，可内心却很孤傲。她可以和屠夫们在一起猜拳行令、大呼小叫；也可以独自躲进小屋一往情深地抚摩那些破碎的陶片。当她置身于臭气熏天、苍蝇横飞的屠宰间的时候，她却幻想着另一种生活。她设想自己穿着蛋青色的亚麻布长裙站在田野上，上面是蓝天白云，下面是疯狂的野草和争奇斗艳的花朵”。翁史美床头日常养着紫色的太阳花，她不仅着迷于屋顶上的花玻璃（殖民地留存的产物），甚至夜晚杀猪挂马灯的廊柱上的花纹，都令她幻想联翩。最不可思议的是，她不可遏制地热烈爱上了只闻其声、不见其人的零作坊原主人孟十一。他们从未谋面，从未通过书信和照片，翁史美着迷的不仅是他制陶艺人的身份，还有他遗留的五彩陶艺碎片。她在抚弄陶片的时候，“能听见碎片的声响，仿佛它们拥有生命，在喊喊喳喳说话一样”。于是她贸然致电，立马就迷醉于孟十一那低沉而轻柔的声音，“就像滴滴血液一样，使先前只有骨骼形态的孟十一，在她的眼中变得血肉丰满起来，可感可触。她在深夜时，甚至能感觉到他的心跳”。并为此整整通话三年，成为她的精神支柱。她对他们之间谈话的错位和缺少呼应，视而不见，她只渴望向他倾诉，稀释生存压力；更企望一双牵引她情感的翅膀，追寻天边那抹浪漫的阳光。

这束理想之光甚至温暖到屠宰场员工，以至高考落榜生杨生情也被翁史美的浪漫打动，他结结巴巴地说："你举着马灯真好看。我觉得你比廊柱美，你挂着马灯才对！"他不断为她写情诗，一首一首往挂马灯的花纹廊柱上贴，而在花纹廊柱与炙热情诗下，却是腥臭的牲畜私宰，以及三年来一次次逃避的卫生检疫，零作坊生意兴隆。

这样的男女关系哪怕冲突只能是文化的冲突，翁史美制造也击中那些世情中的善恶真伪，并历历可表，但是她说出的哪怕不合情理的话又都让人哑口，却使文本自然流畅，水到渠成。因为，她向往的纯净的烂漫，符合人类向善向美的期待；也因为，所有的翅膀都渴望着飞翔，何况她还有柏拉图般的男性孟十一、杨生情的情感牵引。迟子建就这样在理想与现实、立意和表达之间,拓展个性的新的表现，在垃圾堆与道场、荒诞与诗性中，谱写着翁史美不平凡的现实主义的变奏曲，让苦难方深的翁史美在艰难的人世生长出希望之芽，健朗大气，金针度人也度己。

尽管基于法律边缘创业的翁史美失败了，但她却在大开大合的生活中获得了精神皈依与灵魂救赎。迟子建在《我的女性观》一文中说："宇宙间的太阳和月亮的转换可以看作是人世间男女应有的关系，它们紧密连接，不可替代，谁也别指望打倒谁，只有获得和谐，这个世界才不至于倾斜，才能维持平衡状态。"翁史美便是这样与外部社会环境的左冲右突后，逐渐与这个社会和解互动，有了直面生存实际的勇气、生活态度与健朗心灵。当然，启蒙主义生花时收获爱情，但为了生存，翁史美的不管不顾包括打法律擦边球（非法屠宰），包括无力医治最终放弃因车祸重伤的员工鲁大鹏，把他留给了社会。也就是说当翁史美自私占了上风，一反对员工仁爱的常态（为了私已利益放弃了启蒙主义）时，便失落了爱情，她惯常的理想主义败给了物质生活后，她的周遭也响起了挽歌，首先孟十一并没有走进她既定的理想生活中，就连长久暗恋她的员工杨生情也伤心地远离而去："杨生情蓄起了胡子，很少写诗了。以往他望翁史美的时候会脸红，现在他望她的时候面无表情。翁史美预感到，杨生情就要离开零作坊了。"

翁史美被生活打回原生起点，当理想主义的挽歌响起之时，原来的生活节奏当然不在，经历过零作坊，翁史美不会是过去的翁史美了。

就是如此文艺的乡村女子，以至于孟十一误以为翁史美是个音乐家，因为在他们通电话中，频频传来猪毙命时撕心裂肺的嚎叫、屠夫们快意的笑声，孟十一问："现代音乐是不是经常掺杂着野兽的嚎叫和嘈杂的人语声？"尽管，翁史美一再重申自己是开屠宰场的，对音乐一无所知。但"孟十一说，'一个靠宰猪为生的女人，怎么会喜欢我刻在廊柱上的花纹，怎么会喜欢那些破碎的陶片呢？'翁史美觉得这话很耳熟，因为纪行舟曾经这样对她说：'你太不像个乡下女人了，我在地龙乡第一眼看见你，还以为你是个去那儿旅游的画家呢！一个乡下女人怎么还一身的浪漫气息？'"翁史美终于发现了自己命运悲剧的源头。

因为，世俗社会里乡下女人怎么可以一身的浪漫气息呢？"难道一个从乡村走出来的女人拥有浪漫的情感就是离经叛道？"迟子建借翁史美的追问悲凉如水，但她仍然让被关闭了屠宰场的女主人在失败的现实爬起，又心生浪漫的种子，向好成长。翁史美回到几近废墟的屠宰场时，意外收到杨生情的花种包裹，预示正面临何去何从的翁史美有了新的可能，也许爱花的她会把明天的屠宰场改成花房，回到零作坊的初始，陶艺的五彩世界是翁史美的心心念念。迟子建就这样把一个垃圾堆般的场域，以"屠宰、音乐、廊柱、陶片、挽歌、坟墓"六个章节，生发出精神之花，整个故事始终诵吟着杨生情的诗歌，写实抒情跌宕变奏，一唱三叹，浑然天成。今天重读，我仍然被整个小说理想主义的抒情性感动，并以为这也是迟子建今天更为劲道的白描功夫与叙述腔调的抒情性底色，此当另文论述。

小说收尾时，翁史美又遇别有怀抱的纪行舟，面对这个曾置自己于深渊的伪君子，几乎把两世人生都经历过了的翁史美已有刚强的心，但成长了的翁史美并不敌视争斗，看着车里的纪行舟，她轻蔑地"忽然把一根手指插了进去，她对纪行舟说：'喜欢能看得见河流的房间吗？'纪行舟老练地说：‘我不知你在说什么。’翁史美冲纪行舟意味深长地笑了笑，将手指抽回，放到嘴里吮着那根手指。”看到昂扬的翁史美，落荒而逃的纪行舟，今天的读者没准会套用唐顿老夫人的台词“我很好奇，这样的人怎么还留在人间？”

可是，现实里的“纪行舟们”层出不穷，而“翁史美们”也常常屡败屡战，只是她们即使改变不了环境，却依然坚韧地抗拒着环境，以免被环境改变自己；依然向阳而生，以主人姿态，追求自己的幸福，让未来自主生长出理想的种子。

心爱的树

蒋韵

1890年，或者，1891年，一个人带着行装上路了。他离开海边的大道，沿灌木林里一条草木繁茂的小路，准备作一次环岛的旅行。后来他有了一匹马，是别人借给他的，他就骑着这马继续走向岛屿的纵深。一路上，不断有人向他打着招呼，说："哈埃雷——马依——塔马阿！"意思是说，来我家吃饭吧。他笑笑，却并没有停下他的脚步。后来，有一个人叫住了他，是一个像阳光般炽热明亮的妇女。

"你去哪里？"她问他。

"我去希提亚阿。"他回答。

"去做什么？"

"去找个女人。"

"希提亚阿有不少美女，你想讨一个吗？"

"是的。"

"你要愿意，我可以给你一个，是我女儿。"

"她年轻吗？"

"年轻。"

"长得健壮吗？"

"健壮。"

"那好。请把她找来。"

就这样，欧洲人高更，在希提亚阿，找到了他的珍宝，他年轻健壮俊美、皮肤像蜜一样金黄的塔希提新娘。他用马把他的新娘、他幸福和灵感的源泉驮回了岛上的家。

两年后，这个男人离开了，他乘船离开塔希提回法国去。他的女人，坐在码头的石沿上，两只结实的大脚浸在温暖的海水里，总是插在耳边的鲜花枯萎了，落在双膝上面。一群女人，塔希提女人，望着远去的轮船，望着远去的男人，唱起一首古老的毛利歌曲：

南方来的微风啊，东方来的轻风，你们在我头顶上会合，互相抚摸互相嬉闹。请你们不要再耽搁，快些动身，一起跑到另一个岛。请你们到那里去寻找啊，寻找把我丢下的那个男人。他坐在一棵树下乘凉，那是他心爱的树，请你们告诉他，你们看见过我，看见过泪水满面的我。

——取材自《诺阿·诺阿》

一、梅巧和大先生

梅巧16岁那年，嫁给了大先生。大先生比她大很多，差不多要大20岁，所以，梅巧不可能是大先生的结发妻子。大先生的发妻，死于肺痨，给他留下了一双儿女。迎娶梅巧时，大先生的长子，已经考到了北京城里读书，而女儿，也快满13岁了，一直跟随祖母在乡下大宅里生活。

嫁给大先生，梅巧是有条件的。梅巧本来正在读师范，女师，由于家境的缘故辍了学。梅巧的条件就是，让她继续上学读书。

"让我念书，我就嫁，"她说，"70岁也嫁。"

这后半句，她说得狠歹歹的，赌气似的。其实，和谁赌气呢？梅巧就是这样，是那种能豁出去的女人。当然，从她脸上你是看不到这一点的，她一脸的稚气，两只幼鹿一样的大黑眼睛，很温驯，嘴唇则像婴儿般红润娇艳，看上去格外无辜。她坐在窗下做针线，听到门响，一抬头。这一抬头受惊的神情，就像幅画一样，在大先生心里，整整收藏了50年。

这是座小城，至少，在梅巧心里，它是小的。梅巧向往更大的天地，更大的城市。如果具体一点，这个“更大的”城市大概叫作巴黎。

因为梅巧想做一个画家。

七八十年前，梅巧的城市一定是灰暗的。北方城市通常都是这样一种暗淡的灰色。如果站在高处，比如说，城东那座近千岁的古塔上，你会觉得这小城安静得就像沉在水底的鱼，灰色的瓦像鱼鳞一样密不透风覆盖着小城的身体。这让梅巧郁闷，梅巧就在画上修改着这城市的面貌，她把屋瓦全部涂抹成热烈的红色。一片红色的屋顶，铺天盖地，蒸腾着，吼叫着，像着了大火。大先生评价说：

“恐怖。”

此时梅巧已是身怀六甲，身子很笨了，不能再去学校上课。大先生就利用每天晚上的时间为她补习功课。白天她守着一座空旷的两进的四合院，闲得发慌，日影几乎是一寸一寸移动着，她伸手一抓，摊开手掌，满掌的阳光。又一抓，握紧了，再摊开，又是满满一掌。这么多的时光要怎么过才过得完？梅巧叹息着，听见树上的蝉，知了知了叫得让人空虚。

大先生是个严谨的人，严谨，严肃，古板，不苟言笑，很符合他的身份。大先生是这城中师范学校的校长，兼数学教员。大先生教数学，可谓远近闻名，是这行中的翘楚。论在家里的排行，他并不是老大，可人人都这么叫他，大先生，原来是一种尊称。

这阅人无数的大先生，惊讶地发现，他的小新娘，拙荆，贱内，竟然冰雪聪明！他为她补习数学，真是一点就透。他掩藏着兴奋，试验着，带领她朝前走，甚至是，跳跃，甚至，设置陷阱，却没有一样难得倒她。她就像一匹马，一匹青春的、骄傲的小母马，而数学，则是一片任她撒欢飞奔的草原。大先生渐渐不服气了，想绊住那马蹄，四处寻来了偏题、怪题，可是，哪里绊得住？她总是能像刘备胯下的“的卢”一样在最后关头越过檀溪。煤油灯的玻璃罩，擦得雪亮，灯焰在她脸上一跳一跳，这使她垂头的侧影有一种神秘和遥远的气息，不真实。大先生不禁想起《红楼梦》中关于黛玉的那句判词，“心较比干多一窍”，突然就有了一点不祥的预感。

现在，梅巧不再是梅巧，而是“大师母”了。所有人的“大师母”。习惯这称呼不是一天两天的事。起初，人家一叫她“大师母”，她的脸就红到了耳根，觉得那称呼很讽刺。只有在学堂里，她的同窗们才叫她一声名字。大先生是守信用的人，婚后，他果然送梅巧重返了女师学堂。也只有在那里，梅巧还是“范梅巧”，甚至是“范君”。她们几个要好的朋友总是彼此以“君”相称：张君、李君、范君的。女师学堂设在一座西式建筑里，是那种殖民风格的楼房，石头基座，高大的罗马柱、哥特式的尖顶，走廊里永远是幽暗的，有着很大的回声。从前，梅巧不知道自己是爱这里的，现在，她知道了。

生下第一个孩子，还没有满月，梅巧就跑去参加期末考试了。在七月的暑热季节，她的两只大乳房，胀得生疼，乳汁在里面翻江倒海，不一会儿她的前襟就湿透了。巡堂监考的先生关切地停在了她面前，犹豫着要不要递给她一块手帕。那一刻，她恨不得钻到地缝里去。她吞咽下羞耻的眼泪，在心里发誓说，再也不要生小孩了！

可是，这事哪里由得了她？那些不知情的小生命，那些孩子，还是接踵而来了。有了老二、老三，说话间肚子里又有了老四。她的身板，真是太好了，年轻，肥沃，漫不经心撒下种子，就有好收成。她折腾自己，在学堂操场上，一圈一圈跑步，在沙坑里练跳远，两条腿磕得青一块紫一块，可是那一团温暖的诡异的血肉，就像吸附在她体内一般，坚不可摧。她吃巴豆吞蓖麻油，甚至，还在身上藏了咒人流产的符咒，一切，都没能阻挡那血肉们一天天壮大、成熟。大先生的娘，她婆婆，在她生下老二时从乡下来看她就发了话，说：“凌香她妈，快别去学堂现眼了，拖儿带女的，就做了女状元，又能咋？”她自己的亲娘也劝她，说：“闺女呀，别犟了，认命吧，人谁能犟过命去？”大先生呢？大先生嘴里不劝，可是那些劝阻的言语都写在了眼睛里。梅巧就回避着大先生的眼睛，坚持着，那坚持可真是需要耐力啊。本来三年的学业，她休了念，念了又休，到第六个年头，这场艰苦卓绝的坚持才见分晓：梅巧终于拿到了盖着鲜红大印的女师的毕业证书。

她捧着那证书，跑回娘家，一进门，哈哈大笑，热泪狂流。

大先生吁出一口长气，心想，该消停了，安静了。

老四在她肚子里，一天一天长大，她果然安静下来，或许，太安静了些。她本来就不是一个多言多语的人，现在，差不多变成了一个哑巴。她使尽了气力似的，眼神变得涣散和呆滞。北方的夏季，已经临近尾声，却又突然来了秋老虎。她搬一把躺椅在树下乘凉，肚子像山丘一样耸立。那是一棵槐树，说不出它的年纪，枝繁叶茂，浓荫洒下来，遮住半座院子。槐树是这城市最常见的树，差不多是这城市的象征。梅巧不喜欢这树老气横秋的样子，她就在画上修改这树，她恶作剧地解气地把树叶涂染成了蓝色。一大片蓝色的槐林，有着汹涌的、澎湃的、逼人的气势，乍一看，就像云飞浪卷的大海，翻滚着激情和——邪恶。

生产前不久，一天深夜，大先生被梅巧的惊叫惊醒了。原来她做了噩梦。她惊恐地抓住了大先生的手，说：“我要死了！”说完，就哭了起来。这么多年来，她还从来、从来没这样子哭过呢，当着大先生的面，哭得这么软弱、无助、放纵和悲伤——她一直都像敬畏父亲似的害怕着他。大先生被她哭得手足无措，心里发毛，嘴里却在说：“别胡思乱想，哪能呢？胡大夫是最好的妇产科医生……”话一出口，他就知道这不是她想要的许诺。

分娩果然是不顺利的，胎位不正。留学日本的胡医生使出了浑身的解数，最后，动了刀剪，下了产钳。梅巧在产床上忍受了两天一夜的煎熬，生死的煎熬。接下来就是产后忧郁症，厌食、低烧、不说话，莫名其妙地流眼泪，哭泣。孩子被奶妈抱去了，她一滴奶水也分泌不出来，倒省了以往回奶的麻烦。孩子是那么小的一个小东西，还不足五斤，剥了皮的狸猫似的，头被产钳夹成了长长的紫茄子。她一看到这孩子就厌恶地战栗，又厌恶，又怜悯。

大先生接来了岳母，让岳母陪伴她坐月子。岳母盘腿坐在炕上，小心翼翼地，跟她说东说西。说一百句她也不理不睬，说一千句她也不理不睬。她不说话，也吃不下东西，喝一碗沁州黄小米汤也反胃，倒像害喜似的，人一天天瘦下去，憔悴下去，枯萎下去。岳母无计可施，哭了。

“梅巧呀，放着好好的日子不过，你这是自己作死哪！”

这话，可谓一针见血，让人惊心，也只有亲生亲养的娘，说得出口。她娘说完这话，叹着气，回家了。也是眼不见，心不烦的意思。可是大先生不行，大先生不能“眼不见”啊，大先生不能落荒而逃啊。终于，有一日，大先生回家来，叫过大女儿凌香，给了她一样东西。六岁的凌香拿着这东西进了母亲的房门。凌香喊了一声“妈”，爬上炕，把这东西递了过去。

梅巧接过来，先是一怔。渐渐地她的手颤抖了，她一把抱过凌香，把她紧紧揽在怀里，她感到凌香的小身子那么温暖、柔软和芳香，她感到这小生命那么温暖和芳香。生活得救了。

那是一张聘书。

国民小学校的聘书。

春节过后，梅巧就成了国民小学校的一名教师。她先教四年级的算学，后来就教了美术。这教职，不用说是大先生替她谋来的。别人谋职，大约要费一些力气，可是在大先生，也就是一句话的事。只是，这一句话，说，还是不说，却一定是个折磨大先生的问题。大先生是清楚这女人心病的症结的：她是害怕四合院里这平常人家主妇的日子，她年轻茂盛的身子和心抵抗这日子！有什么办法呢？救人一命胜造七级浮屠啊。

天气还没有转暖，梅巧就脱去了棉袍，换上了春装：阴丹士林布面的大褂，上身罩一件开司米绿毛衣，那绿真是又清新又理直气壮，春草似的嘹亮霸气。生育了四个孩子之后，梅巧的身材，竟然没有太大的改变，站在那里，仍然是玉树临风似的一个人，一个新鲜的人，出淤泥而不染。这新鲜的人，清早出门，傍晚回家，手上沾了粉笔灰，或是水彩，甚至还有墨渍，衣襟上也蹭了粉笔灰，却仍然是新鲜的，明亮的。外面的世界，一个阔大的天地在滋养着她呢。说起来，她倒并不是多么热爱教书这职业，她热爱这外面的世界。

国民小学距离她的家，走路也就十几分钟的样子，课业也不重。还有一桩意外的高兴事，那就是，当年，她在女师读书时的好朋友，她们称作"张君"的一位，竟也在这所学校里任教呢！张君比梅巧早毕业几年（梅巧不是因为一次又一次怀孕、生产耽搁了吗？），毕业后回到了家乡，一个离这城市近百里、盛产葡萄和陈醋的小县份，一来二去的，就失去了音讯。不想，竟在这里撞上了，还做了同事！梅巧真是高兴坏了。

"哎呀哎呀，"她叫着，"还以为你在哪儿呢，还以为再也见不着了呢，原来你就在我家门口啊！"

"是啊是啊，我埋伏在这儿，守株待兔呢。"张君回答。

两个人的眼睛里，都闪着泪光，流露出了女学生的天性和情状。可她们终究不是女学生了。就在这一刻，她们突然感觉到了时间，就在耳边，呼呼的，如同大风一样呼啸而过，刮得她们心里一阵茫然。

"我结婚了。"张君说。

从前，张君是那么英气的一个少女，宽肩、长颈、浓眉，身板像杨树一样永远挺得笔直。她们开玩笑叫她"美男子"。这狂妄的"美男子"曾经叫嚣，要一辈子守住她洁净的处子之身。如今，似乎是，一切如旧，肩还是宽的，颈还是长的，身板仍然是挺的，可从前的誓言，灰飞烟灭了。

那一天中午，这两个重逢的好友，在校门外一间山东人开的馆子里，吃了午饭。是梅巧做东。她们甚至还喝了一点酒，竹叶青。那真是用竹叶泡出的好酒，清澈而碧绿，喝在嘴里，有一股奇特的异香。她们把着盏，彼此诉说着别后的经历。梅巧的经历，三言两语就道尽了，那就是，生孩子，接二连三地，一口气，生出四个。而张君，则要复杂得多，有戏剧性，那就是，抗婚，私奔，和心爱的人一路出逃——是一个时代的故事。

“哎呀哎呀！”梅巧连连叫着，因为酒，也因为兴奋，双颊变成了桃腮，灼灼燃烧着，“张君，你真是不平凡哪！”

张君在国民小学，只教了短短一个学期，就辞职了。她丈夫突然接到了武汉某所学校的聘书，暑假里，最热的伏天，她离开了这城市匆匆前往长江边那个火炉里去。临行时，她来向梅巧辞别。她给梅巧留下了通信的地址，说：

“给我写信啊。”

梅巧点点头，心里翻江倒海。

“若有机会，就来南边看我啊。”

梅巧不再点头了，泪水一下子涌上来。这样的机会，怕是永远也不会有的，永远也不会有啊。她背过了身去，再回头时，朋友已经不见了，院子里空荡荡，洒满树荫，知了的噪声，像突然浮起似的，遮蔽了一切。知了——知了——知了，那是先知的声音。

二、来了个席方平

这天，大先生回家来，对梅巧说：“让人收拾出一间客房吧，有个北京来的先生，一时没找着合适的房子，我留他住几天。”

梅巧家，头道巷十六号，两进的四合院，外带一座小小的跨院，大大小小的房屋，二十几间，虽说是孩子多，人口多，红红火火的一大家人，可闲着的空屋子，总还是有的。梅巧吩咐用人们把后院的一间西屋拾掇了出来，那屋子里，没有盘炕，而是架了一张时新的铜架子的弹簧床。

来人就是席方平。

一听这名字，梅巧就忍不住想笑，这不是一个活生生的聊斋人物吗？样子也有些像呢，清秀疏朗的眉眼，人生得白白净净。起初，梅巧还以为，这“从北京来的先生”，不知是个多威严的老先生呢，不想，竟是这样一个年轻、文雅、像女人般俊美的书生。

说起来，这席方平，原来还是大先生的学生，弟子，得意的弟子，家道贫寒，寡母扶孤长大，后来考取了北京师范大学，如今，刚毕业就收到了大先生的聘书——不用说，大先生是很钟爱这个弟子的。

那一晚，大先生在家中，设了家宴，算是给这弟子接风，请来作陪的，也是几个亲近的弟子。大先生拿出了他珍藏的好酒，一坛“花儿酒”，是他家乡的特产，用柿子酿出的一种奇异的果酒佳酿，大先生甚至还详尽地给大家讲了这“花儿酒”的妙处。一餐饭，宾主尽欢，席间，梅巧走进来，给大先生添茶，也是提醒他不要过量的意思。这时，只见那个席方平，红着脸，站了起来，恭恭敬敬地，端起了面前的酒杯。

“大师母，”他喊了一声，脸越发红了，人人都看得出，他是不胜酒力的，“给你添麻烦了，我，敬你一杯。”

他一仰脖，一饮而尽，亮了下杯底。他眼睛里，似乎，汪着许多的水。这哪里是男人的眼睛？梅巧抿嘴一笑，说：

“有什么麻烦的？房子空在那里，不也是空着？”

是啊，房子，就是要住人的，人不住，鬼就要住了。梅巧这么想着就又笑了。怎么今天总是想到鬼呢？大概，都是“席方平”这三个字招惹的吧？梅巧端着灯，不觉又走进了后院里，前边，酒宴还没有散，可是后院人却都已睡了。奶妈带着孩子们，沉入了梦乡，北房、东房、南房，一片漆黑，只有西房里，一灯如豆，悠悠地，在等待着夜归的客人。梅巧轻轻推门，走进去，似乎，想看看，还有什么不妥当的，她自己的影子，巨大的黑影，一下子，投在墙壁上，倒把她吓了一跳。

这一夜，梅巧做梦了，梦很乱，飘飘忽忽的，梦中的梅巧，还是从前的样子，出嫁前的样子，16岁，梳着齐耳的短发，白衣，青裙，站在葡萄架下，一个人走过来，说："原来你在这里呀，原来你藏在这里呀，让我好找！"那个人，那说话的人，原来就是，就是现在的梅巧。

第二天，在早餐桌上，席方平看到梅巧，脸又一下子红了。

这事是让人别扭的。照说，一个大师母，是不应该让人脸红心跳的。一个大师母，应该是，慈祥、端庄、安静、温暖，像一棵没有杂念的秋天的树。可是眼前这个"大师母"，这个光焰万丈咄咄逼人的女人，这个让人不敢和她眼睛对视的女人，和一个真正意义上的大师母相比，相差何止千里万里！

要快点找房子搬家啊，他想。

后来，他们熟识之后，她让他看她的画，那是一次敞开和进入：那些燃烧的暧昧的屋瓦、那些波涛汹涌凶险邪恶的树冠、那些扭曲变形阴恻恻的人脸，看得他惊心动魄。他用手轻轻抚摸它们，爱惜地心疼地说道：

"你这不屈服的囚犯啊。"

三、凌香

所有的孩子里，凌香最依恋母亲。

四个孩子，一人一个奶妈，凌香的奶妈是最费了周折的。月子里，她一直吃梅巧的奶，等到梅巧要去上学，把她交给新雇来的奶妈时，坏了，她死活不肯去叼奶妈的奶头。她闭着眼睛，张大嘴，哭得死去活来，哭得一张起皱的小脸，由红转青。她宁肯去啃自己可怜的小拳头，却饿死不食周粟。更要命的是，她这里一哭，隔了半座城，那边课堂上的梅巧，就如听到召唤一般，两肋一麻，刹那间，两股热流，挡也挡不住，汹涌着，奔腾而来，一下子，前襟就湿透了。

梅巧的眼睛也湿了。

有几次，她忍不住溜出了校门，雇一辆洋车就朝家跑，去搭救她的孩子。那凌香，到了她怀中，一头就扎进她胸口，凶狠地、仇恨地、以命相拼地擒住那奶头，两只小手，紧紧紧紧抱住她救命的食粮，像只疯狂的危险的小兽。

没办法，梅巧只好向这小小的女儿缴械。从此，每天清早，出门前，她喂饱她，中午匆匆坐洋车回家，再喂她饱餐一顿。晚上，倒是叫她跟奶妈睡觉，半夜里，听到她哭声，梅巧就爬起来，喂她一餐夜宵。梅巧的奶，真是旺盛啊！一年下来，那凌香，养得好精彩哟，又白又胖，两只小胳膊，一节一节，像粉嫩的鲜藕，可以给任何一家乳品公司做广告。梅巧却一日千里地瘦下去，直到后来，突然地，有一天，奶水奇迹般地失踪了。

有了这教训，后来那几个，一生下来，梅巧就交给奶妈去喂养了。后来那几个，谁也没再吃过亲娘的奶水，和亲娘，就总有那么一点点隔。

那几个，各人有各人的奶妈，疼着，宠着，护着。凌香的奶妈，却是早早地，就离开了这个家。虽说，凌香没吃过她的奶，却也是被她抱在怀中，朝朝暮暮，抱了那么大，就是块石头，也焐热了。奶妈的离去，是凌香平生经历的第一桩伤心事。她不知道奶妈为什么突然就走了。后来，很后来，她才知道了原委：奶妈的离去是因为家中的孩子生了绝症。那一年，凌香刚满四岁，人家就让她跟弟弟凌寒的奶妈一起睡觉。好大一盘炕，奶妈搂着凌寒，睡一头，凌香自己，睡另一头。半夜里，她小解，醒来了，喊奶妈，却没人理，她悄悄哭了。

第二天早晨，凌寒的奶妈一睁眼，发现炕的那一边，空荡荡的，凌香那个小祖宗，不见了！这一惊非同小可，慌忙下地来，跑到院子里，四处寻找，哪里有她的影子？又不敢声张喊叫，正没主意呢，一抬眼，看见对面南屋的门，虚掩着，露着宽宽一道门缝，那是凌香和她奶妈，住过的屋子。她急急地冲进去，只见辽阔的一盘大炕上，那小祖宗，一个人，蜷成一团，泪痕满面，睡着，怀里抱着她奶妈枕过的枕头，身上胡乱盖着她奶妈的花棉被……

梅巧当天就听说了这件事，到晚上，她抱来了被褥，把那小冤家搂在自己的怀抱里。凌香的小脑袋，有点害羞地扎在她怀中，一动也不动。忽然，她叫了一声“妈”，说：

“真的是你呀？”

梅巧的鼻子，一下子，就酸了，她搂紧了这孩子，说：“是我，是我，不是我是谁？”凌香抽泣起来，大颗大颗的眼泪，热乎乎的，像蜡油一样，烫着梅巧的胸口。梅巧一夜搂着那小小的伤心的孩子，想，这孩子像谁呢？

后来，凌香问过梅巧一句话，凌香说：“妈妈呀，会不会有一天，你也像奶奶一样，不要我了呢？”梅巧回答说：“小傻瓜呀，宝，我怎么会不要你？”

可是，梅巧不知道，这世上所有的小孩子，都是先知。

有时梅巧自己也弄不明白，为什么这孩子总是生活在恐惧之中，每当梅巧出门去，回来得稍晚一点，一进门，这孩子就扑上来，抱住她，死死地，再也不肯撒手，就像失而复得一般。有时，一清早，她还没睁眼，忽然这孩子就慌慌张张跑进来，用手摸摸她的脸，说道：

“妈妈，你在这里呀！”仿佛，作着一个确认。

梅巧望着这孩子，望着她大大的黑暗的眼睛，想，这孩子，她怕什么呢？这样想着，心里就掠过一丝人生莫测的怅然，还有，不安。

现在，终于，梅巧知道了那答案。

事情是怎么开始的呢？八岁的凌香不知道，可她知道有一件大事发生了，有一个大危险来临了。那危险的气味啊，像刺鼻的槐花的气味一样，弥漫在五月的空气中，无孔不入。如果在白天，似乎，看不出这家里，发生了什么变故，一切都和往常一样：爹一早出门，穿戴得整整齐齐，乘洋车，去上班。妈也是一早出门，穿戴得也很整齐，不过不乘车，就走着，去上班。天气一天天热起来，爹和妈，都换上了夏布做的新大褂儿。爹是一件月白色的，而妈的，则是粉底，上面撒满星星点点的小碎花。人走过去，就飘过一股新布的香味。

但是，太阳总会落下去的，夜总归是要来临的。危险就是在夜幕的遮蔽下现出原形。晚饭是那危险的前奏，序曲，妈一连好几天都没有回家吃晚饭了。爹阴沉着脸，不说一句话，那咀嚼着的牙齿，似乎，格外用力。人人都知道，这是风暴来临的前奏。一家人，屏住了呼吸，战战兢兢，就连最小的弟弟——刚刚两岁的小凌天，爹爹的心头肉，也变得很乖。一餐饭，吃得鸦雀无声，草草收场，然后，各自回到各自的房中，仍旧是，不敢出大气。奶妈们，早早安顿自己的孩子睡下，而女佣和男工则躲在跨院伙房间，压低了嗓子，交头接耳。人人都在等待，等待着那风暴——那是躲不过逃不掉的，就是沉入睡梦也躲不过。人人的耳朵，这时，都灵敏极了，掉一片树叶也能听到那响动，更别提，那"吱——扭"的门声。那"吱——扭"的门响简直就是炸药的捻子，女主人的脚步，踢踏踢踏，要惊破天似的，起落间就是生死。此刻，人们反倒是横下了心，知道要来的，终于，来了。

说是吵，其实，只听见大先生一人的怒吼和咆哮，大先生发起脾气，真是可怕呀，地皮也要抖三抖的。可是，渐渐地，有了回应，那回应声音不算高，却有着一种愤怒的激烈，有一种，不顾生死亡命的激烈，说来，那才是更让人害怕的，那亡命的不顾生死的激烈是可摧毁什么的。这才是那个大危险，那个悬而未决的厄运。大先生的怒吼、咆哮，甚至，砸东西，不过是，烘托，烘云托月，为这个大危险，作一个黑暗的铺垫而已。

这一天，吵到最激愤的时刻，大先生动手了。他劈头朝女人挥出一掌，那一掌，是地动山摇的一掌，像拍一只苍蝇，是一个灭顶的打击。不仅仅是对梅巧，也是对他自己。那一掌把梅巧击倒了，口鼻流血。血使他怔住了，他浑身冰冷。梅巧慢慢爬起来，用手在脸上一抹，抹了鲜红的一掌，她就把那只血手，朝洁白的墙壁上，抹了一把，立时，一个血巴掌，惊心动魄地，跳出来，像一个鲜红的小妖孽。梅巧看了看，二话没说，笑笑，就摇晃着走出去了。

到早晨，人人都看见了那暴力的结果，梅巧的脸，肿得很厉害，上面还有着瘀青。可是她神情安详，头发梳理得一丝不苟，夏布长衫，齐齐整整，她就这样昂着头带着伤痕出门去了，临走，还吩咐了奶妈几句琐碎的事情，仿佛，这是一个和平常的日子没什么两样的早晨。凌香追上去，拦腰抱住了她，她迟疑片刻解开了那两只缠绕着她的小胳膊，头也不回，说："宝，去上学。"

这一天，是煎熬的一天。每一分钟，凌香都忍受着折磨和煎熬。她上课走神，走路碰壁，吃饭吃不到心里。她一分钟一分钟，盼着太阳下山，盼着天黑，盼着夜深人静，甚至，盼着吵架——她告诉自己这一天其实和昨天没什么两样，和前天、大前天，和以往所有的日子，没什么两样。这并不是多么特别的一天，不是不祥的一天。她挺着身子，坚定地，安慰着自己，却忍不住一阵又一阵的寒战，就像生了热病。这一天，真是长于百年啊。终于，太阳下山了，全家人，又聚在饭厅里，只缺妈妈一个。不过，没关系，昨天、前天、很多天，不也都是这样？爹的脸，阴沉着，一家人，仍旧是，大气不敢出。可是爹的咀嚼，好像，没那么凶狠了，爹的咀嚼声没了那一股杀气，而且，爹的饭，也吃得很少很少。凌香忽然心乱如麻，不知道这是什么预兆。

后来人们就看见，凌香一个人，站在院子里，做饭的孙大出来打水，看见了，问她："你在这儿干什么？"声音压得低低的。凌香回答说："等我妈。"女佣杨妈出来小解，看见了，也问她："你在这儿干什么？黑灯瞎火的。"声音也压得低低的，她还是回答："等我妈。"人人都知道，这丫头的脾气禀性，知道劝她不动，也就由她去。渐渐地，院子里静寂了，她一个人，站在槐树下，站了大半夜。

槐花盛开着，那香气，浓得化也化不开。往年，槐花刚刚初放时，孙大就用长杆把那白色的花串，打下来，洗净了，和上面粉，给他们这些孩子，蒸槐花“布烂子”吃。孙大喜欢说：“应时应景，尝个鲜。”今年，孙大没有心思让他们“尝鲜”了。许是这个缘故，今年的槐花，比往年，繁密许多，那香气，也霸道许多，浓郁许多，不容分说，是一种强悍的邪香。

夜露下来了。像树的眼泪，一大颗，一大颗，滴下来，是那种无法言说的大伤心。不知名的虫子们，唱起来。凌香的腿，又酸又胀，就要站不住了。墙根下，西番莲榆叶梅就要开了，牵牛也爬上了架。那都是妈撒下的种子，移来的花木。妈还在后院里种玫瑰，种月季芍药牡丹，妈喜欢那些颜色热烈浓艳的花朵，丰腴的花朵。妈总是说，这院子，太素了。她就用那些花，来打扮这院子。

花啊，快点开吧。凌香在心里叫喊，花开了妈就喜欢这院子了。今年，花好像开得特别晚，特别慢，特别阴险，所以，妈才会讨厌回这个家吧？凌香突然打个冷战，绝望地哭了。

“吱扭——”一声，门响了。这“吱扭——”的声响，是多么慈悲。凌香几乎不相信自己的耳朵，不相信，这大慈大悲的声音，直到踢踏踢踏的脚步，停在她面前，黑黑的亲爱的人影，停在她面前，吃惊地问她：“你怎么在这里？”她如同起死回生一般，一头扑在了来人怀中，说：

“我还以为，你再也不回来了呢！”

梅巧抱住了她，抱紧了她，她抽泣，浑身颤抖。梅巧用自己受伤的脸颊摩挲、抚弄她被夜露打湿的头发。她叫着她的名字，说：“凌香啊，凌香啊，宝——”她搂着这孩子把她送回后院房中。她扯下毛巾，为她揩干头发，又为她铺被子，脱衣裳，好像，她还是一个，极小的幼儿，不满四岁，刚刚离了奶妈……她安顿她睡下，睡稳，然后，久久、久久，凝望这孩子的脸，美丽的、难割难舍的、血肉相连的脸，说了一句：

“宝，我的宝，你睡吧。”

就走了出去。

整整一座宅子，黑着，只有书房里，亮着一盏灯，就像，审判者的眼睛，神的眼睛。梅巧朝那灯光走去。她走进去，看见大先生，无声地，站了起来。他们无声地、默默地对视了很久。然后，梅巧就跪下了，梅巧跪下去朝着大先生，恭恭敬敬地，磕了一个头。

这一晚，出奇地静。没有吵闹。一家人，上上下下，揪着心、竖着耳朵等待着的那一场风暴，没有降临。这似乎是，许久以来最风平浪静的一夜，平安的一夜。人人都松了一口气。这一夜，合宅的人都睡得很沉，很酣，梦都没做一个。

到早晨，太阳升起来，才知道，天地变色。

到早晨，榆叶梅突然地，爆开了一树，一树光明灿烂的粉红，云蒸霞蔚。他们素净的院子被这一片粉霞照亮了，可是，凌香却再也等不回母亲。永远也等不回了。

四、花儿酒、柿子树和其他

有一处地方，叫峨嵋岭。这峨嵋岭，不是那峨眉山，不在四川，在河东，河东最大的旱塬。河东盛产柿子，《西厢记》不是有这样一句唱词："晓来谁染霜林醉，总是离人泪。"那霜林，其实，不是枫林，而是，柿树林。柿树在秋天，叶子一经霜打，红如血染，是河东的奇观。

峨嵋岭上，遍山遍塬，都是柿子树。峨嵋岭上的柿子，有种奇功，那就是，可用来酿酒——不是普通的酒，而是，花儿酒。什么叫花儿酒？你看，提壶把盏，细细地，斟满酒杯，盏中心，慢慢开出一簇酒花，花花相随，走马一般排着队，沿一线齐齐滚向杯缘，碰壁即灭，这叫"走马花"，那就是说，这酒，只有30度。若是那酒花，沿杯盏口，密匝匝，排满一圈，那就叫"满扣花"，就是说，这酒，要烈一些，差不多40度。倘若是，花堆花，层层叠叠，满盏花堆成一个花绣球，也有个名字，叫"楼上楼"，那这酒，就足足有55度！——这就叫作"对花鉴酒"，可说是，河东一绝。

酿造这花儿酒，是一门独门绝技。那手艺和秘籍，相传，是秘不示人的，代代一脉单传，传媳不传女。听来，就像一个武侠的故事了。那酿酒的原料，还必得是，峨嵋岭上，霜降之后的空心柿，这种空心柿酿出的酒，会拉丝，是“花儿酒”中的极品。

说来，这花儿酒，也是酒之一祖呢，可见其古老。它幽柔醇香，回味绵长，最妙的是，一口下肚，浑身的血脉，就像被疏浚的河道，流得分外通畅：是能用来做药引的，“引百药以入十二经”。若身上有跌打损伤，它还有着外用的奇效，一搽即好。总之，是一宗宝啊。

后来，有一个叫杨深秀的读书人，把这花儿酒，带到了京城。这杨深秀，正是峨嵋岭人，他携带着峨嵋古酿，每每自乡返京，必设宴招饮，款待同侪。谭嗣同一定是饮过这酒了，杨锐林旭刘光第一定是饮过这酒了。或许，康有为梁启超也饮过这佳酿呢！他们灯下把盏，盏中，走马花、满扣花、楼上楼，千万朵花儿滚着绣球，他们开怀畅饮，锦口绣心，商谈着变法的大计，何其快哉！

还有光绪皇帝呢，光绪皇帝想来也是饮过这美酒的。皇帝和他的红颜知己，对花鉴酒，分享着这琼浆中的奇观。那红颜知己，在月下，焚香奠酒祝祷，不是这样唱吗：“愿圣明天子福寿高，雨露承恩同偕老。”想来，那杯中的酒，也是这花儿酒呢！满盏的酒花，就如同，盛开的心事，用来祈天，真是再合适不过。这一对天真的男女，在心中，有着怎样美好的憧憬啊——只不过，那憧憬，比这杯中的走马花，破灭得还要快：随着六君子人头落地，花儿酒从此就在北京城绝迹了。

星移斗转，又过了许多年，日本鬼子来了。这一年，日本鬼子开进了峨嵋岭，开进了大旱塬。要说这小鬼子，还真是识宝呢。他们一下子，就被这峨嵋古酿吸引住了，那“对花鉴酒”的奇观，简直让他们看傻了眼。他们连连喊着，神奇呀，神奇呀，要——西！他们当然不是喊叫一番赞美一番就算了，他们要这绝技！第二年，柿子挂果了，丰收在望，酿酒的节令，就要到了，他们“请”来了，塬上最好的酿酒师傅，他们的人马，驻进了，有最好酒窖的村庄，就等着，收获的日子、采撷的日子了。他们的人，侵略者，已经按捺不住兴奋，嘴里咿咿呜呜的，唱起他们家乡庆丰收的歌谣来了。

忽然地，有一天，半夜里，刮起了大风。那一场大风啊，惊天动地，自古以来，这塬上，还从没有谁见过，秋天刮这样凶猛的风呢！只听见，满山满塬的树们，千棵万棵柿子树，在风中，呜呜地，吼了一夜，喊了一夜，狂哭了一夜。到早晨，人们爬起来，只见峨嵋岭，再没有一棵树上挂果了！这河东最大的旱塬之上，满山遍野的柿子树，万众一心地，坠落了它们的果实，它们十月怀胎孕育的孩子。一夜间，坠落的红柿，让峨嵋岭，变成了一片血海。事情还不算完呢，接下来，突如其来地，起了大雾，蓝色的大雾，铺天盖地，一下子，把峨嵋岭，给吞没了。这一下，白天变成了黑夜，黑夜比地狱还黑，人们伸出巴掌，连自己的五指都看不见了！十村八村的狗，惊得汪汪乱咬，还以为，天狗吞了月亮和日头，鸡也乱了方寸，大半夜打鸣报晓。这一场大雾，三天三夜不散，到第四天，天开了，出了太阳，太阳照见了，一个最惨烈悲壮的旱塬，只见，遍地坠落的红柿，无一例外，全部，烂了柿蒂，它们无一例外地在大雾中开膛剖腹自戕而死，它们万众一心自戕而死。峨嵋岭上，方圆几百里，横尸遍野，密匝匝，睡了一地的英灵。

鬼子酿酒的计划，就这么，成为泡影。

这就是，我们的河东，我们的宝地啊。你可知道她的来历？差不多，五千年前，有一天，一个人，来到了这里，来到这旱塬深处，举目四望，只见，四野一片浩瀚的黄土，两条大河，黄河与汾水，莽莽苍苍地，在这黄土的怀抱中，交汇。这里的地貌，有一种，不可思议的诡谲、奇异和神秘，就好像，一个巨大的女人的私处。这旱塬，大地，厚土，在这里，毫不遮掩地，向着天宇，袒露出了自己最隐秘最神圣最蓬勃的私处。这个人被震撼了，他为这袒露感动，为大地这母亲般的袒露感动。他不能自已，他知道这是天地的大恩、大美和大善，他还知道这是一个启示和寓言！他扫地为坛，撮土为香，敬畏地，感激地，跪下来，对着这一片后土，长拜不起。从此，人们就把这里，称作是，汾阴，——大地的私处，也称作是，轩辕氏轩辕黄帝扫地为坛处。

过了许多年，差不多，两千多年后，又有一个人，来到了这里。这个人乘船而来，溯黄河，入汾河，来祭祀后土。那一天，汾河之上，万船竞发，箫歌齐鸣，秋风浩荡。船夫们齐声高唱着欢快的棹歌，雁阵则从他们头上飞过。这个人，他弃船登岸，来到了汾睢之上，当年，轩辕皇帝扫地祭坛处，如今已是一座壮观的祠堂。他登上后土祠，极目远望，两千年岁月，如风而过，忽然百感交集。禁不住，他放声吟唱起来：

秋风起兮白云飞，
草木黄落兮雁南归——

这个叫刘彻的人，汉武大帝，那一刻，不再是一个君临天下的天子，而成了一个感时伤怀、领会着生命悲情的诗人，你听他唱道：

泛楼船兮济汾河，
横中流兮扬素波。
箫鼓鸣兮发棹歌，
欢乐极兮哀情多，
少壮几时兮奈老何！

就这么，一首千古绝唱，《秋风辞》，在这广袤的旱塬之上，大地蓬勃的私处，诞生了。应运而生的，还有一座恢宏的建筑，秋风楼。

又过了许多年，差不多，又是两千年后，大先生来了。大先生登上了秋风楼。那一年，1939年，省城沦陷了，大先生在省城沦陷时携家小逃出了那座亡城，回到家乡峨嵋岭避难。谁想，没多久，家乡也沦入铁蹄。大先生的声名，不知怎么，连日本人也知道了，他们竟让大先生出任伪县长！他们搬来了一个又一个说客，说客们踏破了大先生家门槛。这一日，又有说客登门，大先生不等那说客开口，就说，正要趁霜晴去登秋风楼。大先生他们村庄，和那秋风楼，相距不算太远。说客不知大先生葫芦里卖的是什么药，只好嘴里说着“好兴致啊”，一边就随了大先生，和二三友人，朝那秋风楼出发。说来，这秋风楼早已不是那秋风楼，这后土祠也早已不是那后土祠，由于河水泛滥、冲刷、改道，它们几次落架迁建，最终，落脚在了这叫作“庙前村”的村庄。可这又有什么关系？那巍峨的秋风楼，仍然，在我们的土地上，屹立着呢。这一日，大先生焚三炷香，先拜了后土祠，又一级一级，攀了九九八十一级阶梯，登上了，秋风楼。立刻，黄河来在了眼底，汾河来在了眼底，广袤的黄土旱塬，来在了眼底。秋风浩荡，千万棵柿子树，坠落了果实，只剩下，霜打过的柿树叶，红如血海，也来在了眼底。大先生吁出一口长气，对那说客说道：

“这里是什么地方？想必你也知道，华夏大地之脽，轩辕皇帝祭祀后土的地方！这里，就连树，也知廉耻，不敢数典忘祖，你说，我莫非还不如一棵树？”

说客目瞪口呆。

大先生又说：

“这秋风楼有多高？你可知道？我告诉你，它楼高33米，11丈，人若从这楼上跳下去，想来神仙也救不活他！——今天，大不了，我从这儿朝下一跳！也学学，咱峨嵋岭上那些有情有义的柿子——”

说罢，大先生纵身一跃，被同来的友人拦腰死死抱住了。

说客吓跑了。

第二天，说客带着日本人，冲进了大先生的村庄，包围了大先生的家，却扑了一个空。大先生一家，人去屋空，只剩下一条看门狗，冲着那侵略者，汪汪乱咬。日本人里里外外，搜了一个遍，捣了水缸，砸了面缸，摔了酒坛，毁了锅灶，最后，掏出枪来，一枪撂倒了狂吠不已的大黑狗。

大先生一家人，逃进了中条山里。那里是大先生妻子的娘家，当然，是现在的妻子。

五、大萍，还有山中岁月

起初，谁也不敢在大先生面前，提"续弦"这档子事。他明显地老了，仿佛，一下子，老了十岁，一头墨染似的乌发中有了星星点点的银针。夜里，常听到他咳嗽，吭吭地，声音很空，在寂静中传得很远，有一种，让人不忍的哀痛。当然，在白天，他仍然是一个令人敬畏的"大先生"，重创和耻辱，最深刻的羞辱，没有改变他端正肃穆的夫子仪态。

四个儿女，最小的，只有两岁，还不懂事，时不时地，会迸出一句，"妈妈呢？"除了这个幼儿，再没有谁，在大先生面前，提起过这个女人。那孩子出麻疹是半年后的事，不想，竟把他奶妈给染上了，原来那乡下女人没出过疹子。大先生只好从家乡接来了自己年迈的姑母帮忙照料，那时，大先生的母亲也已经过世三年多了。姑母想，若是等自己再一死，这世上，就再没有谁，能主大先生的事，这世上，也再没有谁，心疼这个男人。姑母这样想着，心如刀绞，她一不做，二不休，索性，从家乡，为大先生，接来了一个女人，大萍。

这大萍，一切，都和从前的那女人，反着来。从前那女人，是女秀才，女先生，这大萍，没上过学，没念过书，斗大的字不识一筐；从前那女人，巴掌大的小脸，杨柳细腰，这大萍，却是脸若银盆，肥臀粗腰，敦敦厚厚，磨盘一样撼她不动。大先生哭笑不得，可这大萍，二话不说，进门来，先抱起了大病中的孩子，把这没娘的幼儿，裹在她肥厚温软的怀中，眼里流露的，全是怜惜的神情。这一下，把大先生要说的话，堵了回去。

那句话，拒绝的话，从此，再没有说出口，一辈子。

起初，这女人，大先生视而不见，只当她是没有。她出来进去，清早，用铜盆端来洗脸水，晚上，则是端来洗脚水。大先生在书房里看书，不管逗留到多晚，回到卧房，那一盆洗脚水，就悉心悉意地，等在那里了，并且，总是冒着热气。炕上，早已铺好了被褥，黄铜的汤婆子埋在棉被里，鼓鼓的，像孕妇的肚子。而几上，则是一壶热茶，那茶壶，套着保温的棉套，像穿了棉袄一样。棉套是用那种家织土布做的，红红的小格子，很拙，很亮，看着就让人一暖，是大先生家乡的风格。

渐渐地，这女人的气息，就无处不在了。先是三岁的凌天，有一天，突然穿上了虎头鞋，戴上了虎头帽，兴奋地在院子里，跑来跑去，把他写着“王”字、花红柳绿又拙又憨的老虎脚，伸给每一个人看。这只活生生的小老虎，在院子里，一晃，就晃了一个冬天。再后来，全家人，都换上了家做的棉窝或是俗名“踢倒山”的布鞋，千层底，刷了桐油。每一双鞋里，还都垫着花红柳绿的鞋垫，上面绣着，富贵牡丹、喜鹊登梅、月宫折桂，还有，万字不到头。餐桌上，常常会冒出一盘花馍，盘成各种花样，点着红绿的颜色，嵌着甜香的大红枣，这也是大先生家乡的面食。还有一碟红油辣椒，他们叫，油酥辣子的，喷香红亮的一小碟，是三餐都少不了的，用来夹热馍吃，那也是，大先生家乡最正宗的口味。这大萍，浑然不觉，却把这个家、这个宅院，用悉心悉意的日子，填成了实心。

腊月里，雪一场接一场，屋檐下的冰凌，挂了有一尺多长，耳朵都快要冻掉了。可是屋子里，却是暖洋洋的。炉中的炭火，烧得哔剥响，上面坐着铜壶。酒枣开了封，漤好的柿子，也开了封。那酒枣，是她秋天里一颗一颗挑选出来的，每一颗，都端正漂亮。柿子则是她一层一层码在坛子里，码一层，中间放一个苹果。酒枣和柿子，都用白麻纸，严严地，封起来。如今开了封，满屋子，酒香，枣香，还有那一股温软奇特的果香，扑面而来，氤氲着，是专用来填那些还没填满的空隙的。酒枣和柿子，盛在大盘子里，摆上了大先生书房窗下条案上，人一撩门帘，走进来，熏风扑面。大先生一阵怅然，一阵心痛：从前，这个节令，那条案上，供的是蜡梅，或是，水仙。他望着这些朴素的、红火的、实打实的果实，眼圈红了。

这一晚，她端来了洗脚水，转身离去时，大先生伸手拽住了她的胳膊。

“你不嫌我？”大先生开口说。

她鼻子一酸，石头终于说话了，铁树终于开花了。泪光慢慢蒙住了她的眼睛，她问道：

“嫌你啥？”

“老。”大先生哑着嗓子回答。

她摇头，眼泪流下来，她回身伸手抹了一把。这回身低头抹泪的动作，让大先生，心头一恸。傻女人哪！他怜惜地想，他知道他一辈子会对这女人好。

那一晚，是腊月二十三，灶王爷上天的时辰。外面，鞭炮声响成了一片，噼噼啪啪，十分嚣张热闹，是个喜庆的日子。

现在，这一家人，都来在了大萍的娘家。那是个小山村，窝在中条山里，山根下面。那山，可是座宝山，埋藏着各种有色金属，铜、铝矾土，还有别的什么。那里，满山都生长着药材，黄芪、川芎、菖蒲。春天，惊蛰一过，采菖蒲的人就进了山。有经验有运气的采药人，甚至，还能挖到冬虫夏草。核桃也是那里的一宝，还有柿子树。冬天，第一场雪后，山洼里，或是，向阳的山坡上，柿子树的大叶子，竟然还未落尽，白雪一映，真是精神，就像，最红的玛瑙，美不胜收，人看了，就觉得抖擞和感动。

这山中的岁月，在大先生，是避世，在大萍，则是如鱼得水。她扶起磨杠推磨，拿起梭子织布，抄起扁担挑水，进山挖药，下地开荒，没有她不会的。男工女佣，到这时，已星散而去，只剩下，做饭的孙大两口子还忠心耿耿跟随着他们。山根下，几孔土窑，一个大院子，安置了这一家人。院子空荡荡的，来年开春，大萍就一镢一镐地开垦出来，撒下菜籽，捉来鸡娃，养了奶羊，是一户过日子的农家了。到夏天，南瓜开了花，茄子扁豆爬上架，也开了花，黄的黄，紫的紫，大朵小朵，竟也是姹紫嫣红蜂飞蝶舞的气象。大先生挥毫写下了几个字：竹篱茅舍自甘心。没有宣纸，就写在糊窗户的白棉纸上，算是明志，其实是，满心的不甘，不甘心也是没办法的事。

这一年，凌香16岁了，高中还没有毕业。大弟凌寒也将满15岁，两个人，都失学在家。夏天就快过去的时候，一天，有一个人，辗转地，从西安，来到了这山村里，要把凌寒带出去读书。这个人，当然也是大先生的学生，冒了风险才来到这里。本来，说好了，是只带凌寒一个人出去的，可是，事到临头，谁也没想到，突然冒出了个挡道的凌香。

“带上我。”凌香说。

凌香说话，从来，不会疾言厉色，可是说一不二，掷地有声。一家人，除了大先生，人人都有点怕她，用人、弟弟们，包括大萍。其实，就连大先生，对这个长女，也是心存顾忌的，还有着，难以言说的心疼。她孤僻，冷漠，不爱说话，独往独来，和这家里的人，似乎，谁也不亲。大先生其实是知道那原因的，正因为知道，所以，尤其没有办法。一来二去，弄得大先生独自和这孩子面对时，就总有些小心翼翼，总有些局促和不自然。

兵荒马乱，一个女孩子，出门在外总归是不放心的，何况，眼下家里的经济状况，十分拮据，一下子，供两个人出去念书，哪里是件容易的事？大先生犯愁了，踌躇再三，说出两个字：“再说。”凌香听了，久久不语，忽然“扑通”一声，跪下了。这一跪，让大先生，悲从中来，万箭钻心一般。他从这孩子脸上、眼睛里，分明看到的，是另一个人的神情，是另一个人的复活。这一跪，是悬崖绝壁前的摊牌，是生死的摊牌，不容分说，决绝，大义凛然。

第二天，来人从山里带走的，就不只是凌寒一个人了，还有凌香。凌香走出去很远，一直不敢回头，她知道父亲就在村口那棵柿子树下站着，一头灰苍苍的头发，她怕他看见自己眼里的泪水。

六、告诉你一句话

但是，凌香是必然要走的。她一直、一直等待着这一天，从八岁的某一天起就一直等待着这一天，这是一个不能更改的命运，也是一个召唤。

她来到西安，很顺利地，通过了考试，插进了高三年级，吃住自然都在学校，就这样，做了一名流亡的学生。读书在她，从来不算一件困难的事，许多隐秘的快乐是别人体会不到的。日子自然是苦的，流离失所怎么会不苦？可流亡学生千千万万，又不是她一个。她是很能吃苦的呢，这一点，连她自己原先也不知道！从家里带来的一点点钱，她花得十分、十分仔细，花每一分钱都让她又心疼又愧疚。后来，一个偶然的机会，她开始给报纸投稿，再后来，竟在一家报纸开辟了一个小专栏，“流亡学生日记”，写那些，沦陷区的所见所闻。这一来，就有了一点小小的收入，虽然不多，可是积攒起来，也是能派大用场的。

父亲的学生，能托付子女的学生，自然，不会是泛泛之交。她不喜欢拐弯抹角，有一天，当这学生来学校探望她时，她忽然单刀直入地发难了，她说：

“你有我妈的消息吗？”

“妈”这个字，这个字眼，已经许多年，没有出口了。这个字，梗在喉头，堵在心口，吐不出，也咽不下。她从来没有管大萍叫过“妈”，尽管，她知道，大萍其实是当得起“妈”这个称呼的。有一年，她得伤寒，高烧不退，大萍在她身边，衣不解带地守了她七天七夜！她弄脏的内衣裤都是大萍亲手帮她洗净的。病中，大萍那张铜盆大脸，俯下来，热烘烘，带着身体的善意，贴近她的时候，一股一股的热浪，在她身子里汹涌着，让她眼热鼻酸。可是，她还是叫不出那个字，那个要命的字，那个字，若一出口，她就彻底崩塌了。

父亲的学生，做梦也没有想到，这孩子，她会给他出这样一个大难题。

他大惊失色，张口结舌，支吾着乱摇头。可是这16岁的姑娘，脸上有一种让他害怕的表情，豁出去的烈士的表情，还有着，黑洞似的绝望。他心里不禁一动，拿谎言搪塞这孩子是残忍的啊，他想，于是，他回答：

“很久没有她的消息了，有好几年了。”

“那，最后得到她的消息，她在哪里？”

“汉口。”

汉口，她想，咽了一下口水。并不算远，不在天边，也不在海角。她的神情，让父亲的学生，深感不安。父亲的学生说：

“不过她现在肯定不在汉口了。席方平，哦，他最后一封信上说，他们——”他停顿了一下：“他们就要出国了。”

出国！凌香闭了下眼睛，浑身冰冷，就像，周身的血脉，都被冰封住了，凝结成了剔透的树挂。她攥着的拳头，也冻成了冰坨，两条腿，则成了冰柱。父亲的学生，以为她会掉泪，会哭，可是没有。慢慢慢慢她缓过来，活过来，有了血色和人气，她说：

“谢谢你。”

父亲的学生，暗自松出一口长气，以为这事，就算是过去了。不想，几天后，她忽然找上了家门。她单刀直入，劈头就问：

“你有没有，张君的地址？”

他又是一惊，不知道，她是从哪里，得知了“张君”这至关重要的名字？不等他措辞，她穷追不舍地又是一句：

“张君是在汉口吧？当年，他们去汉口，就是投奔张君，是不是？”

他一步步地，被逼进了死角，没了退路。她虎视眈眈，横在前面，就仿佛，猎人和猎物，狭路相逢。他摇摇头，对她说：

“你让我想想。”

三天后，父亲的学生，给了她需要的东西：张君的地址。他想了三天三夜，才作出这样一个痛苦的决定，妥协的决定。父亲的学生这样想，假如，不给她指一条明路，谁知道这孩子一个人还要怎样瞎闯瞎撞？这孩子，是那种一条道走到黑的人，是那种，撞了南墙也不回头的人，是那种，明知是火坑也要跳的人。他很透彻地看清了这点，也看清了，那潜在的更大的危险。还有，还有，那就是，这孩子她太叫人不忍，她盲人骑瞎马似的奋不顾身，她从小小年纪起一天一天积攒起的思念与痛苦，让他不忍。他对这孩子说：

"你要记住，是你，让我做了背叛先生的事。"

一个月后，这孩子上路了。得到张君回信的第二天，她就刻不容缓地出发。她给父亲的学生，留了一张便条，上面写着：大恩大德，此生不忘。其时，距离考试和寒假，只有一个月了。可这孩子一天都不能再等，她等了八年，等了三千天，耗尽了她的耐心，谁知道，这一月内，这三十个白昼和黑夜，会发生什么样的变故？这孩子她从小就是一个最没有安全感的人，她不信任——时间。

现在，她的目的地是确凿的：四川、重庆、青木关，剩下的就一片茫然了。她怀揣着可怜的一点盘缠，一点干粮，踏上了一辆长途汽车。她只知道那车是朝南，开往石泉的。朝南，总归不会错，四川不就在陕西的南边吗？那车，拥挤不堪，走走停停，公路十分糟糕，又被日本人的炸弹，炸出了许许多多的弹坑，她坐在后座，无数次，她整个人，被抛起来，头碰到了车皮，浑身的骨头，颠散了架。可是这一晚，他们的车，并没有预期抵达石泉，而是只停在了宁陕。一车旅客，下来打尖，人家都去了羊肉泡馍馆，她没有，只在一家茶摊上，要了一大碗白开水，泡自家带的馍吃。

生平第一次，她一个人，独自坐在夜行的汽车上。四周黑如深渊，只车灯的光束，移动着，像黑夜划开的伤口。车厢里，起着鼾声，可她睡不着。她没有丝毫睡意。她大睁着眼睛，望着漆黑的陌生的窗外。她心里一阵一阵地恐惧，害怕，不知道这么走下去，能不能真的到达她要去的地方。重庆，青木关，在这无边的深渊似的黑暗里，这名字给人无限虚幻和缥缈的感觉，极端不真实，仿佛那是，天国的某个地方，天国的车站。她听到某种清脆的琳琅的响声，一阵又一阵，原来，那是她自己牙齿在打战。

汽车在黎明时分抵达石泉。小镇还昏睡着，空气清新而凛冽，那是田野、牛粪，还有河流的气味，人间的气味。小小一条镇街，由于这笨拙的汽车与一车人的到达，竟有了一点喧腾。勇气就是在这时又回到了凌香身上，她看着太阳一点点升起来，她想，条条大路通罗马，何况一个青木关?

再往前，朝西，应该就是汉中了。可据说公路被炸毁了，不再通汽车。凌香就是在这里等车子时遇到了几个东北流亡学生，那几个学生，也是要去重庆的。凌香从此就加入了他们的行列。他们先是乘马车，后来又乘驴车，再后来，步行，一段段、一里里、一步步地，接近着巴山蜀水。总算，汉中到了，很庆幸地，他们在汉中，搭上了开往广元的大卡车，广元，那里已经是四川的地面了。在广元，他们乘上了船。

船，在嘉陵江上航行，顺流而下。是一条大木船，八个船夫扳桨，一个老大掌舵，还有个烧饭的船娘。船客除了他们这几个流亡学生，就只有两个商人，一个教书先生。船本是载货的，载人，算是夹带。这一路行来，他们风餐露宿，可说是吃尽了苦头，一天吃不上一餐饭的时候也是有的，在破庙里、在人家的牛圈里、在山洞中过夜更是家常便饭。如今，这船，在他们眼中，竟有了挪亚方舟的意味，救世的意味。竹篷子船舱，虽然矮，可是安全，就像窑洞的穹顶；两边长长的木板铺，平平坦坦，是世上最舒坦的炕；船娘烧出的糙米饭、辣子笋干，是人间最美的美味。甲板上，扳桨的船夫，哟——嗬，哟——嗬，齐声喊着的号子，那也是，和平世界的声音。凌香舒展身板躺在舱里，在这和平的、又痛苦又欢乐的号子声里，睡熟了。

醒来时，舱里很静，很暗，所有的声音，似乎，都在极远的远处。有一会儿她忘了自己身在何处，很茫然，船身摇荡着，就像，一个巨大的摇篮，一个久违的摇篮。摇它的那双手啊！她觉得一阵迷糊，像做梦。就在这时她听到了舱外的人声，真切的人声，原来流亡学生们都在甲板上呢，大家都在甲板上。“我的家在东北松花江上——”一个男声颤巍巍地唱起来。“江”这个字，让她想起了自己身在何方：平生第一次，她来在了一条大江上，哟——嗬，哟——嗬的号子，那是川江上的号子，那是蜀天蜀地的声音！她静静地听，听，热泪涌出了眼睛，哭了。

傍晚，船泊剑阁，船老大望着天边的晚霞，说：“好天气啊，顺风顺水！”

真的是顺风顺水。三天后，船就抵达了合川。刚好，一队敌人的飞机，从江面上飞过，是要去轰炸重庆的，顺便，朝江心投下几枚炸弹。江面开了花，有一枚，炸中了他们的船尾。船被巨浪掀翻了，一船人，八个船工、船老大和船娘、商人、教书先生，还有历尽艰辛就要抵达目的地的流亡学生，全部，葬身江底。

只救上来一个人，凌香。

合川过去，是北碚，北碚过去，就是重庆，在重庆与北碚之间，有一个小镇，叫青木关。青木关有一片竹林，在临近江边的坡上，竹林外有几间草屋，草屋里住着一户最普通的逃难的人家，男人教书，女人也教书。

这一天，黄昏时分，女先生在灶火旁，正料理着晚饭。从旁边屋子里，不停地传来男先生阵阵咳嗽的声音，“空空”的，是害着肺病的人的咳嗽。一群孩子，在竹林外一小片空场地上，抽着木陀螺。冬天的太阳，早早地，沉进江里去了，江水变成了一条奔腾的血河。有人从江那边走来了，跛着腿，衣衫褴褛，沿着石头台阶，一级级地，朝坡上爬，慢慢地，露出了黑黑的头顶、脸、半个身子、腿和脚，来在了空场上，竹林外空场上。那一群玩耍的孩子，瞪大了眼睛，瞧着这不速之客。客人问了孩子们一句什么，只见一个五六岁的小姑娘，转身，朝屋里跑，嘴里喊着：

“妈，妈！有个要饭的找你！”

女先生闻声出来了，从茅屋里，钻出来，蓬着头，青菜叶沾在手上，一身的柴烟味。起初她没有认出来人，说：“谁呀？”突然间她的嘴张大了，人就像钉在了地上，她的脸和手，一下子，变得雪白，浑身的血，仿佛，被什么东西，刹那间吸光了，她站在那里，就像一个，苍白透明的惊叹号！只见来人，一步步地，跛着，朝她走来，走在和她近在咫尺的对面，来人说：

“你说过，永远也不会丢下我，八年来我没有一天忘记过这话——我来，是要告诉你一句话：你——不值得我这么、这么样牵挂！”

说完，她掉头而去。

“凌香！宝——”女先生——梅巧，大喊一声，倒在地上。

七、传奇的结局

入冬以来，席方平就一直咳嗽不止。梅巧想为他生一个火盆，却没有钱买木炭——木炭的价钱比黄金还要贵！梅巧就把厚厚的草纸烤热了，一层层，给他敷在脊背上，又把橘子在火上烤熟了，上面滴一滴麻油，让他每天空腹吃下去。她还用梨煮水，用白萝卜熬粥，总之，她把她知道的那些民间偏方验方，一一都试过了，可是那咳嗽的趋势仍旧是愈演愈烈。

夜晚，他咳嗽得最剧烈的时候，她就把他抱在怀里，就像抱一个孩子。

“好一点不？”她总是这样问。

“好多了。”他总是这样回答。

他在她温暖的怀里，那让他更加软弱。他们常常相拥着到天亮。有时，他会说：“要是能睡在一盘暖炕上，该多舒服啊。”她就把他抱得更紧一些，说：“是啊，南方哪儿都好，就这一样不好。”她知道，他心里想说的，其实不是这些话，他也知道，她知道。

他们都躲避着一个字眼，一个事实，那就是，结核，或者说，肺痨。可他们心里比谁都清楚他们遭遇了它，遭遇了这瘟神。他们彼此在对方面前掩藏着内心巨大的恐惧。失眠的夜晚，他们躺在南方阴冷潮湿的草房里谈论的，永远都是一些鸡毛蒜皮的小事，关于北方的小事，比如，小米粥，比如，冬天的烘柿子，比如，一碗热腾腾的“头脑”，那是家乡冬季早晨最美的美食。他“空空”的剧烈的咳嗽像电流一样一波一波传导到她身上，让她害怕得发抖。她只有把他抱得更紧，她想，一遍一遍地想，上帝，这是我的，我唯一的，你不能把他夺去……

有一夜他突然讲起了他亡母的一件小事。他说，他们家乡河东有一个习俗，婚后的女人，要送丈夫一件信物，一件绣品，类似荷包的一只小口袋，可却并不是普通的荷包，不装钱，不装烟，而是——牙袋！知道那是做什么用的？人老了，掉牙了，满口的牙，一颗一颗地脱落，那口袋，就是装这落牙的。一颗一颗的落牙，装进这小荷包里，到最后的时刻，是要携带在身上，一颗也不能少，带到另一个世界里去的。这样的荷包，牙袋，女人要绣两只，绣一对，一只给丈夫，一只给自己，那意思就是，白头偕老，那是对“白头偕老”的郑重承诺。

“我娘身上，就贴身系着一只这牙荷包，牙袋，红绸子底，绣着鸳鸯。另一只，让我爹带走了，只不过，我爹的那只荷包，里面是空的——他没活到掉牙的年纪，就撇下我们撒手去了，他辜负了那只牙袋……”

他搂着梅巧，他的女人，这么说。她浆果一样成熟的、温暖的、经血旺盛的身体，让他无限依恋和难舍。多么好的身子啊！他把脸紧紧贴在她的脸上，突然地，哭了。

一周后，他的枕边，多了一样东西，一件绣品，小小的，红布做底，勾着牙边，上面绣了两只五彩的鸳鸯：最俗、最艳的图案，可却绣得，风生水起，惊心动魄，针针见血。另一只，同样的两只让人惊心的鸳鸯，攥在梅巧的手里，梅巧俯下身来，黑森森的眼睛，对了他的脸，一字一顿地，说道：

“席方平，你听好了，你，是不能辜负这只牙荷包的啊！”

梅巧说完这话，眼泪就滚了出来。

这就是他们的故事，以传奇开始，却没有一个传奇的结局。两个心高万丈生死相随的有为青年最终落在了生活艰辛的窘境之中。不是所有的浪漫出逃，最终，都会在巴黎的塞纳河边、伦敦的老街区，或是上野的樱花树下，戏剧性地落脚。而更多的时候则是，这世上，又多了一对贫贱夫妻而已。

其实，在凌香看到梅巧的最初一刹那，她就原谅她了。看到她从茅屋里，烟熏火燎地钻出来，蓬着头发，穿打补丁的衣服，手上沾着菜叶的那一刹那，她就原谅她了。或者说，更早，在她乘坐的木船被炸沉，整整一船人，葬身水底，那和她一路行来已情同手足的流亡学生们，那和她一样年轻一样茁壮健康的生命瞬间灰飞烟灭的那一时刻，她就原谅她了。可她还是说了那句话，那句话，梗在喉头，坠在心头，是必须要说的。说完了，她才能重新成为一个善良温情柔软的孩子，一个悲天悯人的孩子。

八、饥荒

又是许多年过去了。

这一年，是一个饥荒年，大饥荒。不仅是乡村，城里人也在挨饿。所有的城市，也许，除了北京和上海，都陷落在了饥馑之中。在凌香的城市，许多人都患上了浮肿病，皮肤肿得明晃晃，头脸都显得很大，像橡皮人。有许多年轻的女人闭了经。这些浮肿患者，有时，凭医院的证明，可以去购买一些“营养品”，比如，用麦麸和糠做的饼干。

人们都在为吃忙碌着，动着各种各样的脑筋，城郊的野菜，早就让人挖光了，豆腐渣，还有，喂牲口的豆饼，成了人们四处寻觅最抢手最热门的食物。发明了一种饮品，叫小球藻，是一种藻类的东西，养在大池子里，绿莹莹的，据说营养价值很高，幼儿园和小学校的孩子们，排着队，去领一茶缸小球藻喝。当然，供应浮肿患者的糠饼干，也是发明之一。

这一年，凌香37岁，是两个孩子的母亲。这两个孩子，一个12岁，一个10岁，正是长身体的时候，正是，怎么吃也吃不饱的时候。配给供应的粮食，自然不够他们吃的，逢年过节凭证购买的肉、蛋，不够他们填牙缝的。这就需要大量购买高价的粮食和高价的食品。好在，凌香还有这力量。她丈夫，是一家大型企业的高工，她自己，则在一所高校任教，两个人的月入，还有，一些积蓄，一分不剩，全用来买吃的了。

每月，发薪水后的那个星期天，是凌香最忙碌的日子。一大早，她就携带着一些吃食，乘30公里汽车，去看望父亲。她父亲大先生，新中国成立后，就一直担任着一所高等专科学校的校长。那学校，不在省城，却设在这个交通并不十分便利的小城里。大先生不光担任校长，还教书，还著书，他喜欢小城这种避世的安静的气氛。

学校坐落在汾河岸边，校园十分辽阔，有一种，跑马占地的豪气和奢侈。那里面的建筑，全都出自苏联专家的设计，笨拙，坚固，大，也是奢侈的。这样的建筑群里必定要有一座礼堂，上面耸立着，克里姆林宫式的尖顶和红星。大先生的家，是一栋独立的建筑，西式的平房，红砖，石头台阶，带长长的有出檐的前廊。院子很大，种着石榴、香椿和枣树，而那些空地，则被大萍一块块开垦出来，种各种蔬菜，甚至，还种玉米这样的粮食。

在20世纪60年代，这样的开垦和种植，就有拯救的意思在了。

大先生四个儿女，如今，天南地北，全不在身边，只有凌香一人，离得最近。一个月，至少，有一个星期天，是大先生的节日。这一天之前，前好几天，大先生和大萍就开始为这节日作准备了。大萍挎着篮子去排各种各样的长队，买凭票证供给的宝贵的东西：粮、油、一点点肉、蛋之类，大先生则去排另外的队，去买更加宝贵的高价白糖、糕点，还有，好一些牌子的香烟等珍稀物品。像大先生这样的人士，偶尔，会有一些特殊的供给，不多，大先生都攒着，是要将这好钢用在刀刃上。到了这一天，一大早，大萍就拌好了饺子馅，猪肉白菜，或者是，羊肉胡萝卜，香香的一大盆。大萍的饺子，是很拿得出手的，皮薄馅大，鼓着肚子，白白胖胖，排着队，整整齐齐几盖帘。一家子，三口人，食量再大，几盖帘饺子哪里吃得完？剩下的，也都煮出来，晾好了，一个个，码进饭盒里。大先生说："带走吧。"

凌香从来都是吃罢午饭就告辞，大先生和大萍，也从不多留她。那些糕点、白糖，一样样地，全让大萍塞进了她的提包里。永远是，她带来的少，带走的太多、太多。若她推辞，大先生就生气，说："又不是给你的，带回去，给明明亮亮吃。"

带走的，不仅仅是，糕点、白糖，煮好的饺子，常常还有晒干的各种蔬菜：茄子条、萝卜干、干豆角等等，也是一包一包的。还有一条烟，大前门，或者，凤凰。这烟，总是由大先生亲手拿出来，沉默不语地，给她塞到提包里。

是啊，大前门或者凤凰，总不能再拿明明和亮亮做幌子了。凌香的丈夫，也是从不抽烟的，这烟，就显得很没头没脑和突兀。凌香心知肚明，却从不说破，她拎着大包小包出门去，走出好远，回头看，大萍搀着大先生，还在那门前站着，朝她这边望呢。

现在，现在，凌香该到她的第二站了，30公里外的省城。

50年代初期，席方平和梅巧，带着他们唯一的女儿，回到了这里，这个悲情城市。

他们回到北方，当然是因为健康的原因，席方平再也不能承受南方阴冷潮湿的冬季。所以，当他终于接受了家乡省城一所中学的聘书时，他想，他这是向自己的青春缴械了。

他在那所中学里，教数学，梅巧也一样，仍旧是，教小学，做孩子王。他们的家，就安在离那所中学不远的一处四合院里，租住了人家两间东屋。自己动手，搭建了小厨房。这一住，就是10年，他们的女儿，从这四合院里，考入了北京的一所大学，毕业后，一下子，被分配到了甘肃，支边去了。

饥荒到来了，让人措手不及。前两年，还红红火火闹大食堂呢，吃饭不要钱，仿佛到了，共产主义。可饥荒一下子就来了，说来就来了。要说，梅巧其实是很会过日子的，很会精打细算，可任凭她再会过日子，也没办法让一日三餐都吃饱肚子了，再精打细算，也调度不开那有限的、可怜的三五斤细粮，以及每人每月的二两棉籽油了。还在三年前，由于肺病的缘故，席方平就病休在家，吃了劳保，而一个小学教师的工资，又实在是有限，买高价粮的钱都捉襟见肘，何况营养品？梅巧就把所有的细粮省下来，给席方平吃，自己吃掺干菜、掺糠的窝窝，把油省下来，给席方平炒菜，自己吃腌制的酸菜、咸菜。逢年过节那区区一斤肉，则是买来肥膘，炼成猪油，油渣做馅，配上萝卜白菜，给席方平蒸包子。

“你呢？你怎么不吃？”席方平端起饭碗疑惑地问她。

她抽着一支劣质的香烟，最便宜的白皮烟，这是她从年轻时就染上的嗜好，也是从前的日子留在她身上的唯一遗迹。她深深地吸一口烟，回答说：“你先吃，我还赶着判作业呢。”要不就是说：“刚才包子出笼，我趁热先吃过了。”席方平不相信，审问地，盯着她的脸，她面不改色，说：“你看你这个人，就这点讨厌，婆婆妈妈，我现在饭量大，饿不到时候嘛。”她还说：“这些日子我比从前能吃多了，都吃胖了。”

她的脸，真的是胖了，明光光的，晃人眼。席方平知道，那是——浮肿。

他愤怒了，他说：“梅巧，你当我是傻子呀！你当我瞎了眼呀！”

梅巧的脸，突然之间，变得十分严肃，她盯住了他，慢慢地，开了口，她说：“我身体好，吃什么，都扛得住。你不行，你全靠营养来撑着，没有营养，你活不了几天！你听好了，我不让你把我扔到半路上，那样我也活不了——你要救你自己，救我！所以，你必须闭上眼，狠下心，吃！”

她恶狠狠地、一字千钧地，说出那个“吃”字，眼圈红了。

有一天，凌香来省城参加一个会议。晚饭后，会议上没有安排什么事情，她就到梅巧家去了。说来，这些年来，凌香姐妹兄弟四人，只有她一个，和梅巧保持着联络。凌寒、凌霜、凌天，对梅巧，就当世界上没她这个人。只有凌香，月月给梅巧写信，寄一些钱，知道他们的生活是不宽裕的。有时，去省城出差或开会，就到她那里去看一看：当然，从没有过夜留宿过，因为有席方平在，毕竟，是很不方便的。席方平一直让凌香感到局促和为难，不知道拿这人怎么办。这一生，凌香只听到父亲提到过一次“席方平”这名字。那还是很多年前，除夕夜，全家人在一起吃团年饭，那一晚，大先生喝了酒，喝醉了，他忽然用筷子指点着大家，没头没脑冒出一句：

“你们要记住，记好了，席——方——平，这个人，是咱们全家人的仇敌！”

那时，凌寒、凌霜、凌天，全都回过头来，同仇敌忾地，瞧着大姐，他们的眼睛在说，你听听，你听听，你居然认贼作父！他们都知道这些年来凌香和梅巧来往的事情，他们都知道凌香舍不下梅巧。这让他们不愉快，觉得这人背叛了全家，背叛了父亲。他们是将“梅巧”和“席方平”合而为一了。不过凌香这个人谁又能拿她怎么样？不是就连日本鬼子的炸弹也没能把她“怎么样”吗？凌香没有生气，只是，很意外，这么多年了呀！她以为那件事对父亲来说，已经“过去”了，可原来并没有——过去。

她很惊讶。

这一天，凌香从会议上出来去看梅巧，进了那日益拥挤混乱的四合院，一看，梅巧家厨房里亮着一盏昏灯，就进去了。一推门，就看到，梅巧正坐在灶台边小板凳上，吃着一个——糠窝窝。听到动静，梅巧一仰脸，凌香吓一跳，那张脸肿得，就像戴了一张橡皮面具！凌香呆了半晌，走上去，从梅巧手里，夺过那黑乎乎团不成团的东西，咬了一口，眼泪就下来了。

下一个星期天，凌香又来了，背了大包和小包，也不说话，大包里，是粮食，都是高价粮——挂面、小米和玉茭面，小包里则是，白糖、水果糖还有鸡蛋。她一样一样往外掏，绷着脸，像是和谁生气。这些东西，救命的东西，则摊了半炕头。梅巧用手摸摸这样，摸摸那样，哭了。

一月一次的探望，就是始于这个时候。从前，凌香每月是必要去探望大先生的，现在，她延长了这路线，延长了30多公里，大先生那里，就成了一个中转站。从前，她背包里带去的东西，是要卸空的，现在则是，卸一半留一半；从前，在大先生家，她待得很从容，现在则是，撂下午饭的碗筷就要匆匆出发。起初，她不知道怎样跟大先生解释，她想了一些笨拙的理由作为提前告辞的借口，比如，明明不舒服，要不就是，亮亮不舒服，或者说，家里有点什么什么事。这样说的时候，她从不去看大先生的眼睛。忽然有一天，她发现自己不需要再找任何借口了：那一天，大先生把一条凤凰牌香烟，悄悄塞进了她提包里。她如雷贯顶，知道了，大先生，父亲，心里是明镜高悬的啊。

只不过，她不说，他也不说，都不说破，很默契。不同的是，她从父亲家里带走的东西，比从前，多了许多。这叫她不安，可是父亲不由分说，父亲指挥着大萍，装这个，带那个。凌香想拦，拦不住。拦紧了，父亲就叹息一声，说："又不是给你！"她知道，她当然知道这个，70多岁的父亲，在饥荒的年代，饥饿的年代，从自己牙缝里，节省出、克扣出这一点一滴的食物，这恩义，是为了谁？所以，她才尤其地不安、难过。

她逼迫梅巧，当着她面，一个一个地，吃下她带去的饺子。她像阎罗一样不留情面地逼迫着她，吃下一饭盒，一个不许剩。这是她能为父亲做的，唯一的事情，她能为白发苍苍的父亲做的，唯一的事情。

九、心爱的树

三年的饥荒过去了。更大的灾难，还没有到来。一段和平的丰衣足食的日子来临了。那每月一次的探望，仍旧继续着，成了一种习惯。现在，到了那一天，梅巧也能张罗着为凌香包饺子弄吃的东西了。

梅巧的饺子，是另一种风格，很细巧，精致，像她这个人。凌香一边吃一边称赞，梅巧坐她对面，抽着香烟，说：

“你包的饺子，也很香啊，就是样子笨了点。”

“那是大萍包的。”凌香脱口说。

梅巧怔了一怔。香烟在她指间，缭绕着。许久她笑了一声，说：“你父亲，还那样吗？”

“哪样？”

“古板，霸道，不通情理，狭隘，脏，留那么长的黑指甲，吃饭吧唧嘴。”

凌香放下了筷子，狠狠地，严厉地，盯着梅巧——父亲从前的妻子，说道：

“我从来，几十年来，没从我父亲，我爸爸嘴里，听到说你一个‘不’字，几十年来，他没说过你一个不好——”

“他嘴里不说，心里可是在诅咒我！”梅巧打断了凌香的话，“他在心里，一天要咒我八十遍！他亲口跟我说过，他说，梅巧，你这么背叛我，你这么走了，我一天咒你八十遍——”她哽了一下，眼圈红了，长长一截烟灰，噗地落下来，落在饭桌上，她背过了脸：“你爸爸，他还好吧？”她声音变得伤感，温存。

“好。”凌香回答。

他并不好。凌香却一点不知道。儿女们，他谁也没告诉。他怀里揣了一张前列腺癌的诊断书，医生让他住院，开刀，他不。他从不相信西医的刀和剪，不相信现代医学的神话。他确实是个古板的人。他在一个老中医也是他的老朋友那里接受治疗，老朋友给他开出一剂剂汤药、丸药，他勤勉地、恭敬地吃下去，老朋友说：“大先生啊，这世上的药，从来都是，只治能治好的病的。”

他笑了，哪能听不懂？他回答说：“老弟，我知道你不是神仙，开不出一剂起死回生汤。”

他躲进书房里，清理一些东西，书稿、讲义、讲稿，他一生的心血，点点滴滴，全在这里了，他一生的时光，也在这里了。他抚摸它们，爱惜地，一张一张掀动，和它们，作着告别。他清理架上的书，线装的，简装的，一本一本，都是老朋友，知己知彼的，不离不弃，陪伴了他几十年，也是恩深义重的。他心怀感激抽出一本，掀掀，翻翻，再抽出一本，掀掀，翻翻，又抽出一本，掀掀，翻翻，忽然，一张纸飘下来，大蝴蝶一样，翩翩地，落在了地板上，落在他脚边。

是一张信笺，宣纸，上面有水印的字迹：不二斋，那是从前，他书斋的斋号。

他拾起来，只见上面，用毛笔写着这样几个字：

“梅：你这可恨的女人，你还好吧——”

是一封，没有发出的信，永不会发出的信，不知什么时候，藏在了那里，他的手，抖起来，他站不住了，几十年岁月，像浩荡长风一样，扑面而来，思念，扑面而来。他的眼睛潮湿了。

下一次，凌香来探望他和大萍时，他告诉凌香，下周，他要去省城，参加一个会议。他问道：“你能不能陪我去？”

那是一个可开可不开的会，务虚的会议，平时，大先生是不喜欢开这样的会议的，可这一次，他很踊跃积极。这踊跃的态度让凌香生疑。当他们父女俩终于坐在了开往省城的火车上时，凌香发问了：

“爹，你到底，有什么事？说吧。”

大先生沉吟了一下，把眼睛望向了车窗外，

“我，想见你妈一面，行吗？”

60年代中期，1965年，这个地处内陆的北方城市，没有咖啡馆，也没有茶座。他们两个人，大先生和梅巧，见面的地点，约在了——火车站。

火车站候车室。

这个城市，交通不算发达，它不在那些重要的铁路干线上，每天，从这城市过往的车辆，不算很多，下午，两三点钟的辰光，几乎没有列车在这里停靠，是候车室里比较安静的时候。

梅巧来了。

凌香推了推大先生，把远远走来的梅巧，指给他看。他看见了一个……老太婆。这老太婆径直朝他们走来，逆着光，朝大先生走来，16岁的梅巧，嘴唇像鲜花般红润，两只大大的清水眼，吃了惊吓，就像，鹿的眼睛。这幅画，在大先生心里，不褪色地，收藏了，40多年，一时间他很糊涂，不知道，这两鬓霜染的老太婆和梅巧，有什么相干?

他听到凌香叫“妈”，站起来，他也站起来。现在他们面对面站在了一个车站上。那永不再年轻的脸，衰老的脸，刹那间让他大恸。40多年的时光，呼呼地，如同大风，刮得他站不住脚，睁不开眼。他们愣愣地，你望我，我望你，对视了半晌，身边是来来往往的旅人。凌香说：“坐吧。”他们就都坐下了，左一个，右一个，中间隔着一个凌香。都不知道，该说些什么，还是凌香先开了口，凌香说：“热吧？”

梅巧摇摇头，说：“不热。”

“我去买汽水。”凌香站起了身，走了。

头顶上，大大的几个电风扇，旋转着，发出嗡嗡的响声。一时间，有一种奇怪的安静，笼罩了，午后的车站。所有的声音都远去了，人声、车声、广播声，一切，一切，如退潮的水一样渐行渐远。只有他们裸露着，像两块被岁月击打的礁石。大先生摸索了一阵，从衣兜里，掏出烟来，是一盒凤凰，他夹出一支，递到了梅巧面前，说，

“抽一支吧？”

梅巧接了过来，说：“好。”

他自己，也夹出一支，然后，摸出打火机，打，打，却打不着。梅巧就从他手里，把打火机，接过来，一打，着了。蓝蓝的小火苗，悠悠的，那么美，那么伤感，楚楚动人，梅巧把它举到大先生脸前，他凑了上去，猛吸

两口，竟呛出了泪似的。梅巧自己也点着了，他们就坐着，吸烟。

“你还好吧？”大先生开口了。

“还好。”梅巧回答道，“你也好吧？”

“好。”他说。

梅巧吐出一口烟雾，那烟，有一种辛辣的熟知的浓香，那是梅巧喜爱的味道。

“那些烟，都是你让凌香捎来的吧？”梅巧忽然问出这么一句话。

大先生愣了一下。

“还有那些东西？”

“不全是。”大先生忙纠正。

原来，梅巧心里也是明镜高悬的呀。知道得清清楚楚，那些救命的食物，那些粒粒赛珠玑的粮食，那些糕点、白糖，是出自哪里。她没有拒绝，心里是领了他这深恩厚义的。

“大恩不言谢，”梅巧眼睛望着别处，轻轻地，却异常清晰地说，“大恩不言谢。”她声音哽了一下。

“梅巧，不要这么说。”

“大先生，我不说。”

他们都不知道，此时此境，再说些什么。两个人，默默望着。他们要说的话，都化作了，袅袅香烟。他们跨过了？的岁月，来在一个车站，好像就是为了在一起抽一支烟。一支烟抽尽了，大先生捺灭了烟头，说道：

“昨天，我去了趟头道巷，转了转，16号院子——”他顿了一顿，头道巷，16号，那是他们从前的家。“16号院子还在呢，做了小学校，不过那棵树，大槐树，多好的一棵大树呀，不在了，让人家锯掉了。”

从前，很久以前，她总是把大槐树的叶子，涂染成汹涌的澎湃的蓝色。那时她心里是多么不安分啊。梅巧笑了一笑。

“我知道，”她说，“锯掉好几年了，说来也巧，那天我刚好有事路过那里，成年八辈子也不路过一回，就那天，偏偏路过了——看见工人们正在那里伐它呢，两个人，扯着大钢锯，吱拉，吱拉，扯过来，锯口那儿，就流出一大串眼泪，吱拉，吱拉，扯过去，又是一串眼泪，我看得清清楚楚，老槐树哭呢……”

她不说了，别过了脸。

这脸，刻着时间的痕迹，岁月的痕迹，有了真实感。是梅巧，唯一的梅巧，老去的不能挽回的梅巧。午后的阳光，从阔大的玻璃窗里，照射进来，她整个人，沐在那光中，永逝不返的一切，沐在那光中。那光，就好像，神光。远处，有一辆列车，轰鸣着，朝这里开来了，是大先生就要登上的列车，是所有人，终将要登上的列车。他眼睛潮湿了。

他想说，梅巧，下辈子，若是碰上了，还能认出你吗？却没有说出口。

原载《北京文学》2006年第5期

无常之常

孙　郁

格奥尔格·卢卡奇说过一句话，大意是，艺术品是使前后矛盾的、不相容的元素在文本里获得一致性，并体现在感性的象征之中。我想大凡好的作家，其作品的内蕴，多少都有这样的特点的。那些出离常规的写作者，都不太愿意刻板地讲述生活，生命之迹并不都在理性的域界。看似非常态里的人生，仿佛才有常态的人性，这是莎士比亚以来的作家共有的感知，然而并不是所有的人，都能于此得天地间的本意。作家靠的是一种直觉认识世界，重要的不仅仅在于触动了什么，而是文字中还暗示了什么。倘对无形的存在亦能折射一二，那就有了古人所云的“天地且入其低昂簸弄中，奇态溢出矣”。

我读蒋韵这篇《心爱的树》，就感受到一种异样的气息，它勾起了我对于命运悲剧的理解，真的是叹之而无言，思之而难述。文字中惆怅之气不散，内心被久久感动了。人来到世间，要寻自己的梦，但梦去的地方又多苦楚，这在百年历史中何其之多。新旧文化交替之际，命运不都是玫瑰色的，新式人物收获的往往是悲剧，旧式的老者也未必都无意义。我们的作者在变迁的岁月里，演示了一个进化中的悖论。传统历史叙述的逻辑，在其审美的图视里被非本质主义的存在感代替了。

《心爱的树》写梅巧在无爱的婚姻里的出走，同情地勾勒了她对于大先生的背叛，以及大先生对于她的割不断的牵挂，无意中为时代的变迁之迹做了多向度的注释。我们在这里看不到启蒙主义的价值判断，也非复古主义者的恋情。作品里家国之情，男女之情与母女之情，纠结着现代性的悖论。但这里无须儒家的道理说明，民间的常情却系着世道的本然。小说平静的地方听见人的心音，剧烈的地方则风波浩荡。这一弱一强的审美落差，引人行走在峰回路转的险峰，回眸之间，悲欣之状尽在眼底。

梅巧16岁嫁给大自己近20岁的大先生，在民国年间是寻常之事。但偏偏新文化来了，大宅子囚禁不了她的心，受到新思想熏陶的她，自然会寻自己的路。她与大先生的学生私奔，可说是浪漫年代的一丝波澜，其间美丽的光热，岂可一时道尽？但他们不幸落入苦地，贫寒、疾病几乎毁掉了一切，有爱而无福，有才而无路，天降大难于斯身，背后是无边的黑暗。倒是大先生依然保持了平静的生活，他在旧式的生活里却获得了真实的爱。后来的岁月，危难之际，暗自帮助了梅巧，使其减轻了家境之苦。故事至此，传奇的笔触多了一抹苦涩的隐喻。

民国的文人小说，触碰过类似的话题，新旧之变中，人性的热流涌动，有什么办法呢？梅巧的反叛，精神的新，乃时代的潮流。理应如此的事，现实却是另一番结局。外面的世界没有都给她明快的东西，她的天才的感知力，似乎钝化于世俗的生活。这是娜拉走出去的困惑，我们由此看到了女性解放中的不测的陷阱。

但我们的作者一反民国新小说的单调之笔，曾被亵渎的旧式生活却并非了无生气，作者写大萍与大先生的爱情，到显示了安宁、古朴世界的一种美。叙述者关注的不是观念性的存在，而是心灵的问题。人性没有新旧之别，善存在于古今的人心之中。我们的作者撇开了五四的进化观念，郁达夫与黄庐隐式的单值的价值判断在此失去意义，拥抱记忆的方式是多维、复杂的。沈从文与汪曾祺也有类似的方式，蒋韵处理这样的题材，显得比他们更为惨烈，虽然就文体而言，她还缺少前者儒雅的书卷气。

小说最为感人的是女儿凌香，性格耿直，不屈不挠，又爱意深深。

在母亲被家人鄙夷的日子，她是唯一与母亲有过交往的人。而且，为了寻母，吃苦无数，险些丧命。在这个形象里，五四的新与伦常里的旧都有，显得格外鲜活。父亲的古板和母亲的现代感，在其身上复活出来，其形象楚楚动人。在饥饿和困苦里，她抚慰了困顿中的母亲，忠孝之情深深，也不乏新式青年的果敢。她那么爱自己的母亲，在经历了大的磨难后，终于理解和原谅了母亲，有着明达与包容的心。这是当代小说中少见的形象，作者的笔触深入了一个陌生领域，也激活了新旧对话的一种形式。

蒋韵感知世界的方式与同代人多有不同。她从畸形的生活里看到了被压抑的美，而一切都没有答案。而对于沧桑岁月里温情的表述，是非左翼式的。我们于灰色世界的苦楚里，却感到了暖意的光泽。一切都已经逝去，连同那棵茂密的槐树。看到曾有的温馨的树的倒下，不堪回首中是历史的沧桑。大先生不都是道学式的人物，日本人来了，颇显气节，在国难之中，儒者的尊严系着历史的浩然之气。作者站在历史的高处，冷静地俯瞰着芸芸众生。叹息该叹息的，原谅该原谅的。文坛的新旧之争留下的伤痕，在作者那里被熨平了。

这些年来，对于现代性的受挫，人们已经作了种种解释，有些观念甚至是对立的。悲观的与梦幻的书写都失之简单，生活是不按照理性的法则前行的。小说家的任务，其实就是表达人间无法言说的部分，那里才窥见存在的隐秘。蒋韵的笔下，有苍冷中的宽宥，紧张里的舒缓。作品掠过历史的苍茫，人性摆布了命运还是命运影响了人性，不能以社会学的思维究之，小说家的图视显出理论家的尴尬。历史没有给梅巧这一代人幸福的机会，而大先生残存的一丝古风，也渐渐一去不返了。这是真的悲哀，古树下的幽情，已成明日黄花，哪里还有温存的栖息地呢？小说于幽暗里释放的微明，照出一代人的泪眼，我们在一段非同寻常的历史里，看到了变化中的不变，以及无情之中的温情。这是颠覆性的写作，沉重的话题在辽阔的时空里不过一阵微风，但它流转的过程，却卷动着天地之魂，我们由此感受了人世颇可留恋的一隅。恰如博尔赫斯所叹的，一切均可怀疑，而美是不能忘记的。

图书在版编目（CIP）数据

人间逍遥客 / 余华等著；北京文学月刊社主编 . --
北京：北京联合出版公司，2020.10（2021.7 重印）
ISBN 978-7-5596-3957-8

Ⅰ . ①人… Ⅱ . ①余… ②北… Ⅲ . ①中篇小说—小说集—中国—当代 Ⅳ . ① I247.5

中国版本图书馆 CIP 数据核字（2020）第 151411 号

人间逍遥客
作　　者：余　华　迟子建　李佩甫　等
主　　编：北京文学月刊社
出 品 人：赵红仕
产品经理：师明月
责任编辑：管　文
版式设计：李晓壮
责任编审：赵　娜

北京联合出版公司出版
（北京市西城区德外大街 83 号楼 9 层 100088）
北京华景时代文化传媒有限公司发行
三河市嘉科万达彩色印刷有限公司印刷　　新华书店经销
字数 330 千字　　690 毫米 ×980 毫米　　1/16　　24 印张
2020 年 10 月第 1 版　　2021 年 7 月第 3 次印刷
ISBN：978-7-5596-3957-8
定价：52.00 元
